DIÁLOGOS
V

O BANQUETE
MÊNON (ou DA VIRTUDE)
TIMEU
CRÍTIAS

O livro é a porta que se abre para a realização do homem.

Jair Lot Vieira

PLATÃO

DIÁLOGOS

V

O BANQUETE
MÊNON
(ou DA VIRTUDE)
TIMEU
CRÍTIAS

TRADUÇÃO, TEXTOS ADICIONAIS E NOTAS
EDSON BINI
Estudou filosofia na Faculdade de Filosofia,
Letras e Ciências Humanas da USP.
É tradutor há mais de 40 anos.

Copyright da tradução e desta edição © 2010 by Edipro Edições Profissionais Ltda.

Todos os direitos reservados. Nenhuma parte deste livro poderá ser reproduzida ou transmitida de qualquer forma ou por quaisquer meios, eletrônicos ou mecânicos, incluindo fotocópia, gravação ou qualquer sistema de armazenamento e recuperação de informações, sem permissão por escrito do editor.

Grafia conforme o novo Acordo Ortográfico da Língua Portuguesa.

1ª edição, 3ª reimpressão 2022.

Editores: Jair Lot Vieira e Maíra Lot Vieira Micales
Coordenação editorial: Fernanda Godoy Tarcinalli
Tradução, textos adicionais e notas: Edson Bini
Revisão: Luana da Costa Araújo Coelho
Revisão do grego: Ticiano Curvelo Estrela de Lacerda
Diagramação: Karina Tenório
Adaptação da capa: Karine Moreto de Almeida

Dados Internacionais de Catalogação na Publicação (CIP)
(Câmara Brasileira do Livro, SP, Brasil)

Platão (427?-327? a.C.)
    Diálogos V: O banquete; Mênon (ou da virtude); Timeu; Crítias / Platão [tradução, textos adicionais e notas Edson Bini]. – São Paulo: Edipro, 2010. – (Clássicos Edipro).

    Títulos originais: ΣΥΜΠΟΣΙΟΝ; ΜΕΝΩΝ (Η ΠΕΡΙ ΑΡΕΤΗΣ); ΤΙΜΑΙΟΣ; ΚΡΙΤΙΑΣ

    ISBN 978-85-7283-659-3

    1. Filosofia antiga I. Bini, Edson. II. Título. III. Título: O banquete. IV. Título: Mênon (ou da virtude). V. Título: Timeu. VI. Título: Crítias.

09-07915   CDD-184

Índices para catálogo sistemático:
1. Filosofia platônica : 184
2. Platão : Filosofia : 184

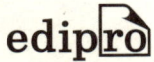

São Paulo: (11) 3107-7050 • Bauru: (14) 3234-4121
www.edipro.com.br • edipro@edipro.com.br
@editoraedipro   @editoraedipro

SUMÁRIO

Nota do tradutor 7
Apresentação 9
Dados biográficos 15
Platão: sua obra 19
Cronologia 37

O Banquete 41
Mênon (ou Da Virtude) 125
Timeu 179
Crítias 295

Nota do tradutor

As traduções deste volume foram realizadas com base nos seguintes textos estabelecidos:
• *O Banquete* e *Mênon*: edição revisada de Schanz;
• *Timeu e Crítias*: John Burnet.

Textos de outros helenistas, contudo, foram também empregados ocasionalmente.

A possível ocorrência de palavras entre colchetes visa à tentativa de completamento de ideias onde o texto padece de algum hiato que compromete a compreensão.

Com o fito de facilitar e agilizar a consulta motivada pela leitura de outras obras, fizemos constar à margem esquerda da página a numeração da edição referencial de 1578 de Henri Estienne (*Stephanus*).

As notas de rodapé têm caráter meramente informativo ou elucidativo, e esporadicamente crítico, coadunando-se com o cunho didático da edição; contemplam aspectos filosóficos básicos, bem como aspectos históricos, mitológicos e linguísticos.

Dadas as diferenças estruturais entre o grego antigo (idioma declinado) e o português contemporâneo (língua não declinada), a tradução inevitavelmente se ressente de prejuízos do ponto de vista da forma: a beleza e a elegância do estilo literário de Platão são drasticamente minimizadas, mesmo porque, num discurso filosófico, a preocupação maior do tradutor é preservar o espírito do texto e manter-se, ao menos relativamente, fiel ao teor veiculado.

Procuramos, como sempre, traduzir *a meio caminho* entre a literalidade e a paráfrase, ambas em princípio não recomendáveis, a nosso ver, em matéria de textos filosóficos. Entretanto, tendemos a concordar com Heidegger em que toda tradução é necessariamente hermenêutica; ou seja, ao tradutor é praticamente impossível (embora pugne por ser leal e isento servidor do autor) impedir que um certo subjetivismo e algum grau de interpretação invadam seu trabalho.

De antemão, solicitamos a um tempo tanto a indulgência do leitor para nossas falhas e limitações, quanto suas valiosas sugestões e críticas para o aprimoramento de edições vindouras. Aqui só nos resta curvarmo-nos à opinião socrática de que, a rigor, *nunca passamos de aprendizes...*

Apresentação

O Banquete

Minhas considerações acerca de *O Banquete* trilham uma via diferente.

Esse diálogo, como *A República*, a *Apologia*, o *Fedro*, o *Fédon* e o *Timeu*, figura entre as mais conhecidas, lidas, estudadas e influentes obras de Platão. Seu *sucesso*, para empregarmos um termo bem ao gosto de nosso tempo, diferentemente do caso de tantas outras obras escritas, sobretudo contemporâneas, que deveram e devem o *sucesso* mais a fatores externos (protecionismo, marketing, mídia etc.) do que à qualidade literária, é inteiramente merecido.

Além de ter se imposto ao longo dos séculos como um dos mais importantes textos da filosofia ocidental, de leitura e análise obrigatórias para o estudante e o estudioso da matéria, *O Banquete* é uma obra-prima literária, seja pelo seu majestoso conteúdo (seu tema é o amor [ἔρως] esta misteriosa energia insidiosa e soberana que perpassa e vivifica o universo), seja pela sua forma impecável, na qual Platão atinge o clímax de sua proficiência e brilho no emprego e manejo da língua grega, produzindo uma peça primorosa quer de clareza, quer de beleza, num estilo fluente e elegante, até porque peculiarmente em *O Banquete*, o talento literário do mestre da Academia tem que dar conta da marcante diversidade dos discursos sobre o amor proferidos por personagens e personalidades tão díspares (embora irmanadas em torno do tema) como Fedro, Pausânias, Erixímaco, Aristófanes, Ágaton... além de seu mestre e usual porta-voz, Sócrates. Quanto a Alcibíades, embora seu discurso seja sobre o amor, ele não se dirige diretamente a Eros num louvor, mas discursa tendo como objeto o próprio Sócrates.

Embora Platão encaminhe naturalmente a conversação para o coroamento da exposição de Sócrates, portadora de uma concepção de *eros* a um tempo inclusiva e transcendente, a estrutura de *O Banquete* difere da de muitos outros diálogos, que mostram Sócrates nitidamente aplicando a maiêutica numa *performance* de protagonista, voz central e superior que conduz o(s) interlocutor(es), alvo(s) da parturição das ideias, à meta do autoconhecimento.

Não! O que ressalta em *O Banquete* é um painel heterogêneo de *pontos de vista* (e uso esta expressão no seu sentido primário e estrito). Facetas distintas do amor são reveladas. Platão bem sabe que seu objeto é fatalmente espinhoso e excepcionalmente polêmico, mesmo porque ele não está preocupado apenas com a expressão biológica e psicológica do amor, mas também com sua conotação e dimensão éticas.

Trata-se de um diálogo de "múltiplas vozes norteadoras" no qual não parece que para Platão seja indispensável fazer do discurso de Sócrates o único verdadeiro e, talvez, nem sequer o melhor, mas simplesmente o mais consequente, pois não reduz o amor à mera sexualidade física.

É de se salientar, também, que nesse diálogo todos os discursos estão investidos de solenidade e reverência, pois todos os discursadores se dirigem a Eros, ou seja, à personificação divina do amor.

Curiosamente, a despeito da riqueza e variedade das exposições, o final de *O Banquete* deixa o assunto em aberto! E como esgotá-lo? O desfecho em feitio aporético é filosoficamente honesto e literariamente magistral.

Mênon

O *Mênon* herda a tarefa que o *Protágoras* (em *Diálogos I*) deixa no ar para ser cumprida, ou seja, apurar o que é a virtude e determinar se é ensinável ou não. A investigação em busca de uma definição de virtude passível de ser ensinada ou não desemboca na questão correlata e paralela da transmissão do conhecimento e, *mais originalmente*, na questão da origem do conhecimento.

Efetuando um curioso experimento que envolveria o conhecimento da geometria, Sócrates obtém respostas surpreendentes do jovem escravo de Mênon (certamente ignorante dessa ciência e que jamais dela tivera lições). Fica atestado empiricamente que o conhecimento não é originário de fonte externa (digamos de um mestre), mas que simplesmente se encontra latente em todos nós (*inclusive* nos destituídos de educação que nunca a adquiriram por aprendizado). Esse conhecimento latente pode ser resgatado mediante o apropriado estímulo da memória, o que envolve por um lado a maiêutica socrática e, por outro, a teoria platônica da reminiscência que, por seu turno, radica na doutrina da imortalidade da alma e da metempsicose (assunto central do *Fédon* [*Diálogos III*]).

Volta-se à questão da virtude e de sua ensinabilidade, já que se ensinável, a virtude seria um conhecimento. Entretanto, embora tenda-se a concluir que é teoricamente ensinável, detecta-se na prática que não se dispõe de mestres para ensiná-la e que de fato não é ensinada... e Sócrates já comentara no *Protágoras* (319e-320b) sobre grandes homens, como Péricles, que tanto pessoalmente quanto através de outras pessoas foram totalmente incapazes de ensinar as virtudes que os distinguiam a outros indivíduos, inclusive aos próprios filhos.

Ainda que contenha questões subsidiárias, esse é o cerne do *Mênon* e Platão não fornece, a rigor, uma clara solução ao problema apresentado no início do diálogo e herdado do *Protágoras*. Conclui-se que a virtude é de origem divina, uma espécie de aquinhoamento concedido a certas pessoas. Somos levados a entender que a virtude não é passível de ser ensinada e que a questão capital de Mênon na abertura do diálogo é respondida. Sócrates, contudo, afirma que a certeza de que a virtude é um aquinhoamento de procedência divina só poderá ser estabelecida quando investigarmos de que modo a virtude chega a nós, o que depende, primeiramente, de investigar e descobrir *o que é a virtude ela mesma*, descoberta que afinal não foi realizada...

Timeu

Como o *Político* é formalmente uma sequência do *Sofista*, o *Timeu* o é em relação a *A República*, sua introdução retomando determinados trechos que tratam das instituições do Estado ideal deste último diálogo.

Entretanto, exceto pelo texto da introdução e em função da ideia de Crítias de conectar essas instituições políticas à Atenas arcaica, o *Timeu* não é uma obra política e não dá continuidade às especulações do grande diálogo sequencialmente anterior. O *Timeu* tem caráter teológico e descreve a *cosmogonia*, isto é, a criação do universo, envolvendo também a criação do ser humano.

Como sabemos, os diálogos de Platão não apresentam uma estrutura expositiva padrão, embora o diálogo esteja presente em todas suas obras exceto na *Apologia de Sócrates* (onde, salvo por um curtíssimo colóquio com Meleto, Sócrates profere um longo monólogo) e nas *Cartas* (*Epístolas*) e *Epigramas*.

Quanto ao *Timeu*, após a parte introdutória dialógica conduzida por Sócrates seguida do relato feito por Crítias (que ocupam apenas cerca de 13% de todo o texto da obra) instaura-se um extensíssimo discurso contínuo proferido por Timeu em que a forma dialógica está completamente ausente.

Platão coloca na boca de Timeu sua teoria teológica e cosmogônica, e não na de Sócrates, seu costumeiro porta-voz. Por quê? Não cabe a nós discuti-lo aqui, mas talvez fosse simplesmente pelo fato de Timeu ser um *matemático*, nomeadamente *o melhor astrônomo* nas palavras de Crítias em 27a, algo que Sócrates não era.

Diferentemente do que ocorre em outros diálogos de múltipla temática, em que os temas se associam de modo sutil, ou mesmo não parecem sequer associar-se, se limitando a alternar-se, exigindo um meticuloso exame que deles possibilite uma visão de conjunto, o *Timeu*, apesar de sua grande extensão, pode ser dividido em *três* partes cujas fronteiras são claramente definidas:

   I – a curtíssima porção introdutória, precisamente correspondente ao único trecho efetivamente dialógico (do qual participam Sócrates e seus três interlocutores e cujo teor é suprido pela recapitulação de passagens de *A República* conduzida por Sócrates e o relato de Crítias envolvendo Sólon e o mito da Atlântida);

   II – a primeira longa porção expositiva de Timeu, exibindo a teoria da formação da *alma do mundo*, a teoria dos elementos e aquela da matéria e dos objetos da percepção. O início dessa exposição, caracterizada pela fecundidade e profundidade, tal como a porção final que a sucederá, corresponde exatamente ao princípio do discurso monológico de Timeu;

III – a segunda e última porção expositiva de Timeu (69a-92c [fim da obra]), em perfeita solução de continuidade com a primeira, abordando a teoria da formação do ser humano, de sua alma e de seu corpo, e abrangendo inclusive aspectos de fisiologia e patologia.

O coração filosófico do *Timeu* pulsa evidentemente nas suas segunda e terceira partes. A introdução dialógica, a despeito da importância da evocação de Crítias da Atenas arcaica como Estado comparável nas suas instituições ao Estado idealizado em *A República*, parece não passar de um breve "aquecimento do motor" para a profunda e complexa especulação que se segue encerrada no discurso de Timeu.

O *Timeu*, pelo aprofundamento de sua investigação e pela envergadura do seu tema central, bem como pelo brilho de sua composição literária, é considerado não só hoje como desde a antiguidade, uma das mais expressivas obras de Platão. Tal como *O Banquete*, *A República*, a *Apologia*, o *Fedro* e o *Fédon*, tem inspirado e suscitado inúmeros estudos e uma miríade de teses no campo da filosofia e da teologia.

Crítias

Como Platão esclarece através de Crítias no *Timeu* em 27a-b, o *Crítias* foi concebido como uma continuação do *Timeu*, na qual Crítias, já ciente da teoria da criação do universo e da humanidade, exposta por Timeu, passaria a discursar sobre dois Estados arcaicos, primordiais e rivais (Atenas e Atlântida) constituídos pelos seres humanos, e sobre a guerra que eclodiu entre eles, efetuando assim uma reconexão com as considerações iniciais de natureza política feitas na introdução do *Timeu* e que reportam às instituições descritas em *A República*.

De fato há, no *Crítias*, uma exposição minuciosa, de cunho mítico, a respeito da Atenas arcaica, o mesmo ocorrendo no tocante à Atlântida, mas a caminho da exposição sucessiva em torno do grande conflito bélico, o diálogo finda subitamente.

Embora o último e mais vasto dos diálogos de Platão, *As Leis*, também seja inacabado, o *único* diálogo que termina numa interrupção abrupta no que parece ser apenas sua parte inicial é o *Crítias*.

Teria Platão deliberadamente, por alguma razão, deixado o diálogo assim? Existiria um *Crítias* completo do qual se teria perdido já na antiguidade a maior parte? Essas perguntas permanecem sem resposta.

De qualquer maneira, o que dispomos do *Crítias* constitui uma digna continuação do *Timeu*, mantendo tanto a esmerada qualidade literária quanto a argúcia da investigação filosófica, mesmo na roupagem do mito. Por outro lado, é instrutivo e esclarecedor associar a leitura e estudo do *Crítias* ao conteúdo do Livro III de *As Leis*, onde Platão trata da origem das comunidades políticas humanas e particularmente da Atenas histórica e de seu envolvimento na guerra contra a Pérsia.

Dados biográficos

Em rigor, pouco se sabe de absolutamente certo sobre a vida de *Platão*.

Platão de Atenas (seu verdadeiro nome era Aristocles) viveu aproximadamente entre 427 e 347 a.C. De linhagem ilustre e membro de uma rica família da Messênia (descendente de Codro e de Sólon), usufruiu da educação e das facilidades que o dinheiro e o prestígio de uma respeitada família aristocrática propiciavam.

Seu interesse pela filosofia se manifestou cedo, e tudo indica que foi motivado particularmente por *Heráclito de Éfeso*, chamado *O Obscuro*, que floresceu pelo fim do século VI a.C.

É bastante provável que, durante toda a juventude e até os 42 anos, tenha se enfronhado profundamente no pensamento pré-socrático – sendo discípulo de Heráclito, Crátilo, Euclides de Megara (por meio de quem conheceu as ideias de Parmênides de Eleia) – e, muito especialmente, na filosofia da Escola itálica: as doutrinas pitagóricas [mormente a teoria do número (ἀριθμός [*arithmós*]) e a doutrina da transmigração da alma (μετεμψύχωσις [*metempsýkhosis*]) exercerão marcante influência no desenvolvimento de seu próprio pensamento, influência essa visível mesmo na estruturação mais madura e tardia do platonismo original, como se pode depreender dos últimos diálogos, inclusive *As Leis*.

Entretanto, é inegável que o encontro com Sócrates, sua antítese socioeconômica (Sócrates de Atenas pertencia a uma família modesta de artesãos), na efervescência cultural de então, representou o clímax de seu aprendizado, adicionando o ingrediente definitivo ao cadinho do qual emergiria o corpo de pensamento independente e original de um filósofo que, ao lado de Aristóteles, jamais deixou de iluminar a humanidade ao longo de quase 24 séculos.

Em 385 a.C., Platão, apoiado (inclusive financeiramente) pelos amigos, estabeleceu sua própria Escola no horto de *Academos* (Ἀκαδήμεια), para onde começaram a afluir os intelectos mais brilhantes e promissores da Grécia, entre eles Aristóteles de Estagira, que chegou a Atenas em 367 com 18 anos.

É provável que, logo após a autoexecução de seu mestre (399), Platão, cujos sentimentos naqueles instantes cruciais não nos é possível perscrutar, tenha se ausentado de Atenas, e mesmo da Grécia, por um período que não podemos precisar. Teria visitado o Egito e a Sicília; de fato ele demonstra em alguns de seus diálogos, mais conspicuamente em *As Leis*, que conhecia costumes e leis vigentes no Egito na sua época.

Não é provável, contudo, que demorasse no estrangeiro dada a importância que atribuía à Academia, à atividade que ali desempenhava e que exigia sua presença. Ademais, suas viagens ao exterior seguramente não visavam exatamente ao lazer: Platão buscava o conhecimento, e se algum dia classificou os egípcios como *bárbaros*, por certo o fez com muitas reservas.

Diferentemente de seu velho mestre, Platão, que devia portar-se como um cidadão exemplar apesar de sua oposição inarredável à democracia ateniense, jamais se indispôs com os membros proeminentes do Estado ateniense; nesse sentido, sua prudência e postura de não envolvimento são proverbiais, o que se causa certo espanto por partir de um dos primeiros teóricos do Estado comunista governado por *reis-filósofos* (como constatamos em *A República*) e do Estado socialista (*As Leis*), que ainda retém características de centralização do poder no Estado, parecerá bastante compreensível em um pensador que, à medida que amadurecia sua reflexão política, mais se revelava um conservador, declaradamente não afeito a transformações políticas; para Platão, nada é mais suspeito e imprevisível do que as consequências de uma insurreição ou revolução. Outrossim, não devemos esquecer que Platão pertencia, ele próprio, à classe abastada e aristocrática de Atenas, posição que aparentemente não o incomodava em absoluto e até se preocupava em preservar.

Platão morreu aos 80 ou 81 anos, provavelmente em 347 a.C. – *dizem* – serenamente, quase que em continuidade a um sono tranquilo... Θάνατος (*Thánatos*), na mitologia, é irmão de Ὕπνος (*Hýpnos*).

Platão: sua obra

Em contraste com a escassez de dados biográficos, foi-nos legada de Platão – ao menos são esses os indícios – a totalidade de suas obras, e *mais* – muito provavelmente quase todas completas, fato incomum no que toca aos trabalhos dos pensadores antigos helênicos, dos quais muito se perdeu. As exceções são representadas pelo último e mais extenso Diálogo de autoria inquestionada de Platão, *As Leis*, e o Diálogo *Crítias*.

Essa preciosa preservação se deve, em grande parte, ao empenho do astrólogo e filósofo platônico do início do século I da Era Cristã, Trasilo de Alexandria, que organizou e editou pela primeira vez o corpo total das obras de Platão, inclusive os apócrifos e os textos "platônicos", cuja autoria é atribuída aos seguidores diretos e indiretos do mestre da Academia. Todos os manuscritos medievais da obra de Platão procedem dessa edição de Trasilo.

Diferentemente de outros filósofos antigos, filósofos medievais e modernos, Platão não é precisamente um *filósofo de sistema* à maneira de Aristóteles, Plotino, Espinosa, Kant ou Hegel, que expressam sua visão de mundo por meio de uma rigorosa exposição constituída por partes interdependentes e coerentes que, como os órgãos de um sistema, atuam em função de um todo e colimam uma verdade total ou geral. Todavia, Platão também não é um pensador *assistemático* nos moldes dos pré-socráticos (cujo pensamento precisamos assimilar com base nos fragmentos que deles ficaram) e de expoentes como Nietzsche, que exprimem sua visão do universo por máximas e aforismos, os quais pretendem, na sua suposta independência relativa, dar conta da explicação ou interpretação do mundo.

Inspirado pela concepção socrática da ἀλήθεια [*alétheia*] – segundo a qual esta não é produto externo da comunicação de um outro indivíduo (na prática, o mestre) ou da percepção sensorial ou empírica da realidade que nos cerca, mas está sim já presente e latente em cada um de nós, competindo ao mestre apenas provocar mediante indagações apropriadas, precisas e incisivas o nascer (o *dar à luz* – μαιεύω [*maieýo*], voz média: μαιεύομαι [*maieýomai*]) da ἀλήθεια (*alétheia*) no discípulo –, Platão foi conduzido ao *diálogo*, exposição *não solitária* das ideias, na qual, por exigência do método socrático (maiêutica – a *parturição das ideias*), são necessárias, no mínimo, *duas* pessoas representadas pela voz principal (o mestre, que aplica a maiêutica) e um interlocutor (o discípulo, que dará à luz a verdade [ἀλήθεια]).

Na maioria dos diálogos platônicos, essa voz principal é a do próprio Sócrates, ou seja, o mestre de Platão, de modo que nos diálogos, que provavelmente pertencem à primeira fase de Platão, sob forte influência de Sócrates, é difícil estabelecer uma fronteira entre o pensamento socrático e o platônico. A partir do momento em que despontam as ideias originais de Platão {a teoria das *Formas*, a teoria da alma (ψυχή [*psykhé*]), a teoria do Estado (πόλις [*pólis*]) etc.}, Sócrates assume o papel menor de porta-voz e veiculador das doutrinas de Platão.

O fato é que Platão desenvolveu e aprimorou a *maiêutica* de maneira tão profunda e extensiva que chegou a um novo método, a *dialética*, que nada mais é – ao menos essencialmente – do que a arte (τέχνη [*tékhne*]) do diálogo na busca do conhecimento (γνῶσις [*gnôsis*]).

Do ponto de vista do estudante e do historiador da filosofia, essa forma e esse método *sui generis* de filosofar apresentam méritos e deméritos. Platão não se manifesta apenas como um filósofo, embora primordialmente o seja. No estilo e na forma, é também um escritor e, na expressão, um poeta.

Ora, isso torna sua leitura notavelmente agradável, fluente e descontraída, em contraste com a leitura de densos e abstrusos tratados sistemáticos de outros filósofos. Por outro lado, colocando-nos na pele dos interlocutores de Sócrates, é como se, tal como eles, fizéssemos gerar em nós mesmos a verdade.

Como contestar, porém, que o brilhante discurso literário do diálogo não dificulta e mesmo empana a compreensão e assimilação do pensamento do mestre da Academia?

É provavelmente o que ocorre, embora com isso nos arrisquemos a receber a pecha de racionalistas.

Essa situação é agravada pelo uso regular que Platão faz do mito (μῦθος [*mŷthos*]).

O mestre Platão, de qualquer modo, sente-se muito à vontade e convicto de que seu método concorreria precisamente para o contrário, ou seja, a compreensão de seu pensamento.

Não há dúvida de que isso se aplicava aos seus contemporâneos. Imaginaria Platão que sua obra resistiria a tantos séculos, desafiando a pósteros tão tardios como nós?

Paradoxalmente, o saldo se mostrou mais positivo que negativo. É possível que, em virtude *exatamente* de sua atraente e estimulante exposição filosófica sob a forma literária do diálogo, Platão tenha se tornado um dos mais lidos, estudados, publicados e pesquisados de todos os pensadores, o que é atestado pela gigantesca bibliografia a ele devotada.

Voltando ao eixo de nossas considerações, é necessário que digamos que dentre tantos diálogos há um *monólogo*, a *Apologia de Sócrates*, que, naturalmente, como um discurso pessoal de defesa, não admite a participação contínua de um interlocutor.

Há, também, as treze *Epístolas*, ou *Cartas*, de teor político, dirigidas a Dion, Dionísio de Siracusa, e a outros governantes e políticos da época, e os dezoito *Epigramas*.

Na sequência, juntamos despretensiosas sinopses dos diálogos (e da *Apologia*), no que tencionamos fornecer àquele que se interessa pelo estudo do platonismo somente uma orientação básica, em meio aos meandros do complexo *corpus* de doutrina exibido pelos diálogos.

Os diálogos (mais a *Apologia*), cuja autoria de Platão é aceita unanimemente por sábios, estudiosos, eruditos, escoliastas, filólogos e helenistas de todos os tempos, em número de *nove*, são (em ordem não cronológica, pois qualquer estabelecimento de uma cronologia que se pretenda, objetiva e rigorosa, é dúbio) os seguintes:

FEDRO: Trata de dois assuntos aparentemente desconexos, mas vinculados por Platão, ou seja, a natureza e os limites da retórica (crítica aos sofistas) e o caráter e o valor do amor sensual (ἔρος [*éros*]). Esse diálogo está assim aparentado tanto ao *Banquete* (acerca das expressões de ἔρος) quanto ao *Górgias* (acerca da figura do verdadeiro filósofo em contraste com o sofista). Escrito antes da morte de Sócrates, é um dos mais atraentes e expressivos diálogos. Seu nome é de um grande admirador da oratória.

PROTÁGORAS: O assunto é específico (embora envolva os fundamentos gerais das posições antagônicas de Platão e dos sofistas), a saber, o conceito e a natureza da ἀρετή [*areté*]. É a virtude ensinável ou não? A mais veemente crítica de Platão aos mais destacados sofistas: Protágoras, Hípias e Pródico.

O BANQUETE: O assunto é a origem, diferentes manifestações e significado de ἔρος (*éros*). O título desse diálogo (συμπόσιον [*Sympósion*]) indica a própria ambientação e cenário do mesmo, isto é, uma festiva reunião masculina regada a vinho. Anterior à morte de Sócrates.

GÓRGIAS: É sobre o verdadeiro filósofo, o qual se distingue e se opõe ao sofista. Platão prossegue criticando os sofistas, embora Górgias, segundo o qual nomeou o diálogo, fosse um prestigioso professor de oratória que proferia discursos públicos, mas "não ensinava a virtude em aulas particulares remuneradas". Um dos mais complexos diálogos, que parece ter sido escrito pouco antes da morte de Sócrates.

A REPÚBLICA: O segundo mais longo dos diálogos (o mais longo é *As Leis*). Apresenta vários temas, mas todos determinados pela questão inicial, fundamental e central, e a ela subordinados: o que é a justiça (δίκη [*díke*])?... Ou melhor, *qual é a sua natureza, do que é ela constituída?* Nesse diálogo, Platão expõe sua concepção de um Estado (comunista) no qual a ideia de justiça seria aplicável e a própria δίκη realizável e realizada. O título *A República* (amplamente empregado com seus correspondentes nas outras línguas modernas) não traduz fielmente Πολιτεία [*Politeía*], que seria preferível traduzirmos por "A Constituição" (entendida como *forma de governo de um Estado soberano* e não a Lei Maior de um Estado). Há quem acene, a propósito, para o antigo subtítulo, que é *Da Justiça*. *A República* é a obra de Platão mais traduzida, mais difundida, mais estudada e mais influente, tendo se consagrado como um dos mais expressivos textos de filosofia de todos os tempos.

TIMEU: Sócrates, como de ordinário, instaura o diálogo dessa vez retomando a discussão sobre o Estado ideal (assunto de *A República*), mas graças a Timeu o diálogo envereda para a busca da origem, da geração do universo (κοσμογονία [*kosmogonía*]). Nesse diálogo, Platão apresenta sua concepção da Divindade, o δημιουργός [*demioyrgós*]. Embora Timeu (que empresta o seu nome ao diálogo) pareça oriundo do sul da Itália, há quem o considere um personagem fictício. De qualquer modo, ele representa a contribuição da geometria à teoria cosmogônica de Platão. A maioria dos helenistas situa o *Timeu* no período final e de maior maturidade filosófica de Platão (e, portanto, depois da morte de Sócrates, embora – como ocorre em vários outros diálogos – Sócrates continue como figura principal do diálogo); a minoria o julga produção do *período médio*, seguindo de perto *A República*.

TEETETO: Aborda específica e amplamente a teoria do conhecimento (epistemologia) a partir da indagação: "O que é o conhecimento?". Há fortes indícios de que Platão contava aproximadamente 60 anos quando escreveu esse diálogo (bem depois da morte de Sócrates) em homenagem ao seu homônimo, Teeteto, conceituado matemático que morrera recentemente (369 a.C.) prestando serviço militar. Teeteto frequentara a Academia por muitos anos.

FÉDON: Conhecido pelos antigos igualmente por *Da Alma*, está entre os mais belos e comoventes diálogos, pois relata as últimas horas de Sócrates e sua morte pela cicuta. O narrador é Fédon, que esteve com Sócrates em seus momentos derradeiros. De modo escorreito e fluente, como que determinado pelas palavras do condenado e seu comportamento ante a morte iminente, o diálogo aborda a morte e converge para a questão da imortalidade da alma, a qual é resolvida pela doutrina de sua transmigração ao longo de existências em diferentes corpos. A presença do pensamento pitagórico é flagrante, e Platão alterna sua teoria psicológica (ou seja, da alma) com a doutrina da metempsicose exposta sob a forma do mito no final do diálogo.

AS LEIS: Diálogo inacabado. Sócrates não está presente neste, que é o mais extenso e mais abrangente (do ponto de vista da temática) dos diálogos. Seu personagem central não possui sequer um nome, sendo chamado simplesmente de O Ateniense; seus interlocutores (Clínias de Creta e Megilo de Lacedemônia) são com grande probabilidade figuras fictícias, o que se coaduna, a propósito, com a inexpressiva contribuição filosófica que emprestam ao diálogo, atuando – salvo raras ocasiões, nas quais, inclusive, contestam as afirmações do Ateniense – somente como anteparo dialético para ricochete das opiniões do Ateniense. *As Leis* (Νόμοι [*Nómoi*]) cobrem, semelhantemente à *A República*, uma ampla gama de temas, que revisitam *A República* e apresentam uma nova concepção do Estado, tendo dessa vez como fecho um elenco de admoestações ou advertências para a conduta dos cidadãos e, principalmente, a extensa promulgação de leis a serem aplicadas no seio da πόλις [*pólis*]. Como o conceito Νόμοι é bem mais lato do que nosso conceito de leis, e mesmo do que o conceito *lex* romano, a discussão desencadeada pelo Ateniense, como demonstra a variedade de itens correlacionados do diálogo, adentra as áreas da psicologia, da gnosiologia, da ética, da política, da ontologia e até das disciplinas tidas por nós como não filosóficas, como a astronomia e as matemáticas, não se restringindo ao domínio daquilo que entendemos como legal e jurídico (lei e direito). Destituído da beleza e elegância de tantos outros diálogos, *As Leis* (o último diálogo de autoria indiscutível de Platão) se impõe pelo seu vigor filosófico e por ser a expressão cumulativa e acabada do pensamento maximamente amadurecido do velho Platão.

APOLOGIA: É o único monólogo de Platão, exceto pelas respostas sumárias de Meleto; retrata o discurso de defesa de Sócrates na corte de Atenas perante um júri de 501 atenienses no ano de 399 a.C., quando ele contava com 70 anos. Sócrates fora acusado e indiciado (ação pública) pelos crimes de sedução da juventude e de impiedade, o mais grave de todos, pois consistia na descrença nos deuses do Estado. A *Apologia* é uma peça magna em matéria de estilo e teor, e certamente um dos escritos mais profundos e significativos já produzidos em toda a história da humanidade. Sócrates não retira uma única vírgula de suas concepções filosóficas que norteavam sua conduta como ser humano e cidadão de Atenas. Leva a coragem de expor e impor as próprias ideias às raias da plena coerência, pouco se importando com o que pensam os detentores do poder – mesmo porque já sabe que seu destino está selado. Sereno e equilibrado, respeita a corte, o Estado e aqueles que o condenam. Deixa claro que, longe de desrespeitar os deuses (a começar por Zeus e Apolo), sempre orientou seus passos pelo oráculo de Delfos e segundo a inspiração de seu δαίμων [*daímon*]. Seu discurso é prenhe de persuasão e capaz de enternecer até corações graníticos e impressionar cérebros geniais, mas não profere uma única sílaba a seu favor para escapar à morte, embora mencione o exílio, opção que descarta, e sugira o recurso de pagar uma multa, a ser paga majoritariamente por alguns de seus discípulos ricos, especialmente Platão. Para ele, nenhum cidadão está acima da lei, e esta tem de ser cumprida, mesmo que seja injusta. É impróprio, na verdade, entendermos sua defesa no sentido corrente da palavra, a acepção sofista e advocatícia: *ele não defende sua pessoa, sua integridade física, defende sim seu ideário*, que em rigor era seu único patrimônio, pois nada possuía em ouro e prata. Não teme o sofrimento, o exílio ou a morte – o que o repugna e lhe é incogitável é a abdicação do seu pensar e dos atos que consubstanciaram sua vida. Não alimenta a menor dúvida de que mais vale morrer com honra do que viver na desonra. Para ele, sua morte era a solução irreversível e natural de sua obra e dos fatos de sua vida. Se algum dia um homem soube com precisão como viver e quando morrer, esse homem foi Sócrates de Atenas!

Os 16 diálogos que se seguem são considerados por *alguns* helenistas e historiadores da filosofia como de autoria duvidosa ou apócrifos.

SOFISTA: Fazendo jus ao título, Sócrates principia a temática do diálogo indagando acerca dos conceitos de sofista, homem político e filósofo. Participam, entre outros, o geômetra Teodoro, Teeteto e um filósofo proveniente de Eleia, cidade natal de Parmênides e seu discípulo Zenão. A investigação inicial conduz os interlocutores à questão do *não-ser*, circunscrevendo o diálogo a essa questão ontológica fundamental, que constitui precisamente o objeto essencial da filosofia do pré-socrático *Parmênides*. O *Sofista* surge como uma continuação do *Teeteto*, mas pelo seu teor está vinculado mais intimamente ao *Parmênides*.

PARMÊNIDES: Curiosamente, nesse diálogo, Platão coloca como figura central o filósofo Parmênides e não Sócrates, embora o encontro seja provavelmente fictício e se trate de um diálogo narrado por Céfalo. Como seria de esperar, o objeto capital é de caráter ontológico, girando em torno das questões da natureza da realidade: se esta é múltipla ou una etc. A *teoria das Formas* é aqui introduzida, a saber, a realidade consiste em Formas (Ideias) que não são nem materiais, nem perceptíveis, das quais as coisas materiais e perceptíveis participam. O *Parmênides* se liga pela sua temática mais estreitamente ao *Filebo*, ao *Político* e ao *Sofista*.

CRÁTILO: O assunto aqui ventilado é o princípio sobre o qual está fundada a correção do nome (ὄνομα [*ónoma*], por extensão signo que abriga o conceito). O que legitima o nome? Segundo Hermógenes, os nomes nada têm a ver, no que concerne à origem, com as coisas nomeadas que representam: são estabelecidos por convenção. Crátilo, ao contrário, afirma que o nome é por natureza, isto é, a etimologia de um nome pode nos conduzir a uma descrição disfarçada que revela corretamente a natureza daquilo que é nomeado, sendo este o princípio da nomenclatura. Sócrates contesta ambas as teorias, realizando a crítica da linguagem mesma, propondo que busquemos por trás das palavras a natureza imutável e permanente das coisas como são em si mesmas, o que vale dizer que as palavras não nos capacitam a ter acesso ao mundo inteligível das Formas puras e, muito menos, revelam-no a nós.

FILEBO: O objeto de discussão é bastante explícito, ou seja, o que é o *bem* e como pode o ser humano viver a melhor (mais excelente, mais virtuosa) vida possível. Filebo, que identifica o bem com o prazer, apresenta-se como um belo jovem (não há registro histórico algum dessa pessoa, o que nos leva a crer que se trata de um personagem fictício de Platão). Analítica e etimologicamente, o nome significa *amigo* ou *amante da juventude*, o que nos conduz inevitavelmente à predileção de Sócrates por homens jovens e atraentes no seu círculo. Os helenistas, em geral, concordam que o *Filebo* foi produzido depois do *Fédon*, do *Fedro*, de *A República*, do *Parmênides* e do *Teeteto*, na última fase da vida de Platão e, portanto, em data muito posterior à morte de Sócrates. O *Filebo* é, sem sombra de dúvidas, um dos mais significativos e importantes diálogos de Platão, pela sua maturidade filosófica, clareza e porque o conceito nevrálgico da ética (o bem) é focalizado com insistência em conexão com a metafísica. O encaminhamento da discussão, especialmente no que tange à metafísica, aproxima o *Filebo* do *Sofista* e do *Político*.

CRÍTON: O objeto de discussão desse diálogo envolve o julgamento e a morte de Sócrates e situa-se no período de um mês (trinta dias) entre esses dois eventos, quando Críton (poderoso e influente cidadão ateniense, além de amigo pessoal de Sócrates) o visita na prisão e tenta, pela última vez (em vão), convencê-lo a assentir com um plano urdido por seus amigos (incluindo o suborno dos carcereiros) para sua fuga e seu deslocamento a um lugar em que ficasse a salvo do alcance da lei de Atenas. O diálogo assume agilmente o calor de um debate ético em torno da justiça (δίκη), insinuando-nos nas entrelinhas, um problema crônico da sociedade que agita e intriga os juristas até os nossos dias: está claro que a aplicação da lei colima a justiça, mas, na prática, com que frequência consegue atingi-la? Pensando em seu próprio caso, Sócrates, que insistia que até a lei injusta devia ser respeitada (o que era exatamente o que fazia naqueles instantes ao opor-se ao plano de fuga e ao suborno), faz-nos ponderar que a lei pode ser mesmo um instrumento de morte em nome da busca da justiça, mas onde está a sabedoria dos homens para utilizá-la? Até que ponto será a lei na prática (e absurdamente) um instrumento da injustiça? Por outro lado, a contínua reprovação que Sócrates votava aos sofistas, nesse caudal de raciocínio, não era gratuita. Para ele, esses habilíssimos retóricos defendiam à revelia da verdade e da justiça homens indiciados que podiam pagar por isso. Contribuíam o dinheiro e o poder para que a lei atingisse sua meta, a justiça? Ou seria o contrário? Haveria nisso, inclusive, uma crítica tácita ao próprio Críton. E afinal, o que é a justiça? Se a lei era para os atenienses um instrumento real e concreto, que permitia a aplicação via de regra sumária da justiça, esta não passava de um conceito discutível, embora fosse uma das virtudes capitais, aliás só superada pela sabedoria (φρόνησις [*phrónesis*], σοφία [*sophía*]).

CRÍTIAS: Diálogo inacabado no qual Platão, tendo Sócrates como o usual veiculador de suas ideias, põe, contudo, na boca de Crítias, a narração do mito de origem egípcia da Atlântida, civilização que teria existido em uma ilha do Atlântico, próxima à entrada do mar Mediterrâneo, há nove milênios da Atenas atual. Segundo Crítias, a Atenas de então guerreara contra esse povo de conquistadores, que acabara por perecer, pois um terremoto (maremoto?) fizera com que toda a ilha fosse tragada pelo oceano, causando, também, a morte de todos os guerreiros gregos daquela era. Ora, essa Atenas remota possuiria uma forma de governo que correspondia ao modelo de Estado apresentado em *A República*.

EUTÍFRON: O "tempo" desse breve diálogo é o curto período no qual Sócrates se prepara para defender-se, na corte de Atenas, das acusações de que fora alvo. O jovem Eutífron acabara de depor contra seu pai pela morte de um servo. O assassinato (mesmo de um servo) era um delito grave (como, aliás, Platão enfatiza em *As Leis*) que resultava em uma *mácula* (mãos sujas de sangue) que tinha de ser eliminada mediante ritos purificatórios. Tratava-se de um crime religioso, pois os maculados não purificados desagradavam aos deuses. Entretanto, a denúncia de um pai feita por um filho, embora justificável e permitida pelas leis democráticas de Atenas, era tida como "um ato pouco piedoso". Não é de surpreender, portanto, que esse diálogo verse sobre os conceitos de piedade (σέβας [*sébas*]) e impiedade (ἀσέβεια [*asébeia*], ἀσέβημα [*asébema*]), e que, por seu tema candente e visceral, aproxime-se da *Apologia*, do *Críton* e do *Fédon*.

POLÍTICO: Continuação do *Sofista*, esse diálogo procura traçar o perfil do homem político e indicar o conhecimento que tal indivíduo deveria possuir para exercer o bom e justo governo da πόλις [*pólis*], no interesse dos cidadãos. Essa descrição do perfil do estadista é mais negativa do que positiva, e Platão finda por retornar à figura do sofista.

CÁRMIDES: Um dos mais "éticos" diálogos de Platão, provavelmente pertencente à sua fase inicial, sob intensa influência do mestre Sócrates. É efetivamente um dos diálogos socráticos de Platão no qual as ideias do mestre se fundem às suas. O assunto é a σωφροσύνη [*sophrosýne*] (temperança, autocontrole, moderação). Cármides, tio materno de Platão, aqui aparece em sua adolescência (432 a.C.), antes de se tornar um dos 30 tiranos.

LAQUES: Também pertencente ao período inicial da investigação e vivência filosóficas sob Sócrates, no qual o corpo integral das ideias platônicas ainda não se consolidara e cristalizara, o *Laques* (nome de um jovem e destacado general ateniense que lutara na guerra do Peloponeso) é mais um diálogo ético que se ocupa de um tema específico: ἀνδρεία [*andreía*], coragem.

LÍSIS: Do mesmo período de *Cármides* e *Laques*, *Lísis* (nome de um atraente adolescente de ilustre família de Atenas) é outro diálogo "ético socrático", no qual se discute o conceito φιλία [*philía*] (amizade, amor). Parte da teoria da amizade desenvolvida por Aristóteles, na *Ética a Eudemo* e *Ética a Nicômaco*, baseia-se nas luzes e conclusões surgidas no Lísis.

EUTIDEMO: Outro diálogo "socrático". A matéria abordada, sem clara especificidade, retoma a crítica aos sofistas. Eutidemo (figura de existência historicamente comprovada) e seu irmão, Dionisodoro, abandonam o aprendizado da oratória sofística e os estudos marciais para empreenderem a erística (ἔρις [*éris*]: disputa, combate, controvérsia). O cerne da discussão é a oratória ou retórica (ῥητορεία [*retoreía*]), porém, é realizado um esforço para distingui-la da erística. Aristóteles, no *Órganon*, preocupar-se-á com essa distinção (retórica/erística) ao investigar profundamente a estrutura do silogismo e do juízo, indicando os tipos do primeiro do ponto de vista da verdade ou falsidade lógicas: um desses tipos é o *sofisma*, um silogismo capciosamente falso.

MÊNON: Provavelmente produzido no período mediano da vida de Platão, o *Mênon* não é propriamente um diálogo "socrático", já revelando uma independência e substancialidade do pensamento platônico. Mênon é integrante de uma das mais influentes famílias aristocráticas da Tessália. O diálogo, inicialmente, não visa a elucidar um conceito ou o melhor conceito (empenho típico dos diálogos "socráticos"), mas sim a responder a uma questão particular formulada por Mênon como primeira frase do diálogo: "Podes dizer-me, Sócrates, se é possível ensinar a virtude?". E ele prossegue: "Ou não é ensinável, e sim resultado da prática, ou nem uma coisa nem outra, o ser humano a possuindo por natureza ou de alguma outra forma?". Contudo, reincorporando uma característica do diálogo socrático, a segunda parte do Mênon reinstaura a busca do conceito da ἀρετή [*areté*]. Para os sofistas, a ἀρετή é fruto de uma convenção (νόμος [*nómos*]) e, portanto, verbalmente comunicável e passível de ser ensinada.

HÍPIAS MENOR: Hípias é o grande sofista que, ao lado de Protágoras, Pródico e Isócrates, atuou como um dos pugnazes adversários de Sócrates e Platão no fecundo e excitante cenário intelectual de Atenas.

Esse curtíssimo diálogo teria sido motivado por um inflamado discurso proferido por Hípias, tendo a obra do poeta Homero como objeto. Sócrates solicita a Hípias que explicite sua visão sobre Aquiles e Odisseu, segundo a qual o primeiro é "o mais nobre e o mais corajoso", enquanto o segundo é "astuto e mentiroso". O problema aqui introduzido, estritamente ético, concerne ao cometimento consciente e voluntário da ação incorreta por parte do indivíduo justo e o cometimento inconsciente (insciente) e involuntário da ação incorreta por parte do indivíduo injusto. Em *A República* e *As Leis,* a questão do erro voluntário com ciência e o erro involuntário por ignorância também é enfocada. Ocioso dizer que se esbarra, implicitamente, na posição maniqueísta: é Aquiles absoluta, necessária e perenemente corajoso, probo e verdadeiro e Odisseu absoluta, necessária e perenemente velhaco e mentiroso?

ION: Este é um talentoso rapsodo profissional especializado nos poemas de Homero (não se sabe se figura real ou fictícia engendrada por Platão). O problema que Sócrates apresenta para Ion é: a poesia (ποίησις [*poíesis*]) é produto do conhecimento ou da inspiração dos deuses? Sócrates sugere que a arte do rapsodo, e mesmo a do poeta, é exclusivamente produto da inspiração divina, para elas não concorrendo nenhuma inteligência e conhecimento humanos. Platão também toca nesse tópico em *A República* e no *Fedro.*

MENEXENO: No menos filosófico dos diálogos, Sócrates se limita a executar um elogio à morte em campo de batalha, brindando Menexeno (nome de um insinuante membro do círculo socrático) com uma oração fúnebre que ele (Sócrates) diz ser da autoria de Aspásia, a amante de Péricles. É certo esse atípico diálogo ter sido escrito antes da morte de Sócrates, bem como o *Lísis,* do qual o personagem Menexeno também participa. Salvo pelas considerações preliminares de Sócrates acerca do "estupendo destino" daquele que tomba em batalha, o *Menexeno* carece de profundidade e envergadura filosóficas – foi com bastante propriedade que Aristóteles o chamou simplesmente de *Oração Fúnebre.*

Os três diálogos subsequentes são tidos como apócrifos pela grande maioria dos helenistas e historiadores da filosofia.

ALCIBÍADES: O mais "socrático" dos diálogos aborda o fundamento da doutrina socrática do autoconhecimento e provê uma resposta ao problema gnosiológico, resposta que é: nenhum conhecimento é possível sem o conhecimento de si mesmo, e o conhecimento do eu possibilita e instaura o conhecimento do não-eu, o mundo. Por isso, no diálogo, o conhecimento do eu é a meta perseguida pela maiêutica para fazer vir à luz o conhecimento do mundo sensível. É improvável que Platão tenha sido o autor desse diálogo, mas se o foi, escreveu-o (paradoxal e intempestivamente) muito depois da morte de seu mestre, por rememoração, e bem próximo de sua própria morte. Por seu estilo direto e "menos literariamente colorido", suspeita-se, com maior probabilidade, que tenha sido escrito pouco depois da morte do mestre da Academia, por um de seus discípulos mais capazes, talvez o próprio Aristóteles, mesmo porque a visão gnosiológica de cunho "subjetivista" e "antropológico" de Sócrates, que emerge do *Alcibíades* (nome de um belo e ambicioso jovem do círculo socrático), guarda semelhança com as ideias do jovem Aristóteles.

HÍPIAS MAIOR: Confronto entre Sócrates e Hípias, o sofista, no qual o primeiro, sempre em busca da compreensão dos conceitos, interroga o segundo, nesse ensejo não a respeito de uma virtude, mas sim sobre o que é καλός [*kalós*], termo, como tantos outros, intraduzível para as línguas modernas, um tanto aproximativo do inglês *fine* (em oposição a *foul*). Em português, é linguisticamente impossível traduzi-lo, mesmo precariamente, por uma única palavra. Se conseguirmos abstrair uma fusão harmoniosa dos significados de belo, bom, nobre, admirável e toda a gama de adjetivos qualificativos correlatos que indicam excelência estética e ética, poderemos fazer uma pálida ideia do que seja καλός. Desnecessário comentar que, como de ordinário, um mergulho profundo nas águas da cultura dos gregos antigos aliado ao acurado estudo da língua constitui o único caminho seguro para o desvelamento de conceitos como καλός.

CLITOFON: Esse brevíssimo apócrifo apresenta uma peculiaridade desconcertante no âmbito dos escritos platônicos. Nele, na busca da compreensão de em que consiste a ἀρετή [*areté*], virtude, particularmente a δίκη [*díke*], justiça, Sócrates não é o protagonista nem o costumeiro e seguro articulador das indagações que norteiam a discussão e conduzem, por meio da maiêutica associada à dialética, o interlocutor (ou interlocutores) à verdade latente que este(s) traz(em) à luz.

Nesse curtíssimo e contundente diálogo, é Clitofon (simpatizante de Trasímaco, o pensador radical que aparece em *A República*) que "dá o tom da música", encaminha a discussão e enuncia a palavra final.

Finalmente, a maioria dos estudiosos, helenistas e historiadores da filosofia tende a concordar que as seguintes 14 obras não são decididamente da lavra de Platão, mas sim, via de regra, de seus discípulos diretos ou indiretos, constituindo o movimento filosófico que nos seria lícito chamar de *platonismo nascente,* pois, se tais trabalhos não foram escritos por Platão, é certo que as ideias neles contidas e debatidas não saem da esfera do pensamento platônico. Dos discípulos conhecidos de Platão, somente o estagirita Aristóteles foi capaz de criar um corpo íntegro e sólido de teorias originais.

SEGUNDO ALCIBÍADES: A questão da γνῶσις [*gnôsis*], conhecimento, volta à baila, mas nessa oportunidade Sócrates especializa a discussão, detendo-se no objeto, no valor e nas formas do conhecimento. Uma questão paralela e coadjuvante também é tratada (já largamente abordada e desenvolvida em *As Leis,* em que o mesmo ponto de vista fora formulado): como nos dirigir aos deuses? Como no problema do conhecimento (em relação ao qual o único conhecimento efetivamente valioso, além do conhecimento do eu, é o conhecimento do bem), Sócrates se mostra restritivo: não convém agradar aos deuses com dádivas e sacrifícios dispendiosos, visto que os deuses têm em maior apreço as virtudes da alma, não devendo ser adulados e subornados. Nossas súplicas não devem visar a vantagens e a coisas particulares, mas simplesmente ao nosso bem, pois é possível que nos enganemos quanto aos bens particulares que julgamos proveitosos para nós, o que os deuses, entretanto, não ignoram.

HIPARCO: Diálogo breve, com um só interlocutor anônimo, no qual se busca o melhor conceito de cobiça ou avidez. O nome Hiparco é tomado de um governante de Atenas do final do século VI a.C., alvo da admiração de Sócrates.

AMANTES RIVAIS: A meta desse brevíssimo diálogo, com um título que dificilmente teria agradado a Platão, é estabelecer a distinção entre o conhecimento geral e a filosofia, envolvendo também a questão da autoridade. O título é compreensível, pois o diálogo encerra realmente a história da rivalidade de dois amantes.

TEAGES: Nome de um dos jovens do círculo de Sócrates, que, devido a sua saúde precária, teria morrido antes do próprio Sócrates. O diálogo começa com o pai do rapaz, Demódoco, pedindo orientação a Sócrates a respeito do desejo e ambição do filho: tornar-se sábio para concretizar sonhos de vida política. Esse pequeno diálogo realça, sobremaneira, aquilo que Sócrates (segundo Platão) chamaria na *Apologia* de "voz de seu *daímon* (δαίμων)" e o fascínio que Sócrates exerca sobre seus discípulos jovens.

MINOS: Provavelmente escrito pelo mesmo discípulo autor de *Hiparco*, *Minos* (nome de grande rei, legislador de Creta e um dos juízes dos mortos no Hades) busca o conceito mais excelente para νόμος (lei). É muito provável que esse diálogo tenha sido elaborado após a morte de Platão e, portanto, após *As Leis* (última obra do próprio Platão); todavia, em uma visível tentativa de integrar esse pequeno diálogo ao pensamento vivo do mestre, exposto definitiva e cristalizadamente em *As Leis*, o fiel discípulo de Platão compôs *Minos* como uma espécie de proêmio ao longo diálogo *As Leis*. Sócrates, mais uma vez, é apresentado às voltas com um único interlocutor anônimo, que é chamado de *discípulo*.

EPINOMIS: Como o título indica explicitamente (ἐπινομίς), é um apêndice ao infindo *As Leis*, de presumível autoria de Filipe de Oponto (que teria igualmente transcrito o texto de *As Leis,* possivelmente a partir de tabletes de cera, nos quais Platão o deixara ao morrer).

DEFINIÇÕES: Trata-se de um glossário filosófico com 184 termos, apresentando definições sumárias que cobrem os quatro ramos filosóficos reconhecidos oficialmente pela Academia platônica e a escola estoica, a saber, a *física* (filosofia da natureza), a *ética*, a *epistemologia* e a *linguística*. É possível que esse modestíssimo dicionário não passe de uma drástica seleção da totalidade das expressões e definições formuladas e ventiladas na Academia, em meados do século IV a.C. Com certeza, uma grande quantidade de expressões, mesmo nos circunscrevendo à terminologia platônica, não consta aqui, especialmente nas áreas extraoficiais pertencentes a disciplinas como a *ontologia* (ou *metafísica*), a *psicologia*, a *estética* e a *política*. Embora alguns sábios antigos atribuam *Definições* a Espeusipo, discípulo, sobrinho e sucessor de Platão na direção da Academia, tudo indica que temos diante de nós um trabalho conjunto dos membros da Academia.

DA JUSTIÇA: Brevíssimo diálogo em que Sócrates discute, com um interlocutor anônimo, questões esparsas sobre a δίκη [*díke*], justiça.

DA VIRTUDE: Análogo nas dimensões e no estilo ao *Da Justiça*, esse pequeno texto retoma o tema do *Mênon* (pode a virtude ser ensinada?) sem, contudo, trazer nenhuma contribuição substancial ao *Mênon*, do qual faz evidentes transcrições, além de fazê-las também de outros diálogos de Platão.

DEMÓDOCO: É outro produto do platonismo nascente. *Demódoco* (nome de um homem ilustre, pai de Teages) é constituído por um monólogo e três pequenos diálogos que tratam respectivamente da deliberação coletiva (refutada por Sócrates) e de alguns elementos do senso comum.

SÍSIFO: O tema, na mesma trilha daquele de *Demódoco*, gira em torno da tomada de decisão na atividade política. A tese de Sócrates é que "se a investigação pressupõe ignorância, a deliberação pressupõe saber".

HÁLCION: Para ilustrar a inconcebível superioridade do poder divino (cujos limites desconhecemos) sobre o poder humano, Sócrates narra ao seu amigo Querefonte a lenda de Hálcion, figura feminina que foi metamorfoseada em ave marinha para facilitar a procura do seu amado marido. Certamente o menor, porém, o mais bem elaborado dos diálogos do segundo advento do platonismo (provavelmente escrito entre 150 a.C. e 50 d.C., embora muitos estudiosos prefiram situá-lo no século II d.C. atribuindo sua autoria ao prolífico autor e orador Luciano de Samosata. Aliás, a prática editorial moderna e contemporânea generalizada [que é já a adotada por Stephanus no século XVI] é não fazer constar o *Hálcion* nas obras completas de Platão; os editores que publicam Luciano incluem o *Hálcion* normalmente nas obras completas deste último).

ERIXIAS: O assunto que abre o diálogo é a relação entre a riqueza (πλοῦτος [*ploŷtos*]) e a virtude (ἀρετή [*areté*]) e se concentra em uma crítica ao dinheiro (ouro e/ou prata) por parte de Sócrates. Na defesa da riqueza material, Erixias não consegue elevar seus argumentos acima do senso comum, mas uma discussão simultânea é desenvolvida, indagando sobre a diferença entre os sólidos e sérios argumentos filosóficos e os folguedos intelectuais. O tema da relação πλοῦτος/ἀρετή fora já abordado com maior amplitude e profundidade em *As Leis*, em que Platão, pela boca do ateniense, define quantitativamente o grau suportável de riqueza particular em ouro e prata que permita a um indivíduo ser a um tempo rico e virtuoso, sem tornar tais qualidades incompatíveis entre si e comprometer sua existência como cidadão na convivência com seus semelhantes no seio da πόλις (*pólis*), cidade. Essa questão aparece também no *Fedro* e no *Eutidemo*.

AXÍOCO: Nesse diálogo, Sócrates profere um discurso consolador visando à reabilitação psicológica possível de um homem no leito de morte, abalado com a perspectiva inevitável desta. O tema perspectiva da *morte* (θάνατος [*thánatos*]) é abordado diretamente na *Apologia* e no *Fédon*. O *Axíoco* data do período entre 100 a.C. e 50 d.C.

Edson Bini

CRONOLOGIA

Esta é uma cronologia parcial. Todas as datas são a.C., e a maioria é aproximativa. Os eventos de relevância artística (relacionados à escultura, ao teatro etc.) não constam nesta Cronologia. O texto em itálico destaca alguns eventos marcantes da história da filosofia grega.

530 – *Pitágoras de Samos funda uma confraria místico-religiosa em Crotona.*

500 – *Heráclito de Éfeso floresce na Ásia Menor.*

490 – Os atenienses derrotam os persas em Maratona.

481 – Lideradas por Esparta, as cidades-Estado gregas se unem para combater os persas.

480 – Os gregos são duramente derrotados nas Termópilas pelos persas, e a acrópole é destruída.

480 – Os gregos se sagram vencedores em Salamina e Artemísio.

479 – Com a vitória dos gregos nas batalhas de Plateia e Micale, finda a guerra contra os persas.

478-477 – Diante da nova ameaça persa, Atenas dirige uma nova confederação dos Estados gregos: a "Liga Délia".

469 ou 470 – *Nascimento de Sócrates*

468 – A esquadra persa é derrotada.

462 – *Chegada do pré-socrático Anaxágoras a Atenas.*

462-461 – Péricles e Efialtes promovem a democracia em Atenas.

460 – Nascimento de Hipócrates.

457 – Atenas se apodera da Beócia.

456 – Finda a construção do templo de Zeus, em Olímpia.

454-453 – O poder de Atenas aumenta grandemente em relação aos demais Estados gregos.

447 – Início da construção do Partenon.

445 – Celebrada a Declaração da "Paz dos Trinta" entre Atenas e Esparta.

444 – *O sofista Protágoras produz uma legislação para a nova colônia de Túrio.*

431 – Inicia-se a Guerra do Peloponeso entre Atenas e Esparta.

429 – Morte de Péricles.

427 – *Nascimento de Platão em Atenas.*

424 – Tucídides, o historiador, é nomeado general de Atenas.

422 – Os atenienses são derrotados em Anfípolis, na Trácia.

421 – Celebrada a paz entre Atenas e Esparta.

419 – Atenas reinicia guerra contra Esparta.

418 – Os atenienses são vencidos pelos espartanos na batalha de Mantineia.

413 – Os atenienses são derrotados na batalha naval de Siracusa.

405 – Nova derrota dos atenienses em Egospótamos, na Trácia.

404 – Rendição de Atenas à Esparta.

401 – Xenofonte comanda a retirada de Cunaxa.

399 – *Morte de Sócrates.*

385 – *Criação da Escola de Platão, a Academia.*

384 – *Nascimento de Aristóteles em Estagira.*

382 – Após guerras intermitentes e esporádicas contra outros Estados gregos e os persas, de 404 a 371, Esparta se apossa da cidadela de Tebas.

378 – É celebrada a aliança entre Tebas e Esparta.

367 – *Chegada a Atenas de Aristóteles de Estagira.*

359 – Ascensão de Filipe II ao trono da Macedônia e início de suas guerras de conquista e expansão.

351 – Demóstenes adverte os atenienses a respeito do perigo representado por Filipe da Macedônia.

347 – *Morte de Platão.*

343 – Aristóteles se torna preceptor de Alexandre.

338 – Derrota de Atenas e seus aliados por Filipe da Macedônia em Queroneia. Os Estados gregos perdem seu poder e a conquista da Grécia é efetivada.

336 – Morte de Filipe II e ascensão de Alexandre ao trono da Macedônia.
335 – *Aristóteles funda sua Escola em Atenas, no Liceu.*
334 – Alexandre move a guerra contra a Pérsia e vence a batalha de Granico.
331 – Nova vitória de Alexandre em Arbela.
330 – As forças persas são duramente derrotadas em Persépolis por Alexandre, dando fim à expedição contra a Pérsia.
323 – Morte de Alexandre na Babilônia.

O BANQUETE

PERSONAGENS DO DIÁLOGO:
Apolodoro, Gláucon, o amigo de Apolodoro, Aristodemo, Sócrates, Agaton, Erixímaco, Pausânias, Aristófanes, Fedro, Alcibíades

172a **Apolodoro:**[1] Realmente não estou despreparado para o que procuras saber. Anteontem aconteceu de eu estar me dirigindo à cidade vindo de minha casa em Falero,[2] quando um conhecido meu que vinha atrás me avistou e chamou-me de uma alguma distância num tom brincalhão: "Ei, faleriano!" gritou, "Apolodoro, espera!" Detive-me e o aguardei. "Apolodoro", ele disse, "estive procurando por ti, pois desejaria ouvir tudo
b acerca do jantar que reuniu Agaton,[3] Sócrates, Alcibíades[4]

---

1. Pouco se sabe de positivamente histórico sobre Apolodoro, exceto que foi dedicado discípulo, extremoso amigo e grande admirador de Sócrates nos últimos anos deste. Ver o *Fédon* 117d (em Diálogos III).
2. Porto de Atenas.
3. Agaton de Atenas (*circa* 448-401 a.C.), poeta trágico. Ver *Protágoras* 315e, onde é mencionado quando adolescente.
4. Alcibíades (*c.* 450-404 a.C.), um dos mais importantes membros do círculo socrático, não exatamente por seu particular empenho como discípulo e vocação filosófica, mas pelo fascínio que exercia, devido ao seu porte, exuberância e beleza juvenil, sobre aqueles que conviviam com ele, em especial o seu próprio mestre, que mais de uma vez confessou sua paixão por ele. Alcibíades teve como tutor o próprio Péricles e logo após afastar-se do círculo socrático iniciou uma carreira militar. Em 415 a.C. (um ano depois deste suposto banquete ocorrido na casa de Agaton, em comemoração ao prêmio granjeado por ele no festival ateniense de

e outros que se reuniram, bem como acerca dos *discursos sobre o amor*[5] feitos por eles. Na verdade uma outra pessoa transmitiu-me uma versão com base no relato de Fênix, filho de Filipe,[6] e comentou que o conhecias também. Mas a comunicação que ele me faz peca pela falta de clareza. Diante disso, cabe a ti contar-me tudo, uma vez que és o mais correto comunicador dos discursos de *teu amigo*.[7] Mas começa me informando o seguinte", ele prosseguiu, "estiveste ou não presente nessa reunião?" A isso respondi: "Tudo indica que

c obtiveste uma comunicação completamente desprovida de clareza de teu informante se supões que tal acontecimento foi tão recente a ponto de eu poder ter participado dele." "Foi realmente o que supus", ele disse. "Como assim, Gláucon?"[8] eu disse. "Decerto sabes que Agaton está longe de casa e do país há muitos anos, embora faça menos de três anos que desfruto da companhia de Sócrates e acompanho diariamente com zelo todos os seus discursos e ações. Antes dessa fase, eu

173a simplesmente vagava sem rumo, e embora pensasse que realizava coisas importantes, não passava de fato do mais infeliz dos homens vivos, tal como tu agora, pensando que a filosofia não te diz respeito." "Poupa-me de tuas zombarias", ele disse, "e me diz quando ocorreu essa reunião." "Quando nós dois não passávamos de crianças", eu lhe disse, "na ocasião em que Agaton ganhou o prêmio com sua primeira tragédia. Foi

---

dramaturgia), Alcibíades partiu como general na expedição siciliana, mas analogamente a uma trajetória como filósofo que nunca realizou, também sua carreira militar descambou em fracasso. Mas Platão, além dos muitos atributos de Alcibíades, realça principalmente dois aspectos em seu comportamento: a imodéstia e a franca admiração que nutria por Sócrates. Ver especialmente o *Protágoras* (336c-d), presente em *Clássicos Edipro*, Diálogos I).

5. ...ἐρωτικῶν λόγων... (*erotikôn lógon*).
6. Nada conhecemos destas duas pessoas.
7. Ou seja, Sócrates.
8. Os helenistas divergem quanto a este Gláucon. Alguns dizem tratar-se do mesmo Gláucon que figura como um dos interlocutores em *A República* e aparece no *Parmênides*, isto é, o filho de Aríston e irmão de Adimanto e do próprio Platão. Outros o julgam apenas provável.

      no dia seguinte ao dia no qual ele e seus atores realizaram sua celebração." "Então foi realmente há muito tempo, pelo que parece", ele disse, "mas quem foi que o relatou a ti? O próprio Sócrates?" "Ora, por Zeus", respondi. "Foi a pessoa que o contou a Fênix, ou seja, Aristodemo de Cidateneum,[9] um homem pequeno, que sempre andava descalço. Ele esteve nessa reunião, sendo nessa época, pelo que suponho, um dos principais amantes de Sócrates. De qualquer modo, depois disso indaguei Sócrates sobre certos pormenores do seu relato e ele confirmou estarem de acordo com seu próprio testemunho." "Pois então", ele disse, "conta-me agora, mesmo porque o caminho em direção à cidade se presta bem ao narrar e ao ouvir enquanto andarmos."

      Assim nos pusemos a caminhar e esse foi o teor do discurso, para o qual, como vos disse inicialmente, não estou despreparado. Assim, se tu também desejas ouvir esse relato, é melhor que eu o faça. Na verdade, no que me diz respeito, além do benefício que julgo me ser proporcionado por quaisquer discursos filosóficos, feitos por mim mesmo ou ouvidos de outros, deles extraio imenso prazer, ao passo que no caso de outros tipos de discursos, especialmente a conversação de ricos homens de negócios envolvidos com dinheiro, indivíduos como tu, sinto-me não só pessoalmente entediado, como também lamento por amigos queridos como tu, que pensam estar fazendo algo muito importante, quando realmente não passa de algo insignificante. E vós, de vossa parte, talvez me julgueis um *infeliz*[10] e, acredita-me, a mim parece verdadeiro vosso julgamento. Todavia, no que tange a vós, não me limito a vos julgar infelizes... tenho isso como um fato.

Amigo: És o mesmo de sempre, Apolodoro, sempre falando mal de ti mesmo e de todos os outros! Penso que tua opinião é a de que todos os seres humanos, exceto Sócrates, são uns infelizes, e que tua situação é a pior de todas. Não sei como

---

9. Outro membro do círculo socrático.
10. ...κακοδαίμονα... (*kakodaímona*), literalmente *possuído por um gênio (dáimon) mau*.

conquistaste o título de louco, embora sem dúvida te assemelhes a um no teu modo de falar... enfurecendo-se contigo próprio e com todos, exceto Sócrates.

e **Apolodoro:** Ó caro amigo, é evidente que a razão de eu sustentar essa opinião de mim mesmo e de todos vós é simplesmente a presença de uma loucura em mim!

Amigo: Mas seria uma perda de tempo, Apolodoro, discutir isso agora. Atende, sem mais alvoroço, ao pedido feito e narra os discursos.

Apolodoro: Bem, os discursos foram algo assim: ...porém seria
174a melhor fazer a narrativa toda desde o princípio, como ele[11] a transmitiu a mim.

Ele me contou que foi dar com Sócrates, o qual acabara de tomar banho e calçava seu melhor par de sandálias, dois acontecimentos muito esporádicos em relação a ele. Diante disso, perguntou-lhe aonde pretendia ir e o porquê da boa aparência.

"Vou jantar na casa de Agaton", respondeu, "Esquivei-me a ele e à sua celebração de ontem, temendo gente demais, mas concordei em visitá-lo hoje. Assim, cuidei da boa aparência para estar em consonância com o meu belo anfitrião. Mas diz-
b -me tu", ele disse, "estás disposto a comparecer a esse jantar sem ser convidado?"

"Farei", ele me disse que respondeu, "aquilo que me instruíres a fazer."

"Então vem", ele disse, "alteremos o provérbio para:
*Homens bons vão sem serem convidados
Ao banquete do Homem Bom.*[12]

---

11. Aristodemo.
12. Isto é, a título de trocadilho, *Agathon*. Uma das formas do provérbio original, sem a alteração, é *"Homens bons vão sem serem convidados ao banquete de homens vis"* (Eupolis, fragm. 289, Kock). O nome próprio *Agathon* corresponde morfologicamente ao adjetivo ἀγαθός (*agathós*), bom. No provérbio, Sócrates altera δείλων (*deiîlon*), **de homens vis**, para Ἀγάθων (*Agáthon*), aproximadamente **do [Homem] bom**.

Pode-se dizer, inclusive, que o próprio Homero não só alterou o adágio, como também o ultrajou, pois depois de apresentar Agamenon como um homem eminentemente bom como guerreiro e Menelau como meramente "um lanceiro sem vigor", ele mostra Menelau comparecendo, sem ser convidado, ao banquete de Agamenon, o qual oferece um sacrifício, de modo que o homem pior foi conviva do melhor."[13]

A isso ele,[14] segundo me disse, respondeu: "É provável que minha situação se ajuste não à tua versão, Sócrates, mas à de Homero, ou seja, alguém vulgar comparecendo, sem ser convidado, ao jantar de um homem sábio. Certifica-te, pois, de ter uma boa desculpa para levar-me contigo, porque não admitirei que fui sem um convite. Direi que sou teu convidado."

"Se dois vão juntos", ele observou, "haverá um antes do outro para pensar no que iremos dizer. Vamos."

Em meio a essas palavras, eles partiram. Durante o trajeto, Sócrates se deteve absorto em seu próprios pensamentos, e ficou para trás; quando Aristodemo também se deteve para esperá-lo, ele o instruiu para que prosseguisse. Finalmente chegou à casa de Agaton, encontrando a porta aberta, e se viu reduzido a uma situação um tanto ridícula, pois um jovem escravo servidor da casa, notando sua presença, apressou-se a conduzi-lo ao interior, onde o grupo já se achava reunido e reclinado, e o jantar estava para ser servido. Entretanto, logo que Agaton o viu, exclamou: "Bem-vindo, Aristodemo! Que bela pontualidade! Chegaste na hora para jantar conosco! Se vieste por outra razão, terás que adiar o assunto para outra oportunidade. Ontem procurei-te por toda parte, mas não consegui encontrar-te. Mas por que não trouxeste Sócrates?"

"Diante disso, me virei em busca de Sócrates", ele disse, "mas não havia nenhum sinal dele." "Expliquei-lhes em que circunstâncias eu viera com Sócrates, na condição de seu convidado."

---

13. Ver *Ilíada*, Canto XVII, 587.
14. Aristodemo.

"Ótimo teres vindo", ele[15] disse. "Mas onde está ele?"

175a "Vinha há pouco atrás de mim. Não faço ideia de onde possa estar."

"Vai imediatamente", Agaton disse ao servo, "e vês se podes localizar Socrates. Quanto a ti, Aristodemo, acomoda-te perto de Erixímaco."[16]

O escravo o lavou, preparando-o para reclinar-se; nesse ínterim um outro jovem escravo entrou no aposento informando que Sócrates [fora encontrado], mas que se dirigira ao pórtico do vizinho; ali se mantinha e quando instruído para entrar na casa, se recusara a fazê-lo."

"Que coisa estranha!" exclamou Agaton. "Volta e continua lhe dizendo para entrar e, em hipótese alguma, o deixa ir embora."

b Mas Aristodemo se opôs a isso: "Não", disse. "Deixa-o sozinho. Trata-se de um hábito dele. De vez em quando se retira, como ocorre agora, para qualquer lugar casual e permanece parado. Em breve estará aqui. Portanto, não deve ser incomodado. Nada de interferir."

"Muito bem", disse Agaton, "se julgas que assim é melhor. Bem, rapazes", dirigiu-se aos jovens escravos, "ide em frente servindo o resto de nós. O que servireis cabe a vós exclusivamente decidir. Simulai que ninguém vos supervisiona, como se eu jamais houvesse feito isso. Hoje deveis imaginar que todo o grupo, inclusive eu, aqui comparecemos convidados por vós. Assim, cuidai de nós, nos oferecendo razões para louvar vosso serviço."

c Logo em seguida, ele[17] disse, todos começaram a comer, mas Sócrates não apareceu; e a despeito das ordens regulares dadas por Agaton no sentido de mandar chamá-lo, ele

---

15. Agaton.
16. Filho de Acumeno, médico. Tanto o pai quanto o filho pertenciam à importante corporação dos *Asclepíades* (descendentes de Asclépio, o deus da medicina). A arte da medicina era, geralmente, transmitida de pai para filho.
17. Aristodemo.

d

e

176a

sempre se opunha. Quando Sócrates finalmente apareceu, era o que para ele não representava uma grande demora, já que eles estavam mais ou menos no meio do jantar. Agaton, então, que aconteceu de sentar-se sozinho no lugar mais baixo do aposento, disse: "Sócrates, vem reclinar-te perto de mim, para que te tocando, possa eu beneficiar-me desse bocado de sabedoria que a ti ocorreu naquele pórtico. É evidente que fizeste uma descoberta e te apoderaste dela, pois se assim não fosse, ainda estarias lá."

Ouvindo-o, Sócrates sentou-se e disse: "Que bom seria, Agaton, se a sabedoria fosse o tipo de coisa que pudesse fluir daquele entre nós que dela estivesse mais repleto, para aquele que dela estivesse mais vazio mediante nosso mero contato mútuo, como a água que flui através da lã da taça mais cheia para a mais vazia. Se assim sucedesse de fato com a sabedoria, seria um sumo prêmio sentar ao teu lado; não demoraria a sentir-me repleto da admirável sabedoria copiosamente haurida de ti. A minha é ínfima e tão contestável quanto um sonho, enquanto a tua é resplandecente e irradiante, como a assistimos outro dia emanando de tua juventude, vigorosa e estupenda, ante os olhos de mais de trinta mil gregos."

"Tu te excedeste, Sócrates", disse Agaton. "Um pouco mais de tempo para ti e não tardará para que Dionísio[18] seja o juiz de nossas pretensões quanto à sabedoria. Por enquanto, ocupa-te apenas de teu jantar."

Acomodando-se em seu assento, Sócrates juntou-se aos demais e fez sua refeição, depois do que fizeram sua libação ao deus, entoaram um hino e, numa palavra, cumpriram o ritual costumeiro. Voltaram então sua atenção para a bebida. E Pausânias[19] instaurou a conversação nos seguintes

---

18. Ou Baco, deus não olímpico que teria ensinado aos seres humanos como fazer o vinho. Está associado, entre outras coisas, a ele e à embriaguez. As danças realizadas nas festividades dedicadas a Dionísio (particularmente por suas sacerdotisas, as bacantes) são frenéticas, sempre incluindo o torpor e o delírio.
19. Pausânias de Cerames, discípulo do sofista Pródico. Ver *Protágoras* 315d.

termos: "Bem, homens, que estilo de beber nos será mais conveniente? De minha parte, para ser honesto, estou ainda de ressaca por conta da rodada de bebida de ontem e, portanto, pleiteio uma certa contenção; acredito que aconteça o mesmo com a maioria de vós, pois também estivestes na celebração de ontem. Consideremos [incluindo esse dado] o

b método de beber que mais nos conviria."

Ao ouvir isso, Aristófanes[20] observou: "Ora, Pausânias, penso que fazes uma boa sugestão, devendo nós conceber um plano no sentido de moderar com a bebida esta noite. De fato, fui dos que se encharcaram ontem."

Ao ouvir isso, Erixímaco, filho de Acumeno, declarou: "Ambos falaram acertadamente, mas seria o caso ainda de indagar a Agaton em que condição se encontra para beber."

"Negativo", disse Agaton. "Minha condição tampouco é minimamente satisfatória para isso."

c "Entendo que é um golpe de sorte para nós", ele[21] disse, "quer dizer, para mim, Aristodemo, Fedro[22] e os demais o fato de os melhores bebedores se sentirem esgotados. Quanto a nós, como é notório, somos fracos nisso. Não incluo, porém, Sócrates nessa avaliação, pois ele se ajustará a qualquer posição, satisfazendo-se com qualquer escolha que viermos a fazer. Assim, como parece que ninguém aqui está ansioso por embebedar-se, talvez fosse oportuno falar-vos sobre a intoxicação e vos fornecer informações verdadeiras sobre sua

d natureza. A prática da medicina me revelou que a embriaguez é nociva ao ser humano, de modo que nem eu pessoalmente cederia ao excesso na bebida, nem o indicaria aos outros, particularmente quando se está ainda sofrendo a ressaca do porre do dia anterior."

---

20. Aristófanes de Atenas (?448-?380 a.C.), poeta cômico.
21. Erixímaco.
22. Fedro de Mirrino, discípulo do sofista Hípias, interlocutor único de Sócrates no *Fedro* e amigo do próprio Platão.

Nesse ponto houve uma intervenção de Fedro de Mirrino: "Ora, sabes que invariavelmente sigo tuas recomendações, especialmente quando te manifestas como médico; quanto aos outros, se souberem acolher uma boa advertência, agirão do mesmo modo."

e Ao ouvirem essas palavras, todos assentiram em não se embriagarem naquela reunião, limitando-se a beber tão só o suficiente para sentirem prazer.

"Bem, como ficou estabelecido", disse Erixímaco, "que beberemos apenas o que cada um desejar, sem constranger ninguém, proponho a seguir que a flautista que acabou de entrar seja dispensada. Que ela reserve seu instrumento a si mesma, ou, se preferir, às mulheres da casa, mas nos permita entreter-nos hoje na conversação. Se for vosso desejo, estou disposto a sugerir um tema."

177a Todos exprimiram ser esse seu desejo e o instaram a apresentar sua proposta, de forma que Erixímaco prosseguiu: "O início do que pretendo dizer está nas palavras presentes na *Melanipe* de Eurípides,[23] pois 'não é minha a história'[24] que tenciono contar; provém de Fedro aqui presente. Não cessa de se queixar a mim e declarar: 'Não é algo terrível, Erixímaco, que enquanto outros deuses contam com hinos e peãs compostos em sua homenagem pelos poetas, Eros,[25] deus tão antigo e tão poderoso, jamais teve em sua homenagem uma canção
b de encômio composta por um único poeta entre os tantos que já existiram? Quanto aos nossos prestativos sofistas,[26] muito

---

23. Eurípides de Salamina (480-406 a.C.), poeta trágico. A peça a que Platão alude não chegou a nós integral, mas apenas fragmentos.
24. Fragm. 488: οὐκ ἐμός ὁ μῦθος, ἀλλ' ἐμῆς μήτρος παρά (*ouk emós ho mýthos, all' emés métros pará*), ...não [é] minha a história, minha mãe a transmitiu a mim... .
25. ...Ἔρωτι... (*Erôti*), originalmente (por exemplo, em Hesíodo, *Teogonia*), o princípio cosmogônico, posteriormente a personificação divina do amor homossexual e heterossexual.
26. Acerca dos sofistas, ver especialmente os diálogos *Teeteto, Sofista, Protágoras, Górgias, Eutidemo, Hípias Maior* e *Hípias Menor* (presentes em *Clássicos Edipro, Diálogos I* e *Diálogos II*).

escreveram em prosa em louvor de Héracles[27] e de outros, entre eles o excelente Pródico.[28] Realmente isso não é tão surpreendente. Mas me recordo de haver topado com um livro de autoria de alguém importante em que o sal recebia louvores extraordinários por sua utilidade; e muitas outras matérias análogas eram ali celebradas. Como explicar toda essa azáfama em torno de tais bagatelas, e jamais um só ser humano tentar até hoje escrever um hino apropriado dirigido a Eros? Um deus tão poderoso e tão negligenciado!'. Ora, sou da opinião de que o protesto de Fedro procede inteiramente, daí o meu desejo não só de fazer minha contribuição em seu favor, como expressar que esta constitui uma ocasião adequada para todos nós aqui reunidos honrarmos o deus. Assim, se o aprovardes, poderíamos consumir satisfatoriamente nosso tempo discursando; de fato, sugiro que cada um de nós – da esquerda para a direita – profira o mais belo discurso em louvor de Eros de que seja capaz, a começar por Fedro, que se encontra na parte superior à mesa e, ademais, é o pai do [tema da] discussão."

"Erixímaco", disse Sócrates, "ninguém deixará de aprovar tua sugestão. De minha parte, não vejo como pudesse declinar, quando a única coisa de que entendo é a arte do amor;[29] tampouco Agaton e Pausânias,[30] ou mesmo Aristófanes, o qual divide seu tempo entre Dionísio[31] e Afrodite,[32] nem o poderia qualquer um dos outros que vejo aqui

---

27. Semideus, filho de Zeus e da mortal Alcmena, detentor de extraordinária força física. Foi o realizador de muitas proezas. Nome latino: Hércules.

28. Pródico de Ceos: ver o *Protágoras*, 315d-316a. Merece destaque a parábola de Pródico sobre Héracles que figura em *Ditos e Feitos Memoráveis de Sócrates*, Livro II, 1, 21-33, Xenofonte (em *Clássicos Edipro*).

29. ...ἐρωτικά... (*erotiká*).

30. Agaton e Pausânias eram ainda, ou, ao menos, tinham sido amantes.

31. Ver nota 18. Dionísio, deus ligado ao delírio, decerto está associado também ao desregramento dos sentidos, à manifestação livre dos instintos e à satisfação plena dos desejos sexuais.

32. A própria deusa (uma das seis olímpicas) da beleza e sedução femininas, e personificação das próprias relações e deleite sexuais.

presentes. Na verdade, os que estão sentados mais abaixo não têm grande chance [com essa ordem[33]], porém se os primeiros discursadores fizerem discursos admiráveis para esta ocasião, ficaremos inteiramente satisfeitos. Assim sendo, que Fedro principie, com a bênção da boa sorte, e nos ofereça um louvor a Eros."

178a   Isso contou com a anuência de todos, que insistiram para que ele começasse, acatando o que Sócrates dissera. É claro que Aristodemo não pôde recordar-se de cada discurso individual na sua totalidade, bem como eu próprio recordar-me de absolutamente tudo que ele me contou. Contudo, as partes (dos discursos) que considerei mais memorizáveis, até em função dos discursadores, eu as relatarei a ti, inclusive na sequência em que tais discursos foram feitos.

Como eu disse, ele contou-me que Fedro discursou primeiramente e deu início aproximadamente da maneira que se segue:

b   "Eros é um grande deus, uma maravilha entre seres humanos e deuses, o que se manifesta de múltiplas maneiras, mas, sobretudo, em seu nascimento. Honramo-lo como um dos mais antigos deuses, do que é testemunho o seguinte: Eros não tem pais, nem há deles nenhum registro na prosa ou na poesia. Segundo Hesíodo,[34] Caos[35] foi o primeiro que *veio a ser*[36]...

...e em seguida surgiu

Gaia[37] *de amplos seios, fundamento sólido de todos para sempre,*

---

33. Ou seja, a ordem indicada por Erixímaco: da esquerda para a direita.
34. Hesíodo de Ascra (floresceu no século VIII a.C.), poeta épico.
35. ...χάος... (*kháos*), personificado como deus por Hesíodo, corresponde ao espaço imenso, abissal e tenebroso que antecedeu a geração (princípio) das coisas. Hesíodo registra a palavra com inicial *minúscula*.
36. ...γένεσθαι... (*génesthai*) contempla a ideia de gerar ou nascer, mas pode também incluir, além do sentido biológico, o *ontológico*.
37. A Terra.

E Eros.[38-39]
Acusilau[40] também concorda com Hesíodo, afirmando que depois de Caos vieram a ser esses dois, Gaia e Eros. Parmênides[41] diz em relação à Gênese[42] que ela...
...*planejou Eros antes de todos os demais deuses.*[43]

c Assim, segundo o consenso de muitos, Eros é [,entre os deuses,] um dos mais antigos e veneráveis; e como tal, ele constitui a causa de nossas maiores bênçãos. De minha parte, não saberia dizer qual maior bênção poderia ter um jovem do que um amante honrado e dedicado, ou um amante do que um rapazinho com as mesmas qualificações. De fato, a diretriz necessária a cada ser humano para o encaminhamento de seus dias, se preocupar-se em viver bem, não é alcançável mediante o parentesco nobre, as honras públicas ou a riqueza, ou qualquer coisa, tão bem quanto o é mediante o amor.

d E a que me refiro? Refiro-me a um determinado sentimento de vileza na ação vil e um certo sentimento de orgulho na ação nobre, sem os quais a realização de ações grandiosas e admiráveis, por parte do Estado ou do indivíduo, revela-se impossível. O que quero dizer é que se um homem[44] apaixonado for flagrado cometendo uma ação vil, ou se submetendo covardemente a um tratamento vil nas mãos alheias, nada o afligirá mais do que ser observado por seu querido, isso até

e mais do que por seu pai ou seus amigos. E, analogamente, vemos como o amado sente-se especialmente envergonhado ao

---

38. O Amor.
39. *Teogonia*, 116 e segs.
40. Acusilau de Argos (floresceu no século VI a.C.), logógrafo (compilador de discursos ou genealogias).
41. Parmênides de Eleia (floresceu no século V a.C.), filósofo pré-socrático e poeta didático. Ver o diálogo homônimo de Platão em *Diálogos IV*.
42. ...Γένεσιν... (*Génesin*), a geração, o nascimento, mas abrangendo também o sentido ontológico, o Princípio, a Causa. Parmênides confere personificação divina feminina ao nascimento ou princípio.
43. Fragm. 13 de Diels.
44. ...ἄνδρα... (*ándra*).

179a ser observado por seus amantes quando está envolvido numa ação vil. Se houvesse um meio de compor uma cidade ou um exército de amantes e seus amados, não haveria melhor sistema possível de sociedade do que esse, porque seus componentes recuariam ante tudo que fosse vil, numa emulação mútua da honra [entre amantes e amados]; e indivíduos como esses, lutando lado a lado, mesmo num modesto contingente, poderiam quase ser considerados por nós capazes de vencer o gênero humano inteiro. De fato, um homem apaixonado preferiria suportar quaisquer outros ao seu amado observá-lo abandonando seu posto ou depondo as armas; preferiria morrer múltiplas vezes; por outro lado, quanto a deixar para trás seu jovenzinho, ou deixar de socorrê-lo no perigo, nenhum homem seria tão baixo a ponto de esquivar-se à própria influência de Eros, incutindo-lhe uma bravura que o igualaria aos

b mais naturalmente bravos; e incontestavelmente o que Homero[45] denomina um "ardor insuflado"[46] por um deus em alguns heróis é o efeito produzido pelo próprio Eros nos amantes.

Além disso, só os amantes se dispõem a morrer pelos outros, e não apenas os homens que amam como também as mulheres. Do que afirmo é prova Alceste perante todos os gregos, ela, filha de Pélias, a única pessoa que se dispôs a morrer no lugar de seu marido,[47] embora este tivesse pai e

c mãe. Graças ao seu amor, ela superou a tal ponto os pais dele em matéria de afeto familiar que os fez parecer como se fossem estranhos em relação ao filho, como se lhe dissessem respeito tão só nominalmente. Esse seu feito foi avaliado como tão nobre tanto por seres humanos quanto por deuses, que estes últimos, experimentando admiração por seu ato, lhe conferiram a recompensa reservada a uns poucos eleitos entre os autores de proezas admiráveis, ou seja, eles enviaram sua alma de volta [ao mundo dos vivos] procedendo do

---

45. Homero (*circa* 850 a.C.), poeta épico.
46. *Ilíada,* Canto XV, 262.
47. Admeto, rei de Feras. Fedro alude a um drama da mitologia.

mundo subterrâneo dos mortos. Isso atesta que até os deuses prestam honras especiais ao zelo e à coragem em questões de amor. Quanto a Orfeu,⁴⁸ filho de Eagro, eles o despacharam do mundo dos mortos insatisfeito, pois lhe mostraram apenas uma imagem da mulher em busca da qual ele viera. Não lhe concederam a própria mulher,⁴⁹ porque o julgaram frouxo, isto até se coadunando com o fato de ser ele um tocador de lira, e porque lhe faltara o arrojo para, como Alceste, morrer por amor, preferindo conceber um meio de ingressar no mundo dos mortos vivo. Por isso eles o puniram como merecia, fazendo-o morrer nas mãos das mulheres.⁵⁰ Diferentemente, no caso de Aquiles,⁵¹ filho de Tetis,⁵² ele foi enviado às Ilhas dos Abençoados,⁵³ pois embora informado por sua mãe que certamente pereceria logo após haver abatido Heitor,⁵⁴ e que se não o fizesse retornaria e findaria sua vida como um ancião, optou por ir ao encontro de seu amante Pátroclo, vingá-lo, e [também] ir ao encontro da morte, isso não apenas por si mesmo, mas se apressando para se unir àquele que fora arrebatado pela morte. Os deuses, em admiração, experimentaram grande contentamento com isso e lhe renderam honras excepcionais, por haver ele atribuído tão elevada

---

48. O menestrel da Trácia. Sua interpretação dedilhando a lira acompanhada de seu canto embevecia a todos, seres humanos, deuses e até animais.
49. Eurídice.
50. Na sua terra natal, a Trácia. Ele teria sido despedaçado por mulheres ciconianas, mênades tomadas pelo frenesi dionisíaco.
51. Originalmente *Ligiron*, o mais importante herói que participou da guerra de Troia, filho do rei Peleu da Ftia e da divindade Tetis. Foi educado pelo sábio centauro Quíron, que lhe deu o nome de Aquiles.
52. Divindade marinha filha de Nereu e Doris, esposa do mortal Peleu e mãe de Aquiles.
53. ...μακάρων νήσους... (*makáron nêsous*), região benfazeja e venturosa do mundo subterrâneo dos mortos (Hades) para onde iam as almas dos heróis que se tornaram caros aos deuses.
54. O mais importante herói troiano que atuou na guerra de Troia; filho do rei Príamo, da rainha Hécuba, e irmão de Alexandre (Páris) e de Cassandra.

estima ao seu amante. Ésquilo[55] profere uma tolice ao afirmar que era Aquiles o apaixonado por Pátroclo; de fato, sua beleza era superior não só à de Pátroclo como seguramente à de todos os demais heróis, sendo ainda imberbe e, segundo Homero, muito mais jovem.[56] Na verdade, não há forma de virtude mais respeitada pelos deuses do que essa oriunda do amor; todavia, eles mais se impressionam e se contentam, além de se mostrarem mais beneficentes, quando é o amado o afeiçoado pelo amante, de preferência ao amante pelo seu rapazinho favorito, [o que é explicado] pelo fato de que um amante, repleto como se encontra de um deus, supera seu favorito em divindade. Eis porque as honras que conferem a Aquiles são superiores às de Alceste, a ele sendo concedida sua morada nas Ilhas dos Abençoados.

É assim, portanto, que descrevo Eros, como o mais antigo, venerável e honrado dos deuses, concebendo-o [também] como detentor de suma autoridade para prover aos seres humanos vivos e aos que chegaram ao fim, virtude e felicidade."

Foi esse basicamente o discurso de Fedro tal como relatado a mim [por Aristodemo]. Sucederam-se vários outros dos quais ele não pôde, de modo algum, lembrar-se claramente; assim, deixou-os de lado e passou para o de Pausânias, que principiou nos seguintes termos:

"Não acho, Fedro, se a regra aqui é simplesmente fazer discursos de louvor a Eros, que definimos bem nosso objeto. Se Eros fosse uno, estaria correto, mas como não é, seria mais correto indicar previamente que tipo iremos louvar.

Ora, essa é uma falha que me empenharei em eliminar, começando por decidir por um Eros digno de nosso louvor,

---

55. Ésquilo de Elêusis (525-456 a.C.), poeta trágico.
56. Platão se refere à peça de Ésquilo, *Mirmidons*, da qual só nos restam fragmentos. A alusão é ao fragm. 135-136. Quanto ao relacionamento de Aquiles e Pátroclo, há divergência entre as fontes mitográficas, pois se Ésquilo aponta a natureza erótica desse relacionamento, Homero (poeta épico que escreveu por volta de quatro séculos antes de Ésquilo) não faz nenhuma menção do caráter erótico (sexual) desse relacionamento, explícita ou implicitamente.

passando então a louvá-lo em termos que se coadunam com sua divindade. Todos sabemos que Eros e Afrodite são indissociáveis. Bem, se essa deusa fosse única, Eros seria único; contudo, uma vez que há duas dela, necessariamente há também dois Eros. Será que entre vós paira alguma dúvida de que ela é dupla? Decerto há uma divindade mais antiga, sem mãe, filha de Urano,[57] pelo que a chamamos de Urânia,[58] a outra, mais jovem, é filha de Zeus e Dione, e a chamamos de Pandemos.[59] Conclui-se, necessariamente, que há igualmente um Eros a ser classificado com acerto de comum, parceiro de uma dessas duas deusas, e outro a ser classificado de celestial. Embora todos os deuses certamente devam ser louvados, me esforçarei para descrever as faculdades de cada um desses dois. Pode-se, com efeito, observar com referência a toda ação, que considerada em si não é nem nobre nem vil. Tomemos, como exemplo, nossa própria conduta neste momento: estivemos diante das alternativas de beber, cantar ou empreender uma conversação; ora, em si nenhuma dessas coisas é nobre; cada uma delas só passa a sê-lo dependendo de como é realizada. Se é realizada nobre e corretamente, ela mesma se torna nobre; se é realizada incorretamente, torna-se vil. O mesmo se aplica ao amar. Eros não é em si em todos os casos nobre ou digno de louvor, porém somente quando nos incita a amar nobremente.

Ora, aquele referente à Afrodite Comum é verdadeiramente comum e atua ao acaso: é o amor que vemos entre as pessoas vulgares, as quais, para começar, amam mulheres bem como rapazes;[60] em segundo lugar, ao amarem, estão mais ligadas ao corpo do que à alma; e, além disso, escolhem como parceiros as pessoas mais obtusas, uma vez que tudo

---

57. ...Οὐρανοῦ... (*Ouranoû*): divindade pré-olímpica que personifica o céu. É consorte de Gaia (Terra) e pai de Cronos (tempo).
58. Ou Afrodite celestial.
59. Ou Afrodite comum.
60. Que fique claro, a vulgaridade é associada ao acréscimo das mulheres como objeto do amor, e não ao acréscimo dos rapazes.

que visam é a consumação [do ato sexual] e não se importam se a maneira de consumá-lo é nobre ou não. O resultado é sua
c prática ser de maneira fortuita, às vezes contemplando o bom, às vezes o seu oposto, indistintamente; de fato, isso procede da deusa que é, de longe, a mais jovem das duas e que tem uma origem tanto feminina quanto masculina. O outro [Eros], entretanto, se origina de Urânia, a qual, em primeiro lugar, não partilha do feminino, mas somente do masculino (*e, consequentemente, esse amor é para os rapazes*[61]); em segundo lugar, ela é mais velha, desprovida de desregramento; assim os inspirados pelo amor associado a ela são atraídos na direção do masculino, numa afeição pelo que detém a natureza mais vigorosa e maior porção de inteligência Contudo, mesmo considerando os atraídos por rapazes, pode-se observar a maneira
d daqueles que se encontram sob o exclusivo estímulo desse amor, a saber, amam rapazes somente quando estes principiam a adquirir alguma inteligência, algo que se desenvolve nos rapazes cujas faces exibem os primeiros traços de barba. Penso que aqueles que se apaixonam por eles nessa idade têm maturidade suficiente para estar sempre com eles e com eles tudo partilhar por toda a vida; não se aproveitarão da irreflexão juvenil para enganá-los e os expor ao ridículo passando para um outro. Aliás, contra esse tipo de amor aos rapazes deve-
e ria ser promulgada uma lei proibindo a lastimável perda de atenção dada a um objeto tão incerto; de fato, quem poderá dizer onde, no final, irá parar um rapaz, vicioso ou virtuoso de corpo e alma? Homens bons, todavia, se predispõem a estabelecer essa lei para si mesmos, enquanto no caso desses amantes comuns deveriam ser constrangidos a obedecer, tal
182a como os constrangemos, tanto quanto podemos, a não ama-

---

61. ...καὶ ἔστιν οὗτος ὁ τῶν παίδων ἔρως... (*kaì éstin hoûtos ho tôn paídon éros*): os textos estabelecidos com base no texto da edição revisada de Schanz fazem constar essa frase entre colchetes, o que leva alguns tradutores a omiti-la. Não vemos porque fazê-lo, já que a concepção retratada aqui por Platão através de Pausânias, que sustenta um Eros duplo, mostra um Eros superior que claramente privilegia a homossexualidade masculina e exclui o feminino.

rem nossas mulheres livres. São esses indivíduos vulgares os responsáveis pelo escândalo que induz algumas pessoas a declarar que tomar qualquer homem como amante é em si uma vileza; tais são as situações que sua visão capta, pois observam suas ações estouvadas e errôneas; ademais, decerto tudo que é realizado de maneira ordenada e legal jamais pode com justiça acarretar reprovação.

Não é, entretanto, difícil observar a lei relativamente ao amor em outros Estados; nessas cidades ela é expressa em termos simples, ao passo que aqui (*e na Lacedemônia*[62]) o é com extrema complexidade. De fato, em Elis, na Beócia e

b nos lugares em que falta habilidade no falar, a tradição simplesmente aprova tomar um amante em todas as situações. Ninguém nesses lugares, jovem ou velho, o classificará como vil. Suspeito que a razão é porque, sendo inaptos no falar, querem se poupar o transtorno de ter que recorrer ao discurso[63] para persuadir os jovens. Diferentemente, na Jônia e em muitas outras regiões, onde se vive submetido aos bárbaros,

c isso é considerado vileza. Devido ao seu governo tirânico, os bárbaros o julgam, bem como a filosofia e o esporte, atividades vis. Presumo que não interessa a esses governantes que se desenvolvam noções elevadas ou vínculos fortes de amizade e comunidade entre os seus governados; ora, são precisamente esses os produtos do amor. Trata-se de algo que nossos tiranos aprenderam por experiência; de fato, o amor de Aristógition e a amizade de Harmódio cresceram tão solidamente que arruinaram o poder deles.[64] Disso se pode concluir que onde a prática é a de uma condenação sumária

---

62. ...καὶ ἐν Λακεδαίμονι... (*kaì en Lakedaímoni*): nos textos baseados no de Schanz este acréscimo é indicado entre colchetes.

63. Ou seja, a razões e argumentos.

64. Isto é, dos tiranos. Platão alude ao episódio em que Harmódio e Aristógiton, unidos pelas mesmas convicções e pela afeição mútua, tentaram derrubar o governo tirânico de Hípias em Atenas no ano de 514 a.C. Sua tentativa resultou em fracasso, porém três anos depois esse governo caiu, e os amantes, de qualquer modo, foram alvo do reconhecimento dos atenienses.

do amor, esse costume se deve às maneiras deploráveis dos que criaram essa lei, quer dizer, a ambição por poder dos governantes e a covardia dos governados. Mas onde houve sua aceitação como nobre sem qualquer reserva, isso ocorreu por conta da preguiça mental dos criadores das leis. Aqui dispomos de normas muito superiores, mas que são, como eu disse, de difícil compreensão. Considere-se, por exemplo, o nosso afirmar de que é mais nobre amar abertamente do que em segredo, especialmente quando se está apaixonado por alguém que se destaca na nobreza de nascimento e na excelência, e não tanto na beleza; e, por outro lado, que maravilhoso estímulo extrai um amante de todos nós: é inconcebível que o imaginemos perpetrando qualquer vileza, bem como o êxito em sua busca é classificado como nobre, enquanto o fracasso vergonhoso; e como em seus esforços visando ao êxito, a nossa lei oferece ao amante liberdade para realizar as ações extraordinárias que lhe possam granjear louvor, ao passo que ações idênticas, se executadas com qualquer outra finalidade ou qualquer outro resultado em vista, nada atrairiam em troca senão a mais contundente reprovação. Suponha-se que em vista de ganhar dinheiro de uma outra pessoa, ou conquistar um cargo público, ou qualquer espécie de influência, um homem se permitisse conduzir, como o fazem habitualmente amantes com relação aos seus favoritos, insistindo na sua corte mediante rogos e súplicas, jurando toda ordem de votos, dormindo nas soleiras das portas, e submetendo-se a uma escravidão que nenhum escravo jamais suportaria – podeis assegurar-vos de que todos, tanto seus amigos quanto inimigos se oporiam a esse seu comportamento; estes últimos escarneceriam de seu servilismo e bajulação, enquanto seus amigos, envergonhados com sua conduta, o advertiriam, tudo fazendo para o fazer voltar ao seu juízo. Entretanto, num amante todos esses atos só atrairiam para ele a aprovação: mediante uma livre concessão de nossa lei lhe é facultado assim se conduzir sem censura, como se contemplando uma meta nobilíssima. O mais estranho de tudo é que ele, exclusivamente, segundo a multidão, pode contar com a indulgência dos deuses quando viola o voto que jurou; afinal, dizem, o voto da paixão sexual não é voto algum. Tanto isso é positivo que tanto deuses quanto seres humanos outorgaram completa liberdade ao amante, de acordo com nossa lei. Diante de tudo isso, temos razões para concluir que aqui em nossa cidade[65] tanto amar alguém quanto exibir afeição pelo próprio amante são tidos na mais alta estima. O que acontece, contudo, é que os pais encarregam *guardiões*[66] de seus filhos quando estes são amados, com o objetivo de impedir que conversem com seus amantes; o *guardião* cumpre determinações estritas nesse sentido; e quando um rapazinho é flagrado e considerado culpado disso, seus companheiros de folguedos e amigos o censuram duramente, ao passo que os agentes dessa censura, por sua vez, não são contidos nem reprovados, da parte dos mais velhos, por agirem assim. Ao constatar isso, seria de se concluir, pelo contrário, que seu comportamento[67] é considerado aqui o mais vil. Penso, entretanto, que o que ocorre é que a questão não é simples; lembrais que foi dito que em si ele[68] não era nem nobre nem vil, mas nobre se desse origem a uma conduta nobre, e vil se desse origem a uma conduta vil. Realizar a coisa vilmente é satisfazer um indivíduo perverso de maneira perversa; realizá-la nobremente é satisfazer um homem bom de maneira boa. Entende-se por perverso[69] o tal amante comum que no seu amor prefere o corpo à alma, o homem que não está apaixonado pelo que é permanente, o estável, sendo

---

65. Ou seja, Atenas.
66. ...παιδαγωγούς... (*paidagogoús*), literalmente *aqueles que conduzem crianças*. O *paidagogos* era especificamente o escravo que conduzia a criança à escola; mas em lato sentido e na prática era quem cuidava da criança grande parte do tempo, daí traduzirmos por guardião (incluindo a tarefa semelhante à de uma babá); além disso, contribuía, numa certa medida, para a educação da criança, daí sua função de preceptor.
67. Ou seja, do garoto pego em flagrante.
68. Ou seja, Eros ou o amor.
69. ...πόνηρος... (*póneros*).

184a

ele próprio instável. No momento em que o viço do corpo que ele tanto amava começa a desaparecer, ele "esvoaça e some",[70] deixando atrás de si esfarrapados seus muitos discursos e promessas; diferentemente, o amante de um caráter digno é constante por toda a vida, estando unido a algo que é permanente. Ora, nossa lei pode proporcionar um teste seguro e excelente para aquilatar tais indivíduos, indicando quais devem ser favorecidos, quais devem ser evitados. Em consonância com isso, num caso, a busca é estimulada por ela, no outro a fuga, sendo aplicadas provações e provas em cada caso, o que nos capacita a posicionar o amante e o amado num lado ou noutro. É essa a causa de nossa convenção considerar como vergonhoso o ceder rapidamente, devendo haver, primeiramente, um certo intervalo, ou seja, a pedra de toque de aprovação geral no que respeita ao tempo; em segundo lugar, é vergonhoso a capitulação ser motivada por dinheiro

b
ou poder político, ou não passar de um estremecimento ante o suportar do mau trato, ou se mostrar o jovem não propriamente desdenhoso de benefícios que possa a vir receber como produto de riquezas mal-adquiridas ou do sucesso político. O fato é que nenhum desses benefícios parece ser estável ou permanente e não é possível conceber que sejam geradores de uma amizade nobre. Portanto, nossa lei admite um único ca-

c
minho para um rapaz amado tomar corretamente um homem como amante: nossa lei é a de que, identicamente ao caso dos amantes, no qual não se classificava como bajulação ou escândalo repreensível se fazerem voluntária e completamente escravizar por seus queridos, resta apenas uma espécie de escravidão voluntária igualmente acima de repreensão, uma sujeição por causa da virtude.

Tradicionalmente aprovamos quando um indivíduo se devota voluntariamente ao serviço de outro indivíduo na crença de que isso o tornará melhor[71] do ponto de vista da sabedoria,

---

70. Citação parcial de Homero, *Ilíada*, Canto II, 71.
71. Ou seja, o primeiro dos indivíduos.

ou de qualquer outra parte da virtude, essa escravidão voluntária não constituindo também qualquer tipo de vileza ou servilismo. Ora, comparemos as duas leis, uma relativa à paixão por rapazinhos, e a outra relativa ao *amor pela sabedoria*[72] e todas as virtudes: isso nos permitirá concluir se constitui algo nobre um rapazinho querido aceitar seu amante. De fato, quando *amante e rapazinho amado*[73] juntam-se, cada um é norteado por sua própria regra de conduta, o primeiro entendendo como justificado prestar qualquer serviço ao amado que lhe concede seus favores, e o segundo entendendo como justificado disponibilizar quaisquer atenções àquele que o torna sábio e virtuoso; quando o mais velho é capaz de contribuir muito para o mais jovem tornar-se mais sábio e melhor, este último, na sua insuficiência, ganhando em educação e em todos os saberes... então, e somente então, na convergência dessas duas regras num só ponto, há nobreza em um rapazinho amado aceitar um amante. Nessa situação não constitui vergonha ser enganado, ao passo que em qualquer outra situação é vergonhoso, quer para o agente do engano, quer para o enganado. Suponhamos que um jovem tivesse um amante por ele considerado rico, e que depois de ceder a ele visando ao seu dinheiro se visse enganado e sem a perspectiva de qualquer dinheiro, tendo afinal o amante se revelado um homem pobre. Isso seria vil de uma forma ou outra, porquanto o jovem teria manifestado seu caráter, revelando-se pronto a fazer qualquer coisa a qualquer pessoa por dinheiro, o que não é nobre. Por idêntica razão, quando alguém cede a um amante na suposição de que se trata de um homem bom e na expectativa de que fará de si alguém melhor graças à amizade desse amante, e em seguida se vê enganado na medida em que seu amante se revela uma pessoa vil e carente de virtude, mesmo nessa situação não há vergonha em haver sido enganado, mas nobreza. De fato, também ele revelou algo acerca de si mesmo, ou seja, que é alguém que faria de qualquer pessoa o objeto

---

72. ...φιλοσοφίαν... (*filosofían*).
73. ...ἐραστής τε καὶ παιδικά... (*erastés te kaì paidiká*).

de seu sumo empenho em prol de seu aprimoramento moral, o que, de maneira contrastante, é maximamente nobre. A conclusão é que ceder ao amante visando à virtude é nobre, independentemente do resultado.

Esse é o amor que diz respeito à deusa celestial, ele próprio celestial e valioso tanto para o cidadão na sua vida pública quanto para o indivíduo na sua vida privada, pois compele igualmente amante e amado a zelarem por sua própria virtude. Entretanto, amantes do outro tipo dizem respeito, todos, à outra [deusa], a comum. Esta é, Fedro, à guisa de improvisação, a contribuição que posso vos oferecer tendo Eros como tema da discussão."

Quando *Pausânias* fez uma *pausa*[74] – aprendi essa forma de falar com nossos sábios[75] – era a vez de Aristófanes discursar, segundo me informou Aristodemo, mas naquele momento ele era acometido por tal sucessão de soluços – provavelmente porque se empanturrara de novo, embora pudesse acontecer perfeitamente de ser outra a causa – que estava totalmente impossibilitado de fazer um discurso; tudo que pôde exprimir foi dizer a Erixímaco, o médico, que se achava sentado no lugar imediato ao seu:

"Conto contigo, Erixímaco, como se mostra correto, ou para fazer cessar meus soluços, ou para discursar na minha vez até que eu possa os fazer cessar." "Ora, farei ambas as coisas", disse Erixímaco, "discursarei na tua vez e quando fizeres cessar teus soluços, discursarás na minha. E durante minha fala, se retiveres o fôlego o máximo que puderes, é bem provável que os soluços cessarão; se isso não funcionar, terás que recorrer ao gargarejo com água. Se esse tipo de soluço for resistente, pega algo com o que produzir cócegas nas

---

74. Παυσανίου δὲ παυσαμένου (*Pausaníou dè pausaménou*): mais exatamente ...*Pausânias parou [de falar]*... ou ...*Pausânias terminou*... . Nosso objetivo foi reproduzir, mesmo imperfeitamente, em português, o trocadilho produzido por Platão em grego.
75. Platão alude provavelmente a alguns sofistas, que recorriam a esse tipo de artifício na sua oratória.

narinas e espirra. Faz isso uma vez ou duas: por mais que sejam resistentes, eles cessarão." "Bem, vai em frente com teu discurso", disse Aristófanes, "quanto a mim, farei exatamente como me instruíste."

Erixímaco então tomou a palavra.

186a "Considerando que Pausânias, a meu ver, não desenvolveu apropriadamente um discurso que começou tão bem, é necessário dar o máximo de mim para conduzi-lo a uma conclusão racional. Sua divisão de Eros em dois tipos me pareceu correta, mas no meu campo[76] aprendi a lição singular que consiste em observar que Eros não se limita a ser um impulso das almas humanas para a beleza humana, sendo sim a atração de todos os seres vivos para uma multiplicidade de coisas, a qual atua nos corpos de todos os animais e de tudo que se desenvolve sobre a Terra, e praticamente em tudo que existe; e aprendi quão grandioso, maravilhoso e

b universal é o governo desse deus sobre todas as coisas, quer humanas quer divinas. A reverência por minha arte me induz a começar pela medicina. Esse Eros duplo é inerente à natureza de todos os corpos; de fato, entre a saúde corpórea e a doença há uma marcante diferença ou dissimilaridade, e o que é dissimilar deseja e ama coisas dissimilares. Assim, o amor experimentado por um corpo são é completamente distinto do experimentado por um corpo enfermo. É como Pausânias disse há pouco, isto é, é nobre satisfazer a homens

c bons, ao passo que é vil ceder aos dissolutos; analogamente, no que diz respeito a tratar corpos humanos reais, revela-se certo e imperioso satisfazer seus elementos bons e sadios, que é aquilo que chamamos de arte da cura; ao contrário, tudo quanto é ruim e doente deve ser frustrado e repudiado, que é o que envolve aquele que pretende ser hábil na prática [da medicina]. Na verdade, a arte da medicina pode ser sinteticamente descrita como um conhecimento das coisas eróticas do corpo no que se refere ao seu enchimento

---

76. Ou seja, a medicina.

d   e esvaziamento; e o médico consumado é aquele capaz de distinguir no corpo entre o amor nobre e o vil, além de ter competência para empreender a transformação em que um desejo é substituído pelo outro; será, ademais, considerado um bom prático se tiver habilidade para produzir amor onde este deve vicejar, mas está ausente, e remover o outro tipo de amor que se acha presente onde deveria estar ausente. O fato é que deve estar capacitado a instaurar a amizade e o amor recíproco entre os adversários mais violentos do corpo. E as qualidades que mais se opõem, se hostilizam maximamente, como frio e quente, amargo e doce, seco e molhado e
e   as demais. De fato, foi por conhecer como fomentar amor e concórdia entre esses contrários que nosso ancestral Asclépio, como atestam estes nossos dois poetas,[77] e como eu pessoalmente creio, constituiu esta nossa arte. Conclui-se que toda a medicina é conduzida por esse deus, bem como
187a   a ginástica e a agricultura. Também a música,[78] como é evidente até para o menos curioso dos observadores, enquadra-se na mesma situação, e talvez fosse isso que Heráclito[79] quisesse dizer com suas palavras, embora sua maneira de se exprimir certamente não prime pela clareza. Dizia ele que o uno "em discordância consigo mesmo entra em acordo como a harmonia do arco ou da lira."[80] Ora, é totalmente irracional propor uma harmonia em discordância, ou que haja sido formada a partir de elementos ainda discordantes. Talvez, entretanto, ele tenha querido dizer que a harmonia
b   foi criada pela arte da música com base no grave e no agudo que antes eram discordantes, mas que posteriormente entraram em acordo; de fato, é certamente impossível haver

---

77. Isto é, Agaton e Aristófanes.
78. ...μουσική... (mousiké), ou seja, não só aquilo que entendemos por música, mas todas as *artes* das Musas (poesia trágica, épica, idílica, erótica, lírica, cômica, dança, hinos sagrados, harmonia, retórica, história, astronomia).
79. Heráclito de Éfeso (floresceu em torno de 500 a.C.), filósofo chamado de σκοτεινός (*skoteinós*), isto é, obscuro.
80. Fragm. 45, Bywater.

harmonia de agudo e grave enquanto ainda discordantes, pois harmonia é consonância, e consonância é uma espécie de acordo. E o acordo de coisas em discordância, enquanto permanecem em discordância, é impossível. Por outro lado, se uma coisa discorda, porém sem impossibilitar o acordo, é possível que seja harmonizada; é o caso do ritmo, o qual é produzido somente quando o rápido e o lento, anteriormente discordantes, posteriormente são levados ao acordo. Em todas essas situações, o acordo é realizado pela música que, como a medicina no exemplo antes indicado, instaura o mútuo amor e a concórdia. Daí julga-se que a música, por seu turno, seja um conhecimento de coisas eróticas relativamente à harmonia e ao ritmo. Essas coisas eróticas podem ser facilmente discernidas no próprio sistema de harmonia e ritmo; não obstante, aqui o Eros duplo está ausente; contudo, quando consideramos a aplicação do ritmo e da harmonia ao público humano, quer mediante a composição do que chamamos de melodias, quer reproduzindo corretamente mediante o que é conhecido como educação [musical], canções e medidas já construídas, confrontamo-nos aqui com uma certa dificuldade que exige o concurso de um bom prático. Em última instância, chega-se à mesma conclusão: o amor de pessoas decentes ou daquelas passíveis de ser melhoradas por esse amor deve, nesse sentido, ser promovido e preservado; trata-se do amor nobre, celestial, do Eros da musa Urânia;[81] o outro é proveniente de Polímnia, a musa das várias canções, e é o comum. Ao fruir dos prazeres dele[82] devemos agir com extrema cautela para não incorrermos no deboche, tal como em nossa arte[83] atribuímos grande importância a empregar corretamente o apetite no sentido de saborear uma boa refeição sem desencadear efeitos posteriores

---

81. Urânia é uma das nove musas, precisamente a da astronomia. Não confundir com a Afrodite celestial mencionada por Pausânias.
82. Ou seja, do Eros comum.
83. A medicina.

negativos à saúde. Portanto, na música, na medicina, bem como em qualquer outra área, humana ou divina, temos que nos manter vigilantes tanto quanto possível em relação a um ou outro tipo de Eros, pois ambos estão aí presentes.

Observai como mesmo as estações do ano estão repletas de ambos; como as qualidades a que me referi há pouco, o quente e o frio, o seco e o molhado, quando reunidos pelo amor ordenador, e alcançando uma harmonia de temperatura ao se combinarem, convertem-se em agentes de fertilidade e saúde para seres humanos, animais e plantas, não sendo responsáveis por qualquer mal. Quando, entretanto, o Eros desregrado assume o controle das estações do ano, o resultado é dano e destruição. Nessas condições, costumam disseminar-se pragas e muitas outras variedades de enfermidades que atingem animais e vegetais; igualmente irrompem geadas, chuvas de granizo e mangra, que são efeitos da cupidez e desordem nas relações eróticas que são, por sua vez, objeto de estudo (em conexão com os movimentos dos astros e as estações anuais) da ciência que chamamos de astronomia. Além disso, todos os sacrifícios e ritos de que se ocupa a arte da divinação, a saber, todos os meios de comunhão entre deuses e seres humanos dizem respeito centralmente à preservação ou à cura de Eros. De fato, a impiedade[84] tem geralmente sua origem na recusa em satisfazer o Eros ordenador, ou em honrá-lo e preferi-lo em todas nossas ações, dirigindo nós nossa deferência ao outro no que tange ao dever com nossos pais, vivos ou mortos, e com os deuses. A tarefa da divinação consiste em supervisionar *esses* Eros, bem como cuidar da saúde de ambos. Portanto, a divinação é a prática que provê a amizade entre deuses e seres humanos, na medida em que é conhecedora das coisas eróticas humanas no que conduz à *lei divina ou moral*[85] e à piedade.[86]

---

84. ...ἀσέβεια... (*asébeia*).
85. ...θέμιν... (*thémin*).
86. ...εὐσέβειαν... (*eusébeian*), a devoção religiosa.

A conclusão é que Eros, se concebido como um todo único, exerce um poder múltiplo e grandioso, em síntese um poder total; entretanto quando consumado com um bom propósito, de maneira moderada e justa, quer aqui na Terra ou no céu, é um poder ainda maior, absoluto e nos proporciona felicidade plena, nos capacitando, em consequência, a nos unirmos e celebrarmos a amizade inclusive com os deuses acima de nós.

e Pode ser que mesmo animado de suma vontade eu tenha omitido muitos aspectos neste meu discurso em louvor a Eros; sejam quais forem, porém, as lacunas que eu haja deixado, é tua tarefa, Aristófanes, preenchê-las; ou se tencionas empreender uma diferente abordagem na glorificação do deus, que ouçamos teu louvor, pois conseguiste fazer cessar teus soluços."

189a Então, segundo ele,[87] Aristófanes tomou a palavra e disse: "É verdade, cessaram, embora isso não haja ocorrido antes da aplicação do tratamento do espirro, o que me leva a admirar que o princípio ordenador do corpo deva recorrer a sons inarticulados e titilações envolvidas no espirro; cessaram precisamente no momento em que apliquei a eles o tratamento do espirro."

"Meu bom Aristófanes", Erixímaco replicou, "observa o que estás fazendo. Bufoneias mesmo antes de começar e me
b obrigas a ficar de atalaia para a primeira coisa engraçada que disseres, quando deverias proferir teu discurso pacificamente."

Diante disso Aristófanes riu: "Tu o disseste bem, Erixímaco", disse, "e retiro o que eu disse. Não fica de atalaia em relação a mim, pois no que se refere ao que será dito não receio tanto dizer algo engraçado ou desproposital, pois isso seria inteiramente cabível e próprio de minha musa,[88] mas sim dizer algo completamente ridículo."

"Pensas que podes empregar esse tipo de linguagem, Aristófanes, e escapar incólume! Usa tua inteligência e limita-te a

---

87. Aristodemo.
88. Tália, a musa da comédia. Aristófanes era comediógrafo.

falar aquilo de que podes dar explicação. Embora, talvez, eu venha a ficar satisfeito em deixar-te impune."

"Realmente tenho em mente, Erixímaco", disse Aristófanes, "para meu discurso uma abordagem diferente da utilizada por ti e Pausânias. De fato, penso que os seres humanos não conseguiram de modo algum perceber o poder do amor:[89] se o tivessem percebido, teriam erigido templos e altares grandiosos para ele e o honrado grandiosamente com sacrifícios, enquanto constatamos que nada disso foi realizado para ele, ainda que particularmente lhe seja devido. De todos os deuses ele é o que mais ama os seres humanos; permanece ao lado da humanidade e é o curador daqueles males cuja cura representa a suma felicidade da raça humana.

Por conseguinte, me empenharei em descrever o seu poder a vós, para que possais comunicar esse ensinamento aos outros em geral. Deveis começar por aprender qual era a natureza humana e como se desenvolveu, uma vez que nossa natureza antiga não era, em absoluto, idêntica ao que é hoje. Em primeiro lugar, havia três tipos de seres humanos e não apenas os dois, macho e fêmea, que existem na atualidade; havia também um terceiro tipo que possuía em si porções iguais dos outros dois – tipo do qual sobrevive o nome, embora ele próprio haja desaparecido. De fato, o *andrógino*[90] então constituía uma unidade tanto na forma quanto no nome, um composto de ambos os sexos, o qual compartilhava igualmente do masculino e do feminino, ao passo que hoje se transformou meramente num nome insultuoso. Em segundo lugar, esses seres humanos tinham a forma inteiramente redonda, o dorso e os flancos acompanhando circularmente essa forma; cada indivíduo possuía quatro braços e quatro pernas combinando; dois rostos exatamente semelhantes sobre um pescoço cilíndrico. Entre os dois rostos posicionados em lados opostos havia uma cabeça com quatro orelhas. Havia duas genitálias e

---

89. ...ἔρωτος... (*erotos*), neste contexto entenda-se sempre *amor sexual*.
90. ...ἀνδρόγυνον... (*andrógynon*): literalmente *homem-mulher*.

todas as demais partes, como podeis imaginar, nessa proporção. [Esse indivíduo] andava ereto, como hoje, em qualquer direção que desejasse; e quando se dispunha a correr, movia-se como nossos acrobatas, girando repetidamente com as pernas efetuando um volteio na reta; somente naquela época tinham oito membros que lhes davam suporte e lhes possibilitavam uma rápida aceleração circular. O número e as características desses três tipos encontravam sua explicação no fato de que o macho nascera originalmente do sol, e a fêmea da Terra; por outro lado, o tipo que combinara ambos os sexos nascera da lua, pois esta também partilha de ambos. Eles eram esféricos bem como o movimento que produziam era circular, já que se assemelhavam aos seus pais. Eram dotados de extraordinária força e vigor, e de inteligência e sentimento tão elevado que chegaram a conspirar contra os deuses, o relato de Homero[91] sobre Efialtes e Oto sendo originalmente a respeito deles, ou seja, de como tentaram fazer uma escalada rumo ao céu objetivando atacar os deuses.

Isso levou Zeus e os outros deuses a se reunirem em conselho e discutirem que medida tomar, e eles estavam desnorteados, pois sentiam que não podiam exterminá-los como aos gigantes, dos quais haviam eliminado raízes e ramos utilizando raios, visto que significaria suprimir também as honras e sacrifícios recebidos dos seres humanos. Todavia, não podiam tolerar tal rebelião. Finalmente, Zeus, congregando toda sua inteligência, falou: 'Penso que tenho um plano que sem determinar a cessação da existência do ser humano, dará fim à sua iniquidade através de uma redução de sua força. Proponho que cortemos cada um deles em dois, de modo que ao mesmo tempo que os enfraqueceremos, os tornaremos mais úteis em função de sua multiplicação; andarão eretos sobre duas pernas. Se mesmo assim continuarem revoltosos e não se aquietarem, repetirei a ação', ele disse. 'Cortarei cada indivíduo em dois, e

---

91. *Ilíada*, Canto V, 385 e segs.; *Odisseia*, Canto XI, 305 e segs.

nesse caso terão que se mover sobre uma perna, aos saltos.'
Assim dizendo, ele cortou cada ser humano pela metade,
tal como se cortam maçãs da sorveira para fazer conservas
secas, ou ovos com cabelos; e por ocasião do corte de cada
um, ele ordenou a Apolo que virasse cada um dos rostos e
a metade do pescoço na direção da ferida [produzida pelo
corte], para que cada ser humano visse que fora cortado
para ser mais ordenado.[92] Feito isso, o deus foi instruído a
curar o resto da ferida, e ele[93] virou os rostos e puxou pele
de todos os lados sobre o que é atualmente chamado de estômago, tal como se faz com bolsas utilizando um cordel;[94]
quanto à pequena abertura,[95] ele [a fechou e] atou no centro
do estômago, formando o que conhecemos como umbigo.
Na sequência passou a alisar a maioria das rugas usando
um instrumento semelhante ao que o sapateiro usa para alisar os vincos do couro na fôrma, e assim moldou os seios;
algumas rugas, contudo, foram deixadas por ele em torno
do ventre e do umbigo, para nos fazer lembrar do que experimentamos num passado distante. Ora, como a forma
natural fora cortada em dois, cada metade passou a sentir
falta de sua outra metade, no desejo de reintegrá-la, e assim
enlaçavam-se com seus braços, nesses amplexos, ansiando
por serem unidos.[96] Assim aconteceu até que começaram a
morrer vitimados pela fome associada ao ócio generalizado
por se recusarem à qualquer atividade solitária.[97] Sempre
que uma das metades morria, a que sobrevivia procurava
outra e com ela mantinha seus amplexos, sendo essa metade feminina (o que chamamos hoje de mulher[98]), ou mascu-

---

92. Ou seja, para não se rebelar mais.
93. Apolo.
94. Isto é, para abrir ou fechar uma bolsa, puxa-se uma ou ambas as pontas do cordel.
95. ...στόμα... (*stóma*), literalmente boca.
96. Através de Aristófanes, Platão sugere miticamente a origem do desejo sexual.
97. Ou seja, atividade que interrompesse seus constantes abraços e sua ânsia obsessiva e frustrada de união.
98. ...γυναῖκα... (*gynaîka*).

lina, homem.⁹⁹ De uma maneira ou outra, nessa situação continuaram morrendo.

Zeus, então, se compadeceu deles e concebeu um novo plano. Deslocou suas genitálias para a parte dianteira; até então eles as tinham, como tudo o mais, na parte externa, gerando e dando à luz não um no outro, mas lançando seu sêmen sobre a terra, como as cigarras. Ele providenciou a mu-
c dança de lugar das genitálias para frente, com o que criou a reprodução com concurso mútuo, ou seja, pelo homem no interior da mulher; assim, quando um homem abraçasse uma mulher, isso resultaria na concepção [na mulher] e na preservação da espécie; quando um homem abraçasse um homem, obteriam ao menos a satisfação produzida pela relação, depois do que poderiam interromper o amplexo, retornar às suas atividades
d e aos demais interesses da vida. Nessa antiguidade remota o amor sexual é incutido em todo ser humano, evocando nossa condição natural anterior e num esforço de combinar dois em um e curar a ferida da natureza humana.

Portanto, cada um de nós não passa de uma *metade que combina*¹⁰⁰ de um ser humano inteiro, uma vez que todos exibem, como o peixe chato,¹⁰¹ os vestígios de ter sido cortado em dois; e cada um se mantém à procura da metade que combina. Todos os homens que são secções daquele tipo composto que no início foi chamado de andrógino são aficionados de mulheres; a maioria de nossos adúlteros descende desse tipo,
e como igualmente descendem dele as mulheres aficionadas de homens e as adúlteras. Todas as mulheres que constituem

---

99. ...ἀνδρός... (*andrós*).
100. ...σύμβολον... (*sýmbolon*), sinal de reconhecimento, sendo o sentido primitivo e literal da palavra (ao qual Platão faz referência) o de um objeto (por exemplo, um dado) cortado em dois, cujas metades eram guardadas por duas pessoas que haviam permutado hospitalidade entre si e legadas aos seus filhos; essas duas metades posteriormente *re*(*unidas*) – unir, reunir é συμβάλλω (*symbállo*) – possibilitavam o reconhecimento de seus portadores no que dizia respeito a relações de hospitalidade contraídas no passado pelos pais.
101. ...ψῆτται... (*psêttai*), tipo de peixe de corpo chato, do qual são exemplos o linguado, o hipoglosso, o rodovalho e a solha.

secções de mulheres não experimentam atração por homens; são, pelo contrário, atraídas por mulheres, as lésbicas provindo dessa classe. Homens que constituem secções de homens se voltam para homens, e enquanto são rapazes comportam-se como sendo parcelas do masculino fazendo amizade com homens e tendo prazer em se deitarem com eles e serem abraçados por homens. Esses são os melhores entre os rapazes e adolescentes, pois possuem a natureza mais viril. Há pessoas que os consideram criaturas vergonhosas, mas isso é falso, visto que seu comportamento não é determinado pela impudência, mas pela audácia, pela coragem e pela virilidade, tendendo eles a se afeiçoar depressa ao que lhes é semelhante. Um testemunho seguro disso é o fato, uma vez tenham eles atingido a maturidade, de serem os únicos que na carreira política provam ser homens. Quando se tornam homens adultos, tornam-se amantes de rapazes e naturalmente não revelam qualquer interesse em casamento e geração de filhos, salvo quando isso é determinado pelos costumes locais; sentem-se plenamente satisfeitos em viver entre si solteiros a vida toda. De um modo ou outro, um homem desse tipo nasceu para ser um amante de rapazes ou o companheiro voluntário de um homem, sempre saudando efusivamente seu próprio tipo. Ora, quando um deles, quer seja um amante de rapazes, quer seja um amante de qualquer outra ordem, acontece de encontrar sua própria metade, os dois parceiros são maravilhosamente tocados pela amizade, a intimidade e o amor sexual, sendo dificilmente convencidos a se separarem mesmo que seja por um momento.

Esses são os indivíduos que permanecem juntos por toda a existência e, no entanto, são incapazes de declarar sequer o que querem um do outro. Ninguém imaginaria que sejam meramente as relações sexuais, ou que essas por si sós pudessem ser o motivo de cada um regozijar-se com a companhia do outro de maneira tão intensa e profunda: é evidente que a alma de cada um anseia por algo mais que ela não é capaz de expressar, desejo esse que só pode insinuar obscuramente mediante uma espécie de divinação. Suponhais que, estando eles deitados juntos, surgisse Hefaístos[102] que, se impondo diante deles e exibindo suas ferramentas,[103] perguntasse: 'O que é que vós, seres humanos, realmente querem um do outro?', e suponhais que ante o pasmo deles os interrogasse novamente: 'Desejais ser unidos da forma mais íntima possível, de sorte a não serdes separados noite e dia? Pois se é este vosso desejo, estou pronto a fundi-los numa só peça, de modo que sendo dois vos transformeis em um. Consequentemente, participareis de uma única vida enquanto viverdes, pois sereis um só ser, e quando morrerdes, pela mesma razão, sereis um e não dois no mundo dos mortos, tendo morrido uma única morte. Considerai vosso amor e verificai se é esse o vosso desejo, e se tal sorte vos proporcionaria completo contentamento.' Estamos certos de que ninguém que ouvisse isso declinaria ante tal oferta, ou se sentisse desejoso de qualquer outra coisa; ao contrário, qualquer pessoa consideraria francamente que lhe fora oferecido precisamente o objeto do intenso desejo que sempre alimentara, isto é, ser unido e fundido ao seu amado de tal maneira que os dois pudessem se tornar um.

A causa disso é que, como indiquei, conforme nossa natureza original, éramos íntegros, e o anseio e busca por essa integridade é o que chamamos de amor. Antigamente, como eu disse, éramos um. Mas agora, em função de nossa injustiça, o deus[104] nos dividiu, tal como os arcadianos foram divididos pelos lacedemônios;[105] e corremos o risco de, se não

---

102. Um dos deuses olímpicos, filho de Hera, que o arremessou Olimpo abaixo ao perceber a deformidade do filho. Hefaístos era coxo, o que não o impediu de se tornar o grande artesão dos deuses, pois sabia lidar como ninguém com a forja e metais como o ferro, o cobre e o bronze, e se tornar o consorte (decerto traído) de Afrodite.

103. Isto é, a bigorna, o fole, as tenazes e o martelo.

104. Zeus.

105. Platão parece aludir intempestivamente ao episódio histórico em que Mantineia, cidade da Arcádia, se opôs à Lacedemônia (Esparta), o que levou os poderosos

mantermos a ordem perante os deuses, podermos ser mais uma vez fendidos em dois, o que nos reduziria a nos mover na condição de indivíduos esculpidos em colunas funerárias em baixo-relevo, serrados entre as narinas, como dados cortados. A conclusão é que compete a nós exortar a todos os homens que ajam com devoção relativamente aos deuses em todos os seus atos, para que possamos nos esquivar a esse destino e alcançar a ventura da integridade sob o comando de Eros.

b   Que ninguém na sua ação se oponha a ele, pois essa oposição atrai o ódio dos deuses; se nos tornarmos amigos do deus[106] e conseguirmos a reconciliação, teremos a sorte que sobrévem a poucos na atualidade, ou seja, a sorte de descobrir os favoritos que nos cabem. E que Erixímaco não converta este meu
c   discurso numa comédia, dizendo que me refiro a Pausânias e Agaton;[107] talvez eles pertençam realmente a essa afortunada minoria, sendo ambos naturalmente masculinos. Mas minha referência é a todos, homens e mulheres igualmente, e o que quero dizer é que o modo de promover a felicidade em prol de nossa raça[108] é conduzir o amor à sua genuína realização; que todos encontrem os jovenzinhos que lhes cabem, de modo a recuperarem sua antiga natureza. Se isso constitui o melhor, a sua abordagem mais próxima em meio a todas as ações que se descortinam a nós agora é necessariamente o melhor a ser escolhido, sendo isso descobrir um rapazinho cuja natureza
d   seja exatamente compatível com a nossa. Eros é o deus que torna isso realidade e merece plenamente nossos hinos. De fato, não só no presente é ele que concede a bênção inestimável de nos conduzir ao que nos é próprio, como também proporciona essa grandiosa esperança para o futuro, a de que se prestarmos aos deuses a devida reverência, ele nos devolverá

---

espartanos a dividir e dispersar sua população em 385 a.C. Ver *Helênica* de Xenofonte.
106. Eros.
107. Pausânias e Agaton eram amantes.
108. Ou seja, a raça humana.

nossa antiga natureza, e nos curando, nos ajudará a atingir a felicidade dos abençoados.

Eis aí, Erixímaco", ele disse, "o meu discurso sobre Eros, diferente dos vossos. Como te solicitei antes, não faz dele uma comédia, pois gostaríamos de ouvir o que os outros têm a dizer, ou melhor, os outros dois, visto que só restam Agaton e Sócrates."

"Bem, farei como dizes", disse Erixímaco, "até porque apreciei teu discurso. Aliás, se não soubesse quão hábeis são Sócrates e Agaton no que respeita à arte erótica, estaria alimentando temores de lhes faltar eloquência depois da variedade de discursos que ouvimos. Mas sendo as coisas como são, não tenho como deixar de me conservar confiante."

A isso Sócrates observou: "[Tu o dizes] porque te saíste muito bem, Erixímaco; mas se pudesses estar na posição em que estou agora, ou melhor dizendo, em que estarei após o discurso de Agaton, estarias própria e seriamente atemorizado, e como eu, sem saber o que fazer."

"O que queres é enfeitiçar-me, Sócrates", disse Agaton, "de modo a me deixar perturbado diante do muito que os ouvintes irão esperar de meu discurso."

"Ora, Agaton, quão desmemoriado seria eu", replicou Sócrates, "se depois de observar com que disposição corajosa e altaneira subiste no palco com teus atores, encaraste diretamente aquela enorme audiência com o fito de mostrar que tencionavas conquistar credibilidade para tua produção, não se perturbando minimamente, iria supor agora que pudesses te desconcertar com um punhado de pessoas como nós."

"Bem, Sócrates", disse Agaton, "espero que nem sempre me imagines tão envaidecido com o teatro a ponto de esquecer que um orador inteligente fica mais amedrontado com uns poucos homens brilhantes do que com uma multidão de tolos."

"Não, Agaton, seria realmente errado de minha parte", disse Sócrates, "associar-te a tal ideia de bufão. Estou absolutamente seguro de que ao te veres com alguns indivíduos que julgas sábios, os considerarias mais do que a multidão.

Entretanto, talvez nós não façamos parte desse primeiro grupo, pois também lá estávamos, constituindo parte da multidão; supondo, contudo, que te vísseis entre pessoas que fossem sábias, provavelmente te sentirias envergonhado se elas pudessem testemunhar qualquer eventual ação vergonhosa que pensasses estar realizando. O que dirias em relação a isso?"

d "Que dizes a verdade", ele respondeu.

"Por outro lado, se fosse diante da multidão não te sentirias envergonhado se percebesses estar fazendo qualquer coisa vergonhosa. Não é isso?"

Nesse momento Fedro interveio: "Meu caro Agaton, se prosseguires respondendo a Sócrates, ele deixará de se importar com o resultado do que estamos fazendo presentemente enquanto dispor de alguém com quem dialogar, especialmente tratando-se de alguém atraente. No que me diz respeito, é um prazer ouvir os argumentos de Sócrates, mas é meu dever zelar pelo nosso louvor a Eros, sendo necessário obter o discurso de cada um. Assim, que cada um de vós realize sua oferenda ao deus, depois do que podereis empreender vossa discussão."

e "O que dizes é inteiramente correto, Fedro", disse Agaton, "e nada me impede de falar, mesmo porque encontrarei muitas outras oportunidades para discutir com Sócrates."

Desejo primeiramente me referir ao plano que julgo mais adequado para o meu discurso, após o que o proferirei. Penso que todos os discursadores que me antecederam, em lugar de louvarem ao deus, se limitaram a congratular os seres humanos por serem os beneficiários daquilo que é concedido pelo deus: ninguém nos informou a respeito da natureza dele pró-
195a prio. E só há um procedimento correto segundo o qual podemos dirigir a alguém qualquer forma de louvor, e esse é fazer as palavras revelarem o caráter do louvado, e dos benefícios dos quais ele é o responsável, ele que se impõe como nosso objeto. Conclui-se que se deve louvar Eros primeiro pelo que ele é, para depois o fazer pelos benefícios que concede.

Assim digo que embora todos os deuses sejam felizes, Eros – sem incorrer aqui em qualquer ofensa à lei divina – é o mais feliz entre todos, isso por ser o mais admirável e o melhor. Explicarei porque o mais admirável. Em primeiro lugar, Fedro, é o mais jovem dos deuses.[109] A prova incisiva disso
b é fornecida por ele mesmo por fugir mediante um voo precipitado da velhice, obviamente um movimento rápido posto que nos supera demasiado celeremente para o nosso gosto. Eros nasceu para odiá-la e se nega a dela se aproximar. Está sempre na companhia dos jovens, sendo ele também jovem. Diz bem o antigo adágio que o semelhante é sempre atraído pelo semelhante. De fato, ainda que concorde em muitos outros pontos com Fedro, não posso concordar que, segundo sua avaliação, Eros seja mais antigo do que Cronos e Japeto.[110] Sustento que ele é o mais jovem dos deuses, além de ser
c sua juventude perpétua; quanto a esses antigos embaraços em relação aos deuses narrados por Hesíodo[111] e Parmênides,[112] entendo que foi ação da Necessidade[113] e não de Eros, se é que há alguma verdade nessas narrativas. Se Eros estivesse entre eles[114] não teria havido castração ou agrilhoamento, bem como as outras diversas violências cometidas;[115] pelo contrário, somente amizade e paz, como ocorre agora, desde que

---

109. Agaton contraria precisamente o que Fedro afirma em 178b.
110. Tradicionalmente confere-se uma grande antiguidade a esses dois titãs. Cronos (a personificação do tempo) é o pai de Zeus, que destronado pelo filho, marca o fim do governo dos titãs e a instauração do poder olímpico dos deuses.
111. Na *Teogonia*.
112. Nos fragmentos de Parmênides que chegaram a nós não há nenhuma menção disso.
113. ...Ἀνάγκη... (*Anánke*), a personificação divina da fatalidade, do que ocorre de maneira inevitável e inexorável a despeito de qualquer ação humana e possivelmente até divina.
114. Isto é, entre titãs e deuses.
115. Alusão exatamente às passagens da *Teogonia* de Hesíodo em que este descreve o conflito entre titãs (especialmente Cronos) e deuses, e especificamente o agrilhoamento e castração de Cronos realizados por Zeus.

Eros reina entre os deuses. Portanto, ele é jovem e, ademais, delicado. Requer um poeta como Homero expressar sua divina delicadeza. É Homero que se refere a Ate[116] como a uma vez divina e delicada; aqueles seus pés delicados nos são evocados quando ele diz...

...delicados são seus pés, ela que a terra não roça, mas caminha sobre as cabeças dos homens.[117]

O fato dela não caminhar sobre coisas duras, mas sobre macias me parece prova convincente de sua delicadeza. O mesmo nos servirá para atestar a delicadeza de Eros. Ele não caminha sobre a terra, nem sobre crânios, que de fato não são realmente macios; ao contrário, move-se e habita nas coisas mais macias que existem. Escolhe como morada o caráter e as almas de deuses e seres humanos, e mesmo não qualquer alma indiscriminadamente; quando topa com uma alma detentora de caráter rude, distancia-se, porém quando descobre um caráter suave, aí faz sua morada. Assim, uma vez que com seus pés está sempre acostumado a tomar as partes mais macias das criaturas mais suaves, é imperioso que seja maximamente delicado.

É, portanto, o mais jovem, o mais delicado, além do que sua forma é fluida, maleável, porque se não o fosse, isto é, se fosse seco e duro, não seria capaz de nos envolver completamente ou se furtar a ser percebido quando inicialmente ingressou ou saiu furtivamente de toda alma. Uma clara evidência de sua simetria e forma dúctil pode ser encontrada em sua boa aparência, qualidade em que Eros se destaca: má aparência e Eros se mantêm em guerra constante. A beleza da cor da pele nesse deus é indicada por seu convívio com as flores. De fato, Eros não se instala em nada, seja corpo ou alma, que seja incapaz de florescer ou que haja perdido seu viço. Por outro lado, seu lugar é todo

---

116. ...Ἄτην... (*Áten*), deusa personificadora da infelicidade, inspiradora das ações destrutivas e maldosas e tida como responsável por todas as calamidades.

117. *Ilíada*, Canto XIX, 92-93.

lugar onde imperam o florescimento e a fragrância, sendo aqui que ele se instala e permanece.

Acerca da beleza desse deus foi dito o suficiente, ainda que muito permaneça sem ser dito; em seguida me ocuparei da virtude de Eros. O ponto fundamental nesse aspecto é que Eros não constitui nem o autor nem a vítima de nenhuma injustiça, não a cometendo contra deuses ou seres humanos, nem sendo objeto da injustiça deles. De fato, se é para algo c ter qualquer efeito sobre ele, não o será violentamente, pois a violência não atinge Eros; por outro lado, nos efeitos que produz sobre outros não recorre à força, pois Eros granjeia o nosso serviço voluntário; e tudo quanto as pessoas concordam entre si, se for voluntário de ambas as partes, é justo segundo 'leis que reinam em nosso Estado'.[118] E além da justiça, ele é fartamente dotado de moderação.[119] Somos unânimes em admitir que a moderação constitui um controle dos prazeres e apetites, ao passo que nenhum prazer é mais poderoso do que Eros. Mas se são mais fracos, estão necessariamente sob o controle de Eros, sendo este que os controla; a consequência é que Eros, pelo fato de ser o controlador de prazeres e apetites, tem que ser excepcionalmente moderado. Além disso, é de se d observar que no que concerne à coragem 'nem mesmo Ares[120] resiste a' Eros;[121] de fato, ouvimos falar não de Eros apanhado por Ares, mas de Ares apanhado por Eros – com referência a Afrodite.[122] Aquele que apanha é mais poderoso do que aquele

---

118. ..."οἱ πόλεως βασιλῆς νόμοι"... ("*hoi póleos basilês nómoi*"), literalmente "o rei de nosso Estado, as leis": frase atribuída a Alcidamas (século IV a.C.), discípulo de Górgias, pensador e orador, por Aristóteles (*Retórica*, 1406a17-23).

119. ...σωφροσύνης... (*sofrosýnes*), também autocontrole, na medida em que a moderação é possibilitada pelo autocontrole.

120. Um dos olímpicos, deus da guerra.

121. Platão cita o *Tiestes* de Sófocles (fragm. 235), peça da qual só restaram fragmentos, porém substituindo Necessidade (*Anagke*) por Eros.

122. Platão provavelmente se refere ao episódio mitológico em que Hefaístos, tendo preparado uma armadilha, apanha Ares no leito com Afrodite, esposa do primeiro. Platão troca Hefaístos por Eros.

que é apanhado; e porquanto ele tem poder sobre aquele que é mais corajoso do que os outros, é necessariamente o mais corajoso de todos. Isso basta no que se refere à justiça, moderação e coragem nesse deus. Resta falar da habilidade;[123] e neste caso tenho que empregar tudo que posso para efetuar uma avaliação adequada. Para começar, se me disponho, por meu turno, a honrar *nossa arte*,[124] como Erixímaco fez em relação à sua, o deus é um poeta[125] tão consumado que é capaz de transformar outros em poetas; sabeis que qualquer um se torna um poeta 'ainda que antes estranho às musas'[126] se tocado por Eros. E isso pode ser tomado por nós apropriadamente como evidência de que Eros é um bom criador[127] – em síntese – em criação que envolve todas as artes das musas; de fato, não é possível dar a outrem o que não se tem, bem como não é possível ensinar o que não se sabe. E pergunto quem negará que a criação de todos os seres vivos se deve à própria habilidade de Eros, pela qual todos os seres vivos são gerados e produzidos? Por outro lado, no que tange aos artesãos, não sabemos nós que aquele que tem esse deus como mestre acaba atingido pela luz do sucesso, enquanto aquele que não foi tocado por Eros permanece na obscuridade? Se Apolo inventou a arte do arco e flecha, a medicina e a profecia, o foi sob a diretriz do desejo e do amor, de modo que também ele pode ser considerado um discípulo de Eros, como igualmente o podem as musas nas suas artes, Hefaístos no trabalho com

---

123. ...σοφία... (*sofía*), aqui no sentido genérico de um saber que capacita alguém a produzir alguma coisa, conceito que corresponde aproximativamente ao de τέχνη (*tékhne*), arte, usado na imediata sequência por Platão.
124. Ou seja, a de poeta, a que Agaton pertencia, bem como Aristófanes. Ele se refere a uma habilidade profissional.
125. ...ποιητής... (*poietés*), não só no sentido da poesia épica, por exemplo, que era escrita e declamada (interpretada) pelos rapsodos, mas também outras formas de poesia, como a trágica, que incluía a encenação teatral, além da comédia.
126. Fragmento de uma peça de Eurípides.
127. Platão usa aqui a palavra ποιητής (*poietés*) no sentido mais amplo de criador (produtor).

os metais, Atena[128] na tecelagem e Zeus na "direção de deuses e de seres humanos".[129] Foi também devido à presença de Eros que se dirimiram os desentendimentos ou intrigas entre os deuses – evidentemente o amor da beleza, uma vez que Eros não é atraído pela disformidade; antes disso, como indiquei no início, muitas coisas terríveis sucederam entre os deuses, pois reinava a Necessidade.[130] Entretanto, desde o surgimento desse deus, o amor pelas coisas belas trouxe todos os tipos de bens para deuses e seres humanos.

c   É assim, Fedro, que concebo que Eros originalmente era insuperavelmente admirável e bom, sendo recentemente o responsável por excelências análogas em outros. E me sinto repentinamente motivado a evocar o auxílio do verso e exprimir como é ele que produz...

...aos seres humanos a paz, ao mar a calma;
Aos ventos o repouso, e na nossa dor o sono.

d   É ele que expulsa as hostilidades e atrai a intimidade; é ele que nos aproxima em reuniões como esta; nas festas, danças e oblações é ele o nosso líder; é o estimulador de nossa brandura e aquele que suprime a selvageria; é generoso, jamais mesquinho; gracioso, amável; digno de ser contemplado pelos sábios, digno de ser admirado pelos deuses; cobiçado pelos que dele não partilham, entesourado pelos que dele partilham; pai da magnificência, ternura, elegância, graças, saudade, anelo; solícito com os bons, indiferente com os maus; no trabalho
e   penoso e no medo, no beber e no discurso o nosso mais confiável piloto, combatente de marinha, guardião e preservador; ornamento da ordem de deuses e seres humanos; o mais nobre e o melhor condutor, que todos deveriam seguir, unindo-se musicalmente aos seus hinos, unindo-se a ele na canção que

---

128. Filha unigênita de Zeus (nasceu diretamente de sua cabeça, sem qualquer concurso da sexualidade), deusa olímpica associada à inteligência, à sabedoria e às artes, principalmente a arte da guerra; patrona da cidade de Atenas.
129. ...κυβερνᾶν θεῶν τε καὶ ἀνθρώπων... (*kybernân theôn te kaì anthópon*), frase aparentemente cunhada numa semelhante de Parmênides.
130. ...Ἀνάγκης... (*Anánkes*).

ele entoa que encanta o pensamento de todo deus e de todo ser humano.

"Eis aí, Fedro", ele disse, "o discurso que ofereceria em seu santuário. Fiz tudo ao meu alcance para combinar o divertido com a seriedade moderada."

198a   Ao término do discurso de Agaton, segundo me informou Aristodemo, irrompeu um aplauso maciço de todos os presentes, tanto haviam eles julgado apropriado o discurso do jovem, para si mesmo e para o deus.

Foi quando Sócrates, lançando um olhar a Erixímaco, disse: "Filho de Acumeno, classificarias agora de improcedente o medo que durante todo esse tempo me intimidou, e que não falei profeticamente ao dizer há pouco que Agaton proferiria um maravilhoso discurso que me deixaria sem saber o que fazer?"

b   "Quanto à parte de tua afirmação", Erixímaco replicou, "de que Agaton discursou bem, de fato foste um profeta, mas quanto a que não sabes o que fazer, não creio nisso."

"Como não? Não há dúvida, meu caríssimo [amigo]", retrucou Sócrates, "de que estou metido em dificuldades, eu ou qualquer outra pessoa que tivesse que discursar após um discurso dotado de tal beleza e variedade. A maior parte dele nem foi assim tão maravilhosa, porém que desfecho! Suas palavras e frases são simplesmente de tirar o fôlego. De minha parte, realmente, permaneci tão consciente de que não conseguiria produzir algo que encerrasse a metade dessa beleza que, envergonhado, estive tentado a sair furtivamente, se para isso tivesse tido a chance. A verdade é que seu discurso me lembrou tanto de Górgias que me senti precisamente na situação descrita por Homero:[131] temia que Agaton nas suas

---

131. *Odisseia*, Canto XI, 632-635. Platão insinua aqui um trocadilho entre ...Γοργίου... (*Gorgíou*), Górgias, e Γόργω (*Górgo*), Górgona, sugerindo uma analogia: tal como a visão desse monstro petrificava as pessoas, a retórica elegante, envolvente e poderosa do sofista Górgias deixava as pessoas mudas e estáticas. É claro que esta passagem está carregada da ironia socrática e do finíssimo espírito crítico de Platão.

últimas frases me levasse a encarar a terrível cabeça de Górgias, e opondo seu discurso ao meu me converteria, assim emudecido, em pedra.¹³² E então compreendi quão ridículo eu fora em assentir com tua proposta desta rodada de discursos em louvor de Eros, e ter me considerado um mestre na arte erótica, quando de fato nada conhecia quanto a como compor discursos de encômio. Na minha ignorância, pensei que se fosse exprimir a verdade acerca do objeto do louvor, e o supondo fiquei na expectativa de que pudéssemos selecionar os fatos de maior nobreza e dispô-los da forma mais conveniente. Eu exultava movido pela ideia do excelente discurso que iria proferir, já que sentia conhecer a verdade. Agora, entretanto, parece que não é isso que corresponde a um bom discurso de louvor; pelo contrário, trata-se de atribuir ao objeto do louvor as mais elevadas e admiráveis qualidades... quer ele as possua ou não; se há falsidade nisso, não importa. Aparentemente a proposta aqui foi de que cada um parecesse estar louvando Eros, não que estivesse realmente o louvando. Assim, pelo que suponho, empreendeis o trabalho de reunir toda gama de frases num tributo a Eros, declarando ser isso e aquilo o seu caráter e influência que exerce, com o propósito de apresentá-lo algo melhor e mais admirável do que qualquer outra coisa, e isso o fazeis evidentemente com êxito perante ignorantes, embora o efeito fosse outro perante quem conhece; e realmente esse tipo de discurso parece belo e impressiona! O que acho é que eu estava completamente equivocado quanto ao método a ser adotado; e foi como um ignorante que concordei em participar desta rodada de louvor. Portanto, 'a língua' se comprometeu, mas não 'a mente'.¹³³ Assim sendo, digo adeus a esse compromisso. Não estou disposto a tecer um elogio nessa linha... nem tenho capacidade para isso. Entretanto, estou pronto, se é vosso desejo, a falar a mera verdade do meu próprio jeito... não de modo a rivalizar com vossos discursos e ser o alvo de vosso riso. Diante disso decide, Fedro, se tens

---

132. Ver nota anterior.
133. Platão alude a Eurípides na peça *Hipólito*.

necessidade de tal tipo de discurso e se gostarias de ouvir a verdade a respeito de Eros num estilo em que palavras e frases fluirão casualmente por sua própria conta."

Fedro e os outros lhe pediram para que falasse de qualquer maneira que ele próprio julgasse adequada.

"Se é assim, permite-me também, Fedro, fazer algumas perguntas sumárias a Agaton, de modo a assegurar seu assentimento antes de iniciar meu discurso."

c "Tens minha permissão", disse Fedro, "de modo que podes interrogá-lo."

Depois disso, ele[134] me informou que Sócrates começou nos seguintes termos:

"Devo admitir, meu caro Agaton, que o introito de teu discurso foi ótimo ao declarares que te cabia começar por indicar o caráter de Eros, para depois tratar de suas ações. Decerto só tenho admiração por essa abertura. Pois então, visto que fizeste uma bela e magnífica descrição de Eros, responde-me

d o seguinte: devemos entender seu caráter no sentido de tomar Eros como sendo o amor de algum objeto ou de nenhum? Não estou perguntando se ele nasceu de alguma mãe ou pai, pois seria ridículo perguntar se Eros é amor de mãe ou pai, mas é como se eu estivesse perguntando sobre a ideia de pai, se o pai é um pai de alguém ou não. Certamente dirias, se estivesses disposto a dar a resposta correta, que o pai o é do filho ou da filha. Não é o que dirias?"

"Decerto que sim", respondeu Agaton.

"E dirias o mesmo com relação à mãe?"

Ele concordou igualmente com isso.

e "Então me darás mais algumas respostas", disse Sócrates, "para que possas compreender melhor o que quero dizer? Imagina que eu te perguntasse: 'Ora, nesse caso, um irmão, na medida em que é irmão, o é de alguém ou não?'"

"É", ele disse.

"Isto é, do irmão ou da irmã?"

---

134. Ou seja, Aristodemo.

Ele concordou.

"Bem, agora tenta me informar sobre o amor: é Eros um amor de nada ou de algo?"

"Decerto que de algo."

"Então", disse Socrates, "mantém em mente cuidadosamente qual é o objeto de Eros, e apenas me diz: Eros deseja aquilo que é objeto de seu amor?

"Decerto que sim", ele respondeu.

"Ele possui ou não o objeto de seu desejo e amor antes de desejá-lo e amá-lo?"

"É provável que não", ele disse.

"Ora, não como probabilidade", disse Sócrates, "mas enquanto necessidade considera se o sujeito desejador deseja necessariamente o que lhe falta e, por outro lado, não o deseja se não lhe falta. De minha parte, Agaton, estou inteiramente convicto de que se trata de uma necessidade. E quanto a ti?"

"Também estou convicto disso", ele disse.

"Excelente. Agora, poderia alguém que é alto desejar ser alto, ou alguém forte desejar ser forte?"

"Em vista do que foi admitido, isso é impossível."

"Suponho que porque a esses indivíduos não faltam as qualidades em questão."

"O que dizes é verdadeiro."

"Talvez, porém,[135] pudesse um indivíduo forte desejar ser forte", disse Sócrates, "ou um célere, desejar ser célere, ou um saudável desejar ser saudável, situações em que estamos capacitados a supor que indivíduos de um ou outro desses tipos, detentores de tais qualidades, desejam também o que já possuem: isso é por mim aduzido para evitar que sejamos enganados; esses indivíduos, Agaton, se o examinares, verás que estão obrigados pelo império da necessidade a possuir no momento cada coisa que possuem, o queiram ou não. E como – pergunto – irá alguém querê-lo? Ora, quando alguém

---

135. Ou seja, pondo em suspenso o que foi admitido.

d declara 'Sendo eu saudável quero ser saudável, sendo rico quero ser rico – quero as próprias coisas que possuo', dir-lhe-emos 'Ó homem, riqueza, saúde e força já possuis, que é o que quererias também possuir no tempo vindouro, uma vez que no presente tu os possuis quer os queiras ou não. Quando declaras 'Quero estas coisas presentes [que já possuo]', aventamos que tudo que fazes é declarar: 'Quero que estas coisas atualmente presentes também estejam presentes no futuro'. Ele não concordaria com isso?"

Agaton assentiu.

"Se é assim", prosseguiu Sócrates, "pode-se dizer que alguém ama algo ainda não disponibilizado e de que não é ainda possuidor: o que ocorre é que desejaria assegurar-se da presença de certas coisas em caráter perene no tempo vindouro."

"Certamente", ele disse.

e "Consequentemente, essa pessoa e, geralmente, todos aqueles que experimentam desejo, o experimentam por algo que não está disponibilizado ou presente; por algo que não possuem, que não são, ou de que carecem, sendo isso o objeto do desejo e do amor?"

"Certamente", ele disse.

"Bem", disse Socrates, "recapitulemos o que concluímos até agora. Primeiramente, não se dirige Eros a determinadas coisas, das quais, em segundo lugar, ele tem necessidade?"

"Sim", ele disse.

201a "Portanto, isso admitido, recorda o que apontaste em nossa conversação, ao discursares, como objetos de Eros. Se preferires, o recordarei para ti. Penso que disseste que os desentendimentos ou intrigas dos deuses foram instaurados por amor das coisas belas, uma vez que não há amor das coisas disformes. Não disseste algo assim?"

"Sim, eu disse", declarou Agaton.

"E o fizeste com total propriedade, meu amigo", disse Sócrates, "e assim sendo, não será Eros apenas amor da beleza, e nunca da disformidade?"

Ele assentiu.

b "E não concordamos que ele ama aquilo de que carece e que não possui?"

"Sim", ele respondeu.

"Então Eros carece de beleza e não a possui."

"Necessariamente", ele disse.

"Ora, dirias que aquilo que carece de beleza e de modo algum a possui é belo?"

"Decerto que não."

"E sendo essa a situação, podes ainda admitir que Eros é belo?"

Em face disso, Agaton declarou: "Temo, Sócrates, nada saber do objeto do discurso que proferi."

c "De qualquer modo", ele disse, "foi um belo discurso, Agaton. Mas rogo-te que te estendas um pouco mais. Sustentas, não é mesmo, que coisas boas são belas?"

"Sustento."

"Ora, se Eros carece de coisas belas e coisas boas são belas, ele também carece de coisas boas."

"Eu não vejo, Sócrates", ele disse, "como refutar-te. Que seja como dizes."

"Mas é a verdade", ele retrucou, "ó estimável Agaton, d que não podes refutar. Quanto a Sócrates, o podes fazer sem dificuldade."

"E agora te liberarei, passando ao discurso sobre Eros que ouvi numa ocasião de uma mulher de Mantineia,[136] Diotima,[137] que era sábia tanto nessa matéria quanto em muitas outras; de fato, uma vez instruindo os atenienses a realizarem sacrifícios dez anos antes da peste, fez tardar para eles por todo esse período o advento da doença. Ora, também aprendi com ela lições da arte erótica – e tentarei reproduzir seu discurso tão bem quanto possa e fazendo meu próprio

---

136. Cidade da Arcádia.
137. Figura de existência histórica duvidosa, possivelmente uma invenção de Platão.

e

relato empregando como base o consenso que alcancei com Agaton. Dessa maneira, Agaton, devo primeiramente revelar, segundo teu modo expositivo, quem e que espécie de ser é Eros, passando na sequência a descrever suas obras. Penso ser para mim mais fácil conferir à minha descrição aquela forma de pergunta e resposta que a estrangeira utilizou para si naquele dia. De fato, dirigi-me a ela nos mesmos termos em que Agaton se dirigiu a mim há pouco, afirmando ser Eros um grande deus e dizer respeito às coisas belas; e ela empregou os mesmos argumentos para refutar-me que empreguei para refutá-lo, mostrando que por minha avaliação esse deus não era nem belo nem bom.

'O que queres dizer, Diotima?', eu disse. 'Então Eros é disforme e mau?'

'Cuidado com tuas palavras!', ela respondeu. 'Ou supões que tudo quanto não é belo é necessariamente disforme?'

202a 'Decerto que sim.'

'E o que não é sábio, ignorante? Não observaste que há algo entre a sabedoria e a ignorância?'

'O que é?'

'Ora, está claro que opinar corretamente sem ser capaz de apresentar uma razão para isso não constitui nem pleno conhecimento (como poderia, afinal, algo destituído de razão ser conhecimento?[138]) nem tampouco ignorância,[139] pois o que fere a verdade não pode ser ignorância. Assim, concluo que a *opinião correta*[140] encontra-se precisamente nessa posição, ou seja, entre o entendimento[141] e a ignorância.'

'É verdade', eu disse, 'o que dizes.'

b 'Assim, não constrange o que não é belo a ser disforme', ela disse, 'ou aquilo que não é bom a ser mau. Do mesmo modo, no que diz respeito a Eros, ao assentir que não é nem

---

138. ...ἐπιστήμη... (*epistéme*).
139. ...ἀμαθία... (*amathía*).
140. ...ὀρθὴ δόξα... (*orthè dóxa*).
141. ...φρονήσεως (*phronéseos*).

bom nem belo, não há porque concluir que ele deve ser disforme e mau, mas que é algo intermediário', declarou ela.

'E, de qualquer modo', eu disse, 'todos são unânimes em afirmar que ele é um grande deus.'

'O que queres dizer com *todos*?', ela contrapôs. 'Os ignorantes ou incluis também os que conhecem?'

'Quero dizer uns e outros.'

c   Ela riu e disse: 'Mas como, Sócrates, podem os que afirmam que não é, de modo algum, um deus concordar que é um grande deus?'

'Mas quem afirma isso?', indaguei.

'De um lado tu', ela respondeu, 'do outro eu.'

'Mas como podes dizer tal coisa?', eu disse.

''É fácil', declarou ela, 'não dirias que todos os deuses são felizes e belos? Ou te atreverias a negar que todo deus é belo e feliz?'

'Por Zeus! Não eu!', exclamei.

'E não classificas como felizes os possuidores de coisas boas e belas?'

d   'Certamente.'

'Admitiste, contudo, que Eros, na medida em que carece de coisas boas e belas, deseja essas próprias coisas de que carece.'

'Sim, admiti.'

'Ora, como pode ser um deus se é desprovido de coisas belas e boas?'

'Pelo que parece, de modo algum [o pode ser].'

'Vês, portanto', ela disse, 'que não és alguém que considera Eros um deus!'

'Bem, então o que poderia ser Eros?', perguntei. 'Um mortal?'

'Isso está fora de questão.'

e   'Então o quê?'

'Como sugeri antes', ela disse, 'intermediário entre mortal e imortal.'

'E ao que te referes, Diotima?'

'A um grande *dáimon*,¹⁴² Sócrates, pois todo *o daimônico*¹⁴³ está entre o divino e o mortal.'

'E qual é sua função?', indaguei.

'A de interpretar e transmitir coisas humanas aos deuses e coisas divinas aos seres humanos; súplicas e sacrifícios que partem daqui para o alto e ordens e dádivas que procedem do alto para cá. Estando a meio caminho, ele¹⁴⁴ promove a suplementação recíproca, resultando em que o todo se combina em um. Ele é o veículo de toda atividade divinatória e toda sacerdotal no que respeita aos sacrifícios, rituais de iniciação, encantamentos, e toda profecia e magia. Deuses não se misturam com seres humanos, mas o *daimônico* é o meio de toda associação e diálogo de seres humanos com deuses e de deuses com seres humanos, estejam estes despertos ou adormecidos. Todo aquele que possui, nessas matérias, um saber que o habilita, é um *homem espiritual*,¹⁴⁵ ao passo que aquele que possui um saber que habilita em outras matérias, como nas artes ou ofícios manuais, é o trabalhador manual. Esses *dáimons* são muitos e diversificados, um deles sendo Eros.'

'E quem são seu pai e sua mãe?', perguntei.

'Bem, essa é uma história um tanto longa', ela respondeu, 'porém, de qualquer modo, a narrarei a ti. Por ocasião do nas-

---

142. ...δαίμων μέγας... (*daímon mégas*): Platão utiliza aqui o termo δαίμων (*daímon*) no sentido restrito e específico de uma divindade inferior pertencente a uma raça de seres intermediária entre os deuses (pré-olímpicos ou olímpicos) e os mortais. Sua natureza e posição são *intermediárias*, bem como sua ação é a de *intermediários*. Evitamos meticulosamente usar a palavra *demônio*, porque, embora morfologicamente oriunda do grego, insinua um conceito judaico-cristão (ser espiritual absoluta e eternamente mau) que é totalmente estranho tanto ao platonismo quanto à própria religião grega antiga; no que se refere ao substantivo *espírito*, é demasiado genérico, dúbio e carente de univocidade. O termo *gênio* é suportável, mas também padece de inconvenientes tanto do prisma da imprecisão conceitual quanto de uma certa falta de pertinência cultural relativamente à filosofia e religião gregas antigas. Ocioso dizer que a palavra *anjo* nesse contexto, por razões similares, também é imprópria.

143. ...τὸ δαιμόνιον... (*tò daimónion*): ver nota 142 acima.

144. Ou seja, o *daímon*.

145. ...δαιμόνιος ἀνήρ... (*daimónios anér*).

cimento de Afrodite, os deuses realizaram uma grande festa, estando presente Poros,[146] o filho de Metis.[147] Após haverem banqueteado, eis que surgiu Penia[148] a mendigar, como o faz habitualmente quando ocorre uma festa, e permaneceu junto às portas. Ora, aconteceu de Poros embriagar-se de néctar (não havia ainda vinho) e penetrar no jardim de Zeus onde, tomado pela indolência, acabou adormecendo. Ora, Penia, sendo ela própria tão destituída de recursos, tramou ter um

c filho com Poros. Assim, deitou-se com ele e deu à luz Eros. Isso explica porque Eros desde o início tem sido o atendente e o servidor de Afrodite: de fato ele foi gerado no dia do nascimento dela e é, além disso, naturalmente um amante da beleza, uma vez que Afrodite é [particularmente] bela. Na qualidade de filho de Poros e Penia, coube-lhe uma sorte semelhante a deles. Em primeiro lugar, está sempre na penúria

d e está longe de ser, como a maioria o imagina, delicado e belo: pelo contrário, é rude e enrugado, anda descalço e não tem lar; deita-se constantemente sobre a terra nua, pois não dispõe de um leito, descansando junto às soleiras das portas e às margens das estradas ao ar livre; coadunando-se com a natureza de sua mãe, permanece convivendo sempre com as privações. Entretanto, assemelhando-se a seu pai, é um planejador que visa a tudo que é belo e bom e, de fato, ele é corajoso, impetuoso e intenso, um admirável caçador, o tempo todo urdindo estratagemas; desejoso e amante da sabedoria,[149] passa a vida em busca do entendimento; [por outro lado,] é mestre da

e prestidigitação, com as poções e o discurso artificioso. Não sendo por nascimento nem imortal nem mortal, num mesmo dia, estando repleto de recursos, viceja e pulsa de vida, para depois, num outro momento, ficar moribundo e morrer, revi-

---

146. ...Πόρος... (*Póros*), personificação divina do recurso, meio, expediente para realizar ou atingir algo.
147. ...Μήτιδος... (*Métidos*), personificação divina da prudência.
148. ...Πενία... (*Penía*), personificação divina da penúria, pobreza.
149. ...φιλόσοφων... (*philósophon*).

204a vendo mais tarde por força de sua natureza paterna; os recursos, porém, de que se apossa sempre não tardam a lhe escapar, minguando, de maneira que Eros jamais é propriamente pobre ou rico, além do que se conserva a meio caminho entre a sabedoria e a ignorância; nenhum deus ama a sabedoria ou deseja ser tornado sábio. Já o é. E ninguém mais que já é sábio ama a sabedoria. Tampouco o ignorante ama a sabedoria ou deseja ser tornado sábio; há aqui um aspecto em que a ignorância é difícil de suportar, a saber, o fato de uma pessoa que não é bela, boa ou inteligente contentar-se consigo mesma. Aquele que não se julga deficiente não experimenta qualquer desejo daquilo de que não se sente deficiente.'

'Nesse caso, Diotima', perguntei, 'quem são, afinal, os amantes da sabedoria, se não são nem os sábios nem os ignorantes?'

b 'Mas é evidente', ela disse, 'até uma criança poderia dizer-te. Eles são os que se acham na posição intermediária, estando entre eles também Eros. A sabedoria diz respeito às mais belas e mais nobres entre as coisas; ora, Eros é amor direcionado para aquilo que é belo e nobre; a conclusão é que Eros tem que ser *filósofo*,[150] ficando assim entre o sábio e o ignorante. E a causa disso se vincula à sua origem, ou seja, é herança de um pai sábio e provido de recursos e de uma mãe não sábia e desprovida de recursos. Tal é, meu caro
c Sócrates, a natureza desse *dáimon*. Não é de se surpreender que hajas formado uma outra ideia de Eros. Tomando como evidência tuas próprias palavras, estou autorizada a concluir que supunhas que o amado era Eros e não o amante, o que, segundo creio, te levou a sustentar que Eros é belo em todos os aspectos. Na verdade, o digno de ser amado é o realmente belo, gracioso, perfeito e sumamente abençoado; entretanto, o amante assume uma forma distinta, a considerar a descrição que apresentei.'

---

150. ...φιλόσοφον... (*philósophon*), ou seja, amante da sabedoria.

Nesse ponto observei: 'Bem, o que dizes, cara estrangeira, é correto, mas se Eros é assim como o retratas, qual a utilidade que tem para os seres humanos?'

'Essa é a questão seguinte, Sócrates', ela disse, 'sobre a qual procurarei instruir-te. Ora, embora o caráter e ascendência de Eros sejam como indiquei, ele é também amor por coisas belas, tal como afirmas. Mas supõe que alguém nos perguntasse: *Sócrates e Diotima, em que sentido Eros é amor das coisas belas?* Ou formulando a pergunta de maneira mais clara: *Qual é o [desejo contido no] amor do amante de belas coisas?*'

'Que venham a ser suas', respondi.

'Essa resposta, porém, suscita uma outra questão', ela disse, 'ou seja: *O que terá aquele que obtém coisas belas?*'

Respondi-lhe que era totalmente incapaz de lhe oferecer uma pronta resposta para tal pergunta.

'Ora', ela prosseguiu, 'suponhamos que o objeto da questão seja alterado e se substitua o bom pelo belo. Diz-me, Sócrates, qual é [o desejo contido no] amor do amante de boas coisas?'

'Que elas venham a ser suas', respondi.

'E o que terá aquele que obtém boas coisas?'

'Agora é mais fácil fornecer uma resposta', eu disse, 'terá felicidade.'

'Positivo', ela disse, 'os felizes são felizes por obterem boas coisas, e é prescindível indagar qual o propósito de ser feliz, quando esse é o propósito. A resposta parece final.'

'O que dizes é verdade', eu disse.

'Bem, imaginas que esse desejo ou amor seja comum a todos os seres humanos e que todos estejam sempre desejosos de ter boas coisas? O que dirias?'

'Simplesmente isso', eu disse, 'que é comum a todos.'

'Ora, Sócrates', ela disse, 'não queremos dizer que todos os seres humanos amam coisas idênticas sempre. O que queremos dizer não é que algumas pessoas amam e outras não?'

'Isso, no meu caso, causa perplexidade', respondi.

'Mas não devia', declarou, 'é porque isolamos uma certa forma de amor e a ela nos referimos mediante o nome que denota todo o amor. E no que diz respeito a outras formas de amor, recorremos a outros nomes.'

'Como por exemplo...?', indaguei.

c 'Um bom exemplo é *poiesis*,[151] que tem múltiplo significado, sendo mais de uma coisa. De fato, tudo quanto passa do não-ser para o ser tem como causa a *poiesis*,[152] de modo que as produções de todas as artes são formas de *poiesis*, e os artistas e artesãos que as produzem são todos *poietai*.'[153]

'O que dizes é verdadeiro.'

'E, no entanto, como sabes', ela disse, 'não são chamados de *poietai*, mas ostentam outros nomes, enquanto uma parte isolada destacada do todo da *poiesis*, nomeadamente certas artes das musas acompanhadas da métrica, é designada com o nome que denota o todo.'

'É verdade', eu disse.

d 'Ora, ocorre precisamente o mesmo com o amor. De fato, genericamente ele é todo aquele desejo de coisas boas e de ser feliz – ele, soberano e pérfido. Contudo, embora os que a ele recorrem em diversas outras formas, como nas finanças,[154] no cultivo do esporte ou da filosofia, não sejam designados como indivíduos que estão amando ou amantes, todos os que a ele se devotam exclusivamente em uma de suas várias formas obtêm para si, enquanto amando e enquanto amantes, o nome do todo.'

---

151. ...ποίησις... (*poíesis*), poesia, palavra geralmente empregada no seu sentido restrito e específico de *criação literária sob a forma de versos métricos* (poesia trágica, épica, idílica, lírica etc., isto é, muitas das artes das musas), enquanto no seu sentido original, lato e genérico, essa palavra significa simplesmente criação, produção.

152. Criação.

153. ...ποιηταί... (*poietaí*), criadores, produtores.

154. ...χρηmάτισμον... (*khremátismon*), ou seja, atividades que visam ao ganho de dinheiro.

'É bem possível que o que declaras', eu disse, 'seja verdadeiro'.

'E há um corrente relato', ela continuou, 'de que todos que buscam suas outras metades[155] estão apaixonados, isso embora em minha avaliação o amor não seja para a metade ou para o todo, a não ser, evidentemente, meu amigo, que isso envolva o bem. Os seres humanos estão dispostos a cortar os próprios pés e mãos se julgarem que esses seus membros se revelam nocivos. Penso que cada um não é aficionado do que lhe é próprio a não ser que o possa classificar como bom e o que é próprio de outrem como mau. Eis a razão porque o que todos os seres humanos amam é simples e exclusivamente o bem. Ou pensas diferentemente?'

'Por Zeus, decerto que não é esse o meu caso', eu disse.

'Então podemos afirmar pura e simplesmente que os seres humanos amam o bem?'

'Sim', eu disse.

'Mas não deveríamos acrescer que ao amá-lo desejam que venha a ser deles, que venha a lhes pertencer?'

'Deveríamos.'

'E mais', ela disse, 'que não se limite a lhes pertencer, mas lhes pertencer sempre?'

'Que se acresça isso também.'

'Em síntese', declarou, 'o amor deseja que o bem lhe pertença para sempre.'

'Há muito de verdade nisso', eu disse.

'Ora, se esse é sempre o objeto do amor', prosseguiu ela, 'como agem os que o perseguem e qual é a prática cuja ansiedade e zelo chamamos de amor? O que é efetivamente esse empenho? Podes informar-me?'

'Bem, Diotima', eu disse, 'se pudesse fazê-lo, dificilmente seria teu admirador e de tua sabedoria, e estaria sentado junto a ti para ser instruído acerca precisamente dessas questões.'

---

155. Referência ao discurso de Aristófanes.

'Bem, eu te direi', ela disse, 'é dar à luz *no belo*[156] recorrendo para isso tanto ao corpo quanto à alma.'
'Necessitaria de divinação para apreender o que exprimes', eu disse. 'Não compreendo.'

c   'Vou expressá-lo com maior clareza', ela disse. 'A gravidez, Sócrates, tanto do corpo quanto da alma, afeta todos os seres humanos, e ao alcançar uma certa idade, nossa natureza anseia por dar à luz. Ora, não é possível que dê à luz em algo disforme, mas somente no belo. A conjunção do homem com a mulher é geradora para ambos. Essa geração e concepção constituem uma ação divina, a presença de um elemento imortal num ser vivo mortal, e não pode ocorrer

d   naquilo a que falta harmonia. O disforme não se harmoniza com tudo aquilo que é divino, ao passo que o belo se harmoniza. Portanto, a Beleza[157] preside ao nascimento como Moira[158] e Eilituia;[159] o resultado é que quando aqueles que experimentam a gravidez se aproximam do belo se tornam não só gentis como também tão predispostos ao júbilo que dão à luz e reproduzem; entretanto, quando topam com o disforme, recuam rabugentos e desalentados e, reprimidos, não dão à luz, mas prosseguem nas dores do parto sob o fardo de seus filhos. Assim, quando uma pessoa está grávida

e   e fervilhante de vida, sente-se grandemente excitada com o belo, pois o portador deste está capacitado a aliviá-la de

---

156. ...ἐν καλῷ... (*en kalôi*), embora se instaure aqui uma ambiguidade em função de ἐν, pois se poderia também traduzir essa expressão por *ante o belo, na presença do belo*, em lugar de *no belo, dentro do belo*. Mesmo as traduções *junto ao belo* ou *na esfera do belo* seriam cogitáveis. 206 d-e logo na sequência o confirmam.
157. ...Καλλονή... (*Kalloné*): Platão confere dignidade divina à beleza.
158. ...Μοῖρα... (*Moîra*): μοῖρα (*moîra*) significa quinhão, porção, lote; por extensão o lote ou sorte de cada um, ou seja, o destino. As Moiras, geralmente consideradas como sendo *três* (Átropos, Cloto e Laquesis), embora seu número varie segundo a fonte mitográfica, presidem também (até por serem as senhoras do destino) ao parto e ao nascimento, razão pela qual são às vezes, como aqui por Platão, associadas a Εἰλειθυία (*Eileithyía*), deusa da fecundidade, das dores do parto e da concepção.
159. Ver nota anterior.

suas dores agudas. Incorres no erro, Sócrates', ela acrescentou, 'quando supões que o amor é do belo.'
'Bem, nesse caso do que é?'
'É do gerar e dar à luz *no* belo.'
'Que o seja', eu disse.

'E o é certamente', ela disse [com ênfase], 'e por que do gerar? Porque o gerar constitui um fato perene, algo imortal entre os mortais. Ora, do que foi admitido, conclui-se que desejamos necessariamente a imortalidade não menos do que o bem, uma vez que assentimos que o amor deseja que o bem lhe pertença para sempre. A consequência disso é o amor ser necessariamente da imortalidade.'

Obtive dela todo esse ensinamento em diversas ocasiões em que ela discursava a respeito do erótico. Numa dessas ocasiões perguntou-me: 'O que pensas ser, Sócrates, a causa do amor e do desejo? De fato, já deves ter observado em que terrível estado ficam os animais selvagens, sejam eles terrestres ou alados, quando atingidos pelo desejo de procriar; tornam-se todos doentes e predispostos eroticamente, primeiro pelo acasalamento entre eles, e depois pela busca de alimento para os recém-nascidos, no interesse dos quais estão dispostos a travar lutas renhidas, nas quais mesmo os mais fracos enfrentam os mais fortes, quando inclusive sacrificam suas vidas; estão dispostos a ser torturados pela fome para alimentar seus filhotes ou serem reduzidos a qualquer situação no interesse deles. No que toca aos seres humanos', ela disse, 'seria de se supor que o fazem induzidos pelo raciocínio. Mas qual seria a causa desse estado erótico no caso dos animais selvagens? Podes me informar?'

Mais uma vez lhe disse que ignorava, ao que ela contrapôs: 'Afinal, como pretendes ser algum dia um mestre na arte erótica se não tens noção disso?'

'Ora, é precisamente por isso que, como declarei há pouco, procurei por ti, Diotima, em busca de um mestre. Assim, informa-me acerca dessas causas, bem como acerca das outras associadas às questões eróticas.'

'Bem', ela disse, 'se crês que o amor visa naturalmente ao que admitimos mais de uma vez, não te surpreenderás. De fato, nesse caso[160] também, com base em idêntico princípio, a natureza mortal busca sempre, do melhor modo que lhe é possível, ser imortal. Seu êxito nesse sentido só pode ocorrer através da geração,[161] a qual lhe garante deixar sempre uma nova criatura substituindo a velha. É somente por um breve tempo que é possível descrever uma coisa viva como viva e a mesma, como se diz de um ser humano que é a mesma pessoa da infância à velhice – ainda que seja classificado como o mesmo, em momento algum detém as mesmas propriedades; é submetido continuamente à mudança, ganhando um novo aspecto e perdendo coisas, como é evidenciado por seus cabelos, sua carne, seus ossos, seu sangue e seu corpo inteiro. E é observável que isso não sucede apenas com seu corpo, mas também com sua alma, pois nenhuma de suas maneiras, costumes, opiniões, desejos, prazeres, dores ou medos jamais permanecem os mesmos – alguns nele vêm a ser, ao passo que outros se extinguem. E ocorre um fato ainda mais estranho, ou seja, no que diz respeito à posse de conhecimentos, não só alguns entre eles se desenvolvem enquanto outros desaparecem, o que faz com que nunca sejamos os mesmos até com relação ao nosso saber, como também cada tipo específico de conhecimento é atingido por idêntico destino. Aquilo que denominamos estudo significa que nosso conhecimento se mantém nos abandonando; de fato, o esquecimento representa o êxodo do conhecimento, ao passo que o estudo coloca um novo conhecimento no lugar daquele que se foi, de modo a preservar nosso conhecimento a ponto de o fazer parecer o mesmo. Tudo que é mortal é preservado dessa maneira, quer dizer, não sendo conservado precisamente como é para sempre, como ocorre com o divino, mas pela substituição daquilo que se vai ou envelhece por algo novo que se assemelha ao velho. É graças a esse expediente, Sócrates', ela disse, 'que

---

160. Ou seja, no que se refere ao ser humano.
161. Ou melhor, reprodução.

o mortal participa da imortalidade, quer no que se refere ao corpo, quer em todos os outros aspectos: isso não é exequível por nenhum outro meio. Portanto, não te espantes com o fato de todas as coisas naturalmente valorizarem seus próprios pimpolhos, pois é em vista da imortalidade que todas as coisas mostram esse zelo e amor.'

Esse argumento deixou-me tomado de espanto e eu disse: 'Pode isso, sumamente sábia Diotima, ser verdadeiramente assim?'

E ela, à maneira de um perfeito sofista, declarou: 'Disso, Sócrates, podes estar certo. Basta lançares um olhar na ambição dos indivíduos humanos à tua volta. Ficarias espantado com a irracionalidade deles no caso de desconsiderares o meu discurso e se não houvesses pesado quão terrivelmente são afetados pelo amor da conquista de um nome *e da edificação de uma fama para sempre imortal*, que penetre todo o futuro. Em prol disso, ainda mais do que em favor de seus filhos, se dispõem a correr todos os perigos, despender somas de dinheiro, empreender qualquer tipo de missão e imolar suas vidas. Será que realmente supões', indagou, 'que Alceste teria morrido por Admeto, ou teria Aquiles se encaminhado para a morte por causa de Pátroclo, ou teu próprio Codro[162] oferecido a vida para preservar o trono de seus filhos, se não houvessem esperado conquistar *uma memória imperecível de seu próprio feito virtuoso* agora por nós preservado? Decerto que não', ela disse. 'É minha opinião a de que é visando a uma distinção imperecível e tal glória ilustre que fazem tudo ao seu alcance, e tanto mais quanto maior for seu grau de virtude. Estão todos apaixonados pelo imortal. Os que são férteis', ela disse, 'no corpo, preferem se voltar para mulheres, expressando seu amor sexual dessa maneira e gerando filhos obtêm imortalidade, memória e felicidade que, como supõem, é *para todo o tempo vindouro*; outros [,diferentemente,] experimentam uma gravidez na alma, pois há os que

---

162. O lendário último rei de Atenas que teria se arriscado pessoalmente a morrer pelas mãos dos dórios para salvar Atenas dos conquistadores.

são ainda mais férteis em suas almas do que em seus corpos, e essa gravidez é com o que cabe a uma alma gerar e dar à luz. E o que lhe cabe gerar e dar à luz? Sabedoria e a virtude em geral, do que são geradores todos os poetas e aqueles artífices classificados como inventivos. Entretanto, de longe a mais elevada e a mais admirável porção da sabedoria é a que diz respeito à ordenação de cidades e de habitações; é chamada de moderação e justiça. Consequentemente, quando a alma de um indivíduo é a tal ponto divina que se engravida delas[163] desde a juventude e, atingindo esse indivíduo a idade adulta passa a desejar gerar e dar à luz, penso que ele também se porá a buscar a coisa bela em que possa gerar, uma vez que jamais gerará na coisa disforme. A consequência é ele dar boa acolhida ao belos corpos e não aos disformes; e se tiver também a boa sorte de encontrar uma alma que seja bela, nobre e bem dotada, certamente acolherá com satisfação os dois combinados em um; e imediatamente ao dirigir-se a tal indivíduo ele se mostrará cheio de recursos no que respeita a discursar sobre a virtude e sobre qual deveria ser o caráter de um homem bom e quais devem ser suas buscas; e assim ele se encarrega da educação do outro. Penso, efetivamente, que fazendo contato com o indivíduo belo[164] e o tendo como companhia, ele gera e concebe o que sente há muito tempo dentro de si, e não importa se estão juntos ou separados, ele se recorda de sua beleza. E também com ele compartilha a nutrição do fruto da geração, resultando em que pessoas nessa condição desfrutam de um compartilhamento muito mais pleno do aquele que ocorre com filhos, além de uma amizade bem mais sólida, visto que os rebentos de sua união são mais nobres e mais imortais. Todos prefeririam gerar filhos como esses aos humanos, bastando para isso um olhar de relance em Homero e Hesíodo, bem como a todos os demais bons poetas e se deixar tomar de inveja e admiração pela excelente progênie por eles frutificada para proporcionar-lhes glória

---

163. Isto é, de moderação e justiça.
164. ...καλοῦ... (*kaloû*): entenda-se o belo físico e moral.

imortal na memória [dos seres humanos]. Ou lhes bastará', prosseguiu dizendo 'lançar um olhar nos esplêndidos filhos que Licurgo[165] deixou por trás de si na Lacedemônia[166] como salvadores da Lacedemônia e – eu estaria autorizada a quase afirmar – de toda a Grécia. Do teu lado,[167] Sólon[168] é alvo de elevada estima entre vós por haver gerado suas leis, bem como diversos outros homens em outros lugares, quer entre os gregos quer entre os bárbaros, devido às muitas admiráveis proezas que trouxeram à luz, as múltiplas virtudes por eles geradas. Por causa de seus excelentes filhos, muitos santuários foram erigidos em sua honra, algo que jamais ocorreu a alguém por iniciativa de descendentes humanos.

'Até tu, Sócrates, provavelmente poderias ser iniciado nessas matérias eróticas. Tenho dúvidas, entretanto, de que pudesses abordar os rituais e revelações para os quais essas matérias – no que se refere aos corretamente instruídos – não passam de senda. A despeito disso, me ocuparei delas', ela disse, 'e não pouparei esforços; de tua parte, deves dar o máximo de ti para acompanhar-me. Aquele que agir corretamente deve começar quando jovem seu encontro com belos corpos. Primeiramente, se seu condutor[169] o conduzir corretamente, deve se apaixonar por um corpo em particular e neste gerar belos discursos; na sequência, contudo, é necessário que observe como o belo associado a um ou outro corpo é cognato[170] do belo associado a qualquer outro, e que se pretende buscar a beleza da forma seria muito tolo se não considerasse como una e a mesma a beleza de todos os corpos; uma vez haja compreendido isso, deve fazer de si um

---

165. Legislador espartano que floresceu no século IX a.C.
166. Esparta.
167. Isto é, no que se refere a Atenas. Diotima é apresentada por Platão como sendo de Mantineia.
168. Sólon (639?-559 a.C.), poeta elegíaco e legislador de Atenas.
169. Presume-se que Platão refere-se a Eros.
170. ...ἀδελφὸν ἐστί... (*adelfòn estí*), literalmente: é irmão.

amante de todos os corpos belos e atenuar a intensidade do que sente em relação a um só corpo desprezando-o e estimando-o como insignificante. Sua próxima etapa consistirá em conferir mais valor à beleza das almas do que à dos corpos, de modo a que não importa quão escassa seja a graça capaz de vicejar em qualquer alma, lhe baste para amar e zelar, além de gerar e instigar o discurso que promoverá o aprimoramento dos jovens; o resultado é ele finalmente ser constrangido a contemplar o belo tal como surge em nossas ocupações e em nossas leis e o contemplar todo unido em afinidade, de modo a avaliar a beleza dos corpos como algo de pouca importância. Depois das ocupações é conduzido aos vários ramos do conhecimento, onde igualmente lhe será permitido contemplar uma esfera de beleza, e contemplando assim o belo na multiplicidade lhe é possível fugir da servidão mesquinha e meticulosa de um caso isolado, situação em que é obrigado a concentrar todo seu cuidado, como um lacaio, na beleza de uma criança particular, um ser humano particular, ou uma ocupação particular; voltando-se, ao contrário, para o vasto mar do belo lhe é possível, mediante sua contemplação, gerar em todo seu esplendor muitos belos frutos em discurso e ponderação numa copiosa colheita de filosofia, até que munido da força e crescimento aí conquistados ele discerne um certo conhecimento singular que está associado a uma beleza ainda por ser revelada. Ora, neste ponto, rogo tua atenção', ela disse, 'presta o máximo de tua atenção'.

'Quando alguém foi encaminhado até aqui na arte do amor,[171] transferindo-se de contemplação em contemplação das coisas belas, fazendo-o numa progressão correta e regular, à medida que aproximar-se da meta das coisas do amor, terá a si revelada uma visão extraordinária, bela em sua natureza; e isso, Sócrates, constitui o objetivo final de todos os seus árduos esforços anteriores, sendo em primeiro lugar sempre existente e insuscetível do vir a ser e do perecimento;

---

171. Ou seja, matérias eróticas.

tampouco cresce ou míngua; em segundo lugar, não é belo num aspecto e disforme em outro, nem belo numa ocasião e disforme em outra, e tampouco belo relativamente a uma certa coisa e disforme relativamente a uma outra; tampouco é aqui belo, ao passo que lá é disforme, como seria o caso se fosse belo para uns e disforme para outros. Tampouco o belo se apresentará a ele sob a forma de um rosto, mãos ou qualquer outra parte do corpo; também não lhe surgirá como um discurso em particular ou uma porção de conhecimento; nem como existindo em algum lugar numa coisa distinta,

b digamos num ser vivo, na Terra ou no céu, ou em qualquer outra coisa, mas existindo sempre numa forma única, a qual é independente e por si, enquanto todas as coisas belas dele participam de um tal modo que, enquanto todas estão submetidas ao processo do vir a ser e ao perecimento, ele não se torna maior ou menor, não sofrendo a ação de nada. Portanto, quando alguém, se servindo da maneira correta de *amar rapazes*,[172] ascende a partir desses estágios particulares até começar a discernir essa beleza, está quase que capacitado a alcançar a meta e apreender o segredo final. Eis aí a abordagem

c correta ou encaminhamento rumo à arte erótica. Realiza-se sempre uma marcha ascendente em prol desse belo superior, partindo de coisas belas evidentes e empregando estas como os degraus de uma escada; de um a dois, e de dois à totalidade dos corpos belos; do belo pessoal progride-se ao belo costume, e dos costumes ao belo aprendizado, e dos aprendizados finalmente ao estudo particular, que diz respeito exclusivamente ao belo ele mesmo; assim, no final, vem a conhecer

d precisamente o que é o belo. Nessa vida, acima de quaisquer outras, meu caro Sócrates', disse a estrangeira de Mantineia, 'um ser humano julga realmente a vida digna de ser vivida ao contemplar o belo em si. Que se afirme que este, uma vez contemplado, superará em brilho teu ouro e tuas vestes, teus atraentes rapazinhos e teus jovens, cuja aparência agora te impressiona, levando a ti e muitos outros – como resultado de

---

172. ...παιδεραστεῖν... (*paidersteîn*).

ver e estar constantemente com vossos queridos – a esquecer de comer ou beber, se fosse isso possível, vos limitando a contemplá-los e fruir da companhia deles. Mas solicito que me digas: qual seria o efeito', ela disse, 'se um de vós tivesse a sorte de contemplar o belo em si na sua integridade, puro e sem mistura, não contaminado pela carne e as cores humanas, além de tanta tolice associada à mortalidade? Qual o efeito se pudesse contemplar a própria beleza divina, sob sua forma única? Pensarias ser uma vida deficiente para um ser humano viver, ou seja, assim olhando, experimentando tal visão pelo meio apropriado, sempre acompanhado por ela? Apenas considera', ela disse, 'que tão só nessa vida, quando ele olhar o belo do único modo que o belo pode ser visto, somente então lhe será possibilitado gerar não imagens de virtude, mas a verdadeira virtude, uma vez que seu contato não é com a imagem, mas com a verdade. Consequentemente, quando ele houver gerado uma virtude verdadeira e a houver nutrido, estará fadado a se tornar caro aos deuses. Ele, acima de todo ser humano, é imortal.'

"Isso, Fedro e vós outros, foi o que me disse Diotima, e do que estou persuadido. E estando persuadido, procuro as outras pessoas no empenho de persuadi-las de que para essa aquisição a natureza humana não conta com melhor auxiliar do que Eros. Esta é a razão de dizer-vos agora que todo homem[173] deve prestar honras a Eros, como eu próprio efetivamente honro a toda a arte erótica com particular dedicação, e exorto a todos os outros a agir do mesmo modo. Agora e sempre, na medida do que sou capaz, louvo o poder e a coragem de Eros. Que consideres, Fedro, esse discurso como um encômio feito a Eros ou, se não for esse o caso, que o classifiques com a designação que preferires."

Tendo Sócrates se calado, foi aplaudido por todos os membros do grupo exceto Aristófanes, o qual tentava se fazer ouvido para dar uma resposta à alusão que no seu discurso Só-

---

173. ...ἄνδρα... (*ándra*).

crates fizera ao seu.[174] Repentinamente, [elevando-se acima do ruído reinante] ouviram-se batidas na porta do pátio, onde se produzia uma algazarra como a de um grupo de farristas, ao que se somava o som emitido por uma flautista. "Ide e verificai do que se trata", Agaton disse aos jovens escravos, "se for alguém que conhecemos, convidai-o para juntar-se a nós; se não, informai-o que não estamos bebendo e que já estamos para nos recolher."

Alguns momentos depois todos ouviram a voz de Alcibíades vinda do pátio; estava muito embriagado e gritava, querendo saber onde estava Agaton e exigindo que o conduzissem a Agaton. Não demorou a ser conduzido até o grupo pela flautista e alguns outros companheiros dele que o ajudavam a caminhar. Permaneceu junto à porta, coroado com uma espessa guirlanda de hera e violetas, e usava uma fileira de fitas na cabeça. "Boa noite, senhores", disse, "admitireis em vossas rodadas de bebida um homem já embriagado, ou simplesmente colocaremos uma coroa em Agaton, que é, afinal, o objetivo de nossa presença aqui, e eu me manter afastado? Digo que ontem não pude vir, mas agora aqui estou com estas fitas na cabeça, de modo que me é possível arrancá-las e entrelaçá-las na cabeça do mais hábil, mais atraente, se é que posso dizê-lo, o...[175] Ah, vão rir de mim porque estou bêbado? Bem, no que me diz respeito, podeis rir, mas estou certo de que estou dizendo a verdade. Ora, o que tendes a declarar? Posso juntar-me a vós nesses termos? Ireis beber comigo ou não?"

Diante disso, todos tumultuosamente lhe deram as boas vindas, insistindo para que entrasse e tomasse um assento, Agaton se incluindo nesse convite. Assim, ele veio com a assistência das pessoas que o acompanhavam; ora, enquanto desenrolava as fitas [de sua cabeça] movido pelo propósito de

---

174. Cf. 205e.
175. Presume-se que aqui, sob o intenso efeito do álcool, Alcibíades haja tido sua fala interrompida, substituindo-a por algum gesto típico dos bêbados.

cingir a cabeça dele,[176] ele as manteve na frente de seus olhos, de modo a não perceber a presença de Sócrates; realmente chegou a sentar-se junto a Agaton, entre este e Sócrates, o qual, no momento em que o avistara, havia mudado de posição para lhe dar espaço. Ali sentado, ele saudou Agaton e principiou a entrelaçar a cabeça deste.

Agaton dirigiu a palavra aos escravos: "Tirai as sandálias de Alcibíades para que nós três possamos nos reclinar aqui."

"Certamente", disse Alcibíades, "mas quem é o terceiro?" Ao dizê-lo virou-se e viu Sócrates. Deu um salto e bradou: "Por Héracles, que surpresa! Sócrates aqui! Mais uma vez me pegaste numa armadilha! De uma maneira súbita surges num lugar onde menos espero encontrar-te! Bem, o que pretendes agora? Por que escolheste sentar particularmente aqui e não junto a Aristófanes ou de outra pessoa em função da qual poderíamos caçoar de ti? Por que tinhas que conceber um meio de conseguir um lugar ao lado da pessoa mais bela na sala?"

A isso Sócrates declarou: "Agaton, rogo-te que faças o melhor para proteger-me, pois descobri que meu amor por este indivíduo não é um caso fácil de lidar. Desde o momento em que me apaixonei por ele me foi suprimida totalmente a liberdade quer de olhar para uma pessoa atraente, quer de conversar com ela, e quando acontece, este indivíduo mergulha num odioso ataque de ciúmes que o leva a me tratar de uma forma monstruosa, cercando-me e quase me agredindo. Portanto, toma cuidado para que ele não venha a produzir um dano agora, quem sabe possas nos reconciliar... Em todo caso, se ele se tornar violento, protege-me. Certamente a loucura de sua paixão me aterroriza."

"Não", disse Alcibíades, "nada de reconciliação entre nós. Vingar-me-ei de ti por isso numa outra ocasião. Agora, Agaton", prosseguiu, "dá-me algumas de tuas fitas para que eu possa cingir também a cabeça dele, esta extraordinária cabeça. Se eu não o fizer, me censurará por eu ter feito uma

---

176. Ou seja, de Agaton.

coroa para ti por tua primeira vitória, e que não prestei honra a ele – ele que nunca foi derrotado numa discussão. Assim se exprimindo, tomou algumas das fitas, organizou-as na cabeça de Sócrates e voltou ao seu lugar. Porém, mal se reclinou e retomou a palavra:

"Ora, senhores, a impressão que tenho é que estais sóbrios, o que não posso admitir. Tendes que beber, até para cumprir nosso acordo. E para mestre de cerimônias, até que tenhais bebido uma quantidade razoável, nomeio a mim mesmo. Agaton, quero a maior taça disponível. Pensando bem, não te preocupes", ele disse, "garoto, me traz aquele jarro[177] ali!" – de fato, ele percebera que aquele recipiente conteria oito cótilos.[178] Fez que o enchessem até a borda, bebeu todo o conteúdo e ordenou que o enchessem de novo para Sócrates, acrescentando: "Não, senhores, que esse meu expediente ardiloso surta qualquer efeito contra Sócrates. Não importa qual a quantidade que lhe fosse servida, consumiria tudo sem jamais ficar embriagado."

Logo que o jovem escravo acabou de encher o jarro, Sócrates passou a sorver o conteúdo.

Mas Erixímaco se manifestou: "Afinal que tipo de procedimento é este, Alcibíades? Será que iremos nos limitar a entornar o conteúdo das taças garganta abaixo sem nada dizer ou cantar? Iremos beber grosseiramente como quaisquer indivíduos quando têm sede?"

A isso Alcibíades respondeu: "Erixímaco, o melhor filho do melhor e mais sóbrio pai: minhas saudações!"

"O mesmo a ti", disse Erixímaco. "Mas o que faremos?"

"Aquilo que disseres, pois estamos dispostos a obedecer-te."
Sabe-se que um médico vale por muitos outros homens.[179]
Assim, prescreve o que quiseres."

---

177. ...ψυκτήρα... (*psyktéra*), jarro utilizado para refrescar o vinho.
178. ...ὀκτὼ κοτύλας... (*oktò kotýlas*), correspondendo cada cótilo a 1/4 l, Platão está falando de cerca de 2 l.
179. Homero, *Ilíada*, Canto XI, 514.

"Se é assim, escuta", disse Erixímaco. "Antes de chegares, resolvemos que cada um, da esquerda para a direita, proferiria um discurso, na medida de sua capacidade, em louvor de Eros. A esta altura todos os incumbidos já o fizeram. Assim, uma vez que não proferiste nenhum discurso e esvaziaste teu recipiente, é justo que fales. Findo teu discurso, prescreverás o que é de teu gosto[180] a Sócrates, este a quem está à sua direita, e assim por diante em relação aos restantes."

"Excelente, Erixímaco", disse Alcibíades, "porém dificilmente há igualdade em opor as divagações de um homem embriagado aos discursos de homens sóbrios. Ademais, meu caríssimo amigo, não te convenceste em relação ao que Sócrates acabou de dizer, não é mesmo? Deves saber que se trata precisamente do contrário! É ele que na hipótese de eu louvar em sua presença qualquer deus ou qualquer pessoa que não seja ele, pode chegar ao ponto de agredir-me."

"Acho que basta", disse Sócrates.

"Por Poseidon!" exclamou Alcibíades, "não adianta protestares. De fato, eu não poderia fazer o encômio de ninguém mais em tua presença."

"Ora, faz isso se o quiseres", disse Erixímaco, "quer dizer, faz um encômio a Sócrates."

"O que queres dizer?, indagou Alcibíades. "Seria o caso de lançar-me sobre o homem e vingar-me dele diante de todos vós?"

"Ora", disse Sócrates, "o que tencionas fazer? Zombar de mim através de teus encômios, ou o quê?"

"Direi tão só a verdade, se é que o permites."

"Bem, se é que é a verdade, não só o permito como ordeno que fales."

"Tu a ouvirás agora", disse Alcibíades, "mas estarás também encarregado de fazer algo. Caso eu venha a dizer alguma coisa que não é verdadeira, me interrompe, se o quiseres, diz que há aí falsidade e corrige; na pior das hipóteses, haverá er-

---

180. Ou seja, um novo tema para discursar.

ros no que eu disser, não propriamente mentiras. De qualquer modo, não deverás te surpreender se eu expor minhas recordações de maneira desordenada. Não seria de modo algum fácil para um homem nas minhas condições enumerar tuas extravagâncias de modo fluente e regular."

b
"No meu louvor a Sócrates, senhores, lançarei mão de imagens. É provável que ele pense que assim ajo com o intuito da zombaria. Entretanto, opto pela minha imagem no interesse da verdade, não da ridicularização. Ora, afirmo que ele é sumamente semelhante a essas figuras de silenos[181] postadas nas lojas de estatuária; refiro-me a essas que nossos artesãos produzem empunhando flautas campestres[182] ou flautas;[183] quando suas duas metades[184] são separadas, descobre-se que contêm estatuetas de deuses. Eu diria também que ele parece com o sátiro Mársias.[185] Quanto à tua semelhança com elas, creio que nem mesmo tu o contestarás. Mas quero declarar que essa semelhança vai além da aparência, atingindo todos os outros aspectos. És um arrebatado, não é? Se não o admitires, não me faltam testemunhas à minha disposição. Não és um flautista? Sim, e muitíssimo mais admirável do

c
que o sátiro,[186] cuja boca possuía realmente o poder de enfeitiçar os seres humanos por meio dos instrumentos, algo que é

---

181. ...σιληνοῖς... (*silenoîs*), criaturas muito semelhantes aos sátiros, mas com a diferença de serem mais velhas, mais sábias, mais aficionadas ao vinho (a ponto de se embriagarem), versadas na música e eventualmente dadas à profecia. Um dos selenos (Σιληνός [*Silenós*] ou Σειληνός [*Seilenós*]), no singular e com inicial maiúscula, era companheiro regular do deus Dionísio (Baco).

182. ...σύριγγας... (*sýringas*): o sentido específico da palavra aqui é o das flautas rudimentares feitas de caniço, também conhecidas como flautas de Pan.

183. ...αὐλούς... (*auloús*): o sentido é bastante genérico, incluindo todo tipo de flautas, inclusive a campestre de caniço, mas abrangendo destacadamente a sua evolução para as flautas de madeira, de marfim, de metal etc.

184. Elas são ocas.

185. Sátiro músico que se celebrizou principalmente por haver desafiado o próprio deus Apolo para uma competição musical: sua flauta contra a lira do deus. Tendo sido derrotado, pagou caro por sua insolência: foi esfolado vivo.

186. Mársias.

ainda possível atualmente para toda pessoa capaz de executar suas melodias na flauta, já que posso declarar que a música da flauta de Olimpo era obra de Mársias, seu mestre.[187] A conclusão é que se alguém, não importa se um bom flautista ou uma deficiente flautista, é capaz de tocar suas melodias, não haverá para eles páreo no que diz respeito a produzir um arrebatamento, ficando revelado pela divindade que neles reside quem são os receptáculos dos deuses e de seus ritos de iniciação. A única diferença entre tu e ele é a seguinte: produzes o mesmo que ele com meras palavras, sem o auxílio de instrumentos. Digamos, quando qualquer outro indivíduo, mesmo que seja, sem dúvida, um excelente orador, profere aqueles discursos usuais, ninguém – ouso afirmar – leva muito a sério. Entretanto, quando ouvimos a ti, ou teus discursos reproduzidos por outro indivíduo – ainda que este não passe de um orador de mínima competência, e não importa se o ouvinte é uma mulher, um homem ou um adolescente – ficamos todos deslumbrados e num arrebatamento. No que se refere a mim, senhores, se não fosse pelo fato de vos parecer inteiramente ébrio, exporia a vós sob juramento os estranhos efeitos que já experimentei, e ainda experimento agora que têm como causa os seus discursos. De fato, quando o ouço, meu comportamento é pior do que o de qualquer frenético coribante; sinto meu coração aos pulos e lágrimas correndo pela face ao som de suas palavras. E constato serem muitos os que experimentam o mesmo. Ao ouvir Péricles e outros bons oradores, considero-os eloquentes, mas o fato é que nunca me levaram a sentir algo semelhante a isso; minha alma não era arrojada num tumulto, tendo que se lamentar de ser eu reduzido à condição de um escravo ordinário: entretanto, a influência deste nosso Mársias com frequência lançou-me num tal estado em que não julgo que minha vida mereça ser vivida. Em tudo isso não podes, Sócrates, indicar algo que não seja verdadeiro. Ainda agora, estou ciente de que se me dispusesse a ouvi-lo, o efeito me seria irresistível, e experimentaria

---

187. Ver *Minos*, 318b5.

o mesmo novamente. De fato, ele me obriga a admitir que, por conta de minhas deficiências, negligencio comigo mesmo ao me ocupar dos negócios de Atenas.[188] Assim, recuso-me a ouvi-lo, como se fosse às Sereias,[189] e me afasto o mais rápido que posso, com receio de permanecer ao seu lado até ser eu atingido pela velhice. E ele é o único ser humano capaz de fazer-me experimentar vergonha em sua presença, algo que ninguém esperaria em mim. Informa-me que não posso deixar de admitir o dever de agir segundo suas instruções, mas que tão logo me separo dele caio vítima de minha ambição de agradar a multidão. Então me permito ser um fugitivo e me afasto. E quando volto a vê-lo, penso naquilo que admiti antes, e experimento vergonha. Muitas vezes chego a desejar que ele desaparecesse do mundo dos seres humanos; e, no entanto, se isso acontecesse, estou certo de que minha miséria alcançaria um grau jamais alcançado. Conclusão: não sei em absoluto o que fazer com esta pessoa."

"Eis, portanto, o efeito que nosso sátiro é capaz de exercer sobre mim e sobre muitos outros, com sua flauta. Mas que eu prossiga expondo a vós quão semelhante ele é, em outros aspectos, às figuras de minha imagem, e que poder extraordinário ele detém. Posso garantir que nenhum de vós o conhece. Bem, agora que comecei, cabe a mim o revelar. Atentai como Sócrates experimenta uma inclinação amorosa por indivíduos atraentes, com os quais está sempre ocu-

---

188. Realmente tanto a pretendida carreira política quanto a carreira militar de Alcibíades (representada, sobretudo, por sua malograda expedição à Sicília como general) iriam redundar em fracasso. A ele seria imputada direta ou indiretamente a principal responsabilidade tanto pela derrota dos atenienses frente aos espartanos quanto pela ascensão ao poder dos Trinta Tiranos em 404 a.C.

189. ...Σειρήνων... (Seirénon), criaturas de forma mista entre ave e mulher que habitavam uma ilha próxima ao litoral do Mar Tirreno. A sedução provocada por seu canto levava as embarcações e seus tripulantes à perdição. Odisseu, ao retornar de Troia, amarrado a um poste do navio, enfrentou esse canto e quase enlouqueceu. Os Argonautas conseguiram passar pelas proximidades dessa ilha, sendo poupados da destruição, graças a Orfeu, que tocando sua lira imbatível, superou o próprio canto fatídico das sereias.

pado e enlevado. Por outro lado, alega ser completamente ignorante. Não é isso precisamente semelhante a um sileno? Claro que sim. Ora, tudo isso é superficial e externo, analogamente aos silenos esculpidos. Todavia, supondo que o abrísseis e tivésseis acesso ao seu interior, não imaginai quão repleto ele é, bons companheiros da taça, de sobriedade e moderação. Digo-vos que toda a beleza de que uma pessoa pode ser dotada nada significa para ele; despreza-a mais do que aquilo que seria crível a qualquer de vós; tampouco o interessam a riqueza ou qualquer tipo de honraria que é valorizada pela maioria. Todas essas posses para ele não têm valor algum, como também não o tem nenhum de nós; ele passa sua vida inteira fazendo de seus semelhantes, os seres humanos, o objeto de sua ironia e de sua troça. Ignoro se alguém mais o colheu num momento de seriedade, abriu-o e viu as estatuetas no seu interior... mas eu as vi um dia, e as achei tão divinas e áureas, tão perfeitamente belas e admiráveis, que simplesmente vi-me na situação de fazer como ele me instruía. Na crença de que ele estava seriamente afeiçoado ao viço de minha juventude, supus ser favorecido por uma dádiva divina e por um esporádico golpe de sorte, liberando-me a todo tempo para satisfazer seus desejos, ouvindo tudo que nosso Sócrates conhecia; é evidente que eu era sumamente orgulhoso de meus encantos juvenis. Movido por essa ideia, dispensei o acompanhante que comigo sempre se achava em meus encontros com Sócrates, e passei a visitá-lo sozinho. Estou disposto a vos contar toda a verdade, e deveis todos prestar atenção; quanto a ti, Sócrates, deves contestar-me se eu mentir. Ora, senhores, dirigi-me a ele e o encontrei, e ambos ficaríamos sozinhos; de minha parte, pensava que ele iria aproveitar a oportunidade de conversar comigo como o faz um amante ao seu querido quando sozinhos – e eu estava contente. Mas nada disso ocorreu. Ele se limitou a conversar comigo como usualmente o fazia e após passar o dia comigo retirou-se e seguiu seu caminho. Depois disso, convidei-o a acompanhar-me ao ginásio; praticamos exercícios juntos e eu esperava que isso levasse a alguma coisa. Fizemos exercícios e lutamos diversas vezes quando ninguém estava presente. O mesmo comportamento! Aquilo não me conduzira a nada e, então, quando percebi o fracasso de meus meios, decidi-me por um ataque frontal àquele homem, negando-me a bater em retirada numa competição à qual eu mesmo dera origem. Senti que devia esclarecer a situação, e em consonância com isso, convidei-o para jantar comigo, embora todos esperem que seja o amante que estabeleça um plano para agarrar seu favorito. Tal convite, a princípio, ele hesitou em aceitar, até que finalmente consegui persuadi-lo. A primeira vez que veio jantar comigo, quis ir embora logo que terminara o jantar. Nessa oportunidade, senti vergonha e o deixei ir. Da segunda vez concebi um plano que foi concretizado nos seguintes termos: após jantarmos continuei a conversar com ele até tarde da noite, e quando ele exprimiu seu desejo de ir embora, pretextei quão tarde era e o constrangi a ficar. O resultado foi ele fazer uso do leito próximo a mim, ou seja, onde ele se sentara e se reclinara durante o jantar... note-se que não havia ninguém naquele aposento [de minha casa] a dormir, exceto nós."

Ora, até esse ponto minha narrativa poderia ser feita nobremente a qualquer pessoa; desse ponto em diante, porém, não seria o caso de eu prosseguir se não fosse, para começar, por força do adágio de acordo com o qual 'há verdade no vinho quando pequenos escravos se ausentaram'[190] e, em segundo lugar, me parece injusto, uma vez ter eu iniciado o encômio de Sócrates, ocultar sua obra de desdém. Que se acrescente que compartilho da situação daquele que foi picado pela cobra. Como sabeis, conta-se de alguém nessa situação que se negava a descrever o que sentia às pessoas que não haviam sido picadas também elas, pois só as que o haviam sido o en-

---

190. Platão parece alterar e "enriquecer" este provérbio que associava *vinho e verdade* (οἶνος καὶ ἀλήθεια [*oînos kaì alétheia*]), que provavelmente, já na sua forma extensiva, era: 'verdadeiros [são o] vinho e [as] crianças [escravas]' (οἶνος καὶ παῖδες ἀληθεῖς [*oînos kaì paîdes aletheîs*]).

218a tenderiam e o desculpariam caso ele irrompesse com palavras e ações brutais em sua agonia. Ora, no que me diz respeito, algo mais doloroso me atingiu, do modo mais doloroso que alguém pode ser picado; e o fui em meu ponto mais sensível, ou seja, meu coração, ou minha alma, ou como o quiserdes chamar; ferido e picado por seus discursos filosóficos, que abocanham mais selvagemente do que [as presas de] uma víbora quando se apoderam de uma alma jovem e dotada pela natureza, e compelem a fazer ou dizer tudo quanto eles querem;
b a mim basta olhar em torno: Fedro, Agaton, Erixímaco, Pausânias, Aristodemo e Aristófanes – ocioso mencionar o próprio Sócrates – e todos os demais; cada um de vós experimentou seu quinhão de loucura e arrebatamento filosóficos... e, portanto, todos vós ouvirão [o resto de minha narrativa]. Desculparão tanto o que foi feito então quanto o que é dito agora. No que toca aos serviçais e todos os outros, profanos e rústicos, decerto uma grande porta deve cerrar seus ouvidos."

"Bem, senhores, quando a luz foi apagada e os jovens es-
c cravos se retiraram, decidi-me a falar francamente com ele, expressando livremente o que pretendia. Assim, eu o sacudi e perguntei: 'Sócrates, estás dormindo?'

'Não, de modo algum', respondeu.

'Deixa-me dizer-te o que resolvi.'

'Do que se trata?'

'Acho', respondi, 'que és o único amante digno que tive e me parece que mostras timidez em o dizer a mim. Ora, minha posição é a seguinte: considero uma completa estupidez não satisfazer-te nisso bem como em qualquer outra necessidade
d que possas ter, envolvendo minhas propriedades ou as de meus amigos. Nada tem mais importância para mim do que me tornar a melhor pessoa possível, para o que não vejo como encontrar aliado mais capacitado do que tu. De fato, tratando-se de um homem como o homem que és, sentir-me-ia muito mais envergonhado com o que diriam as pessoas sábias por não te aceitar como meu amante, do que com o que diriam todas as demais, em sua ignorância, por te aceitar como tal.'

Ao ouvir o que eu dissera, assumiu aquela expressão irônica que se tornou tão característica nele por força do costume e disse:

'Meu caro Alcibíades, suponho que se acertas em dizer a verdade acerca de mim, não és realmente um tolo. Se efetivamente possuo em mim um poder que me capacita a ajudar-te a te tornar um melhor indivíduo, então vês em mim uma beleza tão estupenda que supera sumamente tua própria boa aparência! E se ao percebê-lo o que tentas é uma mútua troca do belo pelo belo,[191] não é pequena a vantagem que estás pretendendo: procuras obter a beleza genuína em troca de uma beleza suposta e aparente, planejando realmente a velha permuta de *ouro por bronze*.[192] Mas sê mais cauteloso, caríssimo amigo. Talvez estejas enganado e eu possa não ter qualquer serventia para ti. Lembra-te que a visão do intelecto só começa se tornar aguda quando a visão [do corpo] começa a diminuir. Mas estás ainda muito longe desse tempo.'

A isso eu repliquei: 'Ouviste o que eu me propunha a dizer e é precisamente o que *penso*. Cabe a ti agora julgar o que consideras o melhor para ti e para mim.'

'Ah, agora falas bem', ele disse, 'pois nos dias que virão teremos que considerar e fazer o que se afigurar como sendo o melhor para um e outro, seja no que toca a isso, seja no que toca a tudo o mais.'

"Bem, depois de ter tido com ele essa conversa e, por assim dizer, lançado minhas flechas, imaginei que tivesse experimentado o ferimento. Levantei-me então, e sem fazê-lo dizer mais nenhuma palavra, envolvi-o com meu próprio manto (estávamos no inverno), aconcheguei-me sob o próprio manto grosseiro dele, rodeei meus braços em torno dessa criatura verdadeiramente espiritual e extraordinária, e assim

---

191. ...κάλλος ἀντὶ κάλλους... (*kállos antì kállous*): Platão contrapõe a grande beleza *moral* de Sócrates à grande beleza *física* de Alcibíades, ressaltando a clara superioridade da primeira.

192. Ver Homero, *Ilíada*, Canto VI, 232-236.

ficamos deitados a noite inteira. Também aqui, Sócrates, és incapaz de apontar qualquer coisa de falsa no que eu disse. Mas a despeito de ter eu feito tudo isso, ele demonstrou uma tal insolência e tal desdém, ridicularizando minha beleza juvenil e escarnecendo precisamente daquilo de que me orgulhava, membros do júri (pois é como se estivésseis aqui para julgar Sócrates por seu altivo desdém), que podeis estar certos de que, pelos deuses e deusas, quando me levantei estava ciente de que aquela noite com Sócrates não fora além do que se a houvesse passado com meu próprio pai ou meu irmão mais velho.

Depois desse ocorrido, podeis imaginar em que estado de espírito me encontrei, sentindo-me ao mesmo tempo insultado e maravilhado com o autocontrole e hombridade de sua natureza; de fato, ali estava um ser humano cuja sensatez e determinação superavam meus sonhos mais ambiciosos. Era incapaz de descobrir uma razão para odiá-lo e privar-me de sua companhia, bem como de articular um meio para atraí-lo. Com efeito, sabia que ele era mais à prova da tentação pelo dinheiro do que o era Ajax[193] em relação a uma lança; com isso ele inutilizava aquilo que eu imaginara constituir o meu único expediente para capturá-lo. Assim, eu estava sem rumo e perambulava numa torpe escravidão a esse ser humano, escravidão esta sem precedentes. Tudo isso já acontecera na ocasião em que participamos de uma campanha em Potideia.[194] Éramos ali comensais. Muito bem, para começar, ele superava não apenas a mim, como a todos no que dizia respeito a suportar adversidades; toda vez que ocorria um corte de suprimentos em algum lugar e nos víamos obrigados, como sucede com frequência em campanhas militares, a ficar sem

---

193. Importante herói grego que atuou na guerra de Troia celebrizado na *Ilíada* de Homero. Seu grande escudo era praticamente invulnerável a quaisquer armas dos troianos.

194. Cidade da Trácia aliada de Atenas. Por influência de Corinto, os potideanos se voltaram contra Atenas, que os sitiou e derrotou em 430 a.C., depois de uma guerra iniciada em 432 a.C.

alimento, ninguém enfrentava a fome melhor do que ele. Por outro lado, quando estávamos em meio ao regozijo, era ele o único capaz de desfrutá-lo plenamente, e embora não fosse dado a beber, quando o fazia também nisso nos superava a todos; e o mais surpreendente é que ninguém jamais viu Sócrates bêbado. Disso é de se esperar que tenhamos uma prova daqui a pouco. É, todavia, no que concerne à sua resistência de suportar o frio (ali os invernos são terríveis) que me recordo de uma ocasião, entre as muitas em que ele se destacou extraordinariamente, em que fomos atingidos por uma geada de rigor quase indescritível de tão intensa; enquanto todos nós evitávamos sair ao ar livre, ou se o fazíamos nos embrulhávamos com tudo de que dispúnhamos e enfiávamos pedaços extras de feltro ou de couro de carneiro nas botas, ele saía naquela intempérie vestido com seu usual manto leve e caminhava descalço sobre o gelo mais facilmente do que nós o conseguíamos calçados. Os soldados lhe lançavam olhares desconfiados, como se pensassem que ele, ao agir assim, votava-lhes desprezo.

"É o bastante no que se refere a isso. Entretanto, vale a pena ouvirdes a respeito do *trabalho de que se incumbiu nosso forte herói*[195] quando em serviço. Meditando sobre um certo problema desde a alvorada, permaneceu onde estava, o examinando; descobrira que se tratava de um problema difícil, que não estava conseguindo resolver, mas não desistia e insistia na busca de sua solução. Deu meio-dia e os soldados o viram, e começaram a comentar entre si, admirados: 'Sócrates se mantém plantado ali ponderando sobre algo desde a aurora!'. E ele ali se conservou até a noite, quando, depois de jantarem, alguns soldados jônicos (estávamos no verão) transportaram seus colchões e esteiras para fora no propósito de dormir onde estava mais fresco; isso também lhes possibilitava observar se ele se manteria ali a noite inteira. E, de fato, ele ali continuou até o romper

---

195. Cf. Homero, *Odisseia,* Canto IV, 242, 271.

do dia; e quando o sol nasceu, ele lhe dirigiu uma oração e deixou aquele lugar."

e
"E se quiserdes saber acerca de sua conduta em batalha, pois também nisso é justo que lhes seja prestado o devido tributo, devo dizer que no dia do combate em função do qual fui premiado por bravura por nossos generais, foi ele, entre os integrantes de todo o exército, que salvou minha vida. O fato é que eu estava ferido e não fui abandonado por ele, que não só me salvou como preservou minhas armas. Apressei-me, Sócrates, em insistir com os generais para que concedessem o prêmio por bravura a ti, no que tenho comigo que não me censurarás nem me desmentirás. Na verdade, quando os comandantes, em deferência a mim,[196] tendiam a conceder-me o prêmio, tu os superaste nessa intenção, insistindo para que eu fosse o seu recebedor e não tu. Devo narrar-vos, senhores,

221a
além disso, sobre seu comportamento ímpar quando da retirada em debandada de Délio.[197] Nessa oportunidade, eu atuava como cavaleiro e ele na infantaria pesada. As tropas se dispersavam em todos os rumos e ele batia em retirada junto com Laques;[198] foi quando aconteceu de passar por eles, e no instante que os vi bradei-lhes palavras de encorajamento, comunicando-lhes que não os abandonaria. Naquele dia pude fruir de uma oportunidade ainda melhor de observar Sócrates do que a que tivera em Potideia, pois estando a cavalo, tinha bem menos motivo de recear pelo perigo; para começar, pude perceber em quanto superava Laques em sangue-frio;

b
em seguida, emprestando palavras tuas, Aristófanes, pude observar que, em plena batalha, ele se movia como o fazia nas ruas... 'pavoneando-se e lançando um olhar para os lados',[199] dirigindo um tranquilo olhar de soslaio aos amigos e

---

196. Alcibíades pertencia à nata da nobreza ateniense, a uma família muito abastada e tivera como tutor o próprio Péricles.
197. Délio, cidade no litoral da Beócia. Nessa batalha, ocorrida em 424 a.C., o exército ateniense foi derrotado pelos tebanos.
198. Ilustre general ateniense. Ver o *Laques*, especialmente 181b.
199. Aristófanes, *As Nuvens*, 362.

aos inimigos, e convencendo mesmo aqueles situados à distância que o homem que se decidisse dele se aproximar descobriria ter que afrontar a defesa suficientemente sólida de um bravo. O resultado foi tanto ele quanto seu companheiro escaparem ilesos, pois geralmente ninguém toca em inimigos que exibem essa postura em batalha; preferem perseguir os que fogem precipitadamente."

"Poder-se-ia dizer muitas outras coisas extraordinárias em louvor de Sócrates. É provável que ele compartilhe alguns de seus feitos pessoais com outros indivíduos, mas preferi selecionar o que nele não se assemelha a ninguém mais, seja do passado, seja da atualidade, e que atrai nossa suma admiração. É possível tomar Aquiles[200] e compará-lo com Brasidas[201] ou outros; também é possível associardes Nestor,[202] Antenor[203] e outros mais a Péricles; nos mesmos termos seria possível para vós comparar a maioria dos grandes homens; entretanto, levando em conta o bizarro *deste* ser humano encontrado tanto nele próprio quanto em seus discursos, por mais que procurásseis nunca descobriríeis um indivíduo de nossos dias ou entre os do passado que pudesse com ele ser comparado, sem sequer remotamente; vossa única possibilidade residiria em, como eu fiz, compará-lo não com seres humanos, mas com silenos e sátiros, no que se refere tanto à sua própria pessoa quanto aos seus discursos.

"A propósito, há um ponto que omiti no princípio, a saber, como seus discursos, mais do que tudo o mais, assemelham-se aos silenos ocos que se pode abrir. Se vos dispuserdes a ouvir os discursos e argumentos de Sócrates, percebereis de início

---

200. Herói ou semideus filho do mortal rei Peleu e da divindade marinha Tetis, Aquiles é o guerreiro grego mais respeitado na guerra de Troia e o mais temido, até por seus companheiros. Seu corpo (graças a uma providência tomada por sua mãe Tetis quando ele era apenas uma criança) era invulnerável exceto no calcanhar que, atingido por uma flecha de Páris, o pôs fora de combate.
201. Ilustre general espartano que atuou na Guerra do Peloponeso.
202. Prudente e sábio conselheiro dos gregos durante a guerra de Troia.
203. Prudente e sábio conselheiro dos troianos durante a guerra de Troia.

que são completamente ridículos; são trajados externamente com palavras, expressões e frases tão grosseiras quanto o couro de um sátiro insolente e vulgar. Sua conversação envolve asnos carregadores de cestos, ferreiros, fabricantes de calçados e curtidores, e a impressão que temos é que se mantém empregando as mesmas palavras para as mesmas coisas; a pessoa que não tem familiaridade com ele e tola não deixará de rir desses seus discursos e argumentos. Mas se esses discursos forem abertos, de modo que se possa ter uma visão deles acessando seu interior, começa-se por descobrir que são os únicos discursos e argumentos que encerram sentido; em segundo lugar, que nenhum outro é tão divino, tão fecundo em imagens da virtude e tão amplamente, ou melhor, tão plenamente dirigido a tudo que é apropriado à investigação daquilo que nos faz alcançar a beleza e a excelência."

"Eis, senhores, meu encômio a Sócrates, embora eu o haja temperado com alguma reprovação, vos relatando a rudeza de seu comportamento comigo. Devo admitir, contudo, que não fui o único a receber esse tratamento, do qual também foram objeto Cármides,[204] filho de Gláucon, Eutidemo,[205] filho de Diocles e tantos outros; enganou-nos dando-nos a impressão de ser nosso amante e, antes que o percebêssemos, estávamos nós apaixonados por ele. É o que digo a ti, Agaton, visando a salvar-te de ser ludibriado por ele; que registrando nossas duras experiências em tua memória possas te manter vigilante e se esquivar a aprender por teu próprio sofrimento, como o tolo do provérbio."[206]

A franqueza do discurso de Alcibíades produziu algum riso [entre os ouvintes], pois denunciava sua paixão por Sócrates, que observou: "Afinal, acho que estás sóbrio, Alcibíades, caso contrário jamais terias te revelado de maneira tão

---

204. Tio de Platão pelo lado materno. Ver o diálogo *Cármides*.
205. Não confundir com o Eutidemo do diálogo homônimo de Platão, sofista praticante da erística.
206. Alusão a Homero, *Ilíada*, Canto XVII, 33.

encantadora, procurando ocultar em todo esse discurso o teu objetivo, deixando-o transparecer, como se fosse incidentalmente, no fim. O verdadeiro objetivo de todo teu discurso foi simplesmente incitar um conflito entre eu e Agaton, pois julgas que deves manter-me a te amar com exclusividade e Agaton como o objeto exclusivo de teu amor. Mas foste pego. Tua encenação *satírica* ou *silínica* foi totalmente desmascarada. Meu amigo Agaton, não permite que a trama dele surta efeito e age no sentido de impedir que qualquer pessoa nos coloque um contra o outro."

Agaton se manifestou dizendo:

"Sabe, Sócrates, inclino-me a achar que estás com a verdade. Ademais, interpreto o fato de ele sentar precisamente entre nós como uma evidente tentativa de nos separar. Ora, ele não vai obter o que quer, pois eu vou sentar-me ao teu lado."

"Certamente", disse Sócrates, "aqui há um outro lugar para ti, do outro lado."

"Por Zeus!" exclamou Alcibíades. "Eis esta pessoa me atacando de novo. Determinou-se a vencer-me de todo modo. Mas, ao menos, ó meu extraordinário amigo, permite que Agaton se sente entre nós."

"Mas isso é impossível", disse Sócrates, "tu fizeste o meu louvor, de maneira que agora cabe a mim fazer o louvor daquele que está à minha direita. Ora, se Agaton acomodar-se ao teu lado, terá que dirigir a mim um encômio, antes de receber o devido encômio de mim. Portanto, deixa de ser ciumento, ó insensato, e não priva o jovem de meu louvor, pois estou sumamente desejoso de fazer o seu encômio."

"Ora, ora Alcibíades!" exclamou Agaton, "não há porque eu tenha que permanecer aqui: simplesmente dou um salto e mudo de lugar imediatamente, se isso levar Sócrates a pronunciar meu encômio."

"Lá vamos nós de novo", disse Alcibíades, "e o fato se repete, ou seja, quando Sócrates está por perto, ninguém mais tem chance com um homem atraente. Vistes agora como ele foi engenhoso concebendo um motivo plausível para nosso amigo sentar-se ao seu lado."

b Agaton se levantava para pôr-se ao lado de Sócrates quando subitamente uma multidão de beberrões, que encontrara a porta aberta (assim deixada por alguém que saíra) invadiu a casa. Encaminharam-se diretamente para o salão de festas e foram se acomodando. Logo o ambiente era tomado por um ruído quase ensurdecedor e, incapazes de restabelecer a ordem, eles foram obrigados a se limitarem a tomar vinho em grande quantidade. Em seguida, tal como relatado por Aristodemo, Erixímaco, Fedro e alguns outros pediram

c permissão para se ausentarem e foram embora, enquanto ele próprio adormeceu e dormiu muito, pois era uma longa noite [de inverno]. Despertou perto da alvorada com o canto dos galos; não tardou a perceber que todo o grupo dormia ou fora embora, salvo Agaton, Aristófanes e Sócrates, que haviam permanecido acordados e bebiam de um grande jarro, da esquerda para a direita; Sócrates dialogava com eles. Aristodemo não recordou da maior parte da conversação:

d perdera o princípio dela e se achava ainda um tanto sonolento; segundo ele, porém, o essencial era que Sócrates tentava levá-los a reconhecer que o mesmo homem podia possuir o conhecimento que habilita a escrever comédia e tragédia, que o trágico plenamente habilitado podia igualmente ser um comediógrafo. Prestes a dar o fecho ao seu argumento, que já era acompanhado precariamente pelos ouvintes, estes começaram a ser vencidos pela sonolência. O primeiro a capitular ante o sono foi Aristófanes e, em seguida, ao romper do dia, também Agaton. Certificando-se de que estavam confortáveis, ele levantou-se e saiu da casa, seguido como sempre por meu amigo;[207] ao chegar ao Liceu, lavou-se e passou o restante do dia da maneira usual; e findo o dia, com o cair da noite, ele foi para casa para repousar.

---

207. Ou seja, Aristodemo.

MÊNON
(OU DA VIRTUDE)

PERSONAGENS DO DIÁLOGO:
Mênon, Sócrates, jovem escravo de Mênon, Anito

70a **Mênon:** Podes dizer-me, Sócrates, se é possível ensinar a virtude?[1] Ou não é ensinável, e sim resultado da prática? Ou nem uma coisa nem outra, o ser humano a possuindo por natureza ou de alguma outra forma?
Sócrates: Mênon,[2] já há muito tempo os tessalianos se mantiveram renomados e objeto de admiração entre os gregos
b devido à sua equitação e riquezas; atualmente, entretanto, gozam de prestígio também, é minha opinião, por sua sabedoria, especialmente os concidadãos de teu amigo Aristipo, cidadãos de Larissa. O responsável por isso é Górgias,[3] pois na ocasião em que visitou essa cidade, levou os líderes dos Aleuadas,[4] entre os quais teu amante Aristipo, e os tessalia-

---

1. ...ἀρετή... (*areté*).
2. Figura histórica comprovada, Mênon era proveniente da Tessália e pertencente a uma família nobre e abastada. Supõe-se que este diálogo, aqui registrado literariamente por Platão, ocorreu em torno de 402 a.C., quando o jovem visitava Atenas. Mênon se associara a Górgias de Leontini e também empreendeu a carreira militar, sendo inclusive retratado por Xenofonte na sua obra *Anabasis*.
3. Górgias de Leontini (na Sicília), famoso sofista contemporâneo de Sócrates. Ver Diálogo homônimo de Platão (em *Clássicos Edipro*, Diálogos II).
4. ...Ἀλευάδων... (*Aleuádon*), descendentes de Aleuas, nobre tessaliano fundador de importante e prestigiada família da Tessália.

nos em geral a se apaixonarem pela sabedoria. Mais do que isso e de modo particular, incutiu em vós o hábito de responder a qualquer pergunta com destemor e grandeza, como é próprio de quem tem conhecimento; ele próprio se oferecia para ser interrogado por qualquer grego que quisesse fazê-lo, sobre qualquer tópico que desejasse, e tinha uma resposta para todos. Mas neste lugar,[5] meu caro Mênon, a situação é a oposta, como se houvesse ocorrido, por assim dizer, uma estiagem de sabedoria, parecendo que a sabedoria cruzou nossas fronteiras se dirigindo a vós. Se queres, então, fazer tal tipo de pergunta a um de nós, certamente toparás com o riso e a declaração: Estrangeiro, tu me consideras alguém especialmente afortunado a ponto de ser capaz de dizer se é possível ensinar a virtude ou como fazê-lo. Estou tão longe de saber se pode ser ensinada ou não que sequer sei realmente o que é a própria virtude.

Eu mesmo, Mênon, encontro-me em idêntica situação, compartilhando nessa matéria da mesma precariedade de meus concidadãos. Só me resta censurar-me por minha completa ignorância acerca da virtude; e se desconheço o que é uma coisa, como poderia saber qual é sua natureza? Ou tens na conta de possível que alguém que desconhece inteiramente Mênon pudesse saber que é belo, ou rico, ou nobre, ou o contrário disso? Supões que alguém pudesse?

Mênon: Não. Mas é verdade, Sócrates, que não sabes sequer o que é a virtude e que teremos que voltar para casa com essa informação sobre ti?

Sócrates: Não só isso, meu amigo, como também que jamais topei com alguém que, em minha opinião, o soubesse.

Mênon: O quê? Não encontraste com Górgias quando ele esteve aqui?

Sócrates: Encontrei-me.

---

5. Ou seja, em Atenas.

Mênon: E não julgaste que ele sabia?

Sócrates: Minha memória falha totalmente, Mênon, de modo que não tenho condição de dizer-te de momento qual a impressão que ele me causou na ocasião. Talvez ele o soubesse, e tu saibas o que ele declarou. Assim, faz-me lembrar como se pronunciou a respeito disso. Ou se o quiseres, faz tuas próprias declarações, pois evidentemente partilhas das opiniões dele.

Mênon: Partilho.

Sócrates: Assim sendo, deixemo-lo de lado, visto que ele não se acha presente. Mas Mênon, pelos deuses, o que tu próprio pensas que é a virtude? Não te negues a se manifestar, de modo que eu possa concluir que incorri na mais afortunada das mentiras ao afirmar que nunca topei com alguém que soubesse [o que é a virtude], já que tu e Górgias mostram que sabem.

Mênon: Ora, não vejo dificuldade, Sócrates, em dizer-te. Em primeiro lugar, se queres considerar a *virtude de um homem*,[6] é fácil declarar que a virtude de um homem consiste em ter capacitação para administrar os negócios de seu Estado, e ao administrá-los promover o benefício aos seus amigos e o dano aos inimigos, cuidando para não atrair dano para si mesmo; se queres considerar a *virtude de uma mulher*,[7] não há dificuldade em descrevê-la como a obrigação de administrar bem a casa, manter as posses desta e submeter-se ao marido. Quanto à criança, sua virtude consiste também numa outra coisa, uma para a menina (feminina) e outra para o menino (masculina), havendo uma outra para o homem idoso; e, se o queres, uma para o homem livre, e uma outra para o escravo. E há, ademais, uma grande multiplicidade de outras virtudes, de maneira que não há embaraço quanto a dizer o que é a vir-

---

6. ...ἀνδρὸς ἀρετήν... (*andròs aretén*), ou seja, a virtude caracteristicamente masculina do homem adulto.

7. ...γυναικὸς ἀρετήν... (*gynaikòs aretén*), ou seja, a virtude caracteristicamente feminina da mulher adulta.

tude; de fato, é em função da particular atividade e idade que todos nós, em tudo que fazemos, temos nossa virtude; entendo que algo idêntico, Sócrates, vale igualmente para o vício.[8]

Sócrates: Pareço estar numa grande onda de boa sorte, Mênon, pois ao procurar por uma virtude, descobri um enxame de virtudes em teu poder. Ora, Mênon, para continuar com essa imagem do enxame, supõe que eu te indagasse qual é a essência da abelha e respondesses que há delas muitas espécies, ao que eu replicaria: dirias que é pelo fato de serem abelhas que pertencem a muitas espécies diversas e diferem entre si, ou que sua diferença nada tem a ver com isso, mas diz respeito a outra coisa, como por exemplo sua beleza, tamanho ou alguma outra qualidade? Qual seria tua resposta se fosses assim interrogado?

Mênon: Que como abelhas não diferem entre si.

Sócrates: E se eu prosseguisse e perguntasse: me diz, Mênon, no que é que são todas idênticas e não diferem entre si? Seria de se presumir que poderias me responder a isso?

Mênon: Poderia.

Sócrates: E do mesmo modo com relação às virtudes, independentemente de sua multiplicidade e variedade, possuem elas todas um caráter comum que as torna virtudes, e que evidentemente seria acertado observar ao responder clara e definitivamente o que é a virtude. Ou não entendes o que quero dizer?

Mênon: Acho que entendo, mas não apreendi o significado da questão como desejaria.

Sócrates: É somente no que se refere à virtude, na tua opinião, Mênon, que há uma para um homem, ao passo que uma outra para uma mulher, e assim por diante, ou ocorre precisamente o mesmo com referência à saúde, ao tamanho e à força? Julgas que há uma saúde masculina e uma outra feminina? Ou será que não importa onde encontramos

---

8. ...κακία... (*kakía*).

e a saúde, possui esta o mesmo caráter universal, seja num homem ou em quem quer que seja?

Mênon: Sou da opinião de que a saúde é a mesma no homem e na mulher.

Sócrates: E não é o que ocorre também com o tamanho e a força? Se uma mulher é forte, o será em função do mesmo caráter comum e a mesma força, entendendo eu por *mesma* que a força não difere como força, quer num homem, quer numa mulher. Ou és da opinião de que há qualquer diferença?

Mênon: Penso que não.

73a **Sócrates:** E haverá qualquer diferença no que tange à virtude, na medida em que está presente numa criança, num indivíduo idoso, numa mulher ou num homem?

Mênon: Penso, Sócrates, que de algum modo não nos deparamos mais aqui com a situação daqueles outros casos.

Sócrates: Por quê? Não afirmavas que a virtude de um homem consiste em administrar bem a cidade, enquanto a de uma mulher o fazer em relação a uma casa?

Mênon: Era o que eu afirmava.

Sócrates: E é possível administrar bem um Estado ou uma casa, ou seja lá o que for, se não os administrar moderada e justamente?

b **Mênon:** Evidentemente não.

Sócrates: Então todo aquele que administra moderada e justamente, o faz com moderação e justiça?

Mênon: Necessariamente.

Sócrates: Consequentemente ambos – mulher e homem – necessitam as mesmas coisas, ou seja, justiça e moderação, se pretendem ser bons.

Mênon: É o que se evidencia.

Sócrates: E quanto a uma criança ou um indivíduo idoso? É possível que sejam bons se são imoderados e injustos?

Mênon: Evidentemente não.

Sócrates: Mas somente se são moderados e justos?

Mênon: Sim.

c **Sócrates:** A conclusão é que todos os seres humanos são bons da mesma maneira, pois se tornam bons ao granjearem as mesmas qualidades.

Mênon: Assim parece.

Sócrates: E devo presumir que se não possuíssem a mesma virtude, não seriam bons de idêntica maneira.

Mênon: Evidentemente não.

Sócrates: Constatando então que se trata de idêntica virtude em todos os casos, tenta comunicar-me, se tua memória o permitir, o que Górgias, contando com tua adesão, diz que é.

d **Mênon:** Simplesmente estar capacitado a governar os seres humanos, se estás em busca de uma descrição que abranja a totalidade dos casos.

Sócrates: É exatamente aquilo que busco. Mas a virtude é a mesma, Mênon, numa criança e num escravo, ou seja, uma capacidade de cada um deles governar seu senhor? Pensas que aquele que governa permanece sendo um escravo?

Mênon: Eu opinaria que certamente de modo algum, Sócrates.

Sócrates: Sim, com certeza isso seria improvável, excelente homem. Mas considera este outro ponto: dizes que é *estar capacitado a governar*. Não nos caberia adicionar a isso *justamente, não injustamente*?

Mênon: Penso que sim, pois justiça, Sócrates, é virtude.

e **Sócrates:** Virtude, Mênon, ou *uma* virtude?

Mênon: O que queres dizer com isso?

Sócrates: O mesmo que quereria com qualquer outra coisa. Tomemos, por exemplo, a esfericidade: eu a chamaria de *uma* forma, e não de forma pura e simplesmente. Não me expressaria assim com referência a ela porque há também outras formas.

Mênon: Estás inteiramente correto. Digo igualmente que além da justiça, há outras virtudes.

74a **Sócrates:** E quais são elas? Tal como eu poderia mencionar-te outras formas, se me solicitasses fazê-lo, podes mencionar a mim outras virtudes.

Mênon: Penso que a coragem é uma virtude, tanto quanto a moderação, a sabedoria e a magnificência; há, ademais, muitíssimas outras.

Sócrates: Mais uma vez encontramo-nos no mesmo apuro, Mênon. Novamente descobrimos uma multiplicidade de virtudes, quando buscamos uma, ainda que não do mesmo modo como fizemos há pouco. O fato é que não fomos capazes de descobrir aquela que abrange todas as demais.

b **Mênon:** Não, já que não consegui ainda, Sócrates, acompanhar tua linha de investigação e descobrir uma virtude singular comum a todas, como se pode fazer em outros casos.

Sócrates: O que não é sem razão. Mas me empenharei, na medida de minha capacidade, em contribuir para nosso progresso. Entendes que o mesmo é aplicável a tudo. Se alguém fizesse a ti a pergunta que fiz há pouco: "O que é forma, Mênon?" e respondesses: "Esfericidade", e então ele juntasse, como eu juntei: "É esfericidade forma ou *uma* forma?, presumo que responderias: "Uma forma."

Mênon: Certamente.

c **Sócrates:** E porque há também outras formas?

Mênon: Sim.

Sócrates: E se ele prosseguisse e te indagasse de que tipo seriam, lhe dirias?

Mênon: Diria.

Sócrates: E se perguntasse igualmente o que é cor, e respondesses *branco*, e teu indagador retorquisse: "É *branco* cor ou *uma* cor?", tua resposta seria: "Uma cor", porque além do branco há outras cores?

Mênon: Seria.

Sócrates: E se ele te solicitasse a indicação de outras cores, a ele
d indicarias outras cores que o são tanto quanto o branco?

Mênon: Sim.

Sócrates: Agora, imagina que, como eu, ele insistisse com o argumento e declarasse: "Sempre acabamos por chegar à multiplicidade das coisas, mas para mim basta disso. Visto que chamas essa multiplicidade das coisas mediante um único nome, dizendo que todas elas são formas, ainda que se oponham entre si, informa-me o que é que compreende igualmente esférico e reto, e que chamas de *forma*, na medida em que dizes que o esférico é tanto uma forma quanto o reto. Não é o que dizes?

Mênon: É.

Sócrates: Quando o dizes pretendes afirmar que o esférico não é mais esférico do que reto, e que este não é mais reto do que é esférico?

Mênon: Evidentemente não, Sócrates.

Sócrates: O que queres dizer é que o esférico não é mais uma forma do que o é o reto, nem um mais do que o outro.

Mênon: O que dizes é verdadeiro.

Sócrates: Então o que é isso que ostenta o nome de forma? Tenta dizer-me. Supõe que, ao ser interrogado por alguém no tocante à forma ou à cor, houvesses respondido: "Ora, tanto não compreendo o que queres, prezada pessoa, quanto sequer sei o que queres dizer", a pessoa pudesse surpreender-se e dizer: "Não estás compreendendo que procuro por aquilo que constitui o comum e idêntico em todas essas coisas?" Ou permanecerias incapacitado de responder, Mênon, se fosses abordado distintamente, e interrogado nos seguintes termos: "O que é aquilo que é comum ao esférico, ao reto e a tudo o mais que chamas de formas, o que em tudo se apresenta como idêntico?" Tenta dizer-me. Constituirá um bom exercício antecedendo tua resposta acerca da virtude.

Mênon: Não, cabe a ti responder, Sócrates.

Sócrates: Desejas que te faça tal favor?

Mênon: Certamente.

Sócrates: E em seguida, por teu turno, te predisporás a responder-me a respeito da virtude?

Mênon: É o que farei.

Sócrates: É necessário que eu empreenda o esforço, já que nos valerá a pena.

Mênon: Decerto que sim.

Sócrates: Muito bem, tentarei dizer-te o que é forma.[9] Vê se a seguinte definição é para ti aceitável: digamos que forma é a única coisa, entre as *coisas que são*,[10] que é sempre encontrada sucedendo-se à cor. É satisfatória para ti ou buscas algo diferente? De minha parte, julgaria satisfatória uma definição tua de virtude nessa linha.

c **Mênon:** Mas é uma definição tola, Sócrates.

Sócrates: O que queres dizer?

Mênon: Ora, pelo que captei de tua definição, forma é aquilo que sempre se sucede à cor. Até aí tudo bem. Mas supondo que alguém declarasse que desconhece o que é cor, colhido pela mesma dificuldade acerca dela que o atinge no que respeita à forma, que resposta poderias dar a ele?

Sócrates: De minha parte, a verdadeira. E se meu perguntador fosse um hábil mestre do tipo erístico e contencioso,[11] eu lhe
d diria: emiti minha afirmação; se está errada, compete a ti examiná-la e refutá-la. Entretanto, se, como ocorre conosco neste ensejo, estivesse entre amigos e quiséssemos debater, eu teria uma resposta num tom um tanto mais suave, mais conforme à dialética. Suponho que o modo mais dialético não consiste unicamente em responder o que é verdadeiro, mas inclui empregar os pontos reconhecidamente conhecidos pelo indivíduo interrogado. É assim que procurarei discutir contigo.
e Diz-me: há algo que chamas de fim?[12] Refiro-me a algo como um limite ou extremo, usando todos esses vocábulos em um sentido idêntico, o que poderia nos levar a um desentendi-

---

9. ...σχῆμα... (*skhêma*).
10. ...τῶν ὄντων... (*tôn ónton*).
11. A erística (palavra derivada de ἔρις [*éris*], luta, disputa, querela, discórdia) é a arte (distinta da retórica e da dialética) da discussão pela discussão, sem visar à verdade ou ao consenso dos debatedores. Platão a considera uma deplorável modalidade sofística e a expõe, numa crítica radical e contundente, no *Eutidemo* (em Diálogos II, *Clássicos Edipro*).
12. ...τελευτήν... (*teleutén*).

mento com Pródico.[13] Mas certamente chamas uma coisa de *terminada* ou *consumada* e é a isso que desejo me referir, não a nada elaborado.

Mênon: É o que faço e penso que entendo o que queres dizer.

76a **Sócrates:** Chamas também na geometria alguma coisa de superfície[14] e outra de sólido?[15]

Mênon: Chamo.

Sócrates: Consequentemente, com base em tudo isso te capacitas a compreender o que quero dizer com forma, pois em todo caso da forma digo o seguinte: a forma é o que limita o sólido; em síntese, a forma é o limite do sólido.

Mênon: E o que dizes no tocante à cor, Sócrates?

Sócrates: Tu te excedes na insolência, Mênon, fazendo exigências de respostas de um homem velho, porém não mostras
b boa vontade em empenhar-te em lembrar o que Górgias diz que é a virtude.

Mênon: Depois de responderes minha pergunta, Sócrates, darei a resposta à tua.

Sócrates: Mesmo vendado, Mênon, com base no teu modo de dialogar, alguém seria capaz de dizer que és belo e ainda tens amantes.

Mênon: E por que isso?

Sócrates: Porque te manténs falando num tom autoritário, à maneira de indivíduos sensuais e mimados que se comportam como tiranos enquanto dura sua juventude. E talvez tenhas
c percebido minha fraqueza por indivíduos bonitos, de sorte que cederei a ti e responderei.

Mênon: Decerto deves ceder a mim.

---

13. Pródico de Ceos, outro renomado sofista contemporâneo de Sócrates e de Protágoras, que entre suas muitas habilidades destacou-se também como competentíssimo gramático, daí a observação aqui feita por Sócrates. Embora sofista, Pródico reprovava terminantemente a erística (ver nota 11). Consultar o *Protágoras*, especialmente 337b-c (em Diálogos I).
14. ...ἐπιπέδον... (*epipédon*).
15. ...στέρεον... (*stéreon*).

Sócrates: Apreciarias, então, que eu respondesse à maneira de Górgias, que seria mais fácil para acompanhares?
Mênon: Claro que o apreciaria.
Sócrates: Vós ambos não afirmais que existe certas emanações das *coisas que são*, como era sustentado por Empédocles?[16]
Mênon: Com toda a certeza.
Sócrates: Bem como a existência de passagens nas quais e através das quais transitam as emanações?
Mênon: Certamente.
Sócrates: E que algumas das emanações ajustam-se às diversas passagens, enquanto isso não ocorre com algumas outras, que são excessivamente grandes ou excessivamente pequenas?
Mênon: Precisamente.
Sócrates: Ademais, existe aquilo que chamas de visão?
Mênon: Existe.
Sócrates: Portanto, agora "compreende o que digo", como dizia Píndaro:[17] cor é uma emanação de formas que se harmoniza com a visão e é perceptível.
Mênon: Eu diria, Sócrates, que tua resposta foi excelentemente formulada.
Sócrates: Sim, talvez haja sido formulada em termos aos quais estejas habituado e, por outro lado, imagino que dela possas inferir o que são o som e o cheiro, além de muitas outras coisas desse tipo.
Mênon: Certamente.
Sócrates: É uma resposta no estilo da poesia trágica, Mênon, de modo que é para ti mais agradável do que aquela sobre a forma.
Mênon: De fato.
Sócrates: No entanto, filho de Alexidemos, estou propenso a eleger a outra como a melhor das duas. Inclusive creio que mes-

---

16. Empédocles de Agrigento floresceu no século V a.C. (*circa* 493-433), filósofo da natureza pré-socrático.
17. Píndaro de Tebas (518-442 [ou 439] a.C.), poeta lírico.

mo tu darias preferência a ela se não fosse necessário, como me disseste ontem, partires antes dos mistérios, e pudesses [aqui] permanecer e ser iniciado.

77a **Mênon:** Eu permaneceria, Sócrates, se a mim fossem concedidas muitas respostas como essa.

Sócrates: Assim sendo, não pouparei esforços, tanto no teu interesse quanto no meu, no sentido de prosseguir naquele estilo, ainda que receie não conseguir nisso persistir por muito tempo. Mas afinal deves, por tua vez, esforçar-te para cumprir tua promessa de me informar o que é a virtude em geral, cessando de produzir o múltiplo a partir do uno, como dizem os gracejadores sempre que alguém rompe alguma coisa. Pelo b contrário, deixa a virtude íntegra e saudável, e me diz o que é. Agora contas com os modelos dados por mim.

Mênon: Ora, penso, Sócrates, que virtude é, conforme as palavras do poeta, "experimentar regozijo nas coisas belas e ter capacidade para elas";[18] é isso que digo ser a virtude: desejar o belo e ser capaz de obtê-lo.

Sócrates: O que dizes é que aquele que deseja o belo deseja o bom?

Mênon: Com toda a certeza.

Sócrates: Mas supões que há alguns indivíduos que desejam o mal, ao passo que outros o bem? Nem todos, em tua opinião, c bom homem, desejam o bem?

Mênon: Penso que não.

Sócrates: Há alguns que desejam o mal?

Mênon: Sim.

Sócrates: O que entendes é que creem que o mal é bom, ou que estão cientes de que é mal e, não obstante, o desejam?

Mênon: Penso que tanto uma coisa quanto a outra.

Sócrates: És realmente da opinião, Mênon, de que alguém está ciente de que o mal é mal, e mesmo assim o deseja?

---

18. Desconhece-se quem seja exatamente este poeta. Talvez Simônides de Ceos (556-468 a.C.).

Mênon: Com toda a certeza.
Sócrates: O que queres dizer com *deseja*?[19] Assegurar para si mesmo?
d **Mênon:** Assegurar. O que mais poderia ser?
Sócrates: E se pensa que o mal beneficia aquele que o assegura, ou se está ciente de que ele prejudica aquele que o tem assegurado?
Mênon: Há alguns que julgam ser o mal um benefício, ao passo que outros estão cientes de que produz dano.
Sócrates: E achas que os que julgam ser o mal um benefício sabem que é mal?
Mênon: Não o acho de modo algum.
Sócrates: Fica evidente que aqueles que ignoram que o mal é mal não o desejam, mas apenas os que supõem ser o bem,
e ainda que realmente seja o mal; a conclusão é que aqueles que o ignoram e o julgam bom estão efetivamente desejando o bem. Não é assim?
Mênon: Ao menos é o que se apresenta como provável.
Sócrates: Nesse caso, é para mim presumível que aqueles que, como afirmas, desejam o mal, e julgam que o mal causa dano a quem dele se assegura, estão cientes de que serão objeto de dano por parte dele?
Mênon: Necessariamente.
78a **Sócrates:** Mas não consideram que aqueles que são objeto de dano são miseráveis na medida do dano que experimentam?
Mênon: Também isso ocorre necessariamente.
Sócrates: E os miseráveis estão fadados *ao infortúnio*?[20]
Mênon: Penso que sim.
Sócrates: Ora, há alguém desejoso de ser miserável e infortunado?
Mênon: Suponho que não, Sócrates.

---

19. ...ἐπιθυμεῖν... (*epithymeîn*).
20. ...κακοδαίμονας... (*kakodaímonas*), literalmente: [a serem possuídos] por um *daímon* mau.

Sócrates: Conclui-se que ninguém deseja o mal, Mênon, a não ser que deseje ser mau. De fato, afinal o que é ser miserável senão desejar o mal e dele se assegurar?

b **Mênon:** O que parece é que o que dizes, Sócrates, é verdadeiro e que ninguém deseja o mal.

Sócrates: Bem, afirmavas há pouco que virtude é o desejo e a capacidade para o bem?

Mênon: É o que afirmava.

Sócrates: Ora, quanto à parte da afirmação que diz respeito ao desejo, é comum a todos nós, nenhum indivíduo sendo melhor do que outro nisso?

Mênon: Aparentemente.

Sócrates: Está claro, contudo, que se um indivíduo nisso não é melhor do que outro, deve ser superior no que toca à capacidade.

Mênon: Certamente.

Sócrates: A conclusão é que a virtude, com base no teu argumento, é a capacidade de assegurar-se de coisas boas.

c

Mênon: Tens o meu completo assentimento, Sócrates, para o ponto de vista que agora acolhes.

Sócrates: Assim, vejamos se o que afirmas é verdadeiro num outro aspecto, pois é provável que estejas certo. Dizes que virtude é a capacidade de assegurar-se de coisas boas?

Mênon: É o que digo.

Sócrates: E classificas como coisas boas saúde e riqueza?

Mênon: Ao que acrescento a aquisição de ouro e prata, além de honras e cargos públicos.

Sócrates: Há quaisquer coisas além desse tipo que classificarias como coisas boas?

Mênon: Não, minha classificação diz respeito apenas a tudo desse tipo.

d **Sócrates:** Muito bem. [Que fique registrado que] de acordo com Mênon, o hóspede hereditário do *grande rei*,[21] a aquisição de

---

21. ...μεγάλου βασιλέως... (*megálou basiléos*), o rei da Pérsia, exemplo marcante, na antiguidade, da posse de uma riqueza colossal.

ouro e prata é virtude. Diz-me se acrescentarias, Mênon, a tal aquisição *justamente* e *segundo a lei divina*, ou se é para ti indiferente e mesmo que alguém obtenha essas coisas injustamente, classificas essa obtenção, a despeito disso, de virtude?
Mênon: É evidente que não, Sócrates.
Sócrates: Mas sim de vício.
Mênon: É óbvio.
Sócrates: Portanto, o que parece é que a justiça, ou a moderação,[22] ou a religiosidade, ou alguma outra parte da virtude tem que acompanhar a obtenção de tais coisas; se assim não for, não será virtude, ainda que supra alguém de coisas boas.

e

Mênon: E como poderia ser virtude na ausência disso?
Sócrates: E quanto a não obter ouro e prata toda vez que seria injusto obtê-los? Não seria a privação dessas coisas... também virtude?
Mênon: Aparentemente.
Sócrates: Portanto, a obtenção desse tipo de coisas não seria mais virtude do que delas estar privado. Mas parece que será virtude tudo quanto vier acompanhado de justiça, enquanto será vício tudo quanto vier dela desacompanhado.

79a

Mênon: Concordo que é necessariamente como dizes.
Sócrates: E dissemos há pouco que cada uma dessas coisas constituía uma parte da virtude, a saber, a justiça, a moderação e as restantes?
Mênon: Sim.
Sócrates: Então, Mênon, estás gracejando comigo?
Mênon: Como, Sócrates?
Sócrates: Porque roguei a ti muito recentemente para não romper ou fragmentar a virtude e te concedi um exemplo segundo o qual deverias responder; a despeito disso, o ignoraste, declarando-me agora que virtude é a capacidade de obter coisas boas com justiça, e que isso é uma parte da virtude.

b

---

22. ...σωφροσύνην... (*sofrosýnen*), ou seja, o autocontrole.

Mênon: É o que declaro.

Sócrates: Bem, infere-se do que reconheceste que fazer tudo quanto se faz com uma parte da virtude é, por si só, virtude; de fato, dizes que justiça constitui uma parte da virtude, o mesmo constituindo cada uma daquelas qualidades. Perguntas o que quero dizer com isso? O problema é que depois de solicitar a ti para me falar de virtude como um todo, te omitiste por completo quanto a me dizer o que é em si, se limitando a me dizer que toda ação é virtude desde que executada com uma parte da virtude, como se houvesses [já] me informado o que é a virtude como um todo, e eu já o soubesse ainda que tu realmente a decomponhas em partes. Penso que a consequência disso, meu caro Mênon, é enfrentares a mesma questão novamente, ou seja: O que é virtude? se nos é dito que toda ação executada acompanhada de uma parte da virtude é virtude. De fato, é o que se diz ao afirmar que toda ação que se executa acompanhada de justiça é virtude. Ou não concordas que é necessário que enfrentes a mesma questão de novo? Será que supões que alguém pode conhecer uma parte da virtude desconhecendo a virtude ela mesma?

Mênon: Não. Não é o que penso.

Sócrates: Imagino que lembras, quando há pouco respondi a ti a respeito da forma, como repudiamos o tipo de resposta que tentava responder mediante termos ainda submetidos à investigação e em relação aos quais não há ainda consenso.

Mênon: E agimos corretamente ao repudiá-lo, Sócrates.

Sócrates: Assim sendo, excelente homem, não deves, por tua vez, supor que enquanto a natureza da virtude como um todo permanece sob investigação, poderás te dispor a explicá-la a qualquer pessoa respondendo em termos de suas partes, ou mediante qualquer outra afirmação em linhas idênticas a essa. Tudo que ocorrerá é seres obrigado a enfrentar a mesma questão repetidamente, ou seja, *o que é essa virtude a qual aludes todo o tempo*. Ou não vês pertinência no que digo?

Mênon: Penso que o que dizes é correto.

Sócrates: Então, voltando ao início: o que tu e teu amigo[23] dizem ser a virtude?

80a **Mênon:** Sócrates, antes de conhecer-te costumavam me dizer que o estado em que te encontras regularmente é um estado de perplexidade, ao qual também conduzes os outros, e agora, minha opinião é a de que estás simplesmente enfeitiçando-me com teus sortilégios e poções, que me levaram à completa perplexidade. E se tenho realmente direito a um gracejo, diria que tanto em tua aparência quanto em outros aspectos és sumamente semelhante ao *largo e chato peixe marinho torpedo*,[24] pois ele entorpece todo aquele que se aproxima e o toca, e penso que foi algo desse tipo que produziste em mim agora.

b Verdadeiramente sinto minha alma e minha língua[25] completamente entorpecidas e estou confuso quanto a que resposta dar-te. E, todavia, em inúmeras ocasiões proferi fartos discursos acerca da virtude diante de audiências diversas... e ótimos discursos, pela minha avaliação; entretanto, agora não consigo emitir uma palavra sobre o que ela é. Minha opinião é que seria aconselhável que não viajasses ou te distanciasses de tua pátria, pois se teu comportamento fosse como este numa outra cidade, é muito provável que serias tomado por um mago.

Sócrates: És um patife, Mênon, e por pouco não me enganaste.

Mênon: E por que isso, Sócrates?

c **Sócrates:** Sei o que pretendeste com essa comparação.

Mênon: O que pretendi?

Sócrates: Que eu, de minha parte, também te comparasse a algo. Sei de uma coisa sobre as pessoas belas: sentem prazer em ser comparadas com alguma coisa. Tiram disso vantagem, posto que, suponho, belos traços correspondem necessariamente a belas imagens. Mas não estou disposto a jogar o teu jogo.

---

23. Isto é, Górgias de Leontini.
24. ...πλατεῖα νάρκη τῇ θαλαττίᾳ (*plateîa nárke tê thalattía*), ou seja, a raia elétrica.
25. ...στόμα... (*stóma*), literalmente boca.

Quanto a mim, se o torpedo[26] é ele próprio entorpecido ao mesmo tempo que causa entorpecimento nos outros, assemelho-me a ele, mas não o contrário, pois eu mesmo não tenho a resposta quando produzo perplexidade nos outros; é pelo fato de estar mais perplexo do que qualquer outra pessoa que levo os outros à perplexidade. Assim, agora, de minha parte não sei o que é virtude, ao passo que tu, embora talvez o soubesses antes de fazer contato comigo, agora ingressaste também no rol de quem não o sabe. E, no entanto, estou desejoso de juntar-me a ti, passando a proceder ao seu exame e à investigação de sua natureza.

Mênon: Mas como irás empreender essa investigação, Sócrates, se desconheces inteiramente o que é? Como tencionas investigar algo que desconheces cabalmente? Na hipótese de topares com ele, como saberás que se trata da coisa que desconhecias?

Sócrates: Entendo onde queres chegar, Mênon. Percebes o argumento controverso que estás apresentando, a saber, que um indivíduo está impossibilitado de investigar quer o que conhece, quer o que desconhece? De fato, não pode investigar o que conhece porque uma vez que conhece não precisa investigar; por outro lado, tampouco pode investigar aquilo que desconhece, visto que não sabe o que investigar.

Mênon: E esse argumento não te parece bom, Sócrates?

Sócrates: Não.

Mênon: Podes me informar por que não?

Sócrates: Posso, visto que ouvi de homens e mulheres sábios que falavam de coisas divinas...

Mênon: O que falavam?

Sócrates: Algo verdadeiro, segundo minha opinião, além de admirável.

Mênon: O quê? E quem falava?

---

26. Ver nota 24.

Sócrates: Certos sacerdotes e sacerdotisas que se capacitaram pelo estudo a fornecer uma explicação de suas práticas. A eles se somam Píndaro e muitos outros poetas detentores de dons divinos. O que dizem é o seguinte, cabendo a ti julgar se expressam a verdade: dizem que a alma humana é imortal, que numa ocasião atinge um termo, que é chamado de morrer, e numa outra renasce, porém jamais é extinta pela destruição. Daí o dever de vivermos toda nossa existência com máxima devoção religiosa...

De todos sem exceção aceitará Perséfone[27] o castigo por faltas[28] passadas,

sendo essas almas por ela ao sol superior restituídas no nono ano;

delas surgirão reis e homens de sumo poder e sabedoria insuperável,

e por todo o tempo restante pelos seres humanos serão chamados de heróis sagrados.[29]

Considerando-se que a alma é imortal, renasceu muitas vezes e contemplou todas as coisas tanto neste mundo como no mundo subterrâneo dos mortos, nada há que não haja aprendido; disso se conclui que não é de se surpreender que seja capaz de lembrar-se de tudo que aprendeu anteriormente a respeito da virtude bem como sobre outras coisas. Como o todo da natureza tem afinidade, e a alma aprendeu todas as coisas, nada há que nos impeça, após lembrarmos de uma única coisa – processo que os seres humanos denominam aprendizado – de descobrir tudo o mais por nós mesmos, se formos corajosos e não fraquejarmos na investigação, isso

---

27. ...Φερσέφονα... (*Pherséphona*), o mesmo que Περσέφονη (*Perséphone*), sobrinha de Zeus e filha da deusa olímpica Deméter, protetora da terra fértil e da agricultura. Perséfone (também chamada Κόρη [*Kóre*]) foi sequestrada por seu tio Hades (Plutão), senhor do mundo dos mortos, que a tornou sua esposa e soberana desse mundo.

28. ...πενθέος... (*penthéos*), literalmente luto, angústia, tristeza.

29. Provavelmente de autoria de Píndaro de Tebas.

porque investigação e aprendizado, como um todo, consistem em reminiscência.[30] Daí não darmos acolhida a esse argumento controverso pertencente à erística, que nos lançaria à ociosidade e só agrada ao ouvido indolente, ao passo que o outro nos torna ativos e inquisitivos. Depositando minha confiança em sua verdade, estou pronto a investigar contigo o que é a virtude.

Mênon: Sim, Sócrates, porém qual o significado de dizeres que não aprendemos, mas que o que chamamos de aprendizado é reminiscência? Podes me ensinar a respeito e demonstrá-lo?

Sócrates: Já observei há pouco, Mênon, que és um patife; e agora me perguntas se posso ensinar-te, quando afirmo que não há ensinamento, mas tão só reminiscência. Esperas que eu possa ser apanhado em contradição comigo mesmo na imediata sequência.

Mênon: Sócrates, por Zeus, não foi essa minha intenção. Eu o disse apenas por hábito. Mas se puderes de algum modo demonstrar a mim que é como dizes, por favor o faz.

Sócrates: Não é tarefa fácil, mas permaneço disposto a dar o melhor de mim para o teu benefício. Chama um dos teus muitos servidores aqui presentes, aquele que quiseres, para que atue como instrumento de minha demonstração.

Mênon: Certamente. Tu aí aproxima-te.[31]

Sócrates: Ele é grego e fala grego?

Mênon: Decerto que sim. Nascido em minha casa.

Sócrates: Observa agora detidamente se ele te impressiona lembrando ou aprendendo de mim.

Mênon: Eu o farei.

Sócrates: Diz-me, rapaz, sabes que uma figura quadrada é *assim*?[32]

---

30. Sobre a transmigração, o renascimento da alma e a reminiscência, ver o *Fédon* (*Clássicos Edipro*, Diálogos III).
31. Mênon se dirige a um de seus escravos.
32. Supõe-se que Sócrates indicou ao jovem escravo um quadrado, presumivelmente o traçando na areia.

Jovem escravo: Sei.

c **Sócrates:** Bem, um quadrado é uma figura que possui estas quatro linhas iguais?

Jovem escravo: Certamente.

Sócrates: E estas linhas, *que são traçadas pelo centro*[33] também são iguais, não são?

Jovem escravo: Sim.

Sócrates: E uma figura desse tipo pode ser maior ou menor?

Jovem escravo: Certamente.

Sócrates: Ora, se este lado medisse dois pés[34] e este outro também dois, quantos pés teria o todo? Ou colocado nos seguintes termos: se num lado medisse dois pés e apenas um no outro, decerto a figura[35] mediria dois pés tomados uma vez?

Jovem escravo: Sim.

d **Sócrates:** Mas como mede dois pés também naquele outro lado, é forçoso que meça duas vezes dois pés?

Jovem escravo: É isso.

Sócrates: Assim a figura mede duas vezes dois pés?

Jovem escravo: Sim.

Sócrates: E quanto são duas vezes dois pés? Conta e me diz.

Jovem escravo: Quatro, Sócrates.

Sócrates: E não seria possível haver uma outra figura do mesmo tipo desta, mas possuindo o dobro do tamanho desta, tendo todos os seus lados iguais como esta figura?

Jovem escravo: Sim.

Sócrates: E nesse caso mediria quantos pés?

Jovem escravo: Oito.

---

33. Ou seja, as linhas que unem o centro dos lados do quadrado; o leitor deve imaginar um quadrado com duas linhas retas (uma vertical e uma horizontal) se cruzando no centro do quadrado e produzindo quatro pequenos quadrados internos.
34. ...ποδοῖν... (*podoîn*); pé, medida de comprimento correspondente a quatro palmos.
35. Ou seja, o espaço interno da figura.

Sócrates: Ora, tenta informar-me qual seria o comprimento de cada um dos lados *dessa* [última] figura.[36] O lado *desta*[37] mede dois pés. O que dizer de cada lado daquela cujo tamanho é o dobro desta?

Jovem escravo: É evidente, Sócrates, que mede o dobro.

Sócrates: Percebes, Mênon, que não estou ensinando nada ao rapaz, limitando-me a interrogá-lo? E agora ele julga que conhece o comprimento da linha na qual está baseada a construção de uma figura de oito pés. Ou não achas que ele o julga?

Mênon: Acho.

Sócrates: E conhece?

Mênon: Evidentemente não.

Sócrates: Ele apenas o julga com base no dobro do tamanho?

Mênon: Sim.

Sócrates: Muito bem. Agora observa como ele progride no lembrar mediante o emprego apropriado da memória. Diz-me, [rapaz,] afirmas que uma figura que tem o dobro do tamanho se baseia numa linha que tem o dobro do comprimento? Agora me refiro a uma figura que não é longa de um lado e curta no outro lado, mas igual em todos as direções como esta, porém com o dobro do tamanho, isto é, oito pés.[38] Vê agora se ainda julgas que obtemos isso com base numa linha que tem o dobro de comprimento.

Jovem escravo: Julgo.

Sócrates: Bem, a linha passa a ter o dobro de seu comprimento se adicionarmos uma outra de idêntico comprimento aqui?

Jovem escravo: Certamente.

Sócrates: E afirmas que obteremos a figura quadrada de oito pés a partir de quatro linhas deste comprimento?

Jovem escravo: Sim.

---

36. Isto é, da figura concebida mentalmente como possível pelo escravo, *não* da figura traçada por Sócrates, a qual o rapazinho percebe sensorialmente pelo sentido da visão.

37. Ou seja, da figura traçada por Sócrates.

38. Entendam-se oito pés quadrados.

b **Sócrates:** Então tracemos quatro linhas iguais de tal comprimento.³⁹ O resultado será o que dizes ser a figura de oito pés, não é mesmo?

Jovem escravo: Certamente.

Sócrates: E não temos aqui encerrados nela quatro quadrados, sendo que cada um dos quatro é igual a esta figura quadrada de quatro pés?

Jovem escravo: Sim.

Sócrates: Portanto, qual é o tamanho do todo? Não é quatro vezes este tamanho?

Jovem escravo: Tem que ser.

Sócrates: E quatro vezes é igual ao dobro?

Jovem escravo: Por Zeus, não.

Sócrates: Então quantas vezes é maior?

Jovem escravo: Quatro vezes.

c **Sócrates:** Assim, a partir da linha com o dobro de comprimento, rapaz, obtemos uma figura não do dobro do tamanho, mas quatro vezes maior.

Jovem escravo: Dizes a verdade.

Sócrates: E quatro vezes quatro é dezesseis, não é?

Jovem escravo: Sim.

Sócrates: E que linha nos proporcionará uma figura quadrada de oito pés? Com base nesta linha obtemos um quadrado quatro vezes maior, não é isso?

Jovem escravo: É.

Sócrates: E um quadrado de quatro pés é construído com base nesta linha da metade do comprimento?

Jovem escravo: Sim.

Sócrates: Muito bem. E não é a figura quadrada de oito pés o dobro desta e a metade daquela?⁴⁰

---

39. Presume-se que Sócrates prossegue traçando na areia ou procedendo às suas indicações.

40. Ou seja, a figura quadrada de oito pés é o dobro da de quatro pés e a metade da de dezesseis pés.

Jovem escravo: Sim.

Sócrates: Não será sua construção baseada numa linha mais extensa do que esta e mais curta do que aquela?

Jovem escravo: Penso que sim.

Sócrates: Ótimo. A ti cabe responder o que pensas. Mas responde-me: não traçamos esta linha com dois pés de comprimento e aquela com quatro?

Jovem escravo: Sim.

Sócrates: Se foi assim, a linha na qual a construção da figura quadrada de oito pés foi baseada deve ser mais extensa do que esta de dois pés, e mais curta do que aquela de quatro pés?

Jovem escravo: Deve.

Sócrates: Procura dizer-me então qual seria seu comprimento.

Jovem escravo: Três pés.

Sócrates: Bem, se é três pés, adicionaremos a metade desta, de modo a termos três pés? De fato, temos aqui dois, e ali mais um, de sorte que novamente naquele lado há dois e mais um, o que produz a figura a que te referes.

Jovem escravo: Sim.

Sócrates: Ora, se é três pés neste sentido e três naquele, medirá toda a figura três vezes três pés?

Jovem escravo: Aparentemente.

Sócrates: E três vezes três pés quanto são?

Jovem escravo: Nove.

Sócrates: E a figura quadrada dupla era para ter que quantidade de pés?

Jovem escravo: Oito.

Sócrates: A conclusão é que não tivemos êxito em construir nossa figura de oito pés com base nesta linha de três pés.

Jovem escravo: É evidente que não.

Sócrates: Mas com base em que linha conseguiríamos construí-la? Tenta dizer-nos isso com exatidão. Mas se preferes não efetuar esse cálculo, basta indicares qual é a linha.

Jovem escravo: Por Zeus, Sócrates, eu não sei.

Sócrates: Percebes, Mênon, que ponto já foi atingido por ele em seu processo de reminiscência? Inicialmente desconhecia a linha que possibilita a construção da figura de oito pés; e mesmo agora continua a desconhecê-la; mas, no entanto, ele julgava que a conhecia então, e se manteve respondendo confiantemente como se a conhecesse, insciente de qualquer dificuldade; agora, todavia, ele realmente se considera numa dificuldade, e além de não ter conhecimento, não julga que o tem.

Mênon: O que dizes é verdadeiro.

Sócrates: Isso não significa que se encontra agora numa melhor posição com respeito à matéria que desconhecia?

Mênon: Também em relação a isso penso que sim.

Sócrates: Ora, ao conduzi-lo à perplexidade e aplicar-lhe o choque elétrico do peixe-torpedo, deixando-o entorpecido, causamos a ele algum dano?

Mênon: Penso que não.

Sócrates: Além disso, provavelmente lhe prestamos alguma ajuda, pelo que parece, a favor da descoberta da verdade da questão; de fato, agora ele poderá se ocupar da investigação com contentamento, julgando-se carente de conhecimento, ao passo que antes se predisporia facilmente a supor que estava certo em fazer muitas vezes diante de muitas pessoas a declaração de que a figura quadrada de tamanho em dobro deve ter uma linha do dobro de comprimento no que se refere ao lado dela.

Mênon: É que parece.

Sócrates: Bem, supões que ele teria tentado investigar ou apreender o que julgava conhecer, quando não o conhecia, enquanto não fosse induzido à perplexidade e compreendesse que não conhecia, experimentando então o anseio de conhecer?

Mênon: Penso que não, Sócrates.

Sócrates: Assim ser entorpecido lhe foi benéfico?

Mênon: Penso que sim.

Sócrates: Observa agora como, com base nessa perplexidade, ele avançará e descobrirá algo numa investigação conjunta comigo, na qual me restringirei a fazer perguntas e não o ensinarei. Conserva-te vigilante para apurar se em alguma etapa da investigação poderás me flagrar o ensinando e lhe explicando coisas em lugar de tão só solicitar sua opinião através de perguntas.

Diz-me, [rapaz,] *aqui* temos um quadrado de quatro pés, não é mesmo? Entendes?

Jovem escravo: Sim.

Sócrates: E *aqui* adicionamos um outro quadrado igual ao primeiro?[41]

Jovem escravo: Sim.

Sócrates: E *aqui* um terceiro igual a ambos os anteriores?

Jovem escravo: Sim.

Sócrates: Agora será o caso de preenchermos *este* espaço vazio no ângulo?

Jovem escravo: Certamente.

Sócrates: O resultado é ter *aqui* estas quatro figuras iguais?

Jovem escravo: Sim.

Sócrates: Bem, quantas vezes é a figura inteira maior do que *esta*?[42]

Jovem escravo: Quatro vezes.

Sócrates: Mas era para ser somente duas vezes maior, lembras?

Jovem escravo: Certamente.

Sócrates: E esta linha de um ângulo a outro não divide cada uma destas figuras em duas?

Jovem escravo: Sim.

Sócrates: E não temos aqui quatro linhas iguais que contém esta figura?

Jovem Sócrates: Temos.

Sócrates: Agora considera o tamanho dessa figura.

---

41. Sócrates continua presumivelmente com seu traçado na areia.
42. Presume-se que Sócrates indica qualquer um dos quatro pequenos quadrados internos de quatro pés.

Jovem Sócrates: Não compreendo.
Sócrates: Cada uma das linhas internas não divide metade de cada uma das quatro figuras?
Jovem escravo: Sim.
Sócrates: E quantas figuras desse tamanho há nesta parte?
Jovem escravo: Quatro.
Sócrates: E quantas nesta?
Jovem escravo: Duas.
Sócrates: E quatro é quantas vezes dois?
Jovem escravo: Duas vezes.
b **Sócrates:** E esta figura mede quantos pés?
Jovem escravo: Oito pés.
Sócrates: A partir de qual linha obtemos esta figura?
Jovem escravo: A partir desta.[43]
Sócrates: Quer dizer, a partir da linha traçada que se estende angularmente através da figura de quatro pés?
Jovem escravo: Sim.
Sócrates: Os homens proficientes[44] chamam-na de diagonal. Assim, se diagonal é o seu nome, com base no que afirmas, ó jovem escravo de Mênon, a figura dupla é o quadrado da diagonal.
Jovem escravo: Certamente é isso, Sócrates.
Sócrates: O que julgas disso, Mênon? Em suas respostas houve alguma opinião por ele emitida que não fosse a sua?
c **Mênon:** Não, foram todas suas.
Sócrates: E, no entanto, como o asseveramos há pouco, ele não tinha conhecimento.
Mênon: O que dizes é verdadeiro.

---

43. O rapaz faz sua indicação no traçado de Sócrates.
44. ...σοφισταί... (*sophistaí*): aqui a palavra é utilizada por Platão no seu sentido original e genérico, ou seja, aqueles que são altamente qualificados, hábeis e eficientes em qualquer arte ou atividade; a despeito disso há, é claro, uma menção implícita do geômetra.

Sócrates: Não obstante, ele tinha essas opiniões nele encerradas, não tinha?

Mênon: Sim.

Sócrates: Conclui-se então que aquele que não tem conhecimento possui dentro de si opiniões verdadeiras sobre quaisquer coisas que desconhece?

Mênon: É o que parece.

Sócrates: E essas opiniões estão agora nele tumultuadas como se fossem um sonho; entretanto, se lhe fossem feitas reiteradamente essas mesmas perguntas de maneira diversificada, ele acabaria, no fim, por ter dessas coisas um entendimento tão exato como qualquer outra pessoa.

Mênon: É o que parece provável.

Sócrates: Sem que pessoa alguma o haja ensinado e através tão só de perguntas a ele dirigidas, ele entenderá e descobrirá conhecimento dentro de si mesmo?

Mênon: Sim.

Sócrates: E não é reminiscência essa descoberta ou recuperação de conhecimento dentro de si e por si?

Mênon: Certamente.

Sócrates: E não é necessário ter ele ou numa ocasião adquirido o conhecimento que agora possui ou sempre o ter possuído?

Mênon: Sim.

Sócrates: Ora, se sempre o possui, sempre teve conhecimento; se o adquiriu em alguma ocasião, não poderia tê-lo feito nesta presente vida. Ou alguém lhe ensinou geometria? Percebes que ele é capaz de exibir um desempenho idêntico a esse [que acabou de exibir] no que diz respeito a toda a geometria, bem como todos os outros ramos do conhecimento. É possível que alguém o tenha instruído sobre tudo isso? Com certeza deves saber, uma vez que nasceu e foi criado em tua casa.

Mênon: Sei que ninguém jamais lhe ministrou instrução.

Sócrates: E, no entanto, ele tem essas opiniões, ou não tem?

Mênon: Necessariamente as tem, Sócrates, segundo se evidenciou.

86a **Sócrates:** E se não as adquiriu nesta vida, não fica claro de imediato que [já] as possuía e as aprendera em alguma outra ocasião?
Mênon: É o que parece.
Sócrates: E tal ocasião deve ter sido quando ele não era um ser humano?
Mênon: Sim.
Sócrates: Portanto, se nesses dois períodos, ou seja, enquanto é e enquanto não foi um ser humano, ele teve dentro de si opiniões verdadeiras que, para se converterem em conhecimento, precisam apenas serem despertadas mediante interrogação, não terá sua alma possuído essa cognição por todo o tempo? De fato, ressalta como evidente que durante todo o tempo ele existe, ou como ser humano ou como não ser humano.
Mênon: É o que parece.
b **Sócrates:** E se a verdade da totalidade das *coisas que são*[45] permanece sempre em nossa alma, então esta é imortal; assim, deves sempre esforçar-te confiantemente na tentativa de investigar e lembrar o que desconheces atualmente, ou seja, aquilo que não lembras.
Mênon: Vendo-o como tu o vês, Sócrates, embora não saiba exatamente como, sou da opinião que o que dizes é acertado.
Sócrates: Também eu experimento um certo desconforto, Mênon. Admito que a maioria dos pontos por mim aduzidos em respaldo de meu argumento não tem caráter plenamente confiável; contudo, que a crença no dever de investigar as coisas que ignoramos é algo que nos tornará melhores, mais corajosos e menos ociosos, de preferência à crença de que inexiste sequer a possibilidade de apurar as coisas que ignoramos e de que não temos o dever de investigá-las, constitui um ponto
c em prol do qual me empenho em lutar, na medida de minhas forças, quer nos meus discursos, quer nas minhas ações.
Mênon: Julgo que também nisso falas com acerto, Sócrates.

---

45. ...τῶν ὄντων... (*tôn ónton*).

Sócrates: Ora, se contamos com um consenso quanto ao dever de investigar o que se ignora, concordarias com a tentativa de uma investigação conjunta sobre o que é a virtude?

Mênon: Decerto que sim. Entretanto, Sócrates, me agradaria sumamente priorizar o exame da questão que apresentei inicialmente e ouvir tua opinião sobre se ao buscá-la devemos considerá-la algo a ser ensinado, um dom da natureza concedido ao ser humano, ou algo que a ele chega de algum outro modo cujo conhecimento me contentaria.

Sócrates: Se eu tivesse controle sobre ti, Mênon, como o tenho sobre mim, não teríamos principiado examinando se a virtude pode ou não pode ser ensinada até que houvéssemos investigado primeiramente o que ela própria é. Mas como sequer tentas exercer controle sobre ti mesmo, tão cioso que és de tua liberdade, e tentas não só me controlar como efetivamente me controlas, cederei ao teu pedido, pois o que me resta fazer? Assim, parece que nos compete examinar os atributos de algo que ainda desconhecemos o que é. De qualquer maneira, [nessas circunstâncias] o mínimo que podes fazer é relaxar um pouco teu controle e permitir que a questão, ou seja, a de que se a virtude surge do ensinamento ou com base em outra coisa, seja investigada mediante uma hipótese. Entendo por hipótese aquele modo de que se servem os geômetras usualmente ao se ocuparem de uma questão que lhes é proposta; por exemplo, se uma área específica pode ser inscrita sob a forma de um triângulo dentro de um dado círculo; diante de tal questão [um geômetra] responde: "Não posso ainda afirmar se pode, mas penso, se me permite assim me expressar, que disponho de uma útil hipótese para o problema, que é a seguinte: **se** *esta área*[46] é tal que quando aplicada como um retângulo à linha reta dada no círculo se mostra deficiente pela falta de uma figura similar à própria figura aplicada, penso que terás um certo resultado, ao passo que se for impossível ocorrer esse resultado, terás então um outro alternativo.

---

46. Supõe-se que o geômetra haja traçado uma figura geométrica e começa a fazer indicações nela.

b   Consequentemente, meu desejo é formular uma hipótese antes de enunciar uma conclusão quanto a inscrever a área no círculo, declarando ser isso impossível ou não." Igualmente no tocante à nossa questão sobre a virtude, uma vez que desconhecemos o que ela é ou quais são seus atributos, o que mais vale a pena é nos servir de uma hipótese no exame de se pode ser ensinada ou não, e isso nos seguintes termos: para que fosse passível de ser ensinada ou não, que tipo de coisa tem que ser a virtude entre as *coisas que são* na alma? Primeiramente, se é algo que não se assemelha ou se assemelha ao conhecimento, é ensinada ou não... ou, como o dizíamos há pouco, *lembrada*? Abstenhamo-nos aqui de uma polêmica
c   acerca do nome, restringindo-nos a isto: é ensinada? Ou não está vidente a todos que o conhecimento[47] é a única coisa ensinada aos seres humanos?

Mênon: Tens meu assentimento nisso.

Sócrates: Ora, *se* a virtude é um tipo de conhecimento, está claro que é ensinada.

Mênon: Claro que sim.

Sócrates: Assim, viste que nos ocupamos celeremente dessa questão: *se* ela é um tipo de coisa[48] é passível de ser ensinada, mas se é um tipo distinto, não é passível de ser ensinada.

Mênon: Certamente.

Sócrates: Pelo que parece, a questão seguinte que nos cabe examinar [,exatamente correlacionada a essa,] é se a virtude é conhecimento ou algo distinto do conhecimento.

d   **Mênon:** Eu diria que é o ponto seguinte a ser examinado.

Sócrates: Bem, decerto classificamos a virtude como sendo uma coisa boa, essa hipótese, ou seja, de que é boa, se mantendo firme para nós?

---

47. ...ἐπιστήνην... (*epistémen*), acepção ampla e genérica de conhecimento (que inclui *ciência*) e não a acepção restrita de *ciência* como disciplina específica (física, metafísica, psicologia, ética, política etc.).

48. Ou seja, o conhecimento.

Mênon: Está claro que sim.

Sócrates: Ora, se houver algum bem distinto e dissociável do conhecimento, pode ser que a virtude não seja um tipo de conhecimento; todavia, se não houver nada de bom que não seja abarcado pelo conhecimento, estaremos corretos em suspeitar que a virtude é um tipo de conhecimento.

Mênon: Positivamente.

Sócrates: Bem, o que nos torna bons é a virtude?

Mênon: Sim.

e **Sócrates:** E se somos bons, somos benéficos, uma vez que todas as coisas boas são benéficas, não são?

Mênon: Sim.

Sócrates: Portanto a virtude é benéfica?

Mênon: Isso se conclui necessariamente do que foi admitido.

Sócrates: Bem, vejamos, tomando exemplos particulares, que tipo de coisas nos são benéficas. Dizemos que a saúde, a força, a beleza e a riqueza. Classificamos estas e aquilo que se lhes assemelha de benéfico, não é mesmo?

Mênon: Sim.

88a **Sócrates:** Entretanto, temos que reconhecer que essas mesmas coisas realmente às vezes nos são danosas. Ou diverges desta minha afirmação?

Mênon: Não. Eu concordo.

Sócrates: Considera, agora, qual é o fator norteador que determina, em cada caso, que sejam numa oportunidade benéficas, noutra danosas. Não seriam benéficas quando seu uso é acertado, ao passo que danosas quando esse uso é equivocado?

Mênon: Certamente.

Sócrates: Assim sendo, examinemos na sequência as qualificações da alma. Referimo-nos à moderação, justiça, coragem, inteligência,[49] memória, magnanimidade etc.?

b **Mênon:** Sim.

---

49. ...εὐμαθίαν... (*eumathían*), mais precisamente a *inteligência que permite a fácil apreensão*, ou a própria *facilidade intelectual de apreensão*.

Sócrates: Verifica entre elas se há alguma que crês que não é conhecimento, mas diferente dele. Não será o caso de por vezes nos serem danosas, porém outras vezes benéficas? A coragem, por exemplo, se for uma coragem dissociada da sabedoria, se reduz à ousadia: de fato, quando um ser humano é ousado, mas destituído de entendimento, atrai para si o dano, ao passo que quando conta também com o entendimento, é beneficiado, não é?

Mênon: Sim.

Sócrates: E o mesmo vale para a moderação e a inteligência: coisas apreendidas e disciplinadas com o concurso do entendimento são benéficas, enquanto sem o auxílio dele são danosas.

c **Mênon:** Com toda a certeza.

Sócrates: Para resumirmos, tudo que a alma empreende e suporta, se guiada pela sabedoria finda em felicidade, mas se norteada pela ignorância termina no oposto.

Mênon: É o que é evidenciado.

Sócrates: Bem, então se a virtude é algo presente na alma necessariamente benéfico, é forçoso que seja a sabedo-ria,[50] uma vez que todas as propriedades da alma não são em si nem benéficas nem danosas, tornando-se benéficas ou danosas dependendo da associação da sabedoria ou da ignorância; por d conseguinte, o que aponta esse argumento é que a virtude, sendo benéfica, deve ser um tipo de sabedoria.

Mênon: Concordo.

Sócrates: Quanto àquelas outras coisas a que nos referimos há pouco, ou seja, a riqueza e o que lhe é semelhante, às vezes são boas, às vezes danosas; tal como no que respeita à alma em geral, em que a orientação da sabedoria torna as qualificae ções benéficas, enquanto a orientação da ignorância as torna danosas, o mesmo ocorre nestes casos, ou seja, dependendo do uso correto ou incorreto que a alma faz deles.[51]

---

50. ...φρόνησιν... (*phrónesin*).
51. Isto é, da riqueza e seus assemelhados.

Mênon: Certamente.

Sócrates: O imbuído de sabedoria orienta corretamente, enquanto o imbuído de ignorância o faz incorretamente?

Mênon: Assim é.

Sócrates: Então estaremos autorizados a afirmar algo em caráter universal, a saber, que no ser humano tudo exceto as coisas da alma depende desta, ao passo que as coisas da própria alma dependem da sabedoria, se esperamos que sejam boas? E que em conformidade com esse argumento, o benéfico é a sabedoria, sendo que dizemos que a virtude é benéfica?

Mênon: Certamente.

Sócrates: Então podemos concluir que a virtude, quer como um todo quer parcialmente, é sabedoria?

Mênon: Tua afirmação, Sócrates [,a título de conclusão,] me parece excelente.

Sócrates: Portanto, se assim é, indivíduos bons não o podem ser por natureza.

Mênon: Penso que não.

Sócrates: Não. Pois caso contrário, presumo que teríamos o seguinte como resultado: se indivíduos bons fossem bons por natureza, com certeza disporíamos de pessoas capazes de discernir os bons por natureza entre os jovens; e uma vez indicados por essas pessoas, os tomaríamos e os manteríamos seguros na acrópole, marcando-os com um sinete mais cuidadosamente do que o nosso ouro, para que ninguém pudesse corrompê-los, e para que quando atingissem a maturidade pudessem ser úteis ao seu Estado.

Mênon: É bastante provável, Sócrates.

Sócrates: Assim, como não é pela natureza que os bons se tornam bons, o será graças ao aprendizado?

Mênon: Penso que necessariamente; e há nisso clareza, Sócrates, visto que com base em nossa hipótese de que virtude é conhecimento, pode e é ensinada.

Sócrates: Por Zeus, talvez. Mas não poderia ser que não estivéssemos certos ao dar assentimento a isso?

Mênon: Ora, parecia uma afirmação correta há um momento.

Sócrates: Sim, mas não basta que pareça correta apenas há um momento atrás, mas também agora e no futuro, se é para ser uma afirmação sólida.

d **Mênon:** Ora, que razão tens para encontrar dificuldade nisso e ter dúvida de que a virtude é conhecimento?

Sócrates: Dir-te-ei, Mênon. Não elimino como incorreta a afirmação de que a virtude é passível de ser ensinada e ensinada se for conhecimento; porém, quanto a ser ela conhecimento, verifica se tenho razões para me sentir apreensivo. Responde-me o seguinte: se há alguma coisa, não apenas a virtude, que é afinal ensinável, não teria que haver indivíduos que a ensinam e indivíduos que a aprendem?

e **Mênon:** Penso que sim.

Sócrates: E também não o seria inversamente, isto é, se alguma coisa carece tanto de indivíduos que a ensinam quanto de indivíduos que a aprendem, não estaríamos certos em supor que não é passível de ensino?

Mênon: Isso faz pleno sentido. Mas achas que não há indivíduos que ensinam a virtude?

Sócrates: Devo confessar que me empenhei regularmente nessa busca, porém a despeito de todos os meus esforços, jamais consegui descobrir um. E, no entanto, essa minha busca foi partilhada por muitos, principalmente por pessoas que julgo as mais qualificadas para tal tarefa. Mas vê, Mênon, que de maneira tão oportuna, precisamente quando sua presença
90a se fez requisitada, aqui temos Anito[52] que se senta ao nosso

---

52. Respeitado ateniense, sobretudo devido à sua sólida carreira militar (atuara mais de uma vez como general dos exércitos de Atenas) e à sua coerência política. Inveterado democrata, foi exilado em 403 a.C., no mesmo ano da queda dos Trinta Tiranos que haviam tomado o poder em Atenas um ano antes, tendo contribuído para a expulsão desses mesmos tiranos. Apesar de simpatizante da democracia, Anito não nutria a menor simpatia pelos sofistas, detestando-os. Entretanto, apesar desse perfil, Anito foi um dos acusadores formais (ver *Apologia*, 23e, Diálogos III) que conduziram em 399 a.C. (supostamente três anos após a eventual ocorrência deste Diálogo) Sócrates ao julgamento do qual este último sairia condenado à morte. Na *Apologia* atribuída a Xenofonte,

lado, para participar de nossa investigação em curso. Podemos muito bem solicitar sua assistência. De fato, Anito, para começar, é filho de um pai rico e hábil, Antemion, que enriqueceu não por acaso ou por conta de uma dádiva, como recentemente Ismênio de Tebas,[53] que ficou com a fortuna de Polícrates,[54] mas por sua própria habilidade manual e empenho; em segundo lugar, gozou do prestígio de ser um homem de boa conduta e de boas maneiras, e não arrogante ou in-

b solente com seus concidadãos. Além disso, ele concedeu ao seu filho boa criação e educação, que é o que pensa a maioria dos atenienses, que o está elegendo agora para os cargos mais elevados. Seria acertado, portanto, lançar mão da ajuda de um homem deste tipo em nossa indagação sobre se há ou não indivíduos que ensinam a virtude ou não, e quem podem ser eles. Assim, Anito, por favor associa-te a mim e a teu hóspede Mênon aqui em nossa investigação em torno desta matéria sobre quem são os mestres da virtude. Considera a questão da seguinte maneira: se desejássemos que Mênon se tornasse um

c bom médico, a quem o enviaríamos para receber instrução? Não seria aos médicos?

Anito: Certamente.

é mencionada a profunda irritação de Anito pelo fato de Sócrates o haver censurado por manter seu próprio filho empregado em seu curtume. Presume-se que Sócrates considerava o rapaz perfeitamente capacitado para desincumbir atividades mais dignas. Isso soa estranho, pois aqui no *Mênon* (na imediata sequência), Sócrates faz encômios ao pai de Anito que envolvem a ocupação dele (ou seja, a mesma herdada por Anito e seu filho, *curtidor*). O fato é que o respeito dirigido a Anito e sua família não era oriundo da existência de uma linhagem nobre. Por outro lado, em 94e-95a neste Diálogo, Platão parece sugerir a disposição francamente inamistosa de Anito com relação a Sócrates, o considerando nocivo ao Estado ateniense, o que teria sido para ele motivo e justificativa para ser um dos acusadores de Sócrates.

53. Foi precisamente esse Ismênio, líder democrático em Tebas, que se solidarizou com Anito e os outros democratas atenienses exilados em 403 a.C., e lhes prestou auxílio.

54. Tirano de Samos por volta de 530 a.C.

Sócrates: E se nosso desejo fosse que se tornasse um bom sapateiro, não o enviaríamos aos sapateiros?
Anito: Sim.
Sócrates: E o mesmo se aplicaria a toda outra atividade?
Anito: Certamente.
Sócrates: Prossigamos com esses mesmos exemplos. Dizemos que estaríamos certos em enviá-lo aos médicos se desejássemos que se tornasse um médico. Ao declará-lo, queremos dizer que seria razoável o enviar aos que exercem a arte, de preferência aos que não a exercem, e àqueles que cobram uma quantia relativa ao que praticam, mostrando-se eles mestres de qualquer um que deseje visitá-los e aprender? Não seria com isso em mente que estaríamos certos em enviá-lo?
Anito: Sim.
Sócrates: E o mesmo seria válido relativamente a tocar flauta e às demais artes? Não seria sumamente estúpido, se na hipótese de desejarmos tornar alguém um flautista nos recusássemos a enviá-lo aos professores mestres dessa arte, os quais cobram uma remuneração regular, e incomodássemos outros indivíduos com nossas solicitações de ensino, indivíduos que não afirmam ser mestres e que não têm um único aluno na modalidade de estudo em que desejamos que esse alguém com eles aprenda?
Anito: Sim, por Zeus, seria; além de grande prova de ignorância.
Sócrates: Tu o expressaste corretamente. E agora nos surge uma chance de compartilhares comigo de um aconselhamento que envolve este nosso amigo e hóspede, quer dizer, Mênon. Já há algum tempo, Anito, vem ele me informando de seu desejo de possuir aquela sabedoria e virtude que capacitam os seres humanos a manter a ordem tanto de suas casas quanto de seus Estados, a honrar pai e mãe e a saber quando dar acolhida e quando mandar embora tanto cidadãos quanto estrangeiros como o cabe a um homem bom. E então te pergunto: a quem devemos acertadamente enviá-lo para aprender essa virtude? Ou já está suficientemente claro, com base no que dizemos há pouco, que ele deveria se dirigir a esses homens que se

arvoram ser mestres de virtude e se exibem como sendo os mestres comuns dos gregos, estando prontos a ensinar qualquer pessoa que o queira em troca de remunerações que são cobradas segundo um preço por eles fixado?

Anito: A quem estás aludindo, Sócrates?

Sócrates: É evidente que sabes a quem aludo, bem como todos o sabem; são os homens que as pessoas chamam de sofistas.[55]

c **Anito:** Por Héracles, cala-te Sócrates! Que nenhum parente ou amigo meu, desta cidade ou estrangeiro, seja dominado pela loucura de se deixar contaminar com a companhia desses homens, pois são manifestamente os causadores da ruína e corrupção daqueles que os seguem.

Sócrates: O que dizes, Anito? Entre todos os indivíduos que afirmam nos beneficiar, pretendes destacar esses indivíduos não só como não proporcionando qualquer benefício, o que os outros podem fazer, como também, ao contrário, realmente
d promovendo a corrupção dos que a eles se confiam? E é para essa ação que reclamam ostensivamente a remuneração? No que diz respeito a mim, não vejo como crer no que declaras. De fato, conheço um homem, Protágoras,[56] que acumulou mais dinheiro com sua habilidade do que Fídias,[57] tão renomado por suas obras admiráveis, ou do que quaisquer outros dez escultores somados. Decerto o que dizes é espantoso, a considerarmos que remendadores de calçados velhos e restauradores de roupas não conseguem furtar-se a serem locali-
e zados por mais de um mês se devolverem roupas ou calçados em pior estado do aquele em que os receberam; e que ações desse jaez de sua parte não tardariam a levá-los a morrer de fome, enquanto por mais de quarenta anos a Grécia inteira não conseguiu notar que Protágoras estava corrompendo seus

---

55. A respeito dos sofistas, ver em especial o *Protágoras*, mas também os diálogos *Teeteto, Sofista, Górgias, Eutidemo, Hípias Maior* e *Hípias Menor*, todos em *Clássicos Edipro* (Diálogos I e Diálogos II).

56. Protágoras de Abdera, o mais conceituado dos sofistas gregos. Ver diálogo homônimo (em *Clássicos Edipro*, Diálogos I).

57. Fídias (?500-?432 a.C.), o mais famoso dos escultores gregos antigos.

92a
discípulos e os devolvendo num pior estado do aquele em que os recebeu, quando deles se encarregou. Creio que ao morrer, tinha cerca de setenta anos, tendo dedicado quarenta à prática de sua arte, e conservando durante todo esse tempo sua elevada reputação; e esse não é o caso apenas de Protágoras, como também de muitíssimos outros, de alguns que viveram antes dele, bem como de outros ainda vivos. Ora, há como aceitarmos, de acordo com o que declaras, que eles[58] conscientemente enganaram e corromperam a juventude, ou que eram, eles próprios, inconscientes disso? Devermos concluir que aqueles que são amiúde considerados os mais sábios dos seres humanos foram insanos a esse ponto?

Anito: Bem longe estão, Sócrates, de serem insanos. Insanos, sim, são os jovens que os remuneram, e ainda mais insanos os
b parentes que confiam seus jovens a eles... e, sobretudo, todos os Estados que permitem o seu ingresso e não expulsam o cidadão ou estrangeiro que procura se conduzir como eles se conduzem.

Sócrates: Informa-me, Anito: algum dos sofistas cometeu injustiça contra ti? O que te leva a seres tão severo com eles?

Anito: Não, por Zeus, jamais em minha vida me relacionei com qualquer um deles, como tampouco permiti que os meus com eles se relacionassem.

Sócrates: Então não tiveste absolutamente qualquer experiência com esses homens?

c **Anito:** E que possa eu permanecer sem tal experiência.

Sócrates: Ora, como então, homem extraordinário, és capaz de saber se uma coisa encerra em si qualquer bem ou mal, se careces de total experiência dela?

Anito: Facilmente. Sei o que são essas pessoas independentemente de ter ou não experiência com elas.

Sócrates: Talvez sejas um adivinho, Anito, pois realmente não consigo perceber, com base no que dizes, que de outra forma pudesses saber qualquer coisa deles. Entretanto, não estamos

---

58. Ou seja, os sofistas.

investigando agora quem são os mestres cujo ensino transformaria Mênon num homem perverso; admitamos, se isto te agrada, que sejam os sofistas. Só te peço que nos diga e outorgue um benefício a ele, na qualidade de um amigo de tua família, o informando a quem deveria se dirigir numa cidade tão grande como esta, para obter, num elevado grau, a virtude por mim descrita há pouco.

Anito: Por que tu próprio não o dizes a ele?

Sócrates: Realmente já indiquei a ele os homens que supunha serem mestres dessa matéria. Mas pelo que dizes, julgo estar no caminho errado, e talvez estejas no certo. Agora toma a palavra e diga a ele a quem entre os atenienses deve ele se dirigir. Indica um nome, de qualquer pessoa que quiseres.

Anito: Por que indicar-lhe o nome de um indivíduo em particular? Qualquer homem de bem ateniense com quem possa topar o beneficiará mais, se [Mênon] acatar suas instruções, do que os sofistas.

Sócrates: E esses homens de bem se tornam automaticamente o que são, e sem aprender com quem quer que seja, são capazes, a despeito disso, de ensinar a outros indivíduos o que eles próprios não aprenderam?

Anito: Acredito que esses homens devam, por sua vez, ter aprendido com homens de bem do passado. Ou não achas que tivemos muitos homens bons nesta cidade?

Sócrates: Sim, acho, Anito. Há muitos que se mostram bons na política, como os houve no passado, e não só na atualidade. Porém, o que desejo saber é se foram bons mestres de sua própria virtude. Esta é a questão realmente em pauta; não se há ou houve no passado homens bons entre nós, mas sim se a virtude é passível de ser ensinada, questão que tem sido nosso problema já há um tempo considerável. E nossa investigação desse problema se resume na pergunta: os homens bons de hoje e do passado souberam transmitir a outros homens a virtude em que eram bons, ou a virtude é algo intransmissível ou que não pode ser recebido por um ser humano de outro? Isso é o que eu e Mênon estivemos discutindo já há um tempo considerável. Ora, examina a questão em consonância com [a própria linha de pensamento] sugerida pelo que disseste antes. Não concordarias que Temístocles[59] foi um homem bom?

Anito: Concordaria, e diria que está entre os melhores.

Sócrates: E supondo que alguém algum dia foi um mestre de sua própria virtude, ele particularmente revelou-se um bom mestre da sua?

Anito: É o que penso, na suposição de que ele o quisesse ser.

Sócrates: Mas poderias supor que ele não quisesse que outros fossem pessoas boas e honradas, sobretudo – presumo – seu próprio filho? Ou pensas que ele nutria inveja e deliberadamente negou-se a transmitir-lhe sua própria virtude? Nunca ouviste que Temístocles ensinou seu filho Cleofanto como montar bem? Ele era capaz de permanecer equilibrado em pé sobre o cavalo e arremessar o dardo nessa posição, além de realizar muitos outros atos notáveis em que seu pai o treinara, de modo a torná-lo destro em tudo que pode ser aprendido com bons mestres. Não ouviste isso contado pelos membros mais velhos de tua família?

Anito: Ouvi.

Sócrates: Então não seria o caso de responsabilizar os precários talentos naturais do filho por seu fracasso na virtude?

Anito: É provável que não.

Sócrates: Mas ouviste algum dia alguém, velho ou jovem, declarar que Cleofanto, filho de Temístocles, foi um homem bom e hábil nas mesmas atividades que seu pai?

Anito: Evidentemente não.

Sócrates: E seria de se supor que seu pai optasse por treinar o próprio filho naquelas outras habilidades e, não obstante, não o tornasse melhor do que seus vizinhos em suas habilidades particulares... na hipótese, como aventado, de que a virtude pode ser ensinada?

Anito: Por Zeus, é provável que não.

---

59. Temístocles (?527-?460 a.C.), famoso político e general ateniense, que levou os gregos à vitória contra os persas.

94a **Sócrates:** Bem, eis aí um bom mestre de virtude que, segundo sustentas, foi um dos melhores homens do passado. Consideremos um outro, Aristides,[60] filho de Lisímaco. Não julgas que foi um homem bom?
Anito: Decididamente sim, é claro.
Sócrates: Ora, também ele educou seu filho Lisímaco melhor do que qualquer outro ateniense em tudo que podia ser ensinado pelos mestres. E qual o resultado? Achas que ele se transformou em alguém melhor do que qualquer outra pessoa? Estou ciente de que estiveste em sua companhia e percebes que tipo
b de homem ele é. Tomemos outro exemplo, ou seja, Péricles,[61] homem estupendamente sábio. Como sabes, gerou dois filhos, Páralo e Xantipo.
Anito: Eu sei.
Sócrates: E sabes, tanto quanto eu, que os ensinou no sentido de serem os mais consumados cavaleiros de Atenas, além do que os educou para se destacarem na música e artes nobres correlatas, na ginástica e em todas as demais artes. Ora, e com todo esse empenho não era seu desejo torná-los homens bons? Suponho que decerto o desejava, porém é presumível que isso não possa ser ensinado. E para que não venhas a pensar que essa incapacidade afeta apenas alguns dos mais
c inferiores entre os atenienses, permite-me lembrar-te de que Tucídides[62] também gerou dois filhos, Melésias e Estéfano e, a somar à boa educação geral que lhes possibilitou, fez deles os melhores lutadores de Atenas; confiou um deles aos cuidados de Xantias e o outro aos cuidados de Eudoro, que eram, por sua vez, tidos como os melhores lutadores de então, ou não te recordas deles?
Anito: Lembro-me de ouvir rumores a respeito.

---

60. Aristides (?530-?468 a.C.), insigne político e general ateniense.
61. Péricles (?495-429 a.C.), célebre homem de Estado ateniense, líder do chamado período áureo da democracia.
62. Não se trata do famoso historiador grego, mas de austero aristocrata ateniense politicamente conservador e crítico de Péricles.

Sócrates: Não salta aos olhos que esse pai jamais teria gasto seu dinheiro para propiciar a instrução dessas coisas aos seus
d filhos para depois se omitir quanto a ensinar-lhes, sem nenhum custo, aquelas que os teriam transformado em homens bons, se pudessem ser ensinadas? Dirias que talvez Tucídides fosse um homem inferior e que não contava com muitos amigos entre os atenienses e os aliados? Ele, a propósito, que era membro de uma grande família e exercia marcante influência em nossa cidade e na Grécia inteira, de modo que se a virtude pudesse ser ensinada teria descoberto o indivíduo que poderia provavelmente fazer de seus filhos homens bons, fosse esse homem concidadão ou estrangeiro, na hipótese de estar
e excessivamente ocupado com suas atividades públicas! Não, meu caro Anito, o que se depreende de tudo isso é que não é possível ensinar a virtude.[63]

Anito: Sócrates, sou da opinião de que falas mal das pessoas com facilidade. De minha parte, se queres meu conselho, te advertiria a tomares cuidado. Talvez seja mais fácil na maioria das cidades, e particularmente nesta, prejudicar as pessoas
95a do que lhes fazer o bem. Penso que tu próprio sabes disso.[64]

Sócrates: Mênon, parece-me que Anito está zangado, o que não me causa nenhuma surpresa, pois ele imagina, em primeiro lugar, que estou difamando[65] esses homens, e, em segundo, considera a si mesmo um deles. Entretanto, se chegar o dia em que venha a conhecer o que significa *falar mal*,[66] deixará de zangar-se; hoje ele o desconhece. Agora, é necessário que tu me respondas: não há homens nobres e bons também entre teus concidadãos?

---

63. Cf. especialmente *Protágoras* 319e-320b.
64. O tom de Anito em relação a Sócrates aqui retratado por Platão parece encerrar uma sutil ameaça. O fato é que Anito era um pragmático, radical e ardente defensor da democracia restaurada após a queda dos Trinta Tiranos, e aparentemente não considerava inócuas as opiniões e postura de Sócrates. Daí não seria de se surpreender que se unisse a Meleto e Lícon para acusá-lo.
65. ...κακηγορεῖν... (*kakegoreîn*).
66. ...κακῶς λέγειν... (*kakôs légein*).

Mênon: Certamente.

b **Sócrates:** Ora, se predispõem eles a se apresentarem como mestres dos jovens, afirmarem que o são e que a virtude pode ser ensinada?

Mênon: Não, por Zeus, Sócrates. Posso assegurar-te. Por vezes é possível que os ouças a mencionar como passível de ser ensinada, por vezes como não.

Sócrates: Diante disso, estaríamos nós autorizados a classificar essas pessoas de mestres de tal matéria, quando nem sequer elas possuem um consenso sobre isso?

Mênon: Julgo que não, Sócrates.

Sócrates: Bem, e quanto aos sofistas? Tu os consideras, eles que
c exclusivamente o afirmam ser, mestres de virtude?

Mênon: Eis aí um ponto, Sócrates, em função do qual admiro Górgias: nunca o ouvirás prometendo tal coisa e, inclusive, ridiculariza os outros quando os ouve prometê-lo. Habilidade no discursar é o que ele tem na conta do que lhes cabe produzir.

Sócrates: Portanto, não achas que os sofistas são mestres que ensinam virtude?

Mênon: Não saberia o que responder, Sócrates. Como a maioria das pessoas, às vezes penso que são, outras penso que não são.

Sócrates: Sabias que julgar que às vezes pode ser ensinada, en-
d quanto outras não pode, não é posição exclusiva tua e de outros políticos, mas que também Teógnis,[67] o poeta, diz o mesmo?

Mênon: Onde em seus poemas?

Sócrates: Na seguinte passagem elegíaca, onde declara...

Come e bebe com estes homens. Senta com eles e sê afável com eles, que exercem grande poder. De fato dos bons granjearás para ti ensinamentos do bem. Mas se te misturas com
e *os maus, perderás até o entendimento que possuis.*[68]

Percebes como nessas suas palavras sugere que a vida é passível de ser ensinada?

---

67. Poeta que viveu em meados do século VI a.C.
68. Bergk, 33-36.

Mênon: É o que parece.
Sócrates: Mas em outra parte ele muda um pouco, declarando...

> Pudesse o entendimento ser criado e introduzido num homem (penso ser estas as palavras) *múltiplos ganhos elevados obteriam* (ou seja, os homens que fossem capazes disso), e novamente...

> *Jamais nasceria um mau filho de um bom pai, pois teria acatado o discurso da sabedoria: contudo, nunca farás do homem mau um homem bom pelo ensinamento.*[69]

Percebes como na segunda passagem, em torno da mesma matéria, ele se contradiz?
Mênon: É o que parece.
Sócrates: Poderias indicar qualquer outro assunto em que aqueles que alegam ser mestres não só não são reconhecidos como tais pelos outros indivíduos como também não são considerados eles próprios conhecedores do assunto, e, inclusive, são tidos como pouco qualificados nesse próprio assunto de que se arvoram mestres, enquanto aqueles que são reconhecidos como homens nobres e honrados declaram numa oportunidade que [a virtude] é passível de ser ensinada e noutra que não é? Dirias que indivíduos que estão tão confusos acerca de um assunto podem em algum sentido ser mestres desse assunto?
Mênon: Por Zeus, eu não o diria.
Sócrates: Bem, se nem os sofistas nem os homens que são, eles próprios, nobres e bons, são mestres dessa matéria, parece evidente que ninguém mais pode ser.
Mênon: Para isso tens o meu assentimento.
Sócrates: E se não há mestres tampouco é possível que haja discípulos?
Mênon: Penso que é como dizes.
Sócrates: E concordamos que algo em relação a que não há mestres nem discípulos não pode ser ensinado?
Mênon: Concordamos.

---

69. Bergk, 434-438.

Sócrates: Portanto, parece não haver mestres de virtude em lugar algum?
Mênon: É o que é.
Sócrates: Se não há mestres, não há discípulos?
Mênon: É o que parece.
Sócrates: Então a virtude não é ensinável?

d **Mênon:** É o que se revela provável, se nossa investigação foi realizada corretamente. E confesso que isso me conduz a um certo assombro, Sócrates, pois fico a pensar se talvez, afinal, não haja homens bons tampouco, ou de que modo eles vêm a existir.

Sócrates: É provável, Mênon, que tu e eu sejamos homens insignificantes e que Górgias tenha sido contigo um falho educador, tanto quanto Pródico o foi comigo. Diante desse quadro, nossa primeira obrigação é atentarmos para nós mesmos e tentarmos
e descobrir alguém detentor de um recurso ou outro que possibilite nosso melhoramento. Eu o afirmo especialmente em função dessa nossa recente investigação em que ridiculamente não conseguimos notar que não é unicamente a orientação do conhecimento que determina a retidão e excelência da ação humana; e provavelmente foi devido a isso que nos escapou o que é que produz o surgimento dos homens bons.

Mênon: O que queres dizer, Sócrates?
Sócrates: O que quero dizer é que homens bons têm que ser benéficos. Não estávamos corretos em admitir que é imperioso
97a que seja assim?
Mênon: Sim.
Sócrates: E também estávamos corretos – suponho – em pensar que seriam benéficos se nos proporcionassem a correta orientação em nossas ações?
Mênon: Sim.
Sócrates: Entretanto, é bem provável que seja incorreta nossa afirmação de que é impossível orientar corretamente a menos que se tenha conhecimento.[70]

---

70. ...φρονιμός... (*phronimós*). Platão emprega de maneira intercambiável esse termo, bem como φρόνησις (*phrónesis*), ἐπιστήμη (*epistéme*) e mesmo σοφία (*sophía*),

Mênon: O que queres dizer com isso?
Sócrates: Eu o direi. Se alguém soubesse o caminho para Larissa, ou para qualquer outro lugar de tua preferência, e até lá se dirigisse conduzindo outras pessoas, não as teria conduzido corretamente e bem?
Mênon: Certamente.

b **Sócrates:** Ora, uma pessoa que tivesse uma opinião correta acerca desse caminho, mas jamais houvesse estado nesse lugar e efetivamente não o conhecesse, poderia proporcionar orientação correta, não poderia?
Mênon: Certamente.
Sócrates: E é de se presumir que enquanto tivesse opinião correta acerca daquilo que outra pessoa tivesse realmente conhecimento, revelar-se-ia um guia tão bom (sendo capaz de pensar a verdade ao invés de conhecê-la) quanto a pessoa detentora do conhecimento.
Mênon: Tão bom quanto ela.
Sócrates: A conclusão é que a opinião correta constitui um guia tão bom quanto o conhecimento no que tange à ação correta; esse ponto nos passou despercebido em nossa investigação so-
c bre o que é a virtude, já que afirmamos que o conhecimento[71] constitui o único guia da ação correta, quando descobrimos [agora] que também a opinião verdadeira[72] constitui um guia.
Mênon: Assim parece.
Sócrates: Portanto, a opinião correta é tão benéfica quanto o conhecimento?
Mênon: Exceto pelo fato de que, Sócrates, aquele que conhece sempre terá êxito com o caminho correto, enquanto o detentor da opinião correta às vezes terá êxito, às vezes não.

---

não havendo uniformização terminológica, de modo que ao menos no contexto do *Mênon*, devemos entender os termos sabedoria e conhecimento como sinônimos e não como encerrando conceitos distintos.
71. ...φρόνησις... (*phrónesis*), saber, sabedoria.
72. ...δόξα ἦν ἀληθής... (*dóxa ên alethés*): Platão aparentemente emprega esta expressão intercambiavelmente a *opinião correta*.

Sócrates: O que queres dizer? Aquele que sempre tem a opinião correta não estará sempre correto enquanto opinar corretamente?

Mênon: É o que me parece necessariamente, e me leva a espantar-me, Sócrates, pelo fato de o conhecimento sempre ser estimado como de maior valor do que a opinião correta, e serem tidos como duas coisas distintas.

Sócrates: Ora, sabes a razão de teu espanto, ou deverei informar-te?

Mênon: Por favor, informa-me.

Sócrates: É porque não observaste atentamente as estátuas de Dédalo.[73] Talvez não haja nenhuma em teu país.

Mênon: Mas o que pretendes com tua observação?

Sócrates: Que se não são presas, são vagabundas e fogem; mas se presas, permanecem onde estão.

Mênon: E daí?

Sócrates: Ora, possuir uma de suas obras que é deixada solta não tem muito valor; não permanecerá contigo mais do que um escravo fugitivo; contudo, quando está presa, vale muito pois suas obras são belíssimas. E o que tenho em mente ao dizer isso? As opiniões corretas. De fato, enquanto permanecem conosco, constituem uma excelente posse e contribuem para tudo que é bom; porém, elas não apreciam assim permanecer por muito tempo e escapam da alma humana, de modo a passarem a ter pouco valor até que alguém as prenda com o raciocínio causal, processo, caro Mênon, que, como concordamos em nossa discussão anterior, é a reminiscência. Depois de ser presas, começam por se transformar em conhecimento e em seguida ficam fixas. Eis a razão porque o conhecimento tem mais valor do que a opinião correta: o primeiro difere da segunda por ser fixo.

---

73. Escultor, inventor e construtor mais mítico do que histórico (pai de Ícaro e construtor do labirinto de Creta). Dizem que suas estátuas eram tão perfeitas e realistas, que pareciam dotadas de vida, pondo-se a mover os olhos e caminhar.

Mênon: Por Zeus, Sócrates, é o que parece ser.

Sócrates: E, na verdade, eu também discurso como alguém que não conhece, mas tão só conjetura. Entretanto, o fato de haver uma diferença entre opinião correta[74] e conhecimento[75] não é em meu caso em absoluto uma conjetura, mas algo que eu especificamente afirmaria conhecer. De fato, há poucas coisas em relação às quais o afirmo, porém essa, de qualquer modo, incluirei entre aquelas que conheço.

Mênon: E ao dizê-lo, Sócrates, o fazes corretamente.

Sócrates: E estaria correto também em dizer que a opinião verdadeira no papel de condutora no caminho produz o efeito de toda ação tão bem quanto o conhecimento?

Mênon: Mais uma vez, penso que o que expressas é verdadeiro.

Sócrates: Portanto, a opinião correta não é nem inferior ao conhecimento nem menos benéfica na orientação das ações, nem o *homem*[76] que possui a opinião correta inferior ao que possui conhecimento.

Mênon: Assim é.

Sócrates: E estás ciente de que admitimos que o homem bom é benéfico.

Mênon: Sim.

Sócrates: Então não é somente em função do conhecimento que homens serão bons e benéficos aos seus Estados, onde são para ser encontrados, mas igualmente em função da opinião correta, e como nem um nem outra (o conhecimento ou a opinião correta) constitui uma propriedade natural do ser humano, são adquiridos... ou pensas que um ou outra é natural?

Mênon: Não é o que penso.

---

74. ...ὀρθὴ δόξα... (*orthé dóxa*).
75. ...ἐπιστήμη... (*epistéme*).
76. ...ἀνήρ... (*anér*), ser humano do sexo masculino.

Sócrates: Em consequência, se não são naturais, indivíduos bons tampouco são bons por natureza.
Mênon: É evidente que não.
Sócrates: E como não constituem um produto da natureza, examinamos na sequência se a virtude era passível de ser ensinada.
Mênon: Sim.
Sócrates: E a concebemos como passível de ser ensinada se fosse sabedoria?
Mênon: Sim.
Sócrates: E se passível de ser ensinada, seria necessariamente sabedoria?
Mênon: Certamente.
Sócrates: E se houvesse mestres, era passível de ser ensinada, mas se não houvesse, não era ensinável?
Mênon: Precisamente.
Sócrates: Mas então decerto reconhecemos que não há mestres dela?
Mênon: Reconhecemos.
Sócrates: Em seguida reconhecemos que não era passível de ser ensinada nem a sabedoria?
Mênon: Certamente.
Sócrates: De qualquer modo, entendemos que a virtude era um bem?
Mênon: Sim.
Sócrates: E que aquilo que orienta corretamente é benéfico e bom?
Mênon: Certamente.
Sócrates: E que há apenas duas coisas, isto é, opinião verdadeira e conhecimento, que oferecem orientação correta, um ser humano orientando corretamente caso os possua; de fato, coisas que ocorrem fortuitamente não se devem à orientação humana, porém onde um ser humano atua como guia para o que é correto encontramos essas duas coisas: opinião verdadeira e conhecimento.
Mênon: Concordo.

Sócrates: Ora, visto que a virtude não pode ser ensinada, não entendemos mais que seja *conhecimento*?[77]

Mênon: Parece que não.

b **Sócrates:** Conclui-se que de duas coisas boas e benéficas uma delas foi rejeitada, porquanto o conhecimento não pode ser nosso guia em nossa prática política.

Mênon: Penso que não.

Sócrates: Portanto, não foi graças a qualquer tipo de sabedoria,[78] nem porque eram sábios que os homens aos quais nos referimos eram líderes de seus Estados, ou seja, Temístocles e os demais aos quais Anito aludia há pouco. Isso explica porque eram incapazes de transformar outras pessoas em pessoas como eles próprios, ou seja, não era o conhecimento que os tornava o que eram.

Mênon: É provável que seja como dizes, Sócrates.

Sócrates: E se não foi graças ao conhecimento, deve ter sido necessariamente graças à *boa opinião*,[79] que é a única alternativa que resta. Esse é o recurso empregado pelos políticos na direção dos Estados, e no que se refere à sabedoria, sua situação não difere daqueles que proferem oráculos e daqueles que profetizam por inspiração divina, já que estes também declaram muitas coisas verdadeiras quando estão inspirados, mas não têm nenhum conhecimento do que declaram.

Mênon: É provavelmente o que ocorre.

Sócrates: E poderíamos, Mênon, classificar de divinos esses homens que, carentes de qualquer entendimento, ainda assim obtêm êxito tanto nos grandes feitos quanto nos discursos?

Mênon: Certamente.

Sócrates: E estaríamos certos em classificar também como d divinos aqueles que acabamos de indicar, ou seja, os que profetizam por inspiração divina e os que proferem oráculos, bem

---

77. Ver nota 70.
78. ...σοφία... (*sofía*).
79. ...εὐδοξία... (*eudoxía*), ou seja, a opinião correta, opinião verdadeira.

como todos os poetas, devendo nós classificar como não menos divinos e arrebatados os políticos, os quais se encontram inspirados e possuídos pelo deus quando conseguem proferir muitos importantes discursos, ainda que desconhecendo completamente o que dizem.

Mênon: Certamente.

Sócrates: E presumo, Mênon, que também as mulheres classificam os homens bons de divinos; e os laconianos,[80] quando elogiam um homem bom, dizem: "É um homem divino."

e **Mênon:** E pelo que parece, Sócrates, estão corretos em dizê-lo, isso embora talvez Anito possa se aborrecer com tua afirmação.

Sócrates: No que me diz respeito, não me importo com isso. Conversaremos com ele em outra ocasião, Mênon. Presentemente, na hipótese de ao longo de toda essa discussão termos acertado em nossas questões e afirmações, foi descoberto que a virtude não é nem natural nem ensinada, mas a nós transmitida a partir de uma distribuição divina que não se soma ao entendimento dos seus receptores, a menos que houvesse alguém entre os homens públicos capacitado a produzir um homem público com base num outro. E se existisse tal pessoa, dela poderia muito bem ser dito que é entre os vivos o que Homero diz ter sido Tirésias no mundo dos mortos, a saber, que "Tão só ele preserva o entendimento, os restantes adejam como sombras."[81] Do mesmo modo essa pessoa aqui, no que concerne à virtude, seria uma coisa real comparada, por assim dizer, a sombras.

100a

b **Mênon:** Julgo que o expressas excelentemente, Sócrates.

Sócrates: Por conseguinte, constata-se que o resultado de nosso raciocínio, Mênon, é que a virtude, quando efetivamente chega a nós, chega com base numa distribuição divina. Entretanto, só estaremos de posse da certeza disso quando, antes de indagar de que maneira surge a virtude para a humanidade,

---

80. ...Λάκωνες... (*Lákones*), isto é, os lacedemônios (espartanos).
81. *Odisseia,* Canto X, 494-495.

empreendermos a investigação do que é a virtude ela própria. Mas para mim já é hora de ir; persuade Anito, a ti ligado pela hospitalidade das famílias, daquilo de que estás tu próprio agora persuadido, de modo que tenha seu humor suavizado; de fato, se conseguires persuadi-lo estarás, inclusive, concedendo um benefício aos atenienses.

TIMEU

PERSONAGENS DO DIÁLOGO:
Sócrates, Crítias, Timeu, Hermócrates[1]

17a **Sócrates:** Um, dois, três... mas onde está, caro Timeu,[2] o quarto de nossos convidados de ontem, nossos anfitriões de hoje?[3]
Timeu: Foi acometido por alguma doença, Sócrates, pois voluntariamente jamais teria faltado ao nosso encontro.
Sócrates: Assim sendo, caberá a ti e aos nossos amigos presentes completar o lugar do ausente, não é mesmo?
Timeu: Com certeza e nos esforçaremos ao máximo para não
b falharmos. De fato, depois da magnífica acolhida que recebemos de ti ontem, não seria absolutamente justo se nós, ou melhor, os três que restaram, não conseguíssemos dar-te em troca cordialmente o entretenimento.
Sócrates: Bem, vos lembrais da extensão e natureza dos assuntos por mim propostos para vossa discussão?

---

1. É a ordem que consta no original grego, porém não a ordem de entrada em cena dos interlocutores, que é: Sócrates, Timeu, Hermócrates, Crítias.
2. A existência histórica de Timeu de Locris não é positiva, a maioria dos estudiosos tendendo a considerá-lo provavelmente um personagem fictício. Tudo que se sabe desse personagem é o que consta neste diálogo. Ver, na sequência, 20a.
3. Embora haja unanimidade quanto a considerar o *Timeu* a continuação de *A República*, ignoramos a quem Sócrates se refere, mesmo porque os interlocutores de Sócrates em *A República* não correspondem nominalmente aos seus interlocutores *neste* Diálogo.

Timeu: Lembramo-nos em parte deles. Quanto ao que esquecemos, estás aqui para nos lembrar, quer dizer, se não for um incômodo para ti fazeres uma breve recapitulação a partir do começo, de modo a fixar esses temas mais firmemente em nossas mentes.

c **Sócrates:** Será feito. Bem, a principal porção do discurso que proferi ontem[4] se referia ao tipo de forma de governo que a mim parecia revelar-se a melhor e ao tipo de homens[5] que faria dela essa melhor forma possível.

Timeu: Sim, Sócrates. E o que descreveste muito satisfez a todos nós.

Sócrates: Não principiamos por separar a classe dos agricultores e todas as outras artes[6] da classe dos que combatem por eles?

Timeu: Sim.

Sócrates: Além disso, quando conforme a natureza, destinamos
d a cada indivíduo uma ocupação (uma arte) própria e característica, afirmamos que aqueles cujo dever é combater em prol da defesa de todos tinham necessariamente exclusividade como guardiões do Estado, quando ocorresse de qualquer estrangeiro, ou mesmo habitante vir a perturbá-lo; e que deveriam julgar com suavidade aqueles sob sua direta autoridade, visto estarem a eles vinculados com base na amizade natural,
18a mas agirem com dureza em relação a todos os inimigos encontrados no campo de batalha.

Timeu: Plenamente verdadeiro.

Sócrates: Penso que dissemos que a alma dos guardiões deve ter uma natureza a uma vez resoluta e filosófica no mais elevado grau, de modo a se capacitarem a serem corretamente indulgentes ou duros dependendo de cada situação.

Timeu: Sim.

---

4. Platão se refere à *República*, de cujos Livros II a V fará uma sumária recapitulação na imediata sequência (*A República* está presente em *Clássicos Edipro*).
5. ...ἀνδρῶν... (*andrôn*), seres humanos do sexo masculino.
6. ...τέχναι... (*tékhnai*), mas entenda-se artífices, artesãos.

Sócrates: E quanto à sua educação? Não dissemos que recebiam educação em ginástica, em música e em todas as formas de aprendizado que lhes eram apropriadas?
Timeu: Com toda a certeza.
b **Sócrates:** E suponho que dissemos que aqueles assim educados jamais deveriam considerar como sua propriedade privada o ouro, a prata ou qualquer outra coisa; na condição de auxiliares, que em troca de sua atividade de guardiões recebem daqueles a quem dispensam proteção um salário moderado suficiente a indivíduos de vida moderada, deveriam gastar seus salários em comum, vivendo juntos em comunidade e se devotando continuamente à virtude, estando eles isentos de todas as demais ocupações.
Timeu: Isso igualmente foi dito.
c **Sócrates:** Ademais, no que se refere às mulheres, dissemos, na sequência, que suas naturezas tinham que ser ajustadas à natureza masculina, e que as ocupações destinadas aos homens, tanto ligadas à guerra quanto relativas a outros aspectos da vida, deveriam se estender igualmente às mulheres.
Timeu: Isso também foi ventilado precisamente nesses termos.
Sócrates: E quanto à questão da procriação das crianças? Ou, nesse caso, é fácil a recordação desse tópico por terem sido incomuns nossas propostas? De fato, no que toca a uniões e filhos, determinamos que tudo deveria ser em comum,[7] de forma que ninguém jamais identificaria sua própria descendência particular, todos considerando a todos como familiares: como irmãos e irmãs se de mesma faixa etária; como pais e avós se de idade mais avançada; e como filhos e netos, se de idade ainda mais avançada.
Timeu: Sim, como dizes, isso é de fácil recordação.

---

7. Isto é, os homens não teriam esposas particulares e específicas, estabelecendo-se em lugar disso a comunização das mulheres e das relações sexuais, com total exclusão da monogamia. Consequentemente, os filhos desconheceriam individualmente seus progenitores e estes aos seus filhos. Cf. *A República*, Livro V, 457d e 461d.

Sócrates: E lembramos ter sido dito que visando a tornar suas naturezas tão excelentes quanto possível desde o início, os governantes, homens e mulheres, deveriam organizar casamentos secretamente por sorteio a fim de garantir que homens maus e homens bons seriam, enquanto formando grupos, separadamente unidos a mulheres de natureza semelhante. Não é mesmo? E dissemos que essa organização não permitiria qualquer animosidade ser gerada entre eles, uma vez constatado que as uniões eram devidas à sorte. Não foi isso?

Timeu: Estamos lembrados.

Sócrates: E também vos lembrais que dissemos que os filhos dos bons eram para ser educados, ao passo que os filhos dos maus eram para ser secretamente enviados a outras diversas partes do Estado? E que essas últimas crianças deveriam ser constantemente vigiadas, à medida que crescessem, de modo que aquelas que passassem a ser merecedoras de oportunidade poderiam ser trazidas de volta, permutando seu lugar com as crianças não merecedoras que haviam frustrado a expectativa.

Timeu: Foi o que dissemos.

Sócrates: Podemos agora afirmar que repassamos pelo discurso de ontem, tanto quanto se requer de uma revisão sumária, ou estará faltando algum ponto, meu caro Timeu, que gostaríamos de ver agregado?

Timeu: De modo algum. O discurso de então foi exatamente esse, Sócrates.

Sócrates: Muito bem. Na sequência escutai como me sinto a respeito da forma de governo por nós descrita. Meu sentimento é comparável ao de alguém que contemplasse belos animais, ou representados pictoricamente, ou os próprios animais vivos, mas em repouso, e que se sentisse desejoso de contemplá-los em movimento e vigorosamente engajados em algum exercício ou luta que parecesse convir ao seu porte físico. Bem, é exatamente esse o sentimento que experimento relativamente ao Estado por nós descrito. Eu adoraria ouvir alguém retratar discursivamente nosso Estado competindo com outros Estados, disputando aqueles mesmos prêmios pelos quais os Estados

tipicamente disputam. Adoraria assistir nosso Estado destacar-
-se quanto à maneira de ingressar na guerra e em como, no
travá-la, manifestasse qualidades cabíveis à sua educação
e treinamento, nas transações com cada um dos diversos Estados quer no tocante a operações militares, quer no que diz
d   respeito a negociações verbais. E neste caso, Crítias[8] e Hermócrates,[9] devo acusar-me de minha própria contínua incapacidade de louvar suficientemente nossos homens e nosso Estado.
A propósito, nada há de surpreendente nessa minha incapacidade. Mas acabei por formar opinião idêntica também acerca
dos poetas, tanto os antigos quanto os atuais. Não que desres-
peite os poetas em geral, mas é evidente para todos que essa
classe de imitadores imita com a maior facilidade e obtendo
o maior êxito o tipo de coisas para cuja imitação receberam
treinamento, ao passo que há dificuldade quando se trata de

---

8. Crítias de Atenas é figura histórica indiscutível e importante especialmente
na história política de Atenas. Foi discípulo de Sócrates e depois um dos mais
poderosos entre os Trinta Tiranos que governaram Atenas entre 404 e 403 a.C.
Entretanto, quanto ao mais, os dados sobre Crítias, além de escassos, são um tanto
nebulosos, dúbios e desencontrados, passando a gerar conjeturas e controvérsias
entre os historiadores, estudiosos e helenistas. Foi certamente parente de Platão,
mas não se sabe com certeza que parentesco entretinha com ele. W. K. C. Guthrie,
por exemplo, afirma taxativamente em *The Sophists* (Os Sofistas) que era primo
de Peritione, mãe de Platão; já John M. Cooper afirma que o Crítias que figura
no diálogo *Crítias* é o bisavô materno de Platão. Neste último caso, como a ação
política principal do Crítias discípulo de Sócrates se desenvolve entre 404 e 403 a.C.,
passa-se a cogitar de um *outro* Crítias, que fora o avô do Crítias em pauta, e bisavô
de Platão, não podendo se pensar que se trata do mesmo Crítias. Aliás, *isso é
confirmado pelo próprio Crítias no Timeu* em 20e, onde ele se refere explicitamente
ao seu *avô* Crítias. Outra questão é que se é certo que Crítias foi um sofista (embora
atípico), orador e poeta, as opiniões divergem quanto aos seus méritos literários e
filosóficos: enquanto Guthrie elogia seus dotes nessa área, há quem tenha dito que
era "um amador entre os filósofos e um filósofo entre os amadores." Crítias pereceu
em 403 a.C. na guerra civil. (Peço desculpas ao leitor possuidor de *Diálogos* I e II,
pois na pág. 15 houve uma incorreção relativa ao período de governo dos Trinta
Tiranos, ou seja, onde se lê no segundo parágrafo na quinta linha *411 a.C.* deve-se
ler *404 a.C.*, e na sexta linha, onde se lê *410* deve-se ler *403*.)

9. Este Hermócrates é usualmente identificado como Hermócrates de Siracusa,
célebre general, contemporâneo de Sócrates e que, já velho, teria sido exilado,
passando o resto de sua vida na Lacedemônia e na Ásia Menor.

e

20a

b

qualquer um deles imitar, na esfera da ação, o que se acha fora do âmbito de seu treinamento, sendo isso ainda mais difícil na esfera do discurso.[10] Por outro lado, no que tange à classe dos sofistas, embora eu os julgue altamente versados na elaboração de muitos belos discursos de outros gêneros, temo que pelo fato de perambularem de cidade em cidade, não tendo residência fixa própria, suas representações relativas aos homens que são simultaneamente filósofos e políticos serão bastante falhas; eles tendem a representar equivocadamente tudo quanto esses líderes produzem no campo de batalha ao enfrentarem seus inimigos, quer no discurso das negociações, quer no próprio combate. Desse modo, o que resta é somente gente de vossa classe, uma classe que, semelhante do prisma da natureza e daquele da criação recebida, partilha das qualidades de ambas as outras. De fato, Timeu, aqui presente, é nativo de um Estado governado com base nas mais excelentes leis, a Locris italiana,[11] não sendo em nada inferior aos seus concidadãos, quer em posses, quer em nobreza de nascimento; e não só ocupou os mais elevados cargos e posições de honra em seu Estado, como também, segundo penso, alcançou a maestria em todos os campos da filosofia. Quanto a Crítias, todos os presentes sabem que não é leigo em nenhuma das matérias aqui discutidas. No que respeita a Hermócrates, temos que dar crédito aos muitos que testemunham que, por sua natureza e pelos cuidados que recebeu, está habilitado a todas essas investigações. Ciente disso, quando me solicitastes ontem a discussão das formas de governo, vos satisfiz com máxima boa vontade, pois sabia que ninguém seria capaz de se ocupar melhor do que vós (se quisésseis) do discurso que se segue; atualmente ninguém vivo além de vós estaria capacitado a apresentar *nosso Estado* engajado numa guerra com ele compatível e que mostrasse as qualidades que refletem

---

10. A poesia como arte imitativa é tratada por Platão especialmente em *A República*, Livro III, 392d e Livro X, 597e e segs.

11. Ver observação de Platão em *As Leis*, Livro I, 638b. *As Leis* consta em *Clássicos Edipro*.

seu caráter. Em conformidade com isso, agora que esgotara o tema a mim destinado, virando a mesa indiquei a vós para falar sobre o tema por mim descrito. Quanto a vós, após deliberardes como um grupo, assentistes em retribuir a mim hoje com vossos discursos, que são dádivas de hospitalidade; assim, aqui estou, devidamente trajado para essa ocasião, e mais ansioso do que todos para começar.

Hermócrates: Realmente, como afirmou Timeu, não faltará empenho de nossa parte, Sócrates, bem como não dispomos da mais ínfima desculpa para nos negarmos a fazer como dizes. A propósito, ontem, logo depois de te deixarmos e nos dirigirmos aos nossos aposentos na casa de Crítias, onde estamos hospedados, e já durante esse percurso, examinávamos esses mesmos assuntos. Foi quando Crítias trouxe à baila uma história que remonta à tradição antiga. Assim, Crítias, peço-te que repitas a ele a historia agora, de modo que ele possa nos ajudar a decidir se é ou não pertinente ao tema que nos foi destinado.

Crítias: Decerto eu o farei, desde que nosso terceiro parceiro, Timeu, também o aprove.

Timeu: Não há dúvida que aprovo.

Crítias: Então escuta, Sócrates, uma história[12] que, a despeito de ser considerada estranha, é, no entanto, inteiramente verdadeira, segundo declarou numa ocasião Sólon,[13] *o mais sábio dos sete*.[14] Sólon era – como ele próprio diz aqui e ali amiúde em seus poemas – um parente e amigo muito chegado de *nosso*[15] bisavô Drópides. Ora, Drópides contou ao *nosso* avô Crítias,

---

12. ...λόγου... (*lógou*).
13. Sólon de Atenas (?639-559 a.C.), poeta, político e principalmente legislador de Atenas.
14. ...τῶν ἑπτὰ σοφώτατος... (*tôn eptà sophótatos*). Os Sete Sábios da Grécia são: Periandro de Corinto, Pítaco de Mitilene, Tales de Mileto, Sólon de Atenas, Bias de Priene, Quílon de Esparta e Cleóbulo de Lindo.
15. ...ἡμῖν... (*hemîn*): a tradução pelo possessivo singular *meu* não seria propriamente incorreta, mas Crítias parece incluir os demais descendentes diretos de Drópides, e muito sutilmente o próprio Platão aqui se inclui.

          o que o velho, por seu turno, contou a nós, que as proezas desta cidade na antiguidade, cujo registro desaparecera ao longo do tempo e por conta do aniquilamento dos seres humanos, foram grandiosas e extraordinárias; dessas proezas, seria apropriado narrar-te a mais grandiosa, em parte a título de pagamento de nosso débito de gratidão contigo, e em parte como um canto, por assim dizer, de justo e verdadeiro louvor à deusa neste seu dia do festival.[16]

21a

Sócrates: Magnífico! Mas qual foi essa proeza narrada por Crítias segundo o relato de Sólon, cujo registro não foi verbalmente preservado, embora haja realmente sido realizada por esta cidade nos tempos antigos?

Crítias: Eu contarei a ti. Trata-se de uma velha história ouvida por mim de um homem que não era jovem, pois realmente Crítias naquela época, conforme sua própria informação, estava para completar noventa anos, enquanto eu tinha por volta de dez. Aconteceu de ser o dia da apresentação dos moços no decorrer das *Apatúrias*.[17] Nessa oportunidade ocorria também uma habitual cerimônia dedicada às crianças, na qual nossos pais organizavam competições de recitação de poemas. Assim, como várias composições de diversos poetas eram recitadas, os versos de Sólon eram cantados por muitas de nós, crianças, visto que seus poemas constituíam naquela época uma novidade. Sucedeu que um dos membros de nossa fratria, fosse porque realmente assim pensava naquele tempo ou porque se decidira a cumprimentar Crítias, declarou que, segundo seu parecer, não só era Sólon o mais sábio em tudo mais, como também na poesia destacava-se como o

b

c

---

16. A deusa é Atena (filha unigênita de Zeus, deusa virgem e vinculada principalmente à sabedoria e à arte bélica). Atena é a divindade patrona de Atenas. Pelo que diz Crítias, é de se presumir que esta conversação (registrada ou concebida por Platão) teria ocorrido no início de junho, por ocasião da celebração das *Pequenas Panateneias*.

17. ...Ἀπατουρίων... (*Apaturíon*), festa anual celebrada em Atenas em honra do deus Dionísio (Baco) no mês de Πυανεψιών (*Pyanepsión*) (correspondente à segunda metade de outubro e à primeira de novembro); no terceiro dia de celebração, os rapazes eram admitidos nas fratrias.

mais nobre dos poetas. E o velho[18] – lembro-me muito bem da cena – ficou muito contente com o cumprimento, passando a dizer, sorridente: "Sim, Aminandro, pena que ele encarou a poesia como uma diversão, não se devotando a ela com o empenho de outros poetas; pena que não terminou a história que nos trouxe do Egito, sendo forçado a abandoná-la, ao retornar, devido aos conflitos entre facções e outros males com os quais se defrontou aqui; se não fosse assim, nem sequer Hesíodo[19] ou Homero[20] e qualquer outro poeta teria granjeado mais fama do que ele." "E qual era essa história, Crítias", indagou o outro. "Trata-se", respondeu Crítias, "da história de um feito estupendo, realmente digno de ser estimado como o mais extraordinário de todos os feitos empreendidos por esta cidade, ainda que seu registro tenha estado desaparecido até o presente por conta do transcorrer do tempo e da destruição dos seus autores." "Conta-nos desde o início", disse Aminandro, "qual foi essa história ouvida e colhida por Sólon, de quem ele a ouviu e quem garantiu que é verdadeira."

"No Egito", disse Crítias, "na região do delta em que a corrente do Nilo divide-se em duas no vértice do delta, há uma província chamada Saítico, cuja cidade principal é Saís (residência do rei Amasis[21]). Dizem que quem fundou essa cidade é uma deusa cujo nome egípcio é Neith e, em grego, Atena. O povo dessa cidade demonstra muita amizade por Atenas e afirma ter de alguma forma parentesco conosco. O testemunho de Sólon é que quando visitou essa cidade foi acolhido e aclamado com elevada estima por esse povo. Ademais, quando teve a oportunidade de fazer perguntas a seus sacerdotes detentores do maior saber antigo relativo à sua história primitiva, descobriu que tanto ele próprio quanto qualquer outro

---

18. Ou seja, o avô de Crítias e seu homônimo.
19. Hesíodo de Ascra, poeta épico que viveu entre 900 e 800 a.C. Autor, entre outras obras, da *Teogonia* e de *Os Trabalhos e os Dias*.
20. Homero, poeta épico, viveu no século X a.C. É considerado o maior dos poetas da Grécia antiga. Autor da *Ilíada* e da *Odisseia*.
21. Amasis reinou no Egito de 569 a 525 a.C.

grego ignoram tudo – estaríamos autorizados a afirmá-lo –
acerca desses assuntos, sendo que numa ocasião, no desejo
de levá-los a discursar sobre a antiguidade, tentou abordar
para eles a mais antiga de nossas tradições, a que se refere a
Foroneu, que se diz ter sido o primeiro ser humano, e que se
refere a Níobe. E ele prosseguiu relatando o mito de Deucalião
e Pirra e de sua sobrevivência ao dilúvio, passando a fornecer
b   a genealogia de seus descendentes; e realizando a contagem
dos anos decorridos que encerraram os acontecimentos narrados tentou efetuar o cômputo dos períodos de tempo. Foi
quando um dos sacerdotes, um homem muito idoso, disse:
"Ó Sólon, Sólon, vós gregos sois sempre crianças... Não há
essa coisa de um grego antigo." Ao ouvir tal observação, ele
indagou: "O que queres dizer com isso?", ao que o sacerdote
respondeu: "Sois jovens em vossas almas, todos vós. Vossas al-
c   mas não possuem uma só crença transmitida pela tradição antiga, bem como nenhum conhecimento tornado velho pelo tempo, disso a causa sendo a seguinte: houve e continuará havendo
múltiplas e diversas destruições da humanidade,[22] das quais
as maiores são pela ação do fogo e da água, enquanto as menores através de outros meios incontáveis. De fato, a história
que se costuma contar em teu país, bem como no nosso, de que
uma vez Faetonte, filho de Hélio,[23] preparou a biga de seu pai
[e a pôs em movimento,] mas incapaz de dirigi-la pela rota
tomada por seu pai, provocou a incineração de tudo que existia sobre a Terra, sendo ele próprio destruído por um raio –
essa história, tal como relatada, apresenta o perfil de um mito.
d   Entretanto, a verdade nela encerrada aponta para um desvio
dos corpos celestes que giram em torno da Terra, causando
uma destruição do que há sobre a Terra através de colossais
incêndios recorrentes a longos intervalos. Nessas ocasiões,
todos os habitantes das montanhas e das regiões elevadas e
secas perecem mais do que os que habitam nas proximidades
dos rios e do mar. O Nilo, que é nosso salvador em outras

---

22. Ver *As Leis*, Livro III, 677a e segs.
23. ...Ἡλίου... (*Helíou*), personificação divina do nosso sol.

circunstâncias, também nos salva dessa dificuldade elevando suas águas. Por outro lado, na ocasião em que os deuses purificam a Terra mediante um dilúvio, todos os vaqueiros e pastores que se encontram nas montanhas são salvos, ao passo que aqueles que vivem nas cidades, na tua terra, são colhidos pelos rios e lançados ao mar. Em nosso país nem nessa ocasião nem em qualquer outra a água se precipita do alto sobre nossos campos, ocorrendo o contrário, ou seja, sua propensão natural é sempre subir partindo de baixo. A consequência disso é ser o que é aqui preservado considerado como o mais antigo. A verdade é que em todos os lugares nos quais não há excessivo calor ou frio para impossibilitá-lo, há sempre uma raça humana que continua existindo, num contingente populacional ora maior, ora menor. E no caso da ocorrência de qualquer evento grandioso ou importante, ou que de um modo ou outro merece destaque, não importa se em teu país, no nosso ou em qualquer outro lugar de que temos notícia, terá sido registrado desde a antiguidade e aqui preservado em nossos templos. Em vosso caso, diferentemente, tal como no de outros povos, tão logo conquistais as letras e todos os demais recursos exigidos pelas cidades, volta a acontecer, após o usual lapso de tempo, o dilúvio que vem do céu, o qual vos atinge como uma praga, deixando para trás somente vosso povo iletrado e inculto; o resultado é vos tornardes novamente jovens, totalmente ignorantes dos acontecimentos ocorridos nos tempos antigos nesta terra ou na vossa. É certo que as genealogias que apresentaste há pouco, Sólon, que dizem respeito ao povo de teu país constituem pouco mais do que contos infantis, pois, para começar, te recordas de um só dilúvio, quando foram muitos que ocorreram antes; em segundo lugar, ignoras o fato de que a mais nobre e melhor das raças humanas nasceu na terra que atualmente habitas, tendo sido dela que se originaram tanto tu quanto tua cidade, graças a alguma modesta semente que aconteceu de restar dessa raça. A ti isso passou despercebido porque no arco de diversas gerações ocorreu o perecimento de sobreviventes que não detinham a capacidade de se expressarem através da escrita. Na verdade, Sólon, houve uma época que antecedeu os mais destrutivos dos dilúvios na qual o Estado que é atualmente Atenas não apenas manifestava excelência na guerra, como se destacava igualmente em todos os aspectos pela suprema excelência de suas leis na administração. Comenta-se que no seu seio eram criadas as mais esplêndidas obras de arte e, por outro lado, possuía a mais admirável forma de governo de todas as nações sob o céu de que já ouvimos falar."

Ao ouvir isso, Sólon declarou estar maravilhado e impelido por incontida ansiedade, pediu insistentemente ao sacerdote que lhe fizesse um relato sequencial e detalhado dos fatos relativos a esses cidadãos da antiguidade. A isso o sacerdote respondeu: "Não relutarei em fazer-te esse relato, Sólon. Não, eu o farei, seja para teu benefício, seja para o de tua cidade, embora, sobretudo, em honra da deusa que adotou para si tanto tua terra quanto a nossa,[24] as tendo fundado, delas cuidado e as educado. Principiou pela tua durante um milênio, ao receber de Gaia e Hefaístos[25] a semente de vós, depois do que se ocupou da nossa. Quanto à duração de nossa civilização, conforme registrado em nossas escrituras sagradas, é de oito milênios. Relatarei a ti sumariamente certas leis e os mais admiráveis feitos referentes aos cidadãos que viviam então há nove milênios atrás. No que toca a um relato completo,

---

24. Isto é, Atena.
25. ...Γῆς... (Gês), Gaia, personificação divina da terra (elemento) e da Terra (planeta) em contraposição ao Céu (Οὐρανός [Uranós]), seu filho, por ela gerado sem o concurso da sexualidade e depois seu consorte. Gaia é uma divindade fundamental, primordial e pré-olímpica, tendo sido, segundo a Teogonia de Hesíodo, nascida do caos (χάος [kháos]), o espaço ou abismo gigantesco, profundo, nebuloso e desordenado que existia antes da instauração do universo ordenado (κόσμος [kósmos]). Ἥφαῖστος (Efaistos) é a personificação divina do fogo (elemento), deus olímpico filho de Hera. Hefaístos era feio e coxo e foi repudiado por sua mãe que o arremessou Olimpo abaixo. Mas ele retornou ao Olimpo e se tornou o artesão dos deuses, trabalhando magistralmente na forja, e inclusive criando belíssimas obras de arte empregando metais como o ouro, o bronze, o ferro etc.

sequencial e minucioso, faremos isso mais tarde, na medida de nosso ócio, consultando as próprias escrituras.

A fim de ter uma noção de suas leis deves observar nossas leis atuais, pois notarás a existência aqui hoje de muitos exemplos que existiam então em nossa cidade. Perceberás, em primeiro lugar, como a classe sacerdotal é separada do resto; em seguida, a classe dos artífices, da qual cada tipo executa seu trabalho independentemente dos outros, sem haver mistura; também os pastores, caçadores e agricultores se mantêm distintos e independentes. Ademais, como certamente deves ter notado, a classe militar aqui é mantida separada de todas as demais, obrigada por determinação legal a dedicar-se exclusivamente à atividade de preparo e treinamento para a guerra. Há, além disso, uma característica do ponto de vista de suas armas, que é o emprego de escudos e lanças; de fato, fomos o primeiro povo da Ásia[26] a adotar essas armas por instrução da deusa,[27] tal como ela primeiramente instruiu a vós, que sois habitantes de outras regiões. Por outro lado, no que tange ao saber, certamente percebeste a lei aqui pertinente, segundo a qual muita atenção tem sido dedicada desde o início a ele; em nosso estudo da ordem do universo descobrimos todos os efeitos produzidos pelas causas divinas na vida humana, incluindo a divinação e a medicina que visa a saúde, além do domínio de todas as outras disciplinas correlatas. Desse modo quando, naquela época, a deusa vos supriu, anteriormente a quaisquer outros povos, de todo esse sistema ordenado e regular, fundou teu Estado instalando-vos, conforme sua escolha, no lugar em que nascestes por perceber nele um clima temperado, e como isso daria origem a homens de sumo saber.[28] Assim sucedeu que a deusa, que era ela própria a um tempo amante da guerra e amante da sabedoria, selecionou uma região com maior probabilidade de

---

26. Segundo a geopolítica de então, o Egito era considerado pertencente à Ásia, e não à África.
27. O escudo e a lança são as armas preferidas de Atena.
28. ...φρονιμωτάτους ἄνδρας... (*phronimotátous ándras*).

gerar homens maximamente semelhantes a ela própria, sendo essa sua primeira fundação. E ali passastes a viver com base em leis como essas... na verdade leis ainda melhores, com o que superastes todos os povos na prática de todas as virtudes, como era de se esperar daqueles que eram descendentes e lactentes de deuses. As realizações de teu Estado são, de fato, múltiplas e grandiosas, revelando-se, como aqui são registradas, maravilhas. Todavia, há uma delas que sobressai entre todas devido à sua grandeza e excelência. É relatado em nossos registros como numa certa época teu Estado deteve a marcha de um exército poderoso, o qual partindo de um longínquo ponto no oceano Atlântico, avançava insolentemente com o objetivo de atacar de uma só vez a Europa inteira e a Ásia. Naquela época, esse oceano era navegável; diante do estreito que vós chamais de Colunas de Héracles,[29] havia uma ilha maior do que a Líbia[30] e a Ásia juntas, e era possível aos viajantes daquela época alcançar outras ilhas por meio de sua travessia. Dessas ilhas podia-se atingir todo o continente do outro lado, o qual circundava todo aquele verdadeiro mar. Com efeito, tudo que temos aqui dentro do estreito a que nos referimos[31] parece não passar de um porto que possui uma entrada estreita, ao passo que o que se situa lá é um autêntico oceano, e a terra que o circunda de ponta a ponta poderia verdadeira e corretamente ser chamada de um continente. Ora, nessa ilha da Atlântida[32] havia uma confederação de reis detentores de um grande e extraordinário poder que era soberano não só em toda a ilha, como também em diversas das outras ilhas e em partes do continente; além disso, esse seu poder alcançava inclusive o interior do estreito, sobre a Líbia[33] até o Egito, e

---

29. ...Ἡρακλέους στήλας... (*Erakléoys stélas*), Colunas de Hércules, posteriormente Estreito de Gibraltar.
30. ...Λιβύης... (*Libýes*), ou seja, a África.
31. Platão alude muito provavelmente ao Mar Mediterrâneo.
32. ...Ἀτλαντίδι... (*Atlantídi*).
33. África.

sobre a Europa até a Tirrênia.³⁴ Sucedeu desse poder, [manifestado sob a forma de um exército] congregado num único bloco tentar numa certa oportunidade submeter mediante um só ataque violento tanto teu país, o nosso quanto a totalidade do território do estreito. Foi então, Sólon, que o poder de teu Estado se fez visível, através de virtude e força, para todo o mundo, pois destacou-se sobremaneira entre todos por seu ardor e poder em todas as artes bélicas; e atuando em parte como líder dos gregos, em parte tendo que combater sozinho quando foi abandonado por todos os aliados, depois de afrontar os perigos mais extremos e letais, derrotou os invasores, podendo erigir seu monumento da vitória. A consequência disso foi ter salvado da escravidão todos aqueles que jamais antes a haviam experimentado, e todo o restante de nós, habitantes dentro dos limites de Héracles, teu Estado não relutou em nobremente libertar.

Contudo, posteriormente ocorreram violentíssimos terremotos e dilúvios... e um dia e uma noite terríveis sobrevieram, quando todo o contingente de teus guerreiros foi tragado pela terra, e a ilha da Atlântida, de maneira semelhante, foi engolida pelo mar e desapareceu. Em decorrência disso, naquela região o oceano se tornou, inclusive, não navegável e inexplorável, o que se explica por ter sido obstruído por uma camada de lama a uma profundidade rasa, a qual foi formada pela ilha à medida que afundou."

Acabaste de ouvir, Sócrates, numa versão bastante concisa, a história que relatou o velho Crítias do que ouvira de Sólon. E quando discursavas ontem discutindo a questão das formas políticas e descrevendo um certo tipo de homens, fiquei pasmo ao me recordar dos fatos que apresento agora ao considerar por qual acaso sobrenatural tua descrição correspondia, na maioria das partes, tão exatamente à narrativa de Sólon. Fiquei relutante, porém, quanto a mencioná-lo naquele momento, mesmo porque minha lembrança de sua narrati-

---

34. ...Τυρρηνίας... (*Tyrrenías*), ou Etrúria, correspondente à região da Toscana no oeste da Itália, cuja costa é banhada pelo Mar Tirreno.

va, devido a tanto tempo transcorrido, não parecia suficientemente clara. Por conta disso, decidi-me a não comunicá-la enquanto não a examinasse cuidadosamente em minha própria mente. Em consonância com isso, assenti prontamente ao tema proposto por ti ontem, no pensamento de que estaríamos razoavelmente munidos de recursos para a incumbência de apresentar um discurso que fizesse jus às expectativas se eu apresentasse esse discurso, mesmo porque em todas as situações semelhantes a essa, é isso que constitui a tarefa mais importante. E assim no momento em que te deixei ontem iniciei o relato da história a eles tal como me recordava dela; após me separar deles pus-me a refletir sobre ela a noite toda até – me permito dizê-lo – recuperá-la na sua totalidade. É impressionante, de fato, como as lições da infância de cada um, como se costuma dizer, são retidas na mente. No que me diz respeito, não sei se seria capaz de recordar tudo que ouvi ontem. Entretanto, quanto ao relato que ouvi há tanto tempo atrás, chegaria a me surpreender se um único pormenor dele tivesse me escapado. Experimentei naquela oportunidade um imenso prazer ao ouvi-lo; deve-se acrescentar que o velho [Crítias] se mostrava ansioso para me comunicar aquela história, já que eu me mantinha o bombardeando com perguntas; o resultado foi a história fixar-se em minha mente como as marcas indeléveis numa pintura feitas por encáustica. Que se acresça que logo após o romper do dia relatei essa mesma história aos aqui presentes,[35] para que pudessem compartilhar de meu farto material de discurso.

Tendo sido esse o propósito de tudo que venho afirmando, Sócrates, estou pronto agora para narrar minha história, não apenas numa versão concisa, mas com todos os detalhes, tal como a ouvi. Transportaremos para o domínio do fato o Estado e seus cidadãos que para nós descreveste ontem como se fosse uma fábula. Na realidade, suporemos que esse Estado corresponde ao nosso antigo Estado e diremos

---

35. Isto é, Timeu e Hermócrates.

que os cidadãos por ti imaginados são, na verdade, nossos próprios ancestrais, aos que se referiu o sacerdote. A correspondência entre eles se revelará em todos os aspectos e nosso canto não será desafinado se [ousarmos] asseverar que os cidadãos de teu Estado são os próprios homens que viveram naquela era. Dessa maneira, num empenho conjunto, cada um desempenhando seu papel, daremos o melhor de nós, no limite de nossas capacidades, para fazer jus ao tema que determinaste. Diante disso, Sócrates, temos que saber se essa história valerá como nosso discurso, ou se teremos que ir
e em busca de outra que a substitua.

Sócrates: E qual, Crítias, deveríamos preferir a essa? Afinal essa história encontrará perfeita sintonia com o festival da deusa ora sendo realizado graças à sua conexão com ela; e o fato de que não é fábula inventada, mas história autêntica, tem toda a importância. Como e onde, de fato, descobrir outras histórias se permitirmos que essa nos escape? Não. Deves iniciar teu discurso e boa sorte! Quanto a mim, a título de uma retribuição por meu discurso de ontem, ficarei,
27a de minha parte, em silêncio, limitando-me a ouvir.

Crítias: Vê agora, Sócrates, o que pensas da ordem da tua acolhida tal como a concebemos. Considerando que Timeu é nosso melhor astrônomo e atraiu para si a tarefa de conhecer a natureza do universo,[36] pareceu-nos melhor que ele seja o primeiro a discursar, principiando com a origem do universo[37] e findando com a natureza do ser humano. Falarei em seguida, tomando dele a humanidade como se já gerada por seu discurso e de ti um certo número de indivíduos hu-
b manos que receberam uma educação superior. Na sequência, em conformidade tanto com o relato de Sólon quanto com sua lei, os trarei à nossa presença, como se fosse perante uma corte de justiça e os converterei em cidadãos de nosso Estado, como sendo realmente aqueles atenienses de outrora, cuja

---

36. ...φύσεως τοῦ πάντος... (*fýseos toû pántos*), a natureza de tudo (de todas as coisas).
37. ...κόσμου... (*kósmou*), o universo ordenado.

existência, há tanto tempo na obscuridade, a nós foi revelada graças ao registro das escrituras sagradas; e daí por diante continuarei meu discurso como se estivesse me dirigindo a reais cidadãos atenienses.

Sócrates: Pelo que parece, obterei um completo e brilhante banquete de discursos a título de retribuição. Assim sendo, ó Timeu, parece que cabe a ti falar em seguida, após teres invocado devidamente aos deuses.

c **Timeu:** Não há dúvida, ó Sócrates, que o farei, uma vez que qualquer pessoa que tenha o mínimo de senso sempre invoca a um deus antes de empreender toda tarefa, seja esta pequena ou grande. No que tange a nós, que temos a pretensão de proferir um discurso acerca do universo, de como foi sua origem, se é que a houve, é necessário que invoquemos deuses e deusas – se não quisermos caminhar inteiramente sem rumo – orando para que tudo aquilo que dissermos comece por ter a aprovação deles e, em segundo lugar, a nossa. Que seja essa, d portanto, nossa invocação aos deuses; quanto a nós, apelamos a nós mesmos no sentido de que tu possas aprender tão facilmente quanto possível e eu possa realizar uma exposição maximamente clara da matéria que se desdobra diante de nós.

Penso que temos que começar com a seguinte distinção: o que é aquilo que sempre *é* e não tem *vir a ser*[38] e aquilo que é 28a *vir a ser* e jamais *é*? Um desses[39] é apreendido pelo pensamento graças ao discurso racional, visto que é sempre uniformemente existente; quanto ao outro,[40] constitui objeto da opinião graças à sensação irracional, visto que se mantém num processo de transformação (o vir a ser), perece e nunca *é* realmente. Por outro lado, tudo quanto vem a ser necessariamente vem a ser devido a alguma causa, pois na ausência de uma causa a consecução do vir a ser é impossível para qualquer coisa. Quando

---

38. ...τι τὸ ὂν ἀεὶ, γένεσιν δὲ οὐκ ἔχον... (*ti tò òn aeì, génesin dè ouk ékhon*): *tò òn* é o ser, o existente, se contrapondo a *génesin*, o que está sendo gerado, ontologicamente falando, o que *vem a ser*.
39. Isto é, o *ser*.
40. Isto é, o *vir a ser*.

o artífice de uma coisa, ao criar sua forma e função, conserva seu olhar, empregando um modelo, no que é perpetuamente imutável, a coisa criada resultante é necessariamente bela;[41] todavia, toda vez que contempla aquilo que vem a ser[42] e utiliza um modelo criado, a coisa resultante não é bela. Ora, no que toca a todo o céu, ou universo ordenado – chamemo-lo pelo nome mais preferível dependendo do contexto – há uma questão que requer ser respondida em primeira instância, a saber, se sempre existiu, não tendo um princípio, ou se passou a existir (veio a ser) a partir de um princípio. A resposta é que veio a ser. De fato, ele é visível, tangível e possui um corpo, estando tudo isso vinculado ao sensível; ora, coisas sensíveis, como vimos, são apreendidas pela opinião, o que envolve a percepção sensorial, e como tais são coisas que vêm a ser, ou seja, coisas que são geradas. Além disso, aquilo que veio a ser, como dissemos, veio a ser necessariamente por ação de alguma causa. Ora, constitui uma tarefa e tanto descobrir o criador e pai[43] deste universo,[44] e mesmo que eu o descobrisse, anunciá-lo[45] a todos seria impossível. Assim, mais vale retornarmos e suscitarmos a seguinte questão: qual dos modelos foi usado pelo construtor para construí-lo? Foi aquele que permanece idêntico a si mesmo e imutável, ou aquele que veio a ser? Ora, se o universo ordenado[46] é belo e seu artífice[47]

---

41. ...καλόν... (*kalón*): esse conceito, na verdade, é muito mais abrangente do que o nosso de belo, incluindo os de elegante, excelente, admirável, bem proporcionado, perfeito, consumado, impecável, entre outros.
42. Ou seja, o que muda, se transforma.
43. ...ποιητὴν καὶ πατέρα... (*poietèn kaì patéra*).
44. ...πάντος... (*pántos*).
45. Ou seja, o criador e pai.
46. ...κόσμος... (*kósmos*), conceito chave que sempre se contrapõe a *pan*, o tudo, o universo.
47. ...δημιουργός... (*demiurgós*): outro conceito chave do *Timeu*, o mais importante neste contexto. Tal como *kósmos* e *pan,* Platão o retira do vocabulário corrente não filosófico para instrumentalizá-lo filosoficamente, mas com base em seu significado original. Veremos que a concepção do criador do universo ordenado não é a concepção de um criador que cria *ex nihil* (como, por exemplo, o

bom, fica evidente que ele fixou seu olhar no eterno.[48] Porém, se fossem eles o contrário disso – suposição que, por si só, desacata as leis divinas – seu olhar teria pousado sobre aquilo que veio a ser. Entretanto, está universalmente evidente que seu olhar pousou no eterno, uma vez que o universo ordenado é, de tudo que veio a ser, o mais belo, e ele[49] a melhor entre todas as causas. A conclusão é que tendo assim vindo a ser, [o universo ordenado] foi construído de acordo com o que é apreensível pelo discurso racional e a inteligência, e que é idêntico a si mesmo.[50]

b Por outro lado, se admitimos ser as coisas assim, torna-se inteiramente necessário que esse universo ordenado seja uma imagem[51] de alguma coisa. Com referência a qualquer assunto, é de suma importância partir do princípio natural. Em consonância com isso, quando nos ocupamos de uma imagem e seu modelo, cabe-nos afirmar que as próprias explicações dadas terão afinidade com as diversas coisas que explicam. Assim, explicações que dizem respeito ao que é estável, fixo e discernível ao entendimento, são elas mesmas estáveis e inabaláveis; na medida do possível, é necessário tornar essas explicações tão irrefutáveis e invencíveis quanto o pode ser qualquer explicação. Por outro lado, explicações que damos
c daquilo que foi formado como imagem por semelhança do

Espírito Supremo onipotente e absoluto do judaísmo e cristianismo), mas de um trabalhador, artesão ou artífice que, lançando mão dos elementos disponíveis do *caos* (analogamente ao carpinteiro que lança mão da madeira para construir a porta) constrói (fabrica) o universo ordenado (*kósmos*).

48. Para Platão, todo artista ou artífice cria ou fabrica algo contemplando sensorial ou mentalmente um modelo. Assim, por exemplo, todas as artes plásticas (como o desenho, a pintura, a escultura) são imitativas, não sendo possíveis sem um modelo (παράδειγμα [*parádeigma*]). No caso do criador do universo ordenado, esse modelo é necessariamente eterno, isto é, um modelo sem princípio ou fim no tempo, não sujeito à geração, mudança e perecimento característicos do vir a ser.

49. Ou seja, o artífice do universo ordenado, o *Demiurgo*.

50. Ou melhor, imutável.

51. ...εἰκόνα... (*eikóna*), reflexo, abarcando os sentidos congêneres de representação, retrato e principalmente *cópia*.

real, posto que são explicações do que é uma semelhança, são dotadas de probabilidade, seu *status* guardando a proporcionalidade com as anteriores explicações, pois tal como o ser é para o vir a ser, é a verdade para a crença. Consequentemente, Sócrates, não fiques surpreso se na nossa abordagem de um grande número de matérias envolvendo os deuses e o vir a ser do universo nos mostrarmos incapazes de apresentar explicações sempre e em todos os aspectos completamente coerentes e exatas; pelo contrário, ficaremos satisfeitos se formos capazes de oferecer explicações que não sejam inferiores à de outros quanto à probabilidade, lembrando que eu, que falo,
d   e vós que julgais [meu discurso] não passamos de criaturas humanas, cabendo-nos aceitar a narrativa provável dessas matérias e nos abstermos de investigar além dela.

Sócrates: Esplêndido, Timeu! Temos, decididamente, que aceitá-lo da forma que sugeres, e teu prelúdio foi maravilhoso. Assim, pedimos que vás em frente com o assunto principal.

Timeu: Bem, estabeleçamos agora a causa de o construtor haver construído o vir a ser e o universo. Ele era bom e aquele
e   que é bom jamais se mostra malevolente com coisa alguma; e sendo desprovido de malevolência, ele desejou que tudo fosse o mais semelhante possível a ele. Na verdade, contamos com o assentimento de homens sábios de que esse princípio, que estaríamos inteiramente certos em aceitar, constituiu funda-
30a mentalmente a origem do vir a ser e do universo ordenado. Afinal, o deus quis que todas as coisas, na medida do possível, fossem boas e não más. Assim ele tomou tudo que era visível e constatando que não se encontrava em repouso, mas em movimento discordante e desordenado,[52] trouxe-o de um estado desordenado a um ordenado, considerando a ordem em todos os aspectos melhor do que a desordem. Não era, como não é permitido, segundo o estabelecido pela regra, para ele

---

52. ...πλημμελῶς καὶ ἀτάκτως... (*plemmelôs kaì atáktos*), literalmente *contra a regra e de maneira indisciplinada*. Platão utiliza uma linguagem militar, referindo-se ao soldado que não acata a ordem (organização) de batalha e não se mantém em seu posto.

b
que é sumamente bom fazer qualquer coisa que não fosse o maximamente belo.⁵³ E raciocinando, ele percebeu que em relação às coisas naturalmente visíveis, nenhuma coisa não inteligente seria, como um todo, mais excelente do que uma coisa inteligente como um todo; concluiu, ademais, que seria impossível qualquer coisa ser dotada de inteligência⁵⁴ independentemente de uma alma.⁵⁵ Com base nesse raciocínio, ele instalou a inteligência na alma e esta no corpo à medida que construía assim o universo, de modo que a obra que produzia fosse tão sumamente bela e sumamente boa quanto sua natureza o permitisse. Assim, conforme esse nosso discurso provável, é forçoso que declaremos que este universo ordenado

c
verdadeiramente veio a ser como um *ser vivo* dotado de alma e de inteligência por força da providência divina.

Uma vez sustentado isso, cabe-nos falar daquilo que vem na sequência. Ao construir o universo ordenado, a que ser vivo o construtor o fez assemelhar-se? Não podemos nos dignar a aceitar qualquer um desses que apresenta o caráter natural de uma parte, pois nada que se assemelhe ao incompleto poderia jamais tornar-se belo. Ao contrário, devemos afirmar que o universo ordenado se assemelha mais estreitamente do que qualquer outra coisa àquele ser vivo do qual são partes, tanto individualmente quanto universalmente, todos os demais seres vivos. Pois tal ser vivo abrange e contém dentro de si a totalidade dos seres vivos inteligíveis, tal como este universo contém a nós e todos os demais seres vivos visíveis que

d
foram criados. Na medida em que o deus quis construir o universo o mais estreitamente semelhante ao mais belo dos seres inteligíveis, completo⁵⁶ em todos os aspectos, o construiu como um ser vivo, único e visível, encerrando dentro de si todos os seres vivos naturalmente aparentados a ele próprio.

---

53. Ver nota 41.
54. ...νοῦν... (*noûn*).
55. ...ψυχῆς... (*psykhês*).
56. ...τελέῳ... (*teléoi*), no sentido de perfeito.

31a   Estaremos corretos, nesse caso, em descrever o céu[57] como uno, ou seria mais correto nos referirmos a um número múltiplo ou infinito de céus? Se construído conforme seu modelo, é necessário que o classifiquemos como uno, pois aquilo que contém a totalidade dos seres vivos inteligíveis jamais poderia admitir um segundo, já que se assim fosse, seria necessário haver um ser vivo adicional que contivesse os dois, do qual eles seriam partes, situação em que o universo não poderia mais ser corretamente descrito como moldado à semelhança desses dois, mas à semelhança daquele terceiro ser

b   vivo que contém ambos. Assim, para que esse ser vivo possa se assemelhar ao ser vivo inteiramente completo do ponto de vista de sua unicidade, seu criador não criou nem dois universos ordenados, nem um número infinito deles, existindo e continuando a existir esse universo que veio a ser, único em sua espécie.

Por outro lado, aquilo que veio a ser deve necessariamente ter forma corpórea, visível e tangível; contudo, sem o fogo jamais alguma coisa poderia se tornar visível, ou tangível sem o concurso de alguma solidez, bem como não poderia se tornar sólida sem terra. A conclusão é que no início da construção do universo, o deus o construía de fogo e terra. Entretanto, não é possível que duas coisas por si sós sejam combinadas

c   sem a presença de uma terceira, visto que é necessário haver um elo intermediário que ligue as duas. Ora, o melhor elo é o que perfeitamente realiza a união de si mesmo juntamente com as coisas por ele unidas, sendo isso o melhor realizado graças à propriedade natural da proporção. De fato, toda vez que de três números, cúbicos ou quadrados, o termo médio

32a   entre dois quaisquer deles é tal que o que o primeiro termo é para ele, ele o é para o último e – inversamente, o que o último termo é para o médio, este o é para o primeiro – então o termo médio, por sua vez, se revela como sendo tanto primeiro quanto último, ao passo que igualmente o primeiro e o último

---

57. ...οὐρανόν... (*ouranón*): o conceito de céu é aqui cosmologicamente intercambiável com o de universo visível.

passam a ser termos médios, todos eles se revelando como tendo necessariamente a mesma relação recíproca e, sendo intercambiáveis, formarão uma unidade. Ora, se o corpo do universo houvesse vindo a ser como uma superfície plana, não possuindo profundidade, um termo médio teria bastado para unir tanto ele próprio quanto os termos que lhes são associados; mas como sucede agora, entretanto, a situação é diferente, pois coube ao universo ser um sólido, sendo os sólidos jamais unidos apenas por um termo médio, porém sempre por dois. Por conseguinte, o deus aplicou água e ar entre o fogo e a terra, os tornando tão proporcionais entre si quanto possível, de sorte que o que o fogo é para o ar, este é para a água, e o que o ar é para a água, esta é para a terra. Ele então os uniu e construiu o céu[58] visível e tangível. Com base nessas razões e nesses quatro materiais constituintes específicos, o corpo do universo ordenado recebeu harmonia mediante proporção e foi trazido à existência. Essas condições lhe conferiram amizade,[59] de maneira que tendo sido unido em identidade consigo mesmo, ele conquistou uma indissolubilidade à prova de qualquer agente salvo aquele que o uniu.

Ora, cada um dos quatro constituintes foi totalmente utilizado na construção do universo ordenado, pois de fato o construtor o construiu com todo o fogo, água, ar e terra que existiam, não deixando exteriormente a ele nenhuma partícula ou potência de qualquer um desses constituintes. Agindo assim, seus propósitos eram os seguintes: *primeiro* que pudesse ser, na medida do possível, um completo e íntegro ser vivo, com todas as suas partes perfeitas; *segundo*, que pudesse ser o único, porquanto nada sobrara a partir de que um outro ser vivo semelhante pudesse passar a existir; *terceiro*, que pudesse ser imune ao envelhecimento e à doença, pois ele notou que toda vez que o calor e o frio, somados a todas as coisas dotadas de poderes intensos, cercam como elemento

---

58. Aqui o mesmo que universo.
59. ...φιλίαν... (*filían*). Ver *Górgias*, 508a. O *Górgias* está presente em *Clássicos Edipro* (Diálogos II).

exterior um corpo composto e com ele colidem, dissolvem-no inoportunamente e o fazem consumir-se à força de doenças e envelhecimento. Assim, com base nesse raciocínio, ele o construiu para ser um único todo composto da totalidade dos todos – completo, imune ao envelhecimento e imune às doenças. E concedeu-lhe a forma apropriada e aparentada. Ora, no que diz respeito ao ser vivo destinado a abarcar no interior de si mesmo todos os seres vivos, a forma apropriada seria a que compreende dentro de si mesma todas as formas que existem; portanto, ele lhe conferiu uma forma redonda, a forma de uma esfera, com seu centro equidistante de seus extremos em todas as direções, sendo essa de todas as formas a mais perfeita e a mais autossemelhante, pois ele julgou ser o semelhante incalculavelmente mais admirável do que o dessemelhante. E no seu exterior arredondado ele o fez todo liso, com grande exatidão, e isso por múltiplas razões. Não necessitava de olhos, pois nada restava visível exteriormente a ele; tampouco necessitava de ouvidos, pois nada havia ali audível; não havia ar o envolvendo que pudesse necessitar para respiração; tampouco necessitava ele qualquer órgão pelo qual absorvesse alimento ou expelisse o não digerido. Pois nada dele saía ou nele ingressava proveniente de qualquer lado, uma vez que nada existia; de fato, fora projetado de tal modo a suprir seu próprio consumo como alimento para si mesmo, e a realizar todas as ações e experimentar todas as paixões por si mesmo e dentro de si mesmo, uma vez que aquele que o construíra pensara que se ele fosse autossuficiente, seria algo melhor do que se necessitasse de outras coisas. Também mãos, ele[60] julgou não dever dotá-lo delas inutilmente, na constatação de que não eram necessárias quer para agarrar, quer para repelir o que quer que fosse; tampouco pés ou quaisquer órgãos de locomoção. Quanto ao movimento, ele a ele[61] destinou aquele que é próprio ao seu corpo, a saber, aquele entre os sete movimentos que diz respeito particularmente ao entendimento e

---

60. Ou seja, o Construtor.
61. Ou seja, ao universo.

à inteligência;⁶² por conseguinte, ele o girou uniformemente no mesmo ponto e dentro de si mesmo fazendo-o revolver em um círculo; e no que se refere a todos os outros seis movimentos, ele os afastou e o modelou livre de seu caráter errante. E vendo que para esse movimento rotativo ele prescindia de pés, ele o gerou sem pernas e sem pés.

b Tal foi, então, o fluxo de *raciocínio do deus eterno*⁶³ com relação ao deus que era para um dia existir,⁶⁴ pelo que ele o fez liso, regular e igual em todos os lados a partir do centro, um corpo inteiro e perfeito composto de corpos perfeitos. E no seu centro ele instalou [uma] alma, estendida por ele por todo o corpo, e com a qual envolveu o exterior do corpo; e como um círculo girando num círculo, ele estabeleceu um céu único e solitário, cuja própria excelência o capacita a conservar sua própria companhia, prescindindo de qualquer outra coisa ao seu lado, bastando-se a si mesmo como familiar e amigo. E, em função de tudo isso, ele o gerou para ser um deus bem-aventurado.

c Relativamente à alma,⁶⁵ embora estejamos agora a descrevendo depois do corpo, isso não significa que o deus a concebeu como sendo mais jovem do que o corpo;⁶⁶ de fato, ao uni-los, não teria permitido que os mais velhos fossem governados pelos mais jovens. Nós,⁶⁷ uma vez que participamos grandemente do que é acidental e fortuito, aplicamo-lo inclusive em nosso discurso. O deus, contudo, criou a alma para ser mais velha do que o corpo, sendo a ele anterior na geração (vir a ser) e supe-

---

62. O movimento de rotação sobre o próprio eixo; ver *As Leis*, Livro X, 898a no que toca ao movimento que diz respeito ao entendimento. Quanto aos demais *seis* movimentos, ver 43b do próprio *Timeu*.
63. ...ὄντος ἀεὶ λογισμὸς θεοῦ... (*óntos aeì logismòs theoû*), literalmente *raciocínio do deus sempre existente*. Platão se refere ao Demiurgo.
64. Não esqueçamos que Platão concebe o universo ordenado como *divino* e um ser vivo, animado, isto é, dotado de alma (*psykhé*).
65. Ou seja, a alma do universo.
66. Quer dizer, a alma é *anterior* ao corpo, e não *posterior*.
67. Nós: seres humanos.

35a rior em virtude, visto estar destinada a ser senhora e governar, e ele a ser governado; e ele a criou utilizando os materiais e à maneira aos quais me referirei na sequência.

Entre o ser[68] que é indivisível e sempre imutável e o ser que vem a ser e é divisível em corpos, ele misturou uma terceira forma de ser composta dos dois primeiros, ou seja, do naturalmente *idêntico* e *diferente*; e, analogamente, ele o compôs a meio caminho entre aquele que entre eles é indivisível e aquele que é corporeamente divisível. E tomou os três e os mesclou todos conjuntamente numa forma,[69] para isso tendo que forçar o *diferente* à união com o *idêntico*, a despeito de se tratar de uma mescla naturalmente difícil. Ora, quando com
b o concurso do ser ele conseguiu mesclá-los e deles fez de três um, imediatamente se pôs a distribuir o todo dessa mescla em tantas porções quanto eram necessárias. E cada porção era uma mistura do *idêntico*, do *diferente* e do *ser*.

E ele começou a efetuar da seguinte maneira a divisão: primeiramente tomou uma porção do todo; em seguida, tomou uma porção correspondente ao dobro da primeira; a seguir tomou uma terceira porção uma vez e meia tão grande quanto a segunda e três vezes tão grande quanto a primeira porção; a quarta porção tomada por ele correspondia ao dobro do tamanho da segunda; a quinta ao triplo do tamanho
c da terceira; a sexta a oito vezes o tamanho da primeira; e a sétima a vinte e sete vezes o tamanho da primeira.
36a Depois disso, ele prosseguiu da maneira abaixo para preencher os intervalos na série das potências de dois, bem como os intervalos na série das potências de três: dividiu ainda porções adicionais da mescla original, instalando-as entre as porções acima indicadas, de modo a estabelecer duas medianias em cada intervalo – uma delas uma mediania que excedia seus extremos, sendo por eles excedida pela mesma parte ou fração proporcional de cada um desses extremos,

---

68. ...οὐσίας... (*ousías*).
69. ...ἰδέαν... (*idéan*).

respectivamente; a outra, uma mediania que excedia um extremo pelo mesmo número pelo qual era excedida por seu outro extremo.

E à medida que a inserção dessas conexões constituía intervalos novos nos intervalos anteriores – quer dizer, os intervalos de 3:2, 4:3 e 9:8 – ele avançou para preencher os intervalos de 4:3 com intervalos de 9:8. Isso ainda deixou, em cada caso, uma fração a ser representada mediante os termos da proporção numérica 256:243.

Desse modo, a mescla da qual ele estivera separando essas porções tornou-se finalmente consumida por completo.

Na sequência, ele dividiu em sentido longitudinal tudo o que havia combinado em duas partes; em seguida, juntou as duas metades centro a centro como um grande X; prosseguindo dobrou cada uma delas, de volta, num círculo, e as uniu, cada uma em relação a si mesma e também em relação à outra, num ponto oposto àquele onde haviam sido unidas pela primeira vez. E ele em seguida as circundou com o movimento de giro invariável no mesmo lugar; e tornou um dos movimentos giratórios externo e o outro interno. Decretou então que o movimento externo fosse o *movimento do idêntico*, e que o movimento interno fosse o *movimento do diferente*. E ele fez com que o movimento do idêntico fosse para a direita lateralmente, enquanto o movimento do diferente fosse para a esquerda diagonalmente; e ele conferiu predomínio ao movimento giratório do idêntico e do uniforme, caso exclusivo em que permaneceu não dividido, ao passo que dividiu o movimento giratório interno em seis lugares para produzir sete círculos desiguais, em conformidade com cada um dos intervalos duplos e triplos – três duplos e três triplos. Determinou que os círculos se movessem em direções contrárias, estabelecendo que dos sete círculos em que dividira o círculo interno três girassem numa velocidade igual, ao passo que os outros quatro girassem em velocidades desiguais, tanto entre si quanto em relação aos três já indicados; suas velocidades, contudo, eram todas reciprocamente proporcionais.

e

37a

b

c

     E uma vez que a construção da alma fora completada em conformidade com a satisfação de seu construtor, este prosseguiu confeccionando no interior dela tudo que é corpóreo,[70] e os unindo pelos seus centros, ajustou-os. A alma,[71] tendo sido tecida ao longo do céu[72] em todas as direções a partir do centro para a extremidade e o envolvendo circularmente a partir do exterior, e ela mesma girando dentro de si mesma, desencadeou um começo divino de vida incessante e inteligente que dura por todo o tempo. E enquanto o corpo do céu (universo) é visível, a própria alma é invisível, embora participe do raciocínio e da harmonia, tendo vindo a ser graças à ação do mais excelente dos seres inteligíveis e eternos e sendo ela a mais excelente das coisas geradas. Na medida, portanto, que ela é um composto, resultado da mescla das naturezas do *idêntico*, do *diferente* e do *ser*, dessas três porções, e é proporcionalmente dividida e associada, e gira em torno de si mesma, toda vez que entra em contato com algo cujo ser é dispersável, ou com algo cujo ser é indivisível, ela é movida através de todo seu ser e, então, expressa com o que exatamente esse algo se identifica, ou do que se diferencia, e em que relação, onde e como, bem como quando acontece de cada coisa existir e sofrer a ação de outras tanto na esfera do vir a ser quanto naquela do imutável. E sua expressão, sendo igualmente verdadeira no que toca tanto ao *diferente* quanto ao *idêntico*, nasce através do automovido na ausência do discurso ou do som; e toda vez que a expressão diz respeito a algo que é perceptível, o círculo do *diferente* move-se num curso direto e o proclama através de toda sua alma. É assim que opiniões e convicções sólidas e verdadeiras surgem; por outro lado, quando diz respeito ao que é racional e o círculo do *idêntico* gira genuinamente e o expressa, resultam necessariamente o entendimento e o conhecimento. Caso, entre-

---

70. Tenha o leitor em mente sempre a anterioridade da alma em relação ao corpo.
71. Entenda-se a alma do universo.
72. ...ουρανόν... (*ouranón*): entenda-se *universo*.

tanto, alguém venha a afirmar que a substância em que esses dois estados emergem é algo distinto da alma, o que afirma será qualquer coisa exceto o verdadeiro.

E quando o pai que o gerou[73] o percebeu em movimento e vivo, um monumento aos deuses eternos, também ele se regozijou; e estando ele efetivamente satisfeito, pensou em torná-lo ainda mais estreitamente semelhante ao seu modelo.

d Assim, vendo que esse modelo é um ser vivo eterno, ele empreendeu consumar sua criação, na medida do possível, de um tipo semelhante. Mas mesmo que fosse eterna a natureza do Ser Vivo, era impossível conferi-la plenamente a qualquer coisa que é gerada; portanto, ele concebeu produzir uma imagem móvel da eternidade, e à medida que ordenava o céu[74] ele produziu, simultaneamente, uma imagem eterna[75] daquela eternidade que permanece na unidade, e essa imagem se movendo de acordo com o número, mesmo o que chamamos de

e *tempo*.[76] De fato, simultaneamente à criação do céu,[77] ele concebeu a produção de dias, noites, meses e anos, os quais não existiam antes do céu (universo) ter sido gerado. Todos eles são porções do tempo; e *foi* (*era*) e *será* são formas do tempo *que foram geradas,*[78] noções que utilizamos incorretamente

38a ao nos referirmos ao *ser eterno*.[79] De fato, dizemos que *é*, ou *foi (era)*, ou *será* quando, segundo o discurso verdadeiro, somente *é* é o termo apropriado; *foi (era)* e *será*, por outro lado, são termos de uso apropriado no *vir a ser* que flui no tempo, visto que ambos são movimentos. Mas não diz respeito ao que é sempre imutável em sua uniformidade tornar-se mais velho ou mais jovem no decorrer do tempo, nem jamais ter

---

73. Ou seja, *que gerou o universo.*
74. Universo.
75. ...αἰώνιον εἰκόνα... (*aiónion eikóna*).
76. ...χρόνον... (*khrónon*).
77. Universo.
78. *Que vieram a ser.*
79. ...ἀΐδιον οὐσίαν... (*aidion ousían*).

se tornado tal, nem ser assim agora, nem estar na iminência de o ser doravante, nem em geral estar sujeito a qualquer das condições que o vir a ser vinculou às coisas que se movem no mundo dos sentidos, sendo elas formas geradas do tempo, o qual imita a eternidade e circula de acordo com o número. Além disso, empregamos expressões como as seguintes: que o que veio a ser *é* o que veio a ser, que o que está vindo a ser *é* o que está vindo a ser, e também que o que virá a ser *é* o que virá a ser e que o que não é *é* o que não é. Nenhuma dessas expressões é exata.[80] Este, entretanto, talvez não seja o momento adequado para discutir meticulosamente essas questões.

b

O tempo, portanto, veio a ser (foi gerado) simultaneamente ao céu (universo), de modo que tendo sido gerados juntos pudessem ser também dissolvidos juntos, na hipótese de algum dia haver para eles uma dissolução; e veio a ser conforme o modelo da natureza eterna, de modo a poder assemelhar-se o máximo possível ao seu modelo; de fato, enquanto o modelo é algo existente por toda a eternidade, ela,[81] por seu turno, *foi*, *é* e *será* por todo o tempo continuamente. Assim, em decorrência desse raciocínio e projeto do deus, o qual visava o vir a ser do tempo, foram gerados o sol, a lua e outros cinco astros, que ostentam a denominação de errantes,[82] para a distinção e preservação dos números do tempo. E quando o deus construiu um corpo para cada um deles, acomodou-os nas órbitas traçadas para o curso do *diferente*: sete órbitas para os sete corpos. Acomodou a lua no primeiro círculo em torno da Terra, o sol no segundo círculo acima da Terra, e a Estrela Matutina[83] e o astro considerado sagrado a Hermes[84] foram acomodados por ele naqueles círculos que se movem numa

c

d

---

80. A inexatidão está em empregar o *é* (...εἶναι...[*eînai*]) tanto como verbo de ligação quanto com o significado de *existe (é)*, isto é, o sentido ontológico.
81. Isto é, a cópia.
82. ...πλανητά... (*planetá*), ou seja, Mercúrio, Vênus, Marte, Júpiter e Saturno.
83. Vênus.
84. Mercúrio.

órbita que, do ponto de vista da velocidade, iguala o sol,[85] sendo dotados, entretanto, de um poder contrário ao poder do sol; o que disso resulta é o sol, o astro de Hermes (Mercúrio) e a Estrela Matutina (Vênus) colherem um ao outro, ou serem colhidos um pelo outro. Quanto ao resto dos astros, caso nos dispuséssemos a indicar pormenorizadamente as posições em que ele os acomodou e todas as suas razões para fazê-lo assim, tal descrição, que teria aqui somente um peso secundário, revelar-se-ia um trabalho mais árduo do que o argumento central ao qual isso está subordinado. Talvez mais tarde, quando houver para isso oportunidade, esses pontos possam ser objetos da exposição que merecem.

Ora, quando cada um dos corpos cuja contribuição foi exigida para produzir o tempo alcançara a órbita que lhe cabia, e quando os corpos haviam sido gerados como seres vivos, tendo sido ligados com vínculos vivos e aprendido os deveres a eles destinados, principiaram a girar ao redor do circuito do *diferente*, o qual é transversal e atravessa o circuito do idêntico, sendo por isso dominado; [alguns desses corpos] moviam-se num círculo maior, outros num menor, os do menor mais velozmente, os do maior mais lentamente. E devido ao movimento do *idêntico*, os astros que se moviam circularmente com máxima velocidade pareciam ser colhidos pelos que se moviam com máxima lentidão, isso embora na verdade fossem eles que os colhessem; de fato, por conta de seu avanço concomitante em duas direções contrárias, o movimento do *idêntico*, o mais célere de todos os movimentos, produziu uma torção em espiral em todos esses círculos. O resultado disso é fazer o corpo que se afasta mais lentamente dele parecer o mais próximo. E para que fosse possível existir uma visível medida de suas velocidades relativas, lenta e veloz, mediante as quais percorriam circularmente suas oito órbitas, o deus acendeu uma luz na órbita que é a segunda a partir da Terra; é

---

85. Os antigos gregos admitiam uma teoria geocêntrica, ou seja, a Terra constituía o centro em torno do qual gravitavam os demais astros errantes (planetas) e, inclusive, o sol e a lua, que não eram considerados fixos.

a luz a que chamamos de sol agora e sua principal função era brilhar, tanto quanto possível, por todo o céu (universo) e proporcionar a todos os seres vivos devidamente dotados e ensinados pelo movimento giratório do *idêntico* e do *semelhante* uma parcela do número. Foi dessa maneira e devido a essas razões que foram gerados a noite e o dia, os quais constituem o período de um único circuito, o mais inteligente. E transcorre um mês quando a lua completa sua própria órbita e colhe o sol; e um ano quando o sol completa sua própria órbita. Quanto a outros cursos orbitais, salvo por alguns poucos, não foram descobertos pelos seres humanos, daí não disporem de nomes para eles nem computarem e confrontarem suas medições relativas, de modo que via de regra ignoram que os "movimentos errantes" desses corpos, de difícil cálculo e assombrosa complexidade, constituem o tempo. É, não obstante, inteiramente possível discernir que o completo número do tempo leva à consumação o ano completo quando todos os oito circuitos periódicos, com suas velocidades relativas, findam juntos e, medidos pelo círculo do *idêntico* e do *semelhante*, atingiram sua meta. Foi desse modo e devido a essas razões que foram gerados todos esses astros que executam movimentos rotativos à medida que percorrem o céu (universo), objetivando que esse universo possa ser o mais semelhante possível ao ser vivo perfeito e inteligível imitando a natureza eterna deste.

Ora, em todos os demais aspectos este universo já fora, com o vir a ser do tempo, construído à semelhança de seu [modelo], mas na medida em que não tinha ainda gerado no interior de si toda a gama de seres vivos, havia ali ainda dessemelhança. Consequentemente, tal parte remanescente da obra ainda por ser realizada ele a realizou moldando-a segundo a natureza do modelo. Assim, em concordância com a percepção da inteligência de formas[86] que existem no ser vivo real, ele julgou que este universo deveria possuir tais formas

---

86. ...ἰδέας... (*idéas*).

40a e tantas quantas ali existem. Ora, essas formas são quatro: uma é a raça celestial dos deuses,[87] uma outra a raça alada que atravessa o ar, a terceira a forma que vive sob as águas, e a quarta a que caminha sobre os pés na superfície da terra seca. Quanto aos deuses,[88] ele os criou majoritariamente de fogo, de modo a irradiarem o maior brilho e beleza possível aos que os contemplam. Criou-os genuinamente esféricos para guardar semelhança com o universo e os colocou na inteligência do círculo dominante para acompanharem o curso do universo; ele os distribuiu por todo o céu para que constituíssem um verdadeiro adorno[89] destramente montado sobre o todo.

b E ele dotou cada um deles de dois movimentos: o de rotação, movimento invariável no mesmo lugar, pelo qual ele[90] pensa sempre pensamentos idênticos sobre os mesmos objetos, e o movimento para frente, movimento submetido ao domínio do movimento de revolução[91] do *idêntico* e do *semelhante*. No que diz respeito, porém, aos cinco outros movimentos,[92] esses deuses estão em repouso e não se movem, de modo que cada um deles possa atingir o maior grau possível de perfeição. Foi, portanto, a partir dessa causa que vieram a ser todos esses astros *não errantes*[93] que são seres vivos, divinos e eternos, fixos e que giram uniformemente no mesmo lugar; quanto aos que desviam e erram, foram gerados da maneira anteriormente descrita. No tocante à Terra, que nos alimenta,

c e que ondula ao redor do eixo que se estende pelo universo, ele a construiu para ser a guardiã e a artesã da noite e do dia,

---

87. Platão se refere aos astros, que são para ele divindades visíveis.
88. Entenda-se: os astros fixos, o que exclui os astros errantes (planetas), a lua e o sol.
89. ...κόσμον... (*kósmon*): Platão parece brincar com os sentidos dessa palavra, que também significa ordem e universo ordenado.
90. Isto é, o astro fixo.
91. ...περιφοράς... (*periphorás*), o movimento circular.
92. Ver 34a e também 43b.
93. ...ἀπλανῆ... (*aplanê*).

tendo sido o primeiro e o mais velho entre todos os deuses que vieram a ser no céu (universo). Descrever os movimentos dançantes desses deuses, suas justaposições e as inversões e avanços relativos de seus cursos circulares sobre si mesmos, dizer quais dos deuses se encontram em suas conjunções e quantos estão em oposição, e em qual ordem e em quais ocasiões passam uns diante dos outros ou por trás dos outros, sendo ocultados de nossa vista para reaparecerem novamente – com isso produzindo terrores e portentos acerca de coisas vindouras com relação às pessoas incapazes de raciocinar – realizar tudo isso sem a observação de modelos desses movimentos seria um trabalho em vão. Assim, que essa explicação nos baste e que aqui se encerre nosso discurso relativo à natureza dos deuses visíveis e gerados.

No tocante às outras divindades, os *dáimons*,[94] descobrir e estabelecer sua origem constitui uma tarefa excessiva para nós, de modo que é necessário confiar naqueles que a estabeleceram no passado, os quais afirmaram que são descendentes dos deuses e que estão certamente bem informados a respeito de seus próprios ancestrais.[95] É, pois, impossível não crer nos filhos dos deuses, ainda que falte às suas explicações plausibilidade e a necessária demonstração, além do que como pretendem estar falando de assuntos de família, deveríamos acatar o costume e neles acreditar.[96] Portanto, com base no discurso deles, a geração desses deuses pode ser estabelecida por nós da seguinte maneira: a Terra[97] e o Céu[98] geraram Oceano e Tetis, que, por sua vez, geraram Forquis, Cronos e Reia e todos [os deuses] dessa geração; e de Cronos e Reia nasceram Zeus e Hera, e todos os que são, conforme

---

94. ...δαιμόνων... (*daimónon*).
95. Ver *Crátilo*, 402b.
96. O tom deste período é claramente irônico.
97. ...Γῆς... (*Gês*).
98. ...Οὐρανοῦ... (*Ouranoû*).

sabemos, chamados de seus irmãos;[99] e desses, sucessivamente, outros descendentes.

Ora, quando todos os deuses, quer os que se movem visíveis,[100] quer os que se fazem visíveis somente na medida em que o desejam,[101] vieram a ser, o gerador do universo se dirigiu a eles nos seguintes termos:

b 'Deuses dos deuses, as obras das quais sou o artífice e pai não podem ser desfeitas exceto por minha vontade. Ora, ainda que seja possível desfazer tudo que foi feito, somente aquele que fosse perverso aquiesceria em desfazer o que foi bem montado e está em excelente condição. Assim, vós, considerando que viestes a ser, não sois nem inteiramente imortais, nem insuscetíveis de serdes desfeitos. Entretanto, não sereis, de modo algum, desfeitos, nem tereis a morte como destino, já que por minha vontade possuís um vínculo maior e mais soberano do que os vínculos com os quais, em vosso nascimento, fostes atados. Aprendei, portanto, agora o que a vós manifesto e declaro. Três raças mortais permanecem ainda não geradas, mas se não vierem a ser, o céu (universo) será

c incompleto, pois faltará em seu seio a totalidade das raças de seres vivos que tem que possuir para sua completude e perfeição. Mas se essas criaturas vierem a ser e partilhar da vida mediante minha ação, serão criados iguais aos deuses. Portanto, para que possam ser mortais e este universo poder ser realmente um todo, vós deveis, como orientado pela natureza, empreender a tarefa de criar esses seres vivos, tomando como modelo a ser imitado o poder por mim exibido ao gerar a vós. E na medida em que lhes seja adequado possuir algo que partilhe do que designamos como *imortal*, alguma coisa considerada como divina e soberana naqueles entre eles que se predisponham sempre a agir segundo a justiça e segundo vós,

d começarei por plantar essa semente, entregando-a em seguida

---

99. Deméter, Héstia, Poseidon e Plutão (Hades).
100. Os astros.
101. Os deuses mitológicos, pré-olímpicos e olímpicos.

a vós. O resto da tarefa compete a vós: entremear o mortal com o imortal, moldar e gerar seres vivos, alimentá-los para que cresçam e, ao perecerem, recebê-los novamente.'

Tendo assim falado, ele mais uma vez, ocupando-se do anterior grande vaso[102] onde temperara e mesclara a alma do universo, nele verteu o restante dos ingredientes anteriores, misturando-os, de certo modo, de uma maneira idêntica, porém nesse ensejo não se atendo mais a um material uniforme e de invariável pureza, mas de um grau secundário e terciário de pureza. E uma vez composto o todo, ele o dividiu num número de almas igual ao dos astros, destinando cada alma a um astro; instalou cada alma como se fosse numa biga,[103] e a elas mostrou a natureza do universo; a elas declarou as leis que haviam sido preestabelecidas, ou seja, a todas seria destinado um único e idêntico nascimento inicial, de maneira que nenhuma delas dele recebesse um tratamento diferenciado; e então ele semearia cada uma das almas no órgão do tempo que lhe fosse apropriado, no qual as almas deveriam desenvolver a natureza do mais temente aos deuses dos seres vivos, e, como os seres humanos têm dupla natureza, o tipo superior seria tal a ser doravante chamado de *homem*.[104] E quando, por força da necessidade, fossem implantadas em corpos, e seus corpos estando sujeitos ao ingresso e egresso de coisas neles, os efeitos ocorreriam necessariamente: para começar a percepção sensorial que é inata e comum a tudo que nasce de paixões violentas; em segundo lugar, o desejo sensual misturado com prazer e dor, ao que se somam o medo, a animosidade, todas as emoções aqui naturalmente associadas, bem como todas aquelas que são de um caráter diferente e contrário. E se tiverem domínio sobre elas, viverão com justiça, mas

---

102. ...κρατῆρα... (*kratêra*), grande recipiente onde os gregos misturavam o vinho puro com água para depois servi-lo em taças individuais. O sentido da palavra aqui é restrito e específico, parecendo que Platão faz uma analogia do vinho puro com a alma do universo.

103. Ver *As Leis* (em *Clássicos Edipro*), Livro X, 899a.

104. ...ἀνήρ... (*anér*).

se forem por elas dominadas, suas vidas serão de injustiça. E se uma pessoa viveu bem o tempo que lhe cabe, retornará ao astro que lhe serve de morada, para viver uma vida venturosa que se coaduna com seu caráter; quanto ao indivíduo que falhou, nascerá uma segunda vez, mas transformado, isto é, com a natureza feminina, e se mesmo nessa condição não conseguir abster-se da maldade, receberá outra forma, desta vez a de algum animal selvagem que guarde semelhança com o caráter perverso que o indivíduo adquiriu; e essas transformações dolorosas não cessarão enquanto ele não se render à revolução do *idêntico* e do *semelhante* que está em seu interior, e subjugar pelo império da razão a massa pesada de fogo e água, ar e terra que a ele posteriormente aderiu – uma massa tumultuosa e irracional – com isso voltando à forma de seu estado inicial de excelência.

Tendo ele comunicado plenamente a elas todos esses decretos, de sorte que ficasse isento do futuro mal que viesse a ser perpetrado por qualquer uma delas, procedeu à semeadura delas, algumas na Terra, algumas na lua, outras nos demais *órgãos do tempo*.[105] Sucessivamente a essa semeadura, ele confiou aos jovens deuses a tarefa de moldar corpos mortais, e de construir e controlar todo o resto que ainda se fazia necessário adicionar à alma humana, acompanhado de tudo que lhe era pertinente; e [a tarefa de] governar essa criatura mortal da mais nobre e melhor maneira que pudessem, sem, entretanto, por sua ação, se converterem na causa de quaisquer males que tais criaturas pudessem atrair para si mesmas.

Tendo ele expresso todas essas determinações, permaneceu no estado que lhe é próprio e costumeiro. E à medida que ele assim permaneceu, seus filhos atentaram para as ordens de seu pai e as obedeceram. Em poder do princípio imortal do ser vivo mortal e imitando o próprio artífice que os criara, eles emprestaram do universo ordenado porções de fogo e terra, água e ar, como se pretendessem devolvê-las, e aglu-

---

105. ...ὄργανα χρόνου... (*órgana khrónou*), ou seja, *astros*.

tinaram numa unidade essas porções. Não foi, contudo, com esses vínculos indissolúveis mediante os quais eles próprios haviam sido unidos que eles uniram as porções, mas por meio de numerosas cavilhas compactas e invisíveis devido ao seu tamanho minúsculo; e assim construíram, com base nelas, cada corpo, e nos corpos – sujeitos ao ingresso e egresso – investiram as revoluções da alma imortal.[106] Estando as almas então vinculadas a um poderoso rio, nem o dominavam nem eram por ele dominadas, mas agitavam-no e eram por ele agitadas, de modo que o todo do ser vivo era movido, porém de

b um modo tão fortuito que seu progresso se revelava desordenado e irracional, uma vez que envolvia todos os seis movimentos:[107] para frente e para trás, para a direita e a esquerda e para cima e para baixo, movendo-se errante em todas as seis direções. De fato, por mais poderosa que fosse a enorme onda que supria nutrição em seu fluxo e refluxo, ainda maior era o tumulto, gerado no interior de cada ser vivo, resultante da

c colisão dos corpos toda vez que acontecia de o corpo de um ser vivo topar e colidir com o fogo externo distinto do próprio fogo do corpo, ou com uma massa informe e sólida de terra, ou com o fluxo deslizante das águas, ou quando era colhido por um furacão impulsionado pelo ar; os movimentos produzidos por todos esses encontros, precipitando-se através do corpo, tocaram a alma, razão pela qual todos esses movimentos foram então chamados de *sensações,*[108] sendo hoje ainda assim denominados. Além disso, como naquele tempo cons-

d tituíam, naqueles exatos momentos, movimento constante e propagado que se somava ao fluxo perpétuo na movimentação e agitação violenta das revoluções da *alma*, bloquearam completamente o curso do *idêntico* fluindo contra ele, obstruindo assim seu governo e seu avanço; por outro lado, agitaram a tal ponto o curso do *diferente* que nos três diversos intervalos

---

106. ...ἀθανάτου ψυχῆς... (*athanátou psykhês*).
107. Platão não inclui aqui o movimento de rotação.
108. ...αἰσθήσεις... (*aisthéseis*), palavra aqui entendida por Platão como derivada de ἀΐσσω (*aísso*), precipitar-se, arremessar-se, agitar-se vivamente.

do duplo e do triplo,[109] bem como nos termos médios e elos de ligação das proporções 3/2, 4/3 e 9/8, não sendo estes inteiramente suscetíveis de serem desfeitos exceto por aquele que os unira, produziram todo tipo de distorções, além de provocarem em seus círculos todo tipo possível de fraturas e rupturas, com a consequência de, à medida de mal conseguirem manter a união entre si, se moverem, mas irracionalmente, numa ocasião na direção invertida, noutra em obliquidade, noutra de cabeça para baixo. Suponhamos, por exemplo, que alguém está de cabeça para baixo, com a cabeça apoiando-se sobre a terra e os pés em contato com alguma coisa no alto: nessa posição, seu lado direito parecerá tanto a ele quanto aos que o observam como esquerdo, enquanto o seu lado esquerdo como direito. Isso, e tantas outras coisas similares, é precisamente o que experimentam intensamente as revoluções da *alma*; toda vez que topam com qualquer objeto externo, não importa se da classe do *idêntico* ou do *diferente*, o declaram como sendo idêntico a algo ou diferente de algo, quando a verdade corresponde exatamente ao oposto, com o que se revelam falsos, destituídos de inteligência e também em tais ocasiões de qualquer curso diretor e orientador. E sempre que sensações externas em seu movimento chocam-se com essas revoluções e varrem consigo inclusive o vaso inteiro da *alma*, as revoluções, ainda que efetivamente dominadas, parecem ter o domínio. Consequentemente, ocorre que, por conta de todas essas perturbações, tanto agora como no início, no passado, enquanto a alma está presa dentro de um corpo mortal, a ela falta inicialmente inteligência. Mas logo que ocorre redução do fluxo responsável pelo crescimento e nutrição, e as revoluções recuperam sua tranquilidade, retomando seu próprio curso e, no decorrer do tempo, se estabilizam cada vez mais, então finalmente, à medida que os vários círculos executam, cada um deles, seu movimento em conformidade com seu curso natural, seus movimentos circulares são endireita-

---

109. Cf. 35b.

dos e elas identificam corretamente o *idêntico* e o *diferente*, com o que tornam inteligente o seu possuidor. E se a pessoa contar igualmente com um reforço representado pela correta educação, tornar-se-á inteiramente sadia e íntegra, safando-se da pior das doenças; se, entretanto, nesse caso tiver se comportado com completa negligência, após viver uma existência claudicante retornará ao Hades imperfeita e tola. Isso, contudo, ocorre posteriormente.[110] Quanto ao nosso assunto em pauta, requer uma abordagem mais minuciosa, bem como os assuntos anteriores a ele, a saber, a geração dos corpos nas suas diversas partes e o que diz respeito à alma: é necessário indagar que causas e providência divina determinaram o vir a ser dessas coisas. Na discussão dessas questões a ser empreendida teremos que nos ater ao que confere a maior probabilidade, e prosseguir em consonância com isso.

Imitando a forma do universo, os deuses construíram as duas revoluções divinas num corpo esférico, a parte que chamamos agora de nossa cabeça, sendo esta a parte mais divina e soberana de todas as nossas demais partes. Montaram então o resto do corpo, entregando todo o seu conjunto à cabeça, para que esse conjunto a servisse, imbuídos da noção de que deveria ela participar de todos os movimentos que deviam existir. Assim, para que ela não rolasse sobre o solo, que possui toda ordem de altos e baixos, e ficasse desorientada quanto a como escalar os primeiros e descer dos segundos, eles a ela conferiram o corpo como um veículo e meio de transporte. Assim se explica porque o corpo adquiriu extensão, além de, graças à concepção divina, desenvolver quatro membros extensíveis e flexíveis destinados ao transporte, de modo que agarrando e se apoiando com esses membros seria capaz de se locomover por todos os lugares, portando no alto a morada da parte mais divina e mais sagrada de nós. Foi dessa maneira e em função desses motivos que pernas e mãos foram desenvolvidas em todos os seres humanos; e uma vez que requerem

---

110. Ver 86b e segs.

os deuses que o lado frontal seja superior ao posterior em honra e dignidade, eles nos concederam a capacidade de nos deslocarmos majoritariamente nessa direção. Isso exigiu que a parte frontal do corpo humano fosse distinta e dessemelhante da posterior. Assim, começando pela cavidade da cabeça, eles instalaram o rosto na sua frente, instalando internamente órgãos para toda a presciência da *alma*; e ordenaram que essa, que constitui a parte frontal natural, fosse a parte condutora. Olhos portadores de luz foram os primeiros órgãos por eles construídos, sendo estes fixados no rosto pela seguinte razão: conceberam que todo fogo dotado da propriedade não de incinerar, mas daquela de proporcionar uma luz suave, deveria formar um corpo aparentado à luz de todos os dias. De fato, eles fizeram com que o puro fogo no nosso interior, o qual tem afinidade com o fogo do dia, fluísse através dos olhos numa torrente suave e densa; que se acresça que comprimiram todo o órgão, especialmente o centro do olho, de maneira a obstruir todo o fogo mais grosseiro, permitindo a passagem e exteriorização do tipo mais puro do fogo.[111] Desse modo, toda vez que a torrente visual é circundada pela luz do meio-dia, o semelhante faz contato com o semelhante, ocorrendo uma fusão que resulta na formação de um corpo aparentado alinhado à direção da visão ocular; isso acontece quando o fogo que jorra do interior [do olho] se choca com um objeto exterior que oferece obstrução, mas com o qual esse fogo fez conexão. E esse corpo, tendo se tornado totalmente semelhante do ponto de vista de suas propriedades devido à simi-

---

111. Os antigos gregos desconheciam tanto o processo de formação da luz quanto o princípio da eletricidade, responsável, entre tantas outras coisas, pela produção artificial de luz. Daí não distinguirem cientificamente os conceitos de *fogo* e *luz* e acreditarem, por exemplo, que nossos olhos, eles próprios, emitem luz graças a esse fogo mais puro que, juntamente com todo o fogo – um dos elementos na formação do corpo humano – existe dentro de nós. A relação necessária entre a luz do dia (...φῶς ἡμέρον...[*phôs heméron*]), ou seja, a luz natural do sol (e nesse caso, os antigos gregos já sabiam que o sol é constituído essencialmente de fogo) e a luz de nosso corpo é evidente, pois precisamente um dos componentes primordiais de nosso corpo é o fogo (πῦρ [*pýr*]).

d laridade de sua natureza, transmite os movimentos de tudo aquilo com que entra em contato, bem como com tudo aquilo que entra em contato com ele, e através de todo o corpo até atingirem a *alma*. O resultado é a produção daquela sensação que denominamos agora *visão*. Todavia, quando o fogo aparentado desaparece à noite, o fogo interior é interrompido; de fato, quando ele é emitido e se encontra somente com o que é dessemelhante, sofre alteração e é extinto por não ser mais de natureza semelhante ao ar circundante, que é desprovido de fogo. Então ele não só faz cessar a visão, como também induz ao sono. De fato, as pálpebras, concebidas pelos deuses

e como uma proteção para a visão, ao serem cerradas encerram o poder do fogo interior, o qual então se dispersa e modera os movimentos internos, o que é sucedido por um estado de quietude. Ora, quando essa quietude se intensifica, mergulhamos num sono quase destituído de sonhos; quando, porém,

46a alguns movimentos mais intensos ainda subsistem, conforme sua natureza e as posições por eles ocupadas, eles produzem imagens tão expressivas que parecem internamente copiadas e são lembradas por aqueles que dormem quando despertam de um sonho.

E não há mais dificuldade em compreender como as imagens são formadas nos espelhos e nas superfícies brilhantes e lisas de toda espécie. Todas essas reflexões necessariamente resultam da combinação mútua dos fogos interior e exterior

b sempre que se unem sobre uma superfície lisa e são desviados de maneira variada, por ação do fogo da face refletida se fundindo com o fogo da visão sobre a superfície lisa e brilhante.[112] Além disso, o esquerdo parecerá como direito, visto o contato ocorrer entre partes opostas do fluxo visual e partes opostas do objeto, o que contraria o modo usual de colisão. Por outro lado, o direito parecerá como direito e o

c esquerdo como esquerdo toda vez que a luz trocar de lado ao se fundir com o objeto mediante o qual se funde. Tal coisa

---

112. Cf. *Sofista*, 266c.

acontece sempre que a superfície lisa dos espelhos, estando elevada deste e daquele lado, rechaça a parte direita do fluxo visual para a esquerda e a parte esquerda para a direita. Que se acresça que quando essa mesma superfície lisa é virada no sentido longitudinal para a face, fará toda a face parecer de cabeça para baixo, o que é produzido porque rechaça a parte inferior do raio luminoso para o alto e a parte superior para a base.

d Tudo isso que indicamos acima está entre as causas auxiliares que o deus põe ao seu serviço visando a aperfeiçoar, na medida do possível, a Forma daquilo que é o mais excelente; a maioria dos indivíduos, contudo, supõe que não sejam causas auxiliares, mas as causas primárias de todas as coisas, produzindo efeitos tais como resfriamento e aquecimento, solidificação e dissolução. Essas causas, entretanto, são incapazes de razão e entendimento em relação a qualquer coisa, qualquer fim. A propósito, como nos cabe afirmar, a única *coisa que é* dotada da propriedade que faculta a posse do entendimento é a *alma*, a qual é invisível, ao passo que o fogo, a água, a terra e o ar são corpos visíveis; ora, todo aquele que é amante do entendimento e do conheci-

e mento tem necessariamente que buscar primeiramente as causas que dizem respeito à natureza inteligente,[113] e secundariamente todas as que se referem às coisas que são movidas por outras, elas mesmas, por sua vez [também] atuando como motores devido ao império da necessidade. E nós devemos igualmente imitar essa ação. Cumpre-nos pronunciar ambos esses tipos de causas, ainda que distinguindo as que, mediante o concurso do entendimento, são artífices de coisas belas e boas, de todas aquelas que, destituídas de inteligência, produzem sempre efeitos fortuitos e desordenados.

Que bastem essas considerações relativas às causas auxiliares que contribuíram para que os olhos obtivessem a capacidade por eles agora possuída. Na sequência nos compete

---

113. ...ἔμφρονος φύσεως... (*émphronos fýseos*).

47a declarar a função maximamente benéfica desempenhada por elas por conta da qual o deus as concedeu a nós. Penso que a visão constitui a causa do supremo benefício que nos favorece, na medida em que nenhum dos discursos relativos ao universo agora apresentados jamais teria sido apresentado não houvesse o ser humano visto os astros, o sol ou o céu. Mas tais como são as coisas, a visão do dia, da noite, dos cursos periódicos de meses e anos, {*de equinócios e solstícios*},[114]

b conduziu à invenção do número e nos proporcionou não só a ideia de tempo, como também recursos para a investigação da natureza do universo. Isso nos possibilitou a filosofia, dádiva dos deuses à raça dos mortais que jamais foi superada e jamais será. Declaro ser esse o maior bem a nós oferecido pela visão. Quanto aos bens menores, por que deveríamos exaltá-los? Aquele que não é filósofo, se privado da visão deles está sujeito a emitir vãs lamentações! A causa e propósito, porém, desse bem supremo, como nos cabe declarar, é a seguinte: que o deus inventou a visão e a nós a conferiu para que pudéssemos observar as revoluções da inteligência no céu e as

c aplicássemos às revoluções do entendimento que se acha em nosso interior, uma vez que há um parentesco entre elas, ainda que as nossas sejam sujeitas à perturbação e aquelas sejam imperturbáveis; e que via aprendizado e participando dos cálculos naturalmente corretos, por imitação das revoluções absolutamente invariáveis do deus, nos capacitássemos a estabilizar as revoluções variáveis no interior de nós.

Idênticas declarações valem também para o som e a audição, concedidos pelos deuses visando ao mesmo e em função das mesmas razões. O discurso foi concebido com esse

d mesmo propósito, contribuindo imensamente nesse sentido; igualmente a música, na medida em que faz uso do som audível, foi concedida objetivando exprimir harmonia; no que diz respeito a esta, cujos movimentos são aparentados às revo-

---

114. {} Registrado por John Burnet, mas ausente nos textos de certos outros helenistas.

luções da alma no nosso interior, constitui uma dádiva das Musas[115] àquele que na sua conduta no intercâmbio com elas agir com entendimento, não fazendo delas uso para o prazer irracional, o que parece corresponder ao atual procedimento das pessoas, mas as tendo como aliadas no empenho de restaurar a ordem à revolução na alma que tenha perdido sua harmonia, restituindo-lhe a concórdia consigo mesma. E devido à condição de falta de senso de medida e deficiência em graça presente na maioria de nós, o ritmo igualmente nos foi concedido pelas mesmas divindades a título de nosso auxiliar com as mesmas finalidades.

Em todo esse discurso proferido, exceto por uma pequena parte dele, foi realizada uma exposição do que é produzido pela razão. É indispensável, porém, que apresentemos também uma explicação do que *vem a ser* por força da necessidade.[116] Em verdade, o fato é que este universo ordenado nasceu como um composto produzido pela combinação de necessidade e razão. Na medida em que a razão exercia um controle sobre a necessidade persuadindo-a a conduzir a maioria das coisas que *vêm a ser* rumo ao que é o melhor, o efeito desse controle da necessidade que cedeu à inteligente persuasão foi este nosso universo ser construído dessa maneira no início. Assim, se for o caso de narrar como ele realmente veio a ser de tal maneira, será necessário introduzir também a figura da *causa errante*[117] do modo que efetivamente atua. É imperioso, portanto, que eu volte sobre meus passos e contando com um novo ponto de partida que também se ajusta a essa matéria, retorne mais uma vez necessariamente ao início, e comece nossa presente investigação a partir desse ponto, tal como fiz com relação aos assuntos anteriores. É necessário examinar a real natureza do fogo e da água, bem como do ar e da terra na condição dessa natureza anteriormente à geração do céu,

---

115. As nove ninfas (divindades femininas menores) protetoras das várias artes liberais.
116. ...ἀνάγκης... (*anánkes*).
117. ...πλανωμένης αἰτίας... (*planoménes aitías*).

além das propriedades que possuíam antes dessa época; de fato, até agora ninguém explicou como eles[118] vieram a ser. Limitamo-nos a supor que sabemos o que é o fogo e cada uma dessas coisas, e as chamamos de princípios,[119] presumindo que são elementos[120] do universo, quando na verdade uma pessoa que tivesse sequer um mínimo de senso não ousaria compará-los, contando com qualquer probabilidade, com as sílabas. Para o momento, contudo, que meu procedimento seja o seguinte: não me ocuparei agora em enunciar o princípio, ou os princípios (ou não importa o termo que empreguemos) de todas as coisas – isso pela exclusiva razão de que se mostra difícil para mim explicar minha opinião com base em meu método de exposição em pauta. Portanto, vós não deveis supor que eu venha a expô-los. Quanto a mim, não poderia jamais persuadir a mim mesmo de que estaria certo em tentar realizar uma tarefa de tal vulto. Sendo fiel, assim, rigorosamente ao que asseverei antes – a significação do discurso "provável" – tentarei como o fiz antes apresentar uma exposição tão "detentora de probabilidade" como qualquer outra (de fato, mais detentora) no tocante quer às coisas individuais, quer às universais, a partir do início. E tal como antes, ao principiar este discurso invoquemos o deus salvador[121] para que nos possibilite uma segura travessia através de uma exposição estranha e incomum, permitindo que alcancemos uma conclusão que tenha como base a probabilidade. E com isso que eu inicie o novo discurso.

É necessário, contudo, ao começar esse novo discurso a respeito do universo, realizar um maior número de distinções do que o que realizei antes; de fato, se distinguíamos então duas espécies, temos agora que enunciar um terceiro gênero.

---

118. Ou seja, os quatro elementos.
119. ...ἀρχάς... (*arkhás*).
120. ...στοιχεῖα... (*stoikheîa*): a mesma palavra empregada para designar as letras do alfabeto que constituem sílabas e palavras..
121. O deus salvador ou libertador, no caso, é geralmente Zeus.

49a

Do prisma de nossa exposição anterior, bastavam essas duas espécies, sendo uma delas proposta como modelo – inteligível e sempre existente de modo uniforme, enquanto a segunda proposta como imitação do modelo – sujeita ao vir a ser e visível. Dada a suficiência dessas duas espécies, não distinguimos um terceiro gênero naquela oportunidade. Agora, porém, o argumento parece nos forçar a revelar mediante palavras uma espécie que é difícil e imprecisa. Que função deveríamos supor que ela possui e qual será sua natureza? Particularmente é de se supor que ela seja o receptáculo e, por assim dizer, a nutriz do todo vir a ser. Entretanto, a despeito da verdade dessa afirmação, é necessário que a descrevamos

b

com maior clareza. Trata-se de um empreendimento difícil, especialmente porque requer que discutamos primeiramente o problema do fogo e dos três outros elementos. De fato, no tocante a esses elementos, é difícil dizer que elemento em particular nos cabe realmente nomear como água de preferência a fogo, e qual deveríamos denominar como qualquer dos elementos em lugar de cada um deles e todos eles, permanecendo, a despeito disso, empregando uma terminologia confiável e estável. Como, nesse caso, administrarmos esse problema e qual a solução provável que podemos oferecer para ele? Para começar, percebemos aquilo que chamamos

c

agora de *água* vindo a ser mediante condensação, segundo acreditamos, pedras e terra; e novamente [percebemos] essa mesma coisa por dissolução e dilatação vir a ser sopro do vento e ar; além disso, [percebemos] o ar, através da combustão, vindo a ser fogo; e inversamente, o fogo ao ser contraído e arrefecido, voltando à forma[122] de ar; e mais uma vez o ar por combinação e condensação convertendo-se em nuvem e névoa; e resultando disso, sob o efeito de maior compressão, em água corrente; e da água, novamente terra e pedras. Notamos, assim, os elementos transferindo entre si, como parece, o seu vir a ser num círculo ininterrupto. Em consonância com isso,

---

122. ...ἰδέαν... (*idéan*).

uma vez que nenhum deles jamais permanece idêntico em sua aparência, qual deles poderá ser classificado definitivamente por alguém como sendo um elemento particular e autônomo, distinto dos outros, sem que esse alguém incorra no ridículo? É impossível. Ao contrário, de longe o mais seguro procedimento para tratar desses elementos corresponde ao seguinte: seja qual for a coisa cuja mudança percebemos ocorrer continuamente de um estado para outro, digamos o fogo, essa coisa, ou seja, o fogo, nunca deve ser descrita por nós como *isso*, mas como *semelhante*; tampouco podemos jamais chamar a água de *isso*, mas de *semelhante*; nem podemos descrever qualquer outro elemento, ainda que apresente alguma estabilidade, de todas as coisas que indicamos, empregando os termos *isso* e *aquilo* e imaginarmos estar nos referindo a uma coisa definida. De fato, tal coisa – tal objeto – se esquiva e escapa aos nomes *isso* e *aquilo* e de qualquer outro que indica sua estabilidade. Desse modo, não devemos chamar os diversos elementos de "issos", mas com relação a cada um deles e todos no seu conjunto, cabe empregar o termo *semelhante* a fim de representar o que se mantém circulando. Assim, designaremos o que é constantemente *semelhante* como fogo, agindo igualmente em relação com tudo o mais que vem a ser. Mas aquilo "em que" cada um deles aparece individualmente para manter o vir a ser e "do que" sucessivamente cessam de ser é a única coisa que para descrever lançamos mão das expressões *isso* e *aquilo*; ao passo que para descrever o que é *semelhante*, por exemplo quente ou branco, bem como quaisquer das qualidades contrárias, ou qualquer composto delas, não devemos jamais recorrer a um ou outro desses termos.

É necessário, porém, nos esforçarmos para reexplicar esse tópico ainda mais claramente. Imaginai que alguém se pusesse a modelar todas as figuras possíveis no ouro, passando então, sem interrupção, a remodelar cada uma delas produzindo uma seguinte. Se outra pessoa, então, apontasse uma das figuras e perguntasse o que é, com suma certeza a melhor resposta a ser dada, a favor da verdade, seria responder que é ouro; entretanto, no tocante ao triângulo e a todas as demais figuras que nele assumiram forma, não seria cabível jamais descrevê-las como *ser*, visto que mudam até enquanto são mencionadas;[123] pelo contrário, seria o caso de contentar-se se a figura admitir meramente o título de *semelhante* a ela aplicado com algum grau de segurança. Quanto à natureza receptora de todos os corpos, vale a mesma explicação. É necessário chamá-la sempre pelo mesmo nome, porque ela nunca se afasta de seu próprio caráter, porque enquanto se conserva recebendo todas as coisas, não assume qualquer forma semelhante de qualquer das coisas que nela ingressam em lugar algum e de maneira alguma. Ela é, por natureza, a matéria de modelagem para tudo, as figuras que nela ingressam a movendo e imprimindo suas próprias marcas; e devido a essas figuras, ela parece diferente em diferentes ocasiões. E as figuras que entram e saem são imitações das figuras que sempre *são*, cópias impressas de um modo admirável e de difícil descrição – algo que seja objeto de nossa investigação mais tarde.

Nesta oportunidade, portanto, necessitamos conceber três gêneros, a saber, o da coisa que vem a ser, o daquilo em que a coisa *se transforma* (vem a ser), e o daquilo segundo o qual a coisa transformada é modelada, e que é a fonte de seu vir a ser. É apropriado comparar *aquilo que recebe* com a mãe, a *fonte* com o pai, e a *natureza gerada entre eles* com o filho; convém também perceber que se for o caso da impressão assumir vários aspectos, a substância em que foi colocada e estampada talvez não se ajuste à sua finalidade, a menos que fosse ela mesma desprovida de todas essas formas que ela está na iminência de receber de qualquer lugar. Se fosse semelhante a qualquer das coisas que nela entram, ao receber formas de um tipo oposto ou inteiramente diferente, à medida que chegassem as imitaria precariamente intrometendo-se em sua própria forma visível. Daí é correto que a coisa que

---

123. Platão permanece contrapondo o *ser* ao *vir a ser*.

é para receber dentro de si todos os tipos seja vazia de todas as formas; tal como com todos os unguentos fragrantes, os seres humanos, graças à engenhosidade artística, produzem essa condição e tornam tão inodoros quanto possível os líquidos que deverão receber os odores; e todos os que fazem a tentativa de modelar figuras em qualquer material mole se negam terminantemente a permitir que qualquer figura anterior permaneça aí visível, e começam por torná-lo regular e liso tanto quanto possível, a título de medida preliminar que antecede a realização da obra. Assim, do mesmo modo, o correto é que a coisa que é preparada para receber usualmente sobre toda sua extensão as cópias de todas as coisas inteligíveis e eternas seja ela mesma, por sua própria natureza, vazia de todas as formas. Assim, refreemos nosso discurso acerca daquela que é a mãe e receptáculo de *tudo aquilo que veio a ser* considerando-a como o visível e perceptível por todos os sentidos, quer o chamemos de terra ou ar, de fogo ou água, ou de quaisquer entre os agregados ou constituintes desses elementos. Pelo contrário, se em nosso discurso sobre ela a considerarmos como uma espécie invisível e amorfa, receptiva de tudo, e, de algum modo sumamente desconcertante e de compreensão extremamente difícil, participante do inteligível, não nos enganaremos. E na medida do que é possível quanto a atinar com sua natureza com base no discurso que proferimos até aqui, a maneira mais correta de discursar a respeito seria a seguinte: a sua parte que se inflama aparece a cada ocasião como fogo, a parte que foi liquefeita aparece como água; e aparece como terra e ar na medida em que recebe imitações deles.

Investiguemos, porém, o assunto mediante uma argumentação mais precisa formulando a questão: há algum fogo que subsiste por si mesmo ou qualquer dessas coisas que igualmente sempre classificamos como seres autossubsistentes, ou as coisas que vemos e que percebemos por meio dos sentidos corpóreos são as possuidoras exclusivas desse tipo de realidade, nada existindo além delas? Será uma mera afirmação vazia de nossa parte sustentar a existência perpétua de uma Forma inteligível de cada coisa,[124] não passando isso realmente de uma verbalização sem conteúdo? Ora, seria, por outro lado, impróprio nos limitarmos a descartar essa questão que se coloca ante nós, negando-lhe tanto um julgamento quanto um veredicto e simplesmente admitir que o fato é esse; por outro lado, não convém que sobrecarreguemos um discurso já tão longo com um prolixo discurso adicional. Se houvesse, contudo, a possibilidade de formular com brevidade algum princípio distintivo e determinante, isso atenderia da melhor maneira o nosso propósito.

Eis, portanto, a favor do que, de minha parte, voto. Se entendimento e opinião verdadeira são tipos distintos, com máxima certeza tais Formas autossubsistentes de fato existem apenas como objetos do entendimento, mas não da percepção sensorial; todavia, se, como é o pensamento de alguns, a opinião verdadeira em nada difere do entendimento, nesse caso, ao contrário, todas as coisas que percebemos através de nossos sentidos corpóreos devem ser estimadas como as mais estáveis. Ora, mas esses dois tipos têm que ser declarados distintos por terem surgido independentemente e serem, do prisma da condição, dessemelhantes. De fato, é através do ensinamento que um deles surge em nós,[125] ao passo que a outra[126] surge em nós por força da persuasão; por outro lado, o primeiro é sempre acompanhado do discurso racional, enquanto a segunda é irracional; além disso, enquanto um [o entendimento] se mantém inalterado diante da persuasão, a outra [a opinião verdadeira] é sujeita à alteração pela persuasão; no que toca à segunda [a opinião verdadeira], cabe-nos asseverar que todos os *homens*[127] têm nela uma participação; mas no que respeita ao entendimento, dele participam so-

---

124. A teoria das Formas de Platão: ver o *Parmênides,* em Diálogos IV.
125. Ou seja, o entendimento.
126. Ou seja, a opinião verdadeira.
127. ...ἄνδρα... (*ándra*), seres humanos do sexo masculino.

52a   mente os deuses e uma reduzida classe de *seres humanos*.[128] Diante disso, é necessário que concordemos que um tipo é a Forma idêntica a si mesma, que não vem a ser e é indestrutível, que não recebe em si qualquer outra procedente de lugar algum, nem ela mesma ingressando numa outra, que é invisível e inteiramente inacessível à percepção sensorial, cabendo ao entendimento a função de estudá-la. O segundo tipo tem em comum com o primeiro o nome, a ele é semelhante e é percebido pelos sentidos; está no âmbito do vir a ser, é objeto de transporte, sendo gerado num lugar e perecendo, por outro lado, fora desse lugar, e é apreensível pela opinião respaldada pela sensação. O terceiro tipo é o *espaço limitado,*[129] o qual

b   existe sempre e é indestrutível; provê espaço a todas as coisas que vêm a ser e ele mesmo pode ser apreendido por uma espécie de raciocínio bastardo que não é acompanhado pela percepção sensorial e que mal é sequer objeto de crença; de fato, o consideramos como num sonho ao afirmarmos que tudo que existe tem necessariamente que estar em alguma parte, em algum lugar e ocupando algum espaço, e que aquilo que não existe em alguma parte, sobre a Terra ou no céu, de modo algum existe. Vemo-nos incapazes, nessa situação, de fazer todas essas distinções e outras que lhes são correlatas, inclusive no que toca à natureza insone[130] e verdadeiramente sub-

c   sistente, porque nosso estado de sonho[131] nos torna incapazes de despertar e enunciar a verdade, ou seja: como aquilo para o que foi gerada uma imagem não é, de modo algum, inerente a essa imagem, que sempre se move rapidamente como um fantasma de uma outra coisa, mantém-se para o entendimento que a imagem venha, portanto, a ser em *alguma coisa*, de algum modo vinculada ao *ser* da melhor maneira que possa vincular-se, sob pena de não ser coisa alguma; quanto ao que

---

128. ...ἀνθρώπων... (*anthrópon*), seres humanos em geral, de ambos os sexos.
129. ...χώρας... (*khóras*).
130. ...ἄυπνον... (*áupnon*).
131. ...ὀνειρώξεως... (*oneiróxeos*).

realmente existe, porém, recebe assistência do discurso precisamente verdadeiro, de que enquanto uma coisa é uma coisa, e uma outra algo distinto, nenhuma das duas jamais virá a ser na outra, de modo que a mesma coisa se torna concomitantemente tanto uma quanto duas.

Que seja isso, então, uma síntese do discurso que, computado como meu voto, seria por mim proferido: que o ser, o espaço limitado e o vir a ser – três coisas distintas – existiam antes que o céu viesse a ser; e que a nutriz do vir a ser, liquefeita, inflamada e recebendo inclusive as formas da terra e do ar e experimentando todos os demais estados passivos que as acompanham, mostra toda variedade de aparência; entretanto, em virtude de estar repleta de potências que não são nem similares nem uniformemente equilibradas, em parte alguma de si ela se acha equilibrada, sendo ela mesma abalada por essas formas, ao passo que, por seu turno, as abala à medida que é movida. Quanto às formas, à medida que são movidas flutuam continuamente em diversas direções, sendo em seguida dissipadas, tal como as partículas, que são agitadas e joeiradas pelas peneiras e outros instrumentos que são empregados na limpeza dos grãos, caem num determinado lugar se são sólidas e pesadas, mas flutuam e se depositam em outra parte se são esponjosas e leves. O mesmo ocorreu com os quatro tipos quando foram agitados pelo recipiente, ou seja, o movimento dela,[132] como um instrumento que produz agitação estava separando o mais distante entre si o dessemelhante, e o mais próximo o semelhante; isso explica, a propósito, como esses tipos passaram a ocupar distintos lugares mesmo antes do universo ter sido organizado e vindo a ser com base neles. Antes desse tempo, na verdade, todas essas coisas encontravam-se num estado ao qual faltavam razão e medida; e quando a obra de ordenamento do universo estava em andamento, o fogo, a água, a terra e o ar, ainda que possuindo a princípio certos traços de sua própria natureza, achavam-se

---

132. Quer dizer, da nutriz.

dispostos, como é provável que todas as coisas se achem na ausência do deus; considerando ser essa sua condição natural naquela ocasião, o deus começou por conferir-lhes suas configurações distintivas usando para isso formas e números. E aqui se impõe algo que devemos sempre afirmar acima de tudo o mais em nosso discurso: o deus moldou esses quatro tipos para serem tão belos e excelentes quanto possível, o que não eram até então. Trata-se agora, todavia, de empenhar-me em explicar-vos a disposição e origem desses tipos, um a um, empreendendo essa tarefa mediante uma forma expositiva incomum. Como já tendes alguma familiaridade com o método que necessito utilizar em minha exposição, estou seguro que me acompanhareis.

Em primeiro lugar, estou certo quanto a poder presumir que todos estão cientes de que o fogo, a terra, a água e o ar são corpos; além disso, a forma corpórea de tudo possui também profundidade. Que se acrescente que é absolutamente necessário que a profundidade seja limitada por uma superfície plana, e que a superfície retilínea é composta por triângulos. Todos os triângulos têm sua origem em dois triângulos,[133] cada um destes possuindo um ângulo reto e os demais agudos; um desses dois triângulos[134] possui em cada um dos outros dois vértices uma porção igual de um ângulo reto, o que é determinado por sua divisão por lados iguais; o outro triângulo[135] possui partes desiguais de um ângulo reto nos seus outros dois vértices, o que é determinado pela divisão do ângulo reto por lados desiguais. Isso é estabelecido por nós como os princípios de origem do fogo e dos outros corpos, num procedimento segundo um método que encerra a associação da probabilidade com a necessidade; os princípios, contudo, que são ainda mais elevados do que esses, são de exclusivo

---

133. Ou seja, um triângulo retângulo isósceles e um triângulo retângulo escaleno.
134. O isósceles.
135. O escaleno.

conhecimento do deus e do homem[136] que goza da amizade do deus. Cabe-nos agora declarar quais são os quatro corpos mais admiráveis, os quais, embora dessemelhantes entre si, são capazes, em parte, de se produzirem mutuamente através de dissolução; se tivermos êxito nessa tarefa, teremos apreendido a verdade acerca do vir a ser da terra, do fogo e dos proporcionais intermediários.[137] De fato, jamais admitiremos a quem quer que seja que haja quaisquer corpos mais admiráveis do que esses, cada um distinto em seu tipo. Portanto, é necessário nos empenharmos seriamente em combinar esses quatro tipos de corpos de admirabilidade insuperável, declarando que apreendemos apropriadamente sua natureza.

Ora, dos dois triângulos, o isósceles apresenta uma natureza singular, enquanto o escaleno uma natureza infinitamente múltipla; dessas múltiplas naturezas, se pretendemos começar de maneira adequada, temos que selecionar a mais admirável. Nesse caso, se alguém for capaz de afirmar que selecionou uma outra mais admirável para a construção desses corpos, na qualidade de um amigo e não de um inimigo, se sagrará vencedor. Quanto a nós, contudo, ignoraremos os outros aspectos e postularemos como o mais admirável dos triângulos o triângulo a partir do qual – uma vez sejam dois combinados – o triangulo equilátero seja construído na condição de uma terceira figura. A razão para isso nos exigiria contar agora uma história demasiado longa; entretanto, se alguém nos contestasse com respeito a isso e descobrisse que não é assim, não hesitaríamos em entregar-lhe o prêmio [pelo feito]. Em conformidade com isso, que esses dois triângulos – o isósceles e aquele que tem invariavelmente o quadrado do seu maior lado correspondente a três vezes o quadrado do seu lado menor – sejam selecionados como aqueles dos quais são constituídos o fogo e os outros corpos.

---

136. ...ἀνδρῶν... (*andrôn*).
137. A água e o ar.

A essa altura, é preciso definir com maior clareza um aspecto que permaneceu obscuro em nossas considerações anteriores. A impressão que se teve é que se os quatro tipos [de corpos], no seu processo de vir a ser, transformaram-se todos entre si, tal impressão foi enganosa. De fato, dos triângulos selecionados por nós são gerados quatro tipos; desses quatro tipos, três a partir do triângulo que tem lados desiguais, enquanto somente o quarto tipo é composto do triângulo isósceles. A consequência é nem todos serem capazes de se decompor um no outro de modo a formar uns poucos corpos grandes a partir de muitos corpos pequenos, ou o contrário. Todavia, três deles admitem tal processo, pois todos os três são naturalmente compostos a partir de um triângulo, de modo que por ocasião da decomposição dos corpos maiores, muitos corpos de pequeno tamanho se formarão desses mesmos corpos, recebendo as formas que lhes cabem; e, inversamente, quando numerosos corpos pequenos são decompostos em seus triângulos, o produto de sua combinação será uma grande massa única de outro tipo. Isso basta a título de nossa explicação de como [esses corpos] se geram mutuamente.

Na sequência cabe-nos explicar a forma[138] na qual cada um deles veio a ser e os números que, tendo se combinado, os compuseram. Em primeiro lugar, apresentar-se-á aquela forma que é a primária, possuidora dos componentes que são os menores: seu elemento é aquele triângulo cuja hipotenusa tem a extensão correspondente ao dobro do lado menor do triângulo. Ora, quando dois de tais triângulos são justapostos ao longo da linha da hipotenusa (o que é realizado três vezes e traçando as hipotenusas e os lados curtos convergindo para um ponto único como centro), o produto disso é um triângulo equilátero único composto de seis triângulos do tipo em pauta. E quando quatro triângulos equiláteros são combinados, um só ângulo contínuo é formado na junção de três ângulos planos, esse ângulo contínuo se colocando, na ordem, junto do

---

138. ...εἶδος... (*eîdos*).

mais obtuso dos ângulos planos. E quando são produzidos quatro ângulos como esse, é construída a primeira figura sólida, a qual divide em partes iguais e semelhantes o todo da esfera circunscrita.[139] O segundo sólido[140] é formado com base nos mesmos triângulos, mas é construído a partir de oito triângulos equiláteros, o que produz um ângulo contínuo a partir de quatro ângulos planos. Uma vez formados seis ângulos contínuos, o segundo corpo é completado. O terceiro sólido[141] é composto de uma combinação de cento e vinte dos triângulos elementares e de doze ângulos contínuos, cada um destes contido por cinco triângulos equiláteros planos. [Esse corpo] possui, por conta de sua produção, vinte faces triangulares equiláteras.

O primeiro dos triângulos elementares deixou de atuar após haver gerado os três sólidos acima; quanto à natureza do quarto tipo [de sólido],[142] foi gerado pelo triângulo isósceles. Associados em grupos de quatro com os ângulos retos traçados associativamente no centro, produziram um quadrilátero equilátero;[143] seis desses quadriláteros quando combinados deram origem a oito ângulos contínuos, sendo que cada um desses são compostos de três ângulos retos planos; o corpo assim construído tinha a forma cúbica, apresentando seis faces quadrangulares equiláteras planas. Percebendo a presença remanescente de uma quinta figura composta,[144] o deus a utilizou para a decoração do universo.

Alguém que raciocinasse sobre tudo isso poderia ficar confuso quanto a se deveria sustentar a existência de uma multiplicidade infinita de universos ordenados ou um número

---

139. Essa figura sólida é o tetraedro (pirâmide) e Platão está se referindo à molécula de fogo.
140. Octaedro: referência à molécula de ar.
141. Icosaedro: referência à molécula de água.
142. Ou seja, o cubo: referência à molécula de terra.
143. Isto é, um quadrado.
144. O dodecaedro.

d limitado deles; e se assim ficasse e se questionasse corretamente, acabaria por concluir que a doutrina de uma multiplicidade infinita é a de alguém *não versado*[145] em coisas em que devia ser versado. A questão, porém, de se tratar verdadeiramente de um ou cinco universos é uma questão em que não devemos nos deter. Segundo nossa opinião, há um, isso em conformidade com a explicação provável. Uma outra pessoa,[146] considerando outros aspectos, sustentará uma opinião distinta. Devemos, contudo, pô-la de lado.

Quanto aos tipos gerados em nosso discurso, atribuamo-los individualmente ao fogo, terra, água e ar: atribuamos a forma
e cúbica à terra, já que dos quatro tipos a terra constitui o corpo mais imóvel e o mais plástico; de fato, o corpo sólido possuidor das bases mais estáveis tem necessária e preeminentemente essas características. Bem, dos triângulos que supomos originalmente, a base que é formada por lados iguais é, naturalmente, mais estável do que a base formada por lados desiguais; no que respeita às superfícies planas compostas por esses diversos triângulos, o quadrilátero equilátero (quadrado) – quer em suas partes, quer como um todo – possui uma base mais estável do
56a que o triângulo equilátero. Assim, preservamos a explicação provável ao atribuir essa figura [sólida] à terra, e entre as demais figuras [sólidas] a menos móvel à água, a mais móvel ao fogo e a figura intermediária ao ar;[147] isso significa, ademais, que atribuímos o corpo mais diminuto ao fogo, o maior à água e o intermediário ao ar; por outro lado, do ponto de vista da agudeza das bordas, o primeiro mais agudo é atribuído ao fogo, o segundo mais agudo ao ar e o terceiro mais agudo à água. No

---

145. Platão aqui possivelmente brinca com o duplo sentido de ἀπείρους (*apeírous*), que significa tanto ilimitado, infinito, quanto inexperiente, ignorante, não versado. Ele contrapõe ...ἀπείρου... (*apeírou* [não versado, inexperiente]) a ...ἔμπειρον... (*émpeiron* [versado, experiente]).

146. O tom é genérico e indefinido, mas é possível que Platão se refira nesse caso a Leucipo e Demócrito.

147. Ver nossas notas anteriores que referem as quatro figuras sólidas aos quatro elementos.

tocante a esses corpos sólidos, o que possui o menor número de bases é necessariamente o mais móvel, visto que ele, mais do que qualquer outro, possui as bordas mais cortantes e mais aptas ao corte em todas as direções. É necessariamente também o mais leve porque composto do número mínimo de partes idênticas. O segundo corpo se posiciona em segundo lugar na posse dessas mesmas propriedades, e o terceiro corpo ocupa a terceira posição.

Consequentemente, em consonância com a explicação correta e com a probabilidade, o sólido que assumiu a forma de uma pirâmide constituirá o elemento e a semente do fogo; na ordem de geração, afirmamos que o segundo é o ar, a água vindo em terceiro. Devemos conceber todos esses [corpos] tão diminutos a ponto de nenhum deles, se tomado isoladamente e na individualidade de seu tipo, ser visível para nós; quando, porém, muitos deles formam uma coletividade, suas massas são visíveis. Além disso, no que se refere às proporções numéricas que regulam suas massas, movimentos e suas demais propriedades, temos que pensar que quando o deus os consumou com exatidão, na medida em que a natureza da necessidade se submeteu voluntariamente, ou foi persuadida, ele os ordenou em harmoniosa proporção.

Com base em tudo que dissemos até aqui acerca desses tipos, o seu comportamento, com toda a probabilidade, será o que se segue. A terra conservará seu movimento quando acontecer de topar com o fogo e for submetida à dissolução produzida pela agudeza do fogo, não importa se essa dissolução ocorrer dentro do próprio fogo ou dentro de uma massa de ar ou de água; esse movimento continuará até que as partículas de terra eventualmente se encontrem em algum lugar, recombinem-se entre si, transformando-se novamente em terra. De fato, seguramente a terra jamais mudará, assumindo uma outra forma. Quanto à água, entretanto, toda vez que é dissolvida pelo fogo, ou até mesmo pelo ar, é suscetível de se converter num composto, com base em um corpúsculo de fogo associado a dois de ar; além disso, os fragmentos de ar resultantes da dissolução de uma partícula constituirão dois corpúsculos de fogo. Por outro lado, sempre que uma pequena quantidade de fogo é envolvida por uma grande quantidade de ar e água, ou de terra, movendo-se em seguida dentro deles à medida que se movem precipitadamente, acabando, a despeito de sua resistência, por ser vencida e fragmentada, o resultado é dois corpúsculos de fogo se combinarem para constituir uma forma de ar. Quando, por sua vez, o ar é sobrepujado e dissolvido, será composta uma inteira forma de água a partir de duas e meia formas inteiras de ar.

57a
Agora, mais uma vez ponderemos o caráter [dessas transformações] da maneira que se segue. Toda vez que qualquer um dos outros tipos distintos do fogo é apanhado dentro deste, é por ele seccionado devido à agudeza de seus ângulos e da linha de suas bordas; entretanto, quando é reconstituído na natureza do fogo, deixa de ser seccionado; de fato, uma coisa, de qualquer tipo que seja, semelhante e uniforme não é, de modo algum, capaz de produzir qualquer mudança num tipo que esteja num estado semelhante e uniforme, ou ser por ele afetada. Todavia, enquanto algo que participa de uma transformação tiver como seu contendor algo mais forte do que ele, sofrerá uma dissolução incessante. Por outro lado, sempre que alguns dos corpúsculos menores, tendo sido colhidos

b
por uma grande quantidade de corpúsculos maiores, forem fragmentados e debelados, poderão deixar de ser debelados se admitirem ser reconstituídos sob a forma do tipo que os venceu, de modo que ar surgirá do fogo e água do ar; mas se resistem a essa combinação ou àquela com qualquer um dos demais tipos, sua dissolução não findará enquanto não forem *ou* expulsos rumo aos seus próprios semelhantes, por força de impacto e fragmentação, *ou* então vencidos, caso em que em lugar de assumirem múltiplas formas, são assimilados pelo tipo vencedor, continuando a partilhar da morada deste.

c
Além disso, é devido ao que experimentam que todos eles permutam seus lugares; de fato, a título de efeito da agitação do recipiente, as massas de cada um dos tipos são dissociadas

entre si, passando cada uma a ocupar sua própria região; mas, pelo fato de algumas partes de um tipo particular realmente se tornarem ocasionalmente dessemelhantes de seus eus anteriores, e semelhantes aos outros tipos, são transportadas pela agitação para a região ocupada por esta ou aquela massa, cuja semelhança estão adquirindo.

São essas as causas que explicam o vir a ser de todos os corpos puros e primários. Entretanto, dentro desses quatro tipos há outras classes cuja causa é necessário buscar na construção de cada um dos dois triângulos elementares, tendo tal construção originalmente produzido não tão só um triângulo de um único tamanho definido, mas triângulos de maior e menor tamanho, apresentando tamanhos tão numerosos quanto as classes dentro dos tipos. A consequência é a infinidade de sua variedade quando são combinados com eles mesmos e entre si; e aqueles que pretendem utilizar a explicação provável no tocante à natureza têm que manter em vista essa variedade.

Ora, a não ser que cheguemos a algum consenso no que concerne ao movimento e a fixidez, quanto a como e em quais condições se manifestam, nosso argumento seguinte terá diante de si sérios obstáculos. Já nos referimos parcialmente a eles, mas cabe-nos acrescentar aqui que não há movimento na uniformidade, visto que é difícil, ou melhor, impossível para aquilo a ser movido existir sem o motor, ou para este último existir sem o que é para ser movido; ora, quando um ou outro está ausente, não há movimento, ao passo que [quando se acham presentes], a uniformidade é para eles inteiramente impossível. Em conformidade com isso, devemos sempre situar a fixidez na uniformidade e o movimento na não uniformidade. A causa da natureza não uniforme encontra-se na desigualdade, cuja origem já explicamos;[148] não explicamos, contudo, o como esses corpúsculos não são separados entre si tipo por tipo e não se detêm no seu movimento e transfor-

---

148. Essa referência talvez seja a 52e e 53c e segs.

mações recíprocas. Isso, assim, nos impõe fazer uma nova exposição da matéria nos termos que se seguem. A revolução do universo, na medida em que compreende os [quatro] tipos, exerce compressão sobre eles, porque é circular e apresenta uma tendência natural a *concentrar-se sobre si mesma;*[149] o resultado é não permitir que reste nenhum espaço vazio. Eis a razão porque o fogo, mais do que [os outros três elementos], permeou todas as coisas, o fazendo em segundo lugar o ar, já que é o segundo [elemento] mais sutil; o mesmo ocorre com os restantes. De fato, [os corpos] gerados a partir das partes maiores apresentarão os maiores vazios como remanescentes em sua construção, ao passo que [os corpos] gerados a partir das menores apresentarão os mais ínfimos vazios. Um processo de concentração e contração comprime as pequenas partes para o interior dos vazios das grandes. Assim, quando pequenos corpos são colocados ao lado de grandes, os menores produzindo a desintegração dos maiores enquanto estes integram os menores, todos eles se deslocam em sentido ascendente e descendente na direção das regiões que lhes são próprias; a mudança de seus tamanhos individuais causa a mudança também de sua posição no espaço. Como desse modo e por conta desses motivos a geração de não uniformidade é sempre preservada, ela promove de maneira incessante o movimento perpétuo desses corpos tanto no presente quanto no futuro.

Na sequência cumpre-nos observar que há múltiplos tipos de fogo: por exemplo, a chama, e o tipo que brota da chama – o qual não queima, mas supre luz para os olhos – além do tipo que, uma vez extinta a chama, permanece entre as brasas. Igualmente no que diz respeito ao ar: há o tipo mais translúcido que denominamos *éter,* o mais opaco, que consiste em névoa e escuridão, e outras espécies inominadas que são produzidas devido à desigualdade dos triângulos. Quanto aos tipos da água, constituem, numa primeira divisão, dois,

---

149. Platão se refere à força centrípeta.

o líquido e o tipo fusível.¹⁵⁰ O tipo líquido, na medida em que possui partículas de água desiguais, tem mobilidade tanto em si mesmo quanto ao sofrer ação externa, em função de sua não uniformidade e da configuração de sua forma. No que toca ao outro tipo, porém, composto de partículas grandes e uniformes, trata-se de um tipo mais estável do que o primeiro, além de ser pesado, sua uniformidade produzindo sua solidificação; quando, porém, o fogo nele penetra e o dissolve, isso o leva a abandonar sua uniformidade, e uma vez perdida essa torna-se mais suscetível ao movimento; no momento em que se tornou inteiramente móvel, é impulsionado pelo ar adjacente e estendido sobre a terra; recebeu um nome descritivo para cada uma dessas modificações: *fusão* no que respeita à desintegração de suas massas, e *fluidez* para sua extensão sobre a terra. Por outro lado, como o fogo ao ser expelido desse tipo de água não se transfere a um vazio, mas exerce pressão sobre o ar adjacente, este, por seu turno, exerce compressão sobre a massa líquida ainda móvel impelindo-a às moradas do fogo e o associa consigo mesmo; quanto à massa, sofrendo assim compressão e mais uma vez recuperando sua uniformidade, em função do afastamento do fogo, o agente de sua não uniformidade, volta ao seu estado de identidade de si. Dá-se o nome de *resfriamento* a essa cessação da ação do fogo, e de *solidificação* à combinação que se sucede ao seu afastamento.

De todos esses tipos de água que chamamos de fusíveis, o que consiste das partículas mais finas e mais uniformes e que se revelou como sendo o mais denso de todos – único em seu gênero e com o matiz de um amarelo brilhante, é o ouro, que constitui nossa mais valiosa posse, filtrado através de pedras e solidificado. E o rebento do ouro, duríssimo devido à sua densidade e de cor negra, é chamado de *adamas*.¹⁵¹ Quanto

---

150. Alusão aos metais.
151. ...ἀδάμας... (*adámas*): este termo não designa para nós a rigor e exatamente algo específico, se referindo genericamente a algum minério ou metal extremamente duro, que poderia ser a platina, a magnetita, o diamante, a hematita ou mesmo o aço.

ao tipo que se assemelha bastante ao ouro nas suas partículas, mas que apresenta múltiplas formas, sendo mais denso do que o ouro, contendo porções pequenas e finas de terra que o tornam mais duro e sendo, por outro lado, também mais leve por ter dentro de si grandes interstícios – esse tipo particular das águas sólidas e brilhantes que apresenta essa composição, é chamado de *cobre ou bronze*.[152] A parte de terra que está aí misturada passa a se distinguir por si mesma quando essa parte e a parte restante da mistura se desenvolvem no decorrer do tempo e novamente se separam; passa a ser chamado então de verdete.[153]

Se tivermos em vista um discurso que conte com a probabilidade não teremos mais dificuldade em fornecer uma explicação completa do resto dos itens desse gênero. No que toca a isso, caso alguém se desse um tempo, pondo de lado argumentos pertinentes aos *seres perpétuos*,[154] extraindo com isso um prazer despreocupado de considerar discursos prováveis acerca do vir a ser, supriria sua vida com um entretenimento a um tempo moderado e sensato. Assim, concedamos rédea solta agora a esse entretenimento e continuemos expondo as probabilidades subsequentes que dizem respeito a esses mesmos itens da maneira que se segue.

A água que é mesclada com fogo, a qual é fina e fluida, é chamada de *líquido*, devido ao seu movimento e ao modo como rola sobre a terra. Ela é, inclusive, mole pelo fato de suas bases,[155] com menos estabilidade do que as da terra, cederem. Quando esse tipo [de água] é separado do fogo e do ar e é isolado, adquire maior uniformidade; contudo, em função da saída [do fogo e do ar], ela sofre compressão sobre si mesma; e ocorrendo, assim, sua solidificação, sua parte acima da Terra que é a mais afetada por esse processo é denominada

---

152. ...χάλκος... (*khálkos*) designa tanto o metal *cobre* quanto a liga metálica *bronze*.
153. ...ἴος... (*íos*), ou acetato de cobre.
154. ...τῶν ὄντων ἀεί... (*tôn ónton aeí*), *as coisas [que são] sempre*.
155. Referência à molécula de água, correspondente à figura sólida do icosaedro.

granizo, enquanto sua parte na superfície da Terra [é denominada] *gelo*; no que diz respeito à sua parte menos afetada e que permanece ainda apenas semissólida, quando se encontra acima da Terra é chamada de *neve* e quando na superfície da Terra e solidificada a partir do orvalho, de *geada*.

60a
Com referência à maioria das variedades de água que se combinam, o tipo como um todo, o qual consiste de água que foi submetida a um processo de filtragem através de plantas que se desenvolvem da terra, é chamado de *seiva*. Entretanto, na medida em que as diversas variedades se tornaram dessemelhantes devido à combinação recíproca, a maioria das classes assim produzidas carece de nomes. Quatro dessas classes, porém, receberam nomes pelo fato de serem ígneas e particularmente conspícuas. Entre essas, a que aquece a alma bem como o corpo é chamada de *vinho*; a que é lisa e produz um efeito divisor na visão e que, por isso, tem aparência brilhante

b
e resplandecente ao olhar é a espécie *óleo*, que abrange o pez, o óleo de mamona, o próprio azeite[156] e todos os demais de idênticas propriedades; que se acresça [o tipo] que relaxa as partes contraídas da boca tanto quanto naturalmente possível, propriedade que possibilita a produção da doçura, [tipo] que responde pela denominação geral de *mel*; ademais, há o tipo espumante, que sendo cáustico, tem a propriedade de decompor a carne humana e animal – esse [tipo] é segregado da seiva [das árvores] e chamado de *opos*.[157]

Entre as espécies de terra, a que é filtrada através da água converte-se num corpo pedregoso aproximadamente da maneira que se segue. Quando a água que está misturada com ela sofre uma fragmentação no processo de mistura, muda

c
para a forma de ar; uma vez transformada em ar, investe em sentido ascendente para sua própria região; todavia, por não

---

156. ...ἔλαιον... (*élaion*), óleo de oliva.
157. ...ὀπός... (*opós*): genericamente o suco segregado pelo tronco de certas árvores, como possivelmente a figueira; específica e restritamente, *opós* designa o suco de consistência leitosa extraído da figueira para ser usado com a finalidade de coalhar o leite.

haver espaço vazio acima dela, o resultado é ela exercer pressão sobre o ar que lhe é adjacente, o qual, sendo pesado, ao ser pressionado e precipitado em torno da massa de terra, produz o esmagamento desta e a leva sob sua compressão a preencher os espaços dos quais o novo ar subia. Quando a terra é assim submetida a essa compressão do ar, de maneira a ser insolúvel na água, constitui *pedra*; dessa [pedra] o tipo mais nobre é o composto de partes iguais e uniformes e que apresenta transparência, enquanto o tipo mais grosseiro é o oposto. Há [também] o tipo do qual a umidade foi totalmente removida pela célere ação incineradora do fogo; esse tipo é de uma composição tal que o torna mais quebradiço do que o primeiro tipo. Trata-se daquele tipo ao qual conferimos o nome de *argila*.[158] Às vezes, contudo, quando alguma umidade permanece na terra, que é fundida pelo fogo e novamente arrefece, ela forma a espécie [de pedra] que é de cor negra.[159] Há, ademais, dois tipos que igualmente são isolados depois da mistura de grande quantidade de água; são compostos de partes mais diminutas de terra e são salinos; quando adquirem uma semissolidez e se tornam novamente solúveis na água, um deles constitui um catártico de óleo e terra formador de uma espécie denominada *salitre*; quanto ao outro, que se ajusta bem com as mesclas que afetam a sensibilidade da boca, envolvendo o sabor, é a substância usualmente denominada, e com razão, como *cara aos deuses*,[160] ou seja, o *sal*.

Quanto aos compostos desses dois [tipos], solúveis pelo fogo e não pela água, o que explica sua composição é o seguinte: fogo e ar não fundem massas de terra; de fato, na medida em que as partículas deles são menores do que os interstícios da estrutura da terra, eles dispõem de espaço para atravessar sem grande esforço esses interstícios, deixando a terra sem ser dissolvida, resultando que ela permanece não

---

158. ...κέραμον... (*kéramon*), por extensão louça de argila ou cerâmica.
159. A referência é, presumivelmente, à lava.
160. ...θεοφιλές... (*theofilés*); cf. Homero, *Ilíada*, Canto IX, 214.

61a fundida [e intacta]; [diferentemente], as partículas de água, que são maiores, têm que forçar sua travessia e saída, provocando consequentemente a dissolução e fusão da terra. Assim, quando a terra não é, de maneira forçada, condensada, é dissolvida exclusivamente pela água; na hipótese de ser condensada, é dissolvida somente pelo fogo, uma vez que não resta nenhuma entrada exceto aquela para o fogo. Assim, igualmente somente o fogo é capaz de dissolver a água que foi comprimida com máxima força, ao passo que o fogo, mas também o ar, são capazes de dissolver a água que se acha num estado de menor constrangimento; esse último[161] o faz abrindo caminho pelos interstícios, ao passo que o primeiro[162] por meio dos triângulos; porém, o ar quando condensado à força só pode ser dissolvido por seus triângulos elementares, ao passo que quando sua condensação é sem constrangimento, o ar é dissolvido somente pelo fogo.

b No que respeita às classes de corpos que são compostos de terra e água, enquanto a água ocupa os interstícios de uma dada massa de terra sob intensa contração, as porções de água que se aproximam provindo de fora não encontram como ingressar, limitando-se a fluir ao redor da massa inteira, que permanece não dissolvida. Quando porções de fogo penetram nos interstícios da água, os efeitos que produzem sobre a água são idênticos aos produzidos pela água sobre a terra; assim, as únicas causas da substância composta ser dissolvida e fluir são elas. Entre esses compostos, os que contêm menos água do que terra, formam a inteira classe conhecida como *vidro*, além de todas as espécies de pedra designa-
c das como *fusíveis*; por outro lado, aqueles que contêm mais água cobrem todos os corpos solidificados do tipo da cera e do *perfume que queimamos*.[163]

---

161. Ou seja, o ar.
162. Ou seja, o fogo.
163. Isto é, o incenso.

Com isso completamos nossa explicação dos quatro tipos, os quais são distinguidos por suas formas multifárias, suas combinações e intercâmbios; resta-nos, porém, ainda tentar esclarecer as causas que dão conta de suas propriedades afetivas. Antes de tudo, [atentemos] para a propriedade da percepção sensorial que necessariamente diz respeito aos objetos aqui discutidos; ainda não descrevemos, entretanto, o vir a ser da carne e aquilo que lhe é pertinente, nem da parte mortal da alma. Contudo, na verdade não há como explicar adequadamente esses tópicos independentemente do assunto das propriedades sensíveis, como tampouco esse segundo assunto sem fazer referência ao primeiro. Por outro lado, explicá-los simultaneamente beira a impossibilidade. Por conseguinte, trata-se de começar por um ou outro, deixando para uma etapa posterior a discussão de nossas hipóteses. A fim, portanto, de possibilitar a abordagem das propriedades afetivas na imediata sequência dos tipos, vamos supor como factual a existência do corpo e da alma.

Inicialmente, examinemos o que entendemos ao classificar o fogo como *quente* observando o modo em que atua sobre nossos corpos dividindo-os e cortando-os. Todos estamos cientes de que essa sua propriedade é de ser agudo. Entretanto, a fineza de suas bordas, a agudeza de seus ângulos, a pequenez de suas partes e a celeridade de seu movimento – propriedades que tornam o fogo incisivamente perfurante de maneira a produzir cortes agudos em tudo com que topa – têm que ser consideradas e explicadas evocando-se o vir a ser de sua forma, indagando se é essa substância, acima de qualquer outra, que divide nosso corpo e o corta em minúsculos pedaços, de modo a produzir naturalmente tanto a propriedade que chamamos de *quente* quanto o seu próprio nome.

A propriedade contrária é óbvia, ainda que por isso não dispense uma descrição. Sempre que líquidos com partículas maiores que circundam o corpo nele ingressam, sua ação ocorre no sentido de expulsar as partículas menores; entretanto, como são incapazes de ocupar o espaço antes ocupado pelas partículas menores, passam a comprimir a umidade no nosso interior, de sorte que produzem imobilidade e densidade em lugar de não uniformidade e movimento, isso como resultado da uniformidade e compressão. Apesar disso, aquilo que sofre contração antinatural resiste e, em conformidade com sua natureza, arroja-se para longe na direção contrária. A essa resistência e agitação damos os nomes de *tremor* e *enregelamento*; quanto a essa experiência como um todo, bem como sua causa, recebeu o nome de *frio*.

Mediante o termo *duro* designamos todas as coisas sob cujo contato nossa carne cede, enquanto mediante o termo *mole* todas aquelas que cedem ao contato de nossa carne; e esses termos são empregados de maneira semelhante na sua relação mútua. Tudo quanto se mantém sobre uma base pequena propende a ceder; no entanto, quando é construído com bases quadrangulares, contando com base muito sólida, trata-se de uma forma maximamente inelástica; e assim também é tudo cuja composição é muito densa e que possui máxima rigidez.

A natureza do *pesado* e do *leve* poderia ser explicada com suma clareza se paralelamente também examinássemos a natureza daquilo que chamamos de *acima* e de *abaixo*. A suposição de que existe realmente por natureza duas regiões distintas e inteiramente opostas, cada uma delas ocupando uma metade do universo – uma denominada *abaixo* para a qual se moveriam todas as coisas dotadas de qualquer massa corpórea, a outra denominada *acima*, na direção da qual todas as coisas se moveriam involuntariamente, somente sob a ação de uma força que as constrange – [*essa suposição*] é completamente errônea.[164] De fato, na medida em que o céu na sua totalidade é esférico, todas as suas partes mais externas, uma vez que equidistantes do centro, têm efetivamente que ser *as mais externas* num grau semelhante; além disso, o centro – o qual se distancia de todas as partes mais externas segundo as mesmas medidas – tem que ser concebido como oposto a todas elas. Constatando, assim, ser essa

---

164. Provável alusão ao atomismo de Demócrito.

realmente a natureza do universo ordenado, qual dos corpos que mencionamos pode ser situado *acima* ou *abaixo* sem incorrer-se com justiça na acusação de estar empregando um nome completamente inadequado? De fato, não é possível que a região central do universo ordenado seja corretamente designada como *acima* ou *abaixo*, mas tão só como *central*; enquanto sua circunferência nem é central nem possui ela qualquer parte mais divergente do que uma outra em relação ao centro ou qualquer de suas partes opostas. Mas relativamente àquilo que é, em todos os aspectos, uniforme, quais nomes opostos poderíamos supor que são corretamente aplicáveis, ou em que sentido? De fato, na hipótese de haver um corpo sólido equilibrado com regularidade no centro do universo, ele não seria jamais transportado a qualquer das extremidades devido à sua uniformidade em todos os aspectos; mas se fosse possível para alguém executar uma trajetória ao redor dele, essa pessoa estaria reiteradamente numa posição nos seus próprios antípodas e classificaria a mesmíssima parte dele ora de parte *acima*, ora de parte *abaixo*. De fato considerando que o todo[165] é, como afirmamos há pouco, esférico, a asserção de que ele possui uma região *acima* e uma região *abaixo* não faz sentido.

Quanto à origem desses nomes e o seu real significado que explica o fato de costumeiramente procedermos a essas distinções verbais até mesmo no que tange ao céu inteiro, isso é algo que é necessário determinarmos com base nos princípios que se seguem. Suponhamos que um indivíduo tivesse que assumir sua posição na região do universo onde a substância do fogo faz sua morada particular, e onde também essa substância para a qual ele se move é coletada na maior das massas; suponhamos, ademais, que dispondo do poder de realizar isso, ele empreendesse a separação de algumas porções do fogo e sua pesagem, colocando-as nos pratos da balança. Quando erguesse o travessão dos pratos e impulsionasse me-

---

165. ...ὅλον... (*hólon*): leia-se céu ou universo.

diante força para o ar diferente, é evidente que forçaria a massa menor com maior facilidade do que a maior. De fato, se duas massas são erguidas simultaneamente mediante um único esforço, aquela que é menor necessariamente cederá mais, ao passo que a maior menos por conta de sua resistência à força aplicada; e nesse caso se dirá que a grande massa é *pesada* e que se move *para baixo*, enquanto a pequena é *leve* e que se move *para cima*. Ora, trata-se precisamente do que devemos nós mesmos descobrir atuando aqui em nossa região. Postados sobre a Terra e separando diversas coisas terrestres – e às vezes a própria terra – arrastamo-las para o ar diferente mediante força e de maneira antinatural, já que esses dois tipos prendem-se àquilo que lhe é afim; à medida que a forçamos para o tipo diferente, a massa menor cede mais facilmente, aderindo primeiramente, razão pela qual a classificamos como *leve* e como *acima* a região para a qual a forçamos; e no que se refere aos seus opostos, os chamamos de *pesado* e *abaixo*. A consequência é haver uma necessária diferença entre eles nas suas relações recíprocas, porque as principais massas dos tipos ocupam regiões opostas entre si; de fato, quando compararmos o que é leve numa certa região com o que é leve na região que se opõe a essa, e o pesado com o pesado, o *abaixo* com o *abaixo* e o *acima* com o *acima*, detectaremos que todos eles mudam, são opostos, oblíquos e diferentes em todos os aspectos nas suas relações recíprocas. Contudo, há um fato único a ser observado no tocante a todos eles, a saber: é a passagem de cada tipo individual para a massa com a qual tem afinidade que torna *pesado* o corpo que se move, e *abaixo* a região para a qual esse corpo se move; em contrapartida, as condições opostas produzem efeitos contrários. Que seja essa, portanto, nossa explicação do que faz com que [coisas tenham] tais propriedades.

No que toca ao *liso* e ao *áspero* entendo que qualquer pessoa seria capaz de discernir as causas dessas propriedades, bem como explicá-las a outras pessoas. De fato, esse último[166]

---

166. Isto é, o áspero.

64a
é efeito da combinação da dureza com a irregularidade, enquanto o primeiro[167] constitui efeito da combinação da regularidade com a densidade.

Um aspecto muitíssimo importante remanescente, que concerne às propriedades que exercem um efeito comum sobre o corpo enquanto um todo, tem a ver com as causas de prazeres e dores nos casos que estivemos abordando, bem como em todos os casos em que nas partes corpóreas se registram sensações que envolvem em si mesmas dores e prazeres simultâneos. Tentemos, portanto, apreender as causas que têm conexão com todas as propriedades perceptíveis e imperceptíveis da maneira que se segue, tendo em mente a distinção anteriormente traçada por nós entre naturezas facilmente móveis e dificilmente móveis. De fato, será desse modo que teremos que rastrear tudo aquilo que tencionamos apreender. Quando aquilo que tem fácil e natural mobilidade é impressionado por até mesmo um pequeno distúrbio, transmite-o de uma maneira circular, as partículas encarregando-se de passar de uma a outra essa mesma impressão até alcançar a inteligência e anunciar a função do agente. Uma coisa do tipo oposto, porém, sendo estável e destituída de movimento circular, é perturbada somente em si mesma, não movendo nenhuma outra partícula vizinha; por conseguinte, uma vez que as partículas não transmitem entre si o distúrbio inicial, este deixa de impressionar o ser vivo como um todo, tornando o distúrbio não percebido. É o que ocorre com os ossos, pelos e todas as demais partes que consistem principalmente de terra, ao passo que o caráter anterior tem a ver particularmente com a visão e a audição, o que se deve ao fato de que o principal poder que lhes é inerente é o do fogo e do ar.

Quanto à natureza do prazer e da dor, devemos concebê-la da seguinte maneira: quando um distúrbio[168] antinatural e vio-

---

167. Isto é, o liso.
168. ...πάθος... (*páthos*): genérica e latamente tudo aquilo que experimentamos, em contraposição a tudo que fazemos – a paixão em contraposição à ação – ou, em outras palavras, tudo aquilo que afeta nosso corpo ou nossa alma.

lento ocorre em nosso interior de maneira intensa, é doloroso, ao passo que o retorno à condição natural, igualmente de maneira intensa, é prazeroso;[169] um distúrbio suave e gradual não é captado pelos sentidos, enquanto acontece o contrário com o distúrbio de caráter oposto. Quanto àquele distúrbio que ocorre na sua integralidade prontamente é completamente perceptível, porém não envolve nem dor nem prazer; é o caso, por exemplo, dos distúrbios da própria corrente visual que, como dissemos antes,[170] à luz do dia vem a ser um corpo em continuidade com nós mesmos. De fato, nenhuma dor é aí produzida devido a cortes, queimaduras ou qualquer outra coisa experimentada; tampouco gera prazeres a sua reversão à sua forma original; ela,[171] porém, tem as percepções mais intensas e claras no que diz respeito a qualquer objeto que a afeta, incluindo todo objeto com o qual colide ou em que toca; de fato, a força está inteiramente ausente quer de sua dilatação, quer de sua contração. No que se refere, contudo, aos corpos compostos de partículas maiores, visto que apresentam dificuldade para ceder ao que age sobre eles e pelo fato de transmitirem seus movimentos ao todo, experimentam prazeres e dores: estas quando são alterados, e prazeres quando são devolvidos à sua condição original. Que se acresça que todos esses corpos que experimentam perdas substanciais e esvaziamentos paulatinos, porém reabastecimentos intensos e copiosos, se tornam insensíveis aos esvaziamentos, mas sensíveis aos reabastecimentos; consequentemente, não introduzem dores à parte mortal da alma, mas os maiores prazeres, efeito evidente no caso de perfumes. Todas essas partes, porém, que são submetidas a violentas alterações e que de modo paulatino e mediante dificuldade são restauradas à sua condição anterior produzem resultados opostos aos que indicamos por último; e é evidente que é esse o caso das queimaduras e cortes do corpo.

---

169. Ver *A República*, Livro IX, 583c e segs. A obra *A República* consta em *Clássicos Edipro*.
170. Cf. 45b.
171. Ou seja, a corrente visual.

Com isso fizemos uma exposição bastante completa dos distúrbios que são comuns ao corpo como um todo, tanto quanto dos termos que são empregados aos agentes que os produzem. Na sequência, cabe-nos tentar, se o pudermos, expor o que ocorre nas diversas partes individuais [de nossos corpos], ocupando-nos tanto dos próprios distúrbios quanto de suas causas, as quais residem nos agentes a que são atribuídos.

c   É necessário, portanto, que comecemos por nos empenhar no maior esclarecimento possível daqueles distúrbios que omitimos quando tratávamos anteriormente dos sabores, sendo estes distúrbios próprios da língua. Parece que também esses distúrbios, como a maioria dos outros, são produzidos graças a certas contrações e dilatações; e, ainda mais do que no caso de outros distúrbios, esses distúrbios que constituem propriedades [da língua] envolvem a aspereza e a lisura. A propósito, todas as partículas terrestres que ingressam na área

d   em torno das minúsculas veias que, estendendo-se até o coração, atuam, por assim dizer, como instrumentos de teste da língua, ao produzirem um impacto sobre as partes úmidas e macias da carne e serem dissolvidas, contraem esses minúsculos vasos e os dessecam; e quando mais ásperas essas partículas parecem adstringentes, ao passo que quando menos [ásperas], parecem secas. Tudo aquilo que exerce um efeito detergente sobre as veias e lava toda a área da língua, é

e   classificado como amargo quando o realiza de maneira excessiva e ataca a língua a ponto de dissolver parte da substância que lhe é própria; é a propriedade, por exemplo, dos álcalis; por outro lado, aquilo que possui uma propriedade menos forte do que os álcalis, sendo detergente a uma intensidade moderada, a nós parece salgado e mais agradável na medida em que não apresenta o severo amargor. Quanto àquilo que compartilha do calor da boca, com o que se torna também macio, é completamente inflamado e, por seu turno, retorna o que tem de ígneo ao que o tornou quente; sua leveza o faz

66a   ascender aos sentidos da cabeça, seccionando todas as partes com as quais colide.

E por força dessas propriedades, todas essas coisas são chamadas de *picantes*. Por outro lado, quando partículas, que já foram refinadas mediante decomposição, e que ingressam nos vasos estreitos, revelam simetria com relação às partículas de terra e de ar neles encerrados, resultando no desencadeamento do recíproco movimento circular delas e sua fermentação; em consequência dessa *fermentação*, [as partículas de terra e ar] circundam-se entre si e assumem novos lugares, com o que criam novos orifícios que envolvem as partículas que ingressam. O efeito desse processo em que o ar é velado numa película úmida às vezes de terra, às vezes pura, é a formação de vasos úmidos, ocos e globulares de ar; e os formados de umidade pura são os glóbulos transparentes aos quais nos referimos com a designação de *bolhas*, enquanto os formados de umidade terrosa e que se agitam num movimento ascendente são designados por nós com os termos *efervescência* e *fermentação,* ao passo que a causa desses distúrbios é chamada de *ácido*.

Um distúrbio que constitui o oposto de todos esses distúrbios que acabamos de descrever resulta de uma condição oposta. Sempre que a composição das partículas úmidas que ingressam nos vasos da língua tem natural afinidade com a condição da língua, essas partículas ingressantes tornam lisas as partes ásperas e as lubrificam, e em alguns casos contraem, ao passo que em outros relaxam as partes que foram dilatadas ou contraídas de maneira antinatural; o resultado é restabelecer todas essas partes, tanto quanto possível, à sua condição natural; e todo remédio desse jaez dos distúrbios violentos, uma vez que é prazeroso e agradável a todos, é chamado de *doce*.

É quanto basta para esse assunto.[172] Na sequência, no que tange à capacidade das narinas, esta não encerra tipos fixos. A razão disso é a completa gama de cheiros constituir uma classe semi-formada, nenhum tipo detendo a simetria neces-

---

172. Ou seja, o assunto dos sabores.

sária para conter qualquer cheiro; de fato, nossos vasos nesses órgãos são demasiado estreitos para os tipos de terra e água, ao passo que demasiado amplos para os tipos de fogo e ar, de modo que ninguém jamais captou qualquer cheiro desses [elementos], mas somente de substâncias que se encontram em processo de serem umedecidas ou decompostas, ou fundidas ou evaporadas. De fato, os cheiros surgem no estado de transição quando a água está se convertendo em ar, ou este se convertendo em água, não passando todos eles de vapor ou névoa, a passagem de ar para água sendo névoa, enquanto a de água para ar é vapor; o que explica porque os cheiros na totalidade são mais tênues do que a água e mais espessos do que o ar. Seu caráter torna-se claro quando se respira forçadamente na presença de algo que obstrui a respiração; nesse caso nenhum cheiro que acompanha é filtrado, tudo que passa sendo tão só a respiração, isolada dos cheiros. Por conta dessas razões, as variedades desses cheiros carecem de nomes, não sendo oriundas quer de formas múltiplas, quer de formas simples, sendo indicadas apenas por dois termos distintivos, ou seja, *prazeroso* e *doloroso*; desses um deles[173] irrita e afeta violentamente toda a nossa cavidade corpórea situada entre a cabeça e o umbigo, enquanto o outro[174] suaviza essa área e a devolve agradavelmente à sua condição natural.

O terceiro tipo de percepção dentro de nós que nos cabe descrever em nosso exame é a audição, bem como as causas responsáveis pela produção das propriedades ou distúrbios que lhe dizem respeito. Formulemos em caráter geral que o som é uma percussão transmitida por meio dos ouvidos e produzida pela ação do ar sobre o cérebro e o sangue, atingindo a alma; e que a *audição* é o movimento resultante disso, o qual começa na cabeça e termina aproximadamente na base do fígado; e que todo movimento célere produz um som *agudo*, e que todo movimento mais lento produz um som mais *grave*;

---

173. Isto é, o doloroso.
174. Isto é, o prazeroso.

e que o movimento uniforme produz um som *regular* e *suave*, ao passo que o movimento não uniforme produz um som *áspero*; e que um movimento amplo produz um som alto, enquanto o movimento oposto produz um som *baixo*. O tema da harmonia sonora deve necessariamente ser abordado numa seção posterior de nossa exposição.

Resta ainda um quarto tipo de percepção, que somos obrigados a subdividir porque compreende uma vasta diversidade, que coletivamente designamos como *cores*. Consiste de uma chama que brota dos diversos corpos, e que encerra partículas tão proporcionais ao fluxo visual a ponto de produzir sensação.[175] No que se refere ao fluxo visual, já nos limitamos a indicar as causas de sua geração.[176] Portanto, no que toca às cores, a explicação que se segue é a que reúne maior probabilidade e racionalidade. Das partículas que se afastam das restantes e colidem com o fluxo visual, algumas são menores, outras maiores, e algumas de tamanho idêntico às partículas do próprio fluxo; as de idêntico tamanho são imperceptíveis e as chamamos de *transparentes*, enquanto as maiores, que contraem o fluxo visual, e as menores, que o dilatam, têm parentesco com as partículas de calor e de frio que afetam nossa carne, com as partículas adstringentes que afetam a língua, e com todas as partículas geradoras de calor que designamos como *amargas*. *Branco* e *preto*, consequentemente, são propriedades de contração e dilatação, sendo realmente idênticas a essas outras propriedades, ainda que isso ocorra numa classe distinta, o que explica apresentarem uma aparência diferente. São estes, portanto, os nomes que nos cabe lhes atribuir, ou seja, aquilo que dilata o fluxo visual é *branco*, enquanto o seu oposto é *preto*; ora, quando um movimento mais célere de uma espécie diferente de fogo ataca o fluxo visual e o dilata até atingir os olhos, penetrando e dissolvendo as próprias passagens dos olhos, descarrega um

---

175. A concepção platônica da produção das cores é correlata e análoga à da produção da luz e da ação de ver. Cf. 45b e segs.
176. Em 45b-d.

volume de fogo e água resultante que chamamos de *lágrimas*. E esse movimento de penetração, consistindo ele próprio de fogo, topa com o fogo procedente da direção oposta; quando um fluxo ígneo salta a partir dos olhos como um relâmpago e o outro os adentra, sendo, contudo, extinto pela umidade, a agitada mistura resultante gera cores de todos os matizes. Atribuímos o nome *resplandecimento* a essa experiência que nos afeta e [os adjetivos] *claro* e *brilhante* ao objeto que a produz. Por outro lado, quando o tipo de fogo intermediário entre esses alcança o líquido dos olhos e se combina com ele, não se mostra brilhante, mas em função da combinação do raio ígneo com a umidade, produz uma cor de sangue, que chamamos de *vermelho*. E quando o claro é combinado com vermelho e branco, o resultado é o *amarelo*. Seria, todavia, tolo declarar quais são as proporções da combinação das cores, mesmo se pudéssemos conhecê-las: nessas matérias não é possível de maneira apropriada proporcionar qualquer fundamento necessário ou razão provável. O vermelho combinado com preto e branco resulta em *púrpura*; quando, porém, essas cores são combinadas mediante uma incineração mais completa e maior adição de preto, o resultado é o *violeta*; o *castanho* resulta da combinação do amarelo com o cinza, ao passo que este resulta daquela do branco com o preto; o branco com o amarelo resultam na cor *ocre*. Por outro lado, quando o branco é combinado com o *claro* e imerso num preto carregado, converte-se numa cor *azul escura*; e o *azul escuro* combinado com o branco torna-se *azul claro*; quanto ao castanho, combinado com preto converte-se em *verde*. No que diz respeito aos demais matizes, fica bastante claro com base nesses exemplos quais são as combinações graças às quais devemos identificá-los de um modo a preservar o caráter provável de nosso discurso. Se, entretanto, qualquer investigador submetesse essas matérias a um teste experimental, demonstraria sua ignorância da diferença entre a natureza humana e a divina, visto que é o deus que é suficientemente sábio e poderoso para combinar o múltiplo com o uno e decompor, inversamente, o uno no múltiplo, enquanto nenhum ser humano teria capacidade para uma ou outra dessas tarefas agora ou em qualquer época no futuro.

e   Sendo essas as naturezas necessárias de todas essas coisas, o *artífice*[177] do maximamente belo e melhor as tomou naquele tempo entre as coisas vindas a ser quando engendrava o *deus autossuficiente e o mais perfeito;*[178] e embora ele haja utilizado as propriedades inerentes [a essas coisas] como causas auxiliares, ele próprio projetou o bem em tudo que estava vindo a ser. É por isso que devemos distinguir entre duas espécies de causa, a necessária e a divina, e buscar em todas as coisas a divina no interesse de conquistar uma vida de felicidade, na medida em que nossa natureza o permita, além do que [devemos] buscar a necessária por causa da divina, reconhecendo que sem a primeira será impossível discernir exclusivamente por si mesmos os outros objetos pelos quais nos empenhamos, ou apreendê-los, ou deles participar de qualquer maneira.

Uma vez que temos agora diante de nós completamente separados, tal como a madeira pronta para o carpinteiro, os diversos tipos de causas com base nas quais o resto de nosso discurso tem que ser entretecido, retornemos mais uma vez com brevidade ao nosso ponto de partida[179] e passemos rapidamente ao mesmo ponto de que partimos na nossa presente posição. Desse modo, nos esforçaremos agora para adicionar um coroamento[180] final, que se harmonize com o que foi dito anteriormente, ao nosso discurso.

---

177. ...δημιουργός... (*demiurgós*), ou seja, o construtor e modelador do universo ordenado (*kósmos*) a partir da *massa imensa e desordenada dos elementos esparsos no espaço* (*kháos*).

178. ...τὸν αὐταρκή τε καὶ τὸν τελεώτατον θεόν... (*tòn autarké te kaì tòn teleótaton theón*). O Demiurgo é aqui concebido como anterior, distinto e criador do mais perfeito entre os deuses. Ver, entretanto, 69c.

179. Em 47e.

180. ...κεφαλήν... (*kephalén*), literalmente *cabeça*.

Como afirmamos no início,[181] todas essas coisas encontravam-se num estado desordenado quando o deus nelas introduziu proporções (na medida do que lhes era possível quanto à proporção e harmonia), conferindo-lhes tanto individualmente proporção consigo mesmas quanto em relação às outras coisas. Naquela ocasião nada participava [da proporcionalidade], salvo por acaso, como tampouco era possível nomear qualquer coisa que fosse digna de menção e que ostentasse os nomes que atualmente lhes atribuímos, tais como fogo e água, e qualquer dos outros elementos. Mas ele,[182] para começar, estabeleceu a ordem para todas essas coisas, e então a partir delas construiu este universo, um único *ser vivo* que encerra dentro de si mesmo a totalidade dos seres vivos mortais e imortais. Ele próprio atua como o *artífice* das coisas divinas, porém delegou à sua própria progênie a tarefa de construir a gênese das coisas mortais. E eles,[183] o imitando, ao receberem o *princípio imortal da alma*,[184] construíram em torno dela um corpo mortal, conferindo-lhe esse corpo inteiro como seu veículo; dentro do corpo eles construíram também um outro tipo de alma, ou seja, o tipo mortal, o qual encerra em seu interior aquelas paixões a uma vez terríveis e necessárias, em primeiro lugar o prazer, o mais poderoso engodo para o mal; em seguida, as dores, as quais nos fazem fugir do que é bom; e além desses, a ousadia e o medo, ambos insensatos conselheiros; e a animosidade, difícil de ser dissuadida; e a esperança, pronta para seduzir. Combinando-os com os sentidos irracionais e o amor sexual totalmente atrevido, construíram, como era necessário, o tipo mortal de alma. Diante dessas perturbações, tiveram o escrúpulo de macular o divino apenas na medida do absolutamente necessário; assim, alojaram a alma mortal num lugar distinto do corpo, construin-

---

181. Cf. especialmente 30a e 42d e segs.
182. Ou seja, o deus.
183. Isto é, seus filhos, sua progênie.
184. ...ἀρχὴν ψυχῆς ἀθάνατον... (*arkhèn psykhês athánaton*).

do um istmo e fronteira entre a cabeça e o peito mediante o pescoço, com o fito de mantê-los separados. E no peito, ou tórax, como é denominado, eles fixaram o tipo mortal de alma. Como uma parte da alma mortal é melhor, enquanto a outra é pior, construíram uma divisão na cavidade torácica, como se fosse uma divisão de compartimentos feminino e masculino, situando entre eles o diafragma como se fosse um tabique. Assim, a parte da alma que alberga coragem e animosidade, uma vez que é aficionada à vitória, instalaram mais próxima da cabeça, entre o diafragma e o pescoço, para que pudesse dar ouvidos à razão e, em associação com ela, se capacitasse a controlar pela força a classe dos apetites sempre que se recusassem terminantemente a prestar voluntariamente obediência à palavra de comando proveniente da cidadela da razão. Quanto ao coração, que constitui a junção das veias e a fonte do sangue que vigorosamente circula através de todos os membros, foi instalado como a câmara de guarda; de fato, quando o calor da animosidade entra em efervescência, tão logo a razão informa que alguma ação injusta está sendo perpetrada os envolvendo,[185] ou do exterior, ou possivelmente mesmo a partir dos apetites internos, todo órgão dos sentidos no corpo estaria capacitado a perceber com rapidez, através de todos os vasos, tanto as exortações quanto as ameaças, e ouvi-las e acatá-las cabalmente, com o que a melhor parte ficaria no comando de todas elas. E a título de um meio de alívio para o bater do coração em ocasiões em que há expectativa de perigos e a animosidade é despertada, considerando que eles[186] estavam cientes de que todo esse intumescimento das partes animosas surgiria com base na ação do fogo, conceberam e implantaram a forma distintiva dos pulmões, uma estrutura que é, primeiramente, mole e destituída de sangue, além de conter no seu interior cavidades perfuradas como as de uma esponja, o que a capacita a absorver a respiração e a

---

185. Ou seja, os membros.
186. Ou seja, os deuses.

bebida exercendo um efeito arrefecedor que produz alívio e conforto no calor ardente. Com essa finalidade eles cortaram as passagens da traqueia-artéria com os pulmões e instalaram os pulmões como uma espécie de estofamento ao redor do coração, de modo que quando a animosidade nele presente estivesse em seu auge, o coração pudesse bater de encontro a algo que cedesse a ele e se arrefecesse; exercendo menos esforço, o coração se capacitaria mais com isso a servir a razão por ocasião da animosidade.

E a parte da alma sujeita a apetites por alimentos e bebidas, bem como todas as demais necessidades determinadas pela natureza do corpo, eles instalaram nas regiões entre o diafragma e o limite junto ao umbigo, construindo em toda essa área como se fosse uma manjedoura para a alimentação do corpo; e aí fixaram essa parte da alma, tal como se fosse uma criatura que, embora selvagem, era necessário que mantivessem unida ao resto e alimentada, se era para, afinal, existir uma raça mortal. Portanto, para que essa parte, assim se alimentando em sua manjedoura e alojada tão longe quanto possível da parte aconselhadora (e criando o mínimo possível de tumulto e ruído), permitisse que a parte suprema recebesse seu aconselhamento em paz no que respeita ao que é benéfico a tudo, tanto individual quanto coletivamente, eles a posicionaram dessa maneira. E como estavam cientes de que ela não compreenderia a razão, e que, mesmo que compartilhasse de alguma percepção dos discursos racionais, não disporia de nenhum instinto inato para atentar a qualquer um deles, sendo, ao contrário, majoritariamente enfeitiçada noite e dia por imagens e fantasmas, a fim de prevenir isso, o deus concebeu e construiu a forma distintiva do fígado e o instalou na morada dessa parte; ele o confeccionou denso, liso, claro e doce e, no entanto, dotado de uma qualidade amarga, de modo que a força dos pensamentos provenientes da mente, se movendo nele como num espelho receptor de impressões e produtor de imagens visíveis, amedrontasse essa parte da alma; assim, toda vez que a força mental podia se valer de uma porção adequada do amargor do fígado e instaurar a ameaça num tom severo capacitava-se então a amedrontar essa parte da alma. E infundindo o amargor no fígado inteiro, era capaz de projetar cores biliosas, e por contração tornar o fígado todo enrugado e áspero; ademais, no tocante ao lóbulo, receptáculos e passagens do fígado, ele curva e comprime o primeiro, ao passo que bloqueia e fecha os outros, com o que produz dores e náusea. Por outro lado, sempre que um suave alento procedente do intelecto pinta [sobre o fígado] aparências do tipo oposto e atenua o amargor, negando-se a agitar ou contatar a natureza que se lhe opõe e, valendo-se da doçura inerente ao fígado, corrige todas suas partes, de modo a torná-las retas, lisas e livres, faz com que a porção da alma instalada em torno do fígado se torne jovial e serena, de sorte que durante a noite ela se conduz com moderação, ocupando-se em seu sono com a divinação, diante da constatação de que não participa da razão e do entendimento.

De fato, aqueles que nos criaram, recordando a determinação de seu pai que os instruiu a produzir o tipo mortal tão excelente quanto pudessem, retificaram a parte vil em nós nela estabelecendo o instrumento de divinação, para que pudesse, em algum grau, apreender a verdade. Constitui sinal suficiente de que o deus concedeu o dom da divinação à estupidez humana o seguinte: ninguém alcança a genuína e inspirada divinação quando de posse de sua inteligência, mas somente quando o poder dela é limitado durante o sono, pela doença ou em função de alguma inspiração divina. Mas cabe a alguém de posse de seu juízo lembrar e ponderar acerca dos enunciados produzidos nesse estado divinatório ou de possessão quer durante o sono, quer em vigília. Cabe a essa pessoa analisar cabal e indiscriminadamente todas as visões a fim de apurar como e para quem significam algum mal ou bem futuro, passado ou presente. Entretanto, não cabe a alguém que esteve num estado de frenesi, e que nele ainda permanece, julgar suas próprias aparições e vozes. Como foi bem formulado num adágio antigo: somente para alguém em seu perfeito juízo é possível conhecer a si mesmo e administrar seus próprios negócios. Isso explica, inclusive, porque é costume designar *intérpretes*[187] para julgar a divinação inspirada, eles próprios sendo, de fato, classificados como 'agentes da divinação'[188] por certos indivíduos inteiramente ignorantes do fato de que não são agentes da divinação, mas intérpretes de vozes e aparições transmitidas mediante enigmas; assim, a designação mais correta para eles seria 'intérpretes de coisas obtidas por divinação'.

Isso explica porque a natureza do fígado é tal como a indicamos e porque ele está situado na região por nós descrita, ou seja, o propósito é a divinação. Que se acresça que quando o ser vivo individual está vivo, o órgão exibe sinais que são absolutamente claros, ao passo que quando privado da vida torna-se cego e suas divinações demasiado obscurecidas para prover quaisquer sinais claros.

A estrutura do órgão que lhe é contíguo,[189] com sua base à esquerda, serve ao fígado, conservando-o continuamente claro e limpo, como um pano de limpeza que é colocado próximo a um espelho e sempre à mão. Daí, toda vez que impurezas de caráter variado devidas a enfermidades do corpo aparecem em torno do fígado, a textura não compacta do baço as limpa e absorve totalmente, considerando-se que ele é constituído de uma matéria porosa e sem sangue. O resultado é ele tornar-se saturado das impurezas que absorveu, crescer a ponto de atingir um grande tamanho e supurar; em circunstâncias inversas, uma vez completada a limpeza do corpo, há redução desse tamanho e ele retorna ao seu estado anterior.

No que toca à alma, portanto, saber qual de suas partes é mortal, qual divina, onde estão situadas, com quais órgãos estão associadas e porque foram alojadas separadamente, somente com a confirmação divina ousaríamos afirmar que o

---

187. ...προφητῶν... (*prophetôn*).
188. ...μαντεῖς... (*manteîs*).
189. Alusão ao baço.

que dissemos é verdadeiro; entretanto, que nossa explicação encerra probabilidade é algo que temos que nos arriscar a afirmar agora e sustentar nossa afirmação ainda mais positivamente à medida que nossa investigação avança. Que seja essa, portanto, nossa afirmação.

Cabe-nos investigar o tópico seguinte ao longo de linhas idênticas. Esse tópico é como veio a ser o resto do corpo.[190] Os raciocínios que se seguem explicam da maneira mais apropriada sua composição. Os criadores de nossa raça sabiam que seríamos desregrados no que respeita a alimentos e bebidas, e como, por conta de nossa glutonice, consumiríamos bem mais do que o moderado e necessário; desse modo, com o fito de evitar a rápida destruição de nossa raça mortal provocada por doenças, e prevenir sua morte imediata e prematura, eles,[191] prescientes, formaram o baixo ventre,[192] como é chamado, para atuar como um receptáculo para armazenagem do alimento e bebida excedentes; espiralaram os intestinos a fim de impedir a passagem rápida do alimento, o que obrigaria o corpo a demandar mais alimento com rapidez, dando origem a um apetite insaciável, glutonice que levaria toda a raça a se tornar destituída da filosofia e da cultura, além de desatenta em relação à parte mais divina que existe dentro de nós.

No que se refere aos ossos, à carne e todas as demais coisas dessa natureza, a situação era a seguinte. Todos eles tiveram seu princípio na geração da medula, na medida em que foi nela que os laços da vida, pelos quais a alma está ligada ao corpo, foram presos e implantadas as raízes da raça mortal. Entretanto, a própria medula *veio a ser* a partir de outras coisas. De posse de todos aqueles triângulos primários,[193] os quais, não sendo distorcidos e sendo planos, eram especialmente adequados para formarem com exatidão o fogo, a água,

---

190. Cf. 61c.
191. Ou seja, os deuses.
192. Quer dizer, o abdômen.
193. Cf. 53d e segs.

c   o ar e a terra, o deus os isolou com base em seus respectivos tipos e, em seguida, combinando-os entre si nas proporções apropriadas criou a medula, a concebendo como uma semente universal para toda raça mortal. Em seguida, implantou na medula os diversos tipos de alma,[194] nela as unindo firmemente; e ao executar essa distribuição inicial se pôs imediatamente a dividir a própria medula em formas que correspondem em seu número e natureza àqueles das formas que devem pertencer aos diversos tipos de alma. E a porção da medula a que
d   cabia receber dentro de si, como se fosse dentro de um campo, a semente divina, foi por ele moldada arredondada e dele recebeu o nome de cérebro,[195] com o propósito de que uma vez completado cada ser vivo, o recipiente dessa porção fosse chamado de cabeça.[196] Todavia, a porção destinada a conter a outra, a parte mortal da alma, ele dividiu em formas simultaneamente arredondadas e alongadas, designando todas elas no seu conjunto como medula espinhal; e delas, como se fosse a partir de âncoras, ele fez brotar vínculos da alma inteira, e em torno desta ele finalmente passou a construir a totalidade de nosso corpo, quando começou por construir ao redor dele,
e   como um abrigo, uma completa estrutura de ossos.[197]

Quanto ao osso, ele o compôs da maneira seguinte: tendo filtrado a terra até que esta se tornasse pura e polida, amassou-a e umedeceu-a com medula; na sequência colocou-a no fogo, depois do que a mergulhou na água, voltando a colocá-la no fogo e mais uma vez imergindo-a na água; repetindo muitas vezes esse procedimento que envolve esses dois elementos, acabou por tornar a mistura insolúvel por um e outro elemento. Utilizou esse material na construção de uma esfera óssea arredondada em torno do cérebro, deixando aí uma abertura estreita; [continuando a utilizar o material] ele moldou vér-

---

194. Ou seja, a racional, a irascível e a apetitiva.
195. ...εγκεφαλόν... (*enkephalón*), que significa literalmente *que está na cabeça*, encéfalo.
196. ...κεφαλήν... (*kephalén*).
197. Isto é, o esqueleto.

74a tebras para encerrar a medula do pescoço e da nuca. Essas vértebras foram moldadas de osso e ele as instalou, como pivôs, numa fileira vertical, ao longo de todo o tronco, a partir da cabeça. E para preservar a totalidade da semente, ele a encerrou numa cerca circular de natureza pétrea; e nesta confeccionou conexões, usando como ajuda a *faculdade do diferente*[198] como um intermediário entre elas a fim de promover o movimento e a flexão. Ademais, como julgou ele que

b a natureza do osso, em si, era demasiado dura e inflexível e que, na hipótese de ser submetida ao fogo e depois arrefecida, entraria em decomposição, destruindo rapidamente a semente em seu interior, concebeu os nervos e a carne. Projetou unir todos os membros mediante os nervos que eram capazes de contrair e afrouxar, capacitando assim o corpo a flexionar em torno dos pivôs e distender a si mesmo. No que tange à carne, concebeu-a para ser uma proteção contra o calor do verão

c e um abrigo contra o frio do inverno; e como proteção contra ferimentos ocasionados por quedas, ele produziu a carne de modo que cedesse aos corpos macia e suavemente como vestes revestidas; e foi concebida contendo em seu interior uma cálida umidade que, durante o verão, seria excretada na transpiração, quando, umedecendo o exterior do corpo, promoveria um frescor sobre todo este; ao passo que, pelo contrário, durante o inverno essa umidade proporcionaria uma suficiente e conveniente proteção, através de seu fogo, contra a geada que cerca e ataca o corpo a partir do exterior. Tais foram os desígnios daquele que nos modelou: compôs uma mistura empregando água, fogo e terra, ajustando-a e criando um composto de ácido e sal, uma mistura fermentada combinada

d por ele com a mistura anterior, que resultou na formação da carne repleta de seiva e dotada de maciez. Quanto aos nervos, ele os compôs de uma mescla de osso e carne não fermentada, formando uma substância singular resultante da combinação de ambos, de qualidade intermediária, tendo ele empregado o amarelo para sua coloração. A consequência foi os nervos

---

198. Ou seja, o princípio da pluralidade.

adquirirem um caráter mais firme e mais rígido do que a carne, porém mais macio e mais elástico do que o osso.

Com esses, então, o deus encerrou os ossos e a medula, começando por uni-los entre si mediante os nervos, passando em seguida a revesti-los todos com carne.

e   Em seguida, entre os ossos, *os mais animados*[199] ele cobriu com o mínimo de carne, ao passo que *os mais inanimados*[200] foram por ele o mais densamente cobertos de carne; além disso, nas articulações dos ossos, salvo onde, de outro modo, a necessidade da presença de carne era determinada pela razão, ele tão só proveu uma delgada camada de carne, de modo a não constranger a capacidade de flexão das articulações, o que teria tornado extremamente difícil o movimento dos corpos; ademais, se houvesse nesses pontos uma espessa camada de carne, acumulada em função do volume e da densidade, o resultado seria essa espessa camada, devido à sua dureza, produzir insensibilidade, o que, além disso, levaria o intelecto a reter menos memória e mostrar-se mais obtuso. Essa é a razão porque as coxas, a parte inferior das pernas, a região em torno dos quadris e os ossos dos braços e antebraços, bem como todas as nossas demais partes destituídas de articulações e todos aqueles ossos vazios de inteligência em seu interior devido à modesta quantidade de alma na medula, são copiosamente providos de carne; no que diz respeito, contudo, às partes inteligentes, são elas menos abundantemente providas [de carne]; a exceção disso ocorre por conta de onde ele[201] constituiu a carne de modo a ela mesma ser um transmissor de sensações, do que é exemplo a língua; a maioria dessas partes, porém, foram feitas por ele da maneira que indiquei. De fato, tudo que é gerado por força

75a

b   da necessidade e se desenvolve junto a nós absolutamente não admite a coexistência da percepção aguda com ossos espessos e carne copiosa. Se houvesse predisposição para a combina-

---

199. ...εμψυχότατα... (*empsykhótata*), ou seja, os mais dotados de alma.
200. ...ἀψυχότατα... (*apsykhótata*), ou seja, os mais destituídos de alma.
201. Ou seja, o deus.

ção de tais características, a estrutura da cabeça, sobretudo, as possuiria, e os seres humanos, encimados por uma cabeça carnuda, repleta de nervos e vigorosa, desfrutariam de uma vida cuja duração seria o dobro, ou muitas vezes superior à de nossa vida presente, vida que seria [inclusive] mais saudável e menos sujeita à dor. Agora, tal como são as coisas, quando os artífices de nosso ser ponderavam quanto a conferir a uma raça maior longevidade ao custo de torná-la pior, ou menos longeva e melhor, concordaram que a vida mais curta e superior deveria ser por todos eleita de preferência à mais longa e inferior. Assim se explica porque cobriram a cabeça com uma escassa camada óssea e não com carne e nervos, visto a cabeça também ser destituída de articulações. Por conta de todas essas razões, portanto, a cabeça que foi ligada ao corpo de todo homem se mostrou mais perceptiva e mais inteligente, porém mais frágil.

Foi com fundamento nisso e desse modo que o deus instalou os nervos na base da cabeça, em torno do pescoço, unindo-os ali uniformemente; e a esses [nervos] ele prendeu as extremidades dos maxilares sob o rosto; os demais nervos foram distribuídos por ele entre todos os membros, unindo junta à junta.

E aqueles que produziram as feições de nossa boca muniram-na de dentes, língua e lábios, tal como se mostra hoje, com a finalidade de abrigar tanto o que é necessário quanto o que é o mais excelente, projetando a boca como a passagem de ingresso para o que é necessário e como a saída para o mais excelente. De fato, tudo que por ela ingressa e supre alimento ao corpo é necessário, enquanto a corrente de discurso que flui para fora [da boca] a serviço da inteligência é, de todas as correntes, a mais bela e a melhor.

Que se acresça que não foi possível deixar que a cabeça consistisse exclusiva e meramente de osso, devido aos extremos da temperatura numa direção ou outra, em função das estações; tampouco foi possível admitir que fosse coberta [de carne], tornando-se consequentemente estúpida e insensível devido a uma opressiva massa de carne. Em conso-

76a   nância com isso, da natureza carnuda que não estava sendo inteiramente desidratada foi separada uma camada maior envolvente, formando o que é atualmente chamado de *pele*. Esta, tendo se contraído devido à umidade na região do cérebro e se expandindo, formou um envoltório da cabeça, sendo esta, por sua vez, umedecida pela umidade que ascendia sob as suturas e fechando sobre o alto da cabeça, sendo contraída como se fosse num nó; e as suturas apresentavam todos os tipos de formas em função da força das revoluções [na cabeça] e da nutrição tomada, aumentando o seu número na medida do aumento do conflito entre essas revoluções, e
b   o diminuindo na medida da redução desse conflito. E o deus se manteve puncionando toda essa pele das imediações por meio de fogo, até que estando a pele perfurada e a umidade através dela eliminada, todo o líquido e calor puros desapareceram, enquanto a parte composta da mesma substância da pele, foi colhida e erguida pelo movimento e estendida bem além da pele, não sendo mais grossa do que as cavidades perfuradas; seu movimento, entretanto, era lento, de modo que o ar externo circundante a impulsionou para o interior
c   numa espiral sob a pele e se enraizou aí. Tais os processos que resultaram no crescimento de pelos na pele, sendo eles uma espécie fibrosa aparentada à pele, porém mais rígida e mais densa devido à constrição do frio, pela qual cada pelo à medida que se separava da pele era resfriado e constringido. Valendo-se, então, das causas mencionadas, aquele que nos criou tornou a cabeça cabeluda, objetivando que, em lugar da carne, os cabelos servissem como uma leve cobertura
d   para a parte da cabeça que contém o cérebro, atuando para efeito de segurança, e proporcionando suficiente sombra no verão e abrigo no inverno, e nem por isso se revelando qualquer obstáculo à facilidade da percepção.

Nervo, pele e osso foram entrelaçados nas extremidades de nossos *dedos* e *artelhos*.[202] A mescla desses três [elemen-

---

202. ...δακτύλους... (*daktýlous*): uma única palavra em grego.

tos] foi secada, levando à formação de um material, ou seja, uma pele dura singular. E enquanto essas constituíram as causas auxiliares de sua criação, a causa mais importante foi o *propósito* que se incumbiu do que veio a suceder doravante. De fato, aqueles que nos construíam estavam cientes de que mulheres e todos os animais selvagens seriam gerados algum dia com base no homem; compreendiam igualmente que muitos desses descendentes necessitariam, em função de muitas finalidades, de *unhas*, *garras* ou *cascos*,[203] o que explica haverem desde o início, já no nascedouro do ser humano, incluído a estrutura rudimentar de unhas nos dedos. Movidos por essa razão e esse desígnio, fizeram com que a pele desse lugar a pelos e unhas nas extremidades dos membros.

E quando todos os membros e partes do ser vivo mortal foram unidos, formando um todo natural, ocorreu de necessariamente sua vida ser envolvida por fogo e sopro, o que provocava seu definhamento e seu esvaziamento, condenando-o ao perecimento; diante disso, os deuses conceberam algo que protegesse o ser vivo. Produziram uma nova mescla e a geração de uma outra natureza, que embora aparentada à humana, era dotada de outras formas e outras sensações, de maneira a ser um ser vivo distinto; trata-se das árvores, plantas e sementes que, graças ao ensino da agricultura, são agora cultivadas entre nós; antes só existiam espécies silvestres, mais antigas do que as espécies cultivadas. De fato, tudo quanto participa da vida merece com justiça e corretamente ser denominado *ser vivo*.[204] Decerto, aquilo a que nos referimos agora partilha do terceiro tipo de alma,[205] que, conforme dissemos, está situada entre o diafragma e o umbigo, e que é inteiramente destituída de opinião, raciocínio e entendimento, mas que experimenta sensação, prazerosa e dolorosa, bem como apetites. De fato, na medida em que permanece completamente passiva e

---

203. ...ὀνύχων... (*onýkhon*): uma única palavra em grego.
204. ...ζῷον... (*zôion*), aqui não no sentido de *animal*, mas naquele mais lato que inclui o *vegetal*, como ser dotado de *vida* (ζῆν [*zên*]).
205. Ou seja, a apetitiva.

não executa um movimento circular no seu próprio interior e ao seu redor, repelindo o movimento exterior e exercendo o movimento que lhe é inerente, não é dotada, em função de sua constituição original, de uma capacidade natural para o discernimento ou reflexão relativamente a qualquer de suas próprias experiências. Por conta disso, ela é vida e não outra coisa senão um ser vivo, porém permanece estacionária e enraizada, uma vez que lhe falta o automovimento.

Uma vez implantadas em nós, seres inferiores, todas essas formas de nutrição por nossos superiores,[206] eles se puseram a abrir canais em nosso próprio corpo, como se estivessem abrindo canais em jardins, visando a que nosso corpo pudesse ser irrigado por um afluxo. Para começar, abriram abaixo da união da pele com a carne dois canais ocultos, isto é, veias, ao longo das costas, considerando o efetivo caráter duplo do corpo, tendo um lado direito e um esquerdo. Posicionaram-nas ao longo da espinha, mantendo entre elas a medula espermática, visando ao máximo vicejar possível desta e que o fluxo de umidade proveniente dessa região, apresentando-se num curso descendente, pudesse se mover com facilidade na direção de outras partes, acarretando a uniformidade da irrigação. Em seguida dividiram essas veias na região da cabeça e as entrelaçaram, cruzando-as em direções opostas; desviaram as veias do lado direito para o esquerdo, e as do esquerdo para o direito, para que elas, em associação com a pele, pudessem servir de vínculo entre a cabeça e o corpo, considerando-se que a cabeça, no seu topo, não estava cercada de nervos; havia o objetivo adicional de as impressões dos sentidos oriundas de ambas as partes, de cada lado, poderem se manifestar ao corpo como um todo.

Daí por diante eles se ocuparam da irrigação do modo a seguir, modo que perceberemos mais facilmente uma vez comecemos por concordar com certos pontos, a saber: tudo quanto é constituído de partículas menores se encerra em

---

206. ...κρεῖττους... (kreíttous).

partículas maiores, mas o que é constituído de partículas maiores não é capaz de se encerrar nas partículas menores; o fogo, pelo fato de entre todos os tipos[207] possuir as menores partículas, atravessa a água, a terra e o ar, bem como todas as coisas que são compostas deles, ao passo que nada pode nele se encerrar. Ora, devemos conceber que o mesmo se aplica à ação de nosso ventre. Toda vez que alimentos e bebidas descem ao seu interior, ele os encerra, mas é incapaz de encerrar o ar e o fogo, elementos cuja constituição é de partículas menores do que a sua própria. Assim, o deus se valeu deles[208] para prover irrigação do ventre às veias, tecendo para esse fim uma rede de malhas de ar e fogo, algo semelhante a uma armadilha para peixes; na sua entrada apresentava uma dupla de peças semelhantes a funis, uma delas sendo por ele feita bifurcada; e desses "funis" ele estendeu circularmente, como se fossem cordas, por toda a estrutura, até as extremidades dessa estrutura semelhante a uma rede de caça. Construiu inteiramente de fogo as partes internas da estrutura, mas de ar tanto os "funis" quanto o invólucro; e ele posicionou toda essa estrutura de modo a que circundasse o ser vivo, moldado da maneira que se segue. A parte em funil ele instalou na boca, e considerando que essa parte era dupla, fez com que um dos "funis" descesse até os pulmões através da traqueia-artéria, enquanto o outro até o interior do ventre lado a lado com a traqueia-artéria. Produziu uma divisão no primeiro "funil" e destinou a cada uma de suas seções uma saída comum por meio das narinas, de modo que quando uma das seções não conseguisse suprir passagem pela boca, todas as suas correntes poderiam também ser reabastecidas a partir daquela. Providenciou para que o resto da estrutura envolvente de malhas crescesse em torno da parte oca do corpo; e ele fez com que tudo isso numa ocasião fluísse suavemente para o interior dos "funis" – uma vez serem eles de ar – enquanto em outra ocasião, em que os "funis" fluem de volta [, reexpandindo,]

---

207. ...γένων... (*génon*): leia-se *elementos*.
208. Ou seja, dos elementos ar e fogo.

fez a estrutura entrelaçada cair abruptamente no e através do corpo poroso e exteriorizar-se novamente; e os raios interiores ígneos que se achavam encerrados dentro da estrutura foram por ele encaminhados no sentido de seguir o ar à medida que este se movia em ambas as direções; por isso ocorre que enquanto o ser vivo mortal logra sua preservação, esse processo se mantém incessantemente. E a esse tipo de processo o nomeador[209] conferiu, como afirmamos, os nomes *inspiração* e *expiração*. E todo esse mecanismo e seus efeitos foram criados visando a assegurar nutrição e vida ao corpo humano por meio de umedecimento e arrefecimento. De fato, à medida que a respiração ocorre como inspiração e expiração, o fogo interno que está a ela vinculado a acompanha; e toda vez que esse fogo, em suas contínuas oscilações, adentra o ventre e se apossa dos alimentos e das bebidas, ele os dissolve e mediante sua divisão em pequenas partículas os dispersa pelas passagens que emprega e os transfere às veias, como água que é colhida por canais a partir de uma fonte; e assim faz com que as correntes das veias fluam através do corpo como se fosse através de um tubo.

Reexaminemos o processo da respiração e as causas em função das quais veio a ser o que é atualmente. Trata-se do seguinte. Posto que não existe nenhum vazio no qual qualquer dos corpos móveis poderia ingressar, ao passo que o ar que respiramos se exterioriza, a conclusão se evidencia a todos, a saber, a de que nosso alento não ingressa num vazio, mas desloca o corpo que lhe é adjacente; e o corpo assim deslocado, por sua vez, desaloja o seguinte, isso se repetindo necessariamente; todo corpo é impulsionado ao redor na direção do lugar de onde originou-se o nosso alento e aí se aloja, ocupando-o e acompanhando o alento. Tudo isso ocorre como um processo simultâneo, como uma roda que gira, já que não existe o vazio. Daí, mesmo que o ar que estamos respirando seja expulso, a região do peito e dos pulmões

---

209. Cf. *Crátilo*, 438-439.

enche-se novamente do ar que circunda o corpo, aquele ar que participa do ciclo de deslocamento e se infiltra na carne porosa. E mais uma vez, quando o ar é repelido e passa externamente através do corpo, ele impulsiona o ar inspirado ao redor e para dentro por meio da boca e das narinas. É imperioso supormos que a causa e ponto de partida de tais processos sejam o seguinte. Todo ser vivo possui suas partes internas junto ao sangue e as veias sumamente quentes, como se nele houvesse uma fonte de fogo; e é essa área, de fato, que comparamos à estrutura entrelaçada da armadilha para peixes, declarando que tudo que fosse estendido no seu ponto intermediário era tecido de fogo, enquanto todas as demais partes, incluindo as externas, eram de ar. Ora, é incontestável que o calor por natureza move-se externamente para a região que lhe é própria, para aquilo que tem afinidade consigo; e considerando-se que há duas saídas, uma através [dos poros] do corpo e a outra por meio da boca e do nariz, toda vez que o fogo se precipita por uma saída numa direção, impele o ar ao redor na outra, de modo que o ar assim impelido ao redor se aquece quando topa com o fogo; enquanto o ar que sai é resfriado. E à medida que a temperatura altera sua situação e as partículas em torno da outra saída tornam-se mais quentes, o corpo mais quente, por sua vez, tende naquela direção, e se movendo rumo ao que se lhe assemelha impele naturalmente o ar em torno do que se encontra na saída anterior; consequentemente, o ar, sofrendo e transmitindo todo o tempo os mesmos efeitos, faz com ocorram a inspiração e a expiração como resultado desse duplo processo, como se fosse uma roda que oscila para lá e para cá.

Além disso, cabe-nos investigar nessas mesmas linhas as causas dos fenômenos associados às ventosas, bem como as causas da deglutição e dos projéteis arremessados à distância pelo ar e sobre a superfície da Terra; e que se acresçam as causas de todos os sons que, em função de sua celeridade ou lentidão, parecem agudos ou graves; às vezes o movimento que produzem em nós à medida que se movem em nossa direção é desarmonioso por conta de sua irregularidade, enquanto outras vezes é harmonioso devido à sua regularidade. De fato, os sons mais lentos colhem os movimentos dos sons anteriores e mais céleres quando estes últimos principiam a cessar e já caíram a uma velocidade semelhante àquela com a qual os sons mais lentos com eles colidem mais tarde e os movem; e quando os sons mais lentos colhem os mais céleres, não os perturbam impondo-lhes um movimento distinto, embora lhes comuniquem o começo de um movimento mais lento em conformidade com aquele mais célere, mas que tende a cessar; o resultado é produzirem um efeito único que constitui uma mescla de agudo e grave, proporcionando com isso prazer aos destituídos de senso e aos dotados de senso aquele júbilo intelectual produzido pela imitação da harmonia divina que é manifestada nos movimentos mortais.

Que se acrescente que no tocante a todas as correntes aquáticas, às quedas de raios e às maravilhas relativas à atração exercida pelo *âmbar amarelo*[210] e pela pedra heracleana,[211] nenhuma delas possui qualquer poder real de atração; pelo contrário, como ficará evidente a todo aquele que investiga apropriadamente, não há vazio; essas coisas se impelem entre si circularmente; todas as coisas movem-se pela troca de lugares – cada uma para o seu próprio lugar – quer no processo de decomposição quer naquele de combinação. O investigador irá descobrir que é por ação desses processos complexos e recíprocos que tais *obras maravilhosas* são produzidas.

Ademais, o processo da respiração, o qual deu início ao nosso discurso, ocorreu, como anteriormente indicamos, deste modo e por força destes meios. O fogo secciona os alimentos e à medida que acompanha o alento sobe através do corpo e à medida que sobe bombeia os fragmentos seccionados provenientes do ventre e os acumula nas veias. É graças a isso que em todos os seres vivos as correntes de nutrição

---

210. ...ἠλέκρων... (*eléktron*).
211. ...Ἡρακλείων λίθων... (*Erakleíon líthon*), magneto, magnetita, aparentemente provenientes de Heracleia e Magnésia. Cf. *Ion* 533d.

mantêm seu fluxo por todo o corpo. Na medida em que esses fragmentos alimentícios são frescamente seccionados e derivados de substâncias afins, alguns de frutos, outros de cereais plantados pelo deus em nosso favor com a expressa finalidade de servirem de alimento, assumem toda variedade de cor, pelo fato de terem sido combinados, embora o vermelho seja a cor predominante, sendo um produto natural da ação do fogo seccionando o alimento líquido e se imprimindo nele. Isso explica a cor da corrente que flui através do corpo ter adquirido a aparência que descrevemos; a essa corrente denominamos *sangue*, sendo ele o nutrimento da carne e de todo o corpo. É dessa fonte que se valem as diversas partes do corpo, de modo a reabastecerem o espaço das áreas evacuadas. Quanto aos processos de reabastecimento e evacuação, ocorrem como ocorre o movimento de tudo no universo, quer dizer, conforme o princípio de que toda substância se move rumo àquilo que lhe é aparentado. De fato, os corpos que nos circundam externamente se mantêm nos consumindo, e remetendo e distribuindo a cada espécie de substância aquilo que lhe é afim, ao passo que as partículas de sangue, sendo retalhadas dentro de nós e cercadas pela estrutura de cada ser vivo como se fosse por um céu, são impulsionadas no sentido de imitar o movimento do universo; por conseguinte, quando cada uma das partículas seccionadas internamente se move na direção daquilo que lhe é aparentado, preenche novamente o espaço esvaziado. E quando o que sai é mais do que o que ingressa, todo ser vivo declina; quando esse ingresso é menor, ele aumenta. Quando a estrutura do ser vivo inteiro é jovem, na medida em que os triângulos formadores de seus elementos estão ainda "frescos como se provenientes diretamente de uma planta de que extraem mudas", ela os conserva firmemente entrelaçados entre si, e a totalidade de sua massa possui uma composição tenra, considerando que foi recentemente produzida com base em medula e nutrida com leite; e à medida que os triângulos aí encerrados, os quais a invadiram a partir de fora e passam a formar o alimento e a bebida, tornam-se mais velhos e mais débeis do que o que lhes é próprio, ela os divide e supera com seus próprios novos triângulos, o que resulta no aumento de tamanho do ser vivo graças ao fato de alimentá-lo com base em múltiplas substâncias semelhantes. Entretanto, quando a raiz dos triângulos afrouxa-se em decorrência de numerosos conflitos travados durante longos períodos, eles perdem sua capacidade de seccionar os triângulos de alimento que entram e assimilá-los a si próprios, sendo eles próprios seccionados facilmente por esses [triângulos] invasores do exterior; todo ser vivo, então, entra em declínio ao ter assim seu poder sobrepujado, e é submetido ao que chamamos de *velhice*. Finalmente, quando os vínculos dos triângulos na medula, que haviam sido unidos apropriadamente, não resistem mais ao esforço e se partem, permitem, por sua vez, que se soltem os vínculos da alma, e esta, quando assim libertada naturalmente, alça voo jubilosamente; de fato, embora todo processo antinatural seja doloroso, o que ocorre naturalmente é prazeroso. Assim, de modo análogo, a morte que acontece em consequência de doença ou devido a ferimentos é dolorosa e forçada, ao passo que aquela que se segue à velhice e constitui um desfecho natural é a menos angustiosa das mortes, além do que é acompanhada por mais prazer do que dor.

A origem das doenças decerto é evidente a todos. De fato, como há quatro tipos de *seres*[212] dos quais o corpo foi composto, a saber, a terra, o fogo, a água e o ar, pode suceder de alguns deles aumentarem antinaturalmente às custas dos outros; ou pode ser que troquem suas regiões, cada um deixando a sua e se movendo para aquela do outro; ou ainda pode acontecer, considerando-se que há realmente mais de uma variedade de fogo e dos demais, que uma dada parte corpórea abrigue uma variedade em particular que não lhe é apropriada; quando isso ou algo semelhante ocorre, o resultado é conflitos internos e doença. Quando qualquer elemento sofre uma mudança

---

212. ...ὄντων... (*ónton*): leia-se *elementos*, entendendo-se que o *elemento* é a partícula primária e mínima de ser.

b   de estado contrária à natureza, todas as suas partículas que anteriormente eram resfriadas tornam-se aquecidas, ao passo que as presentemente secas tornam-se úmidas, e o leve torna--se pesado, sofrendo elas toda espécie de mudança em todos os aspectos. De fato, nossa opinião é a de que somente adicionando ou retirando a mesma coisa da mesma coisa na ordem e maneira idênticas e na proporção correta se permitirá que essa última permaneça segura e íntegra na sua identidade consigo mesma. Tudo quanto, porém, vier a exceder uma ou outra dessas condições em sua saída ou ingresso produzirá múltiplas e variadas alterações e incontáveis enfermidades e corrupções.

c   Por outro lado, no que toca às estruturas que são naturalmente secundárias do ponto de vista da construção, há uma segunda classe de enfermidades a ser considerada por quem está disposto a ter conhecimento delas. Como a medula, o osso, a carne e o nervo são compostos dos elementos – sendo essa inclusive a composição do sangue, ainda que de modo distinto – a maioria das demais doenças sobrevém como as anteriormente indicadas; entretanto, as mais graves entre elas acarretam consequências perigosas sempre que a formação dessas substâncias secundárias ocorre no processo inverso, o que provoca degeneração. De acordo com a natureza, carne e nervos são formados a partir do sangue,

d   o nervo a partir da fibrina devido à sua qualidade afim, ao passo que a carne a partir da substância coagulada por ocasião de sua dissociação da fibrina; além disso, a substância oriunda dos nervos e da carne, a qual é pegajosa e oleosa, não só faz aderir a carne à substância dos ossos, como também nutre e produz o aumento do próprio osso que envolve a medula, enquanto aquilo que é formado do tipo mais puro de triângulos, extremamente liso e oleoso, filtra-se através

e   da densidade dos ossos e, à medida que escoa e goteja dos ossos, umedece a medula. Ora, quando é nessa ordem que cada uma dessas substâncias é formada, disso resulta geralmente a saúde; mas se o processo ocorre na ordem inversa, o resultado é a doença. De fato, toda vez que a carne é decomposta e devolve sua matéria decomposta, novamente, ao interior das veias, decorre disso que o sangue nas veias (que apresenta grande volume e ampla variedade) combinando-se com o ar mostra-se diversificado por conta de cores e aspecto amargo, bem como pelas propriedades ácidas e salinas, contendo bile, soro e flegma de toda espécie. Quando todas as substâncias se tornam inversas e corrompidas, começam por empreender uma ação de destruição do próprio sangue, deixando elas em seguida de suprir qualquer nutrição ao corpo; isso é causado pelo fato de se moverem pelas veias em todas as direções, não mantendo mais a ordem de sua circulação natural, e gerando uma hostilidade mútua porque não extraem gozo entre si, além de estarem em guerra com os constituintes estabelecidos e regulares do corpo, os quais são por elas corrompidos e dissolvidos. A consequência de tudo isso é toda a parte mais velha da carne, que foi objeto da decomposição, endurecer e enegrecer devido à combustão contínua; e por ser inteiramente consumida, ela é amarga e, portanto, perigosa no seu ataque a qualquer porção do corpo que não foi ainda corrompida. Por vezes a matéria negra adquire uma qualidade ácida que substitui seu amargor, ocasião em que a substância amarga torna-se mais diluída; em outras oportunidades a substância amarga assume uma coloração mais rubra pelo fato de ser mergulhada no sangue, ao passo que se a matéria negra for misturada a isso, se tornará esverdeada; por outro lado, sempre que uma nova carne também for desintegrada pelo fogo da inflamação, uma matéria amarela é mesclada à substância amarga.

A designação comum *bile* foi atribuída a todas essas variedades quer por certos médicos, quer por alguém que se revelou capaz de fazer o levantamento de muitos casos dessemelhantes e discernir um tipo único entre eles digno de conferir seu nome a todos. Quanto a tudo o mais que pode ser considerado como espécies de bile, receberam suas definições especiais, caso a caso, com base em suas cores.

O soro é de dois tipos. Um deles é a benigna parte aquosa do sangue; o outro, sendo um produto da bile negra e ácida, se revela maligno sempre que dotado de uma qualidade salina adquirida por ação do calor; esse tipo recebe o nome de *flegma ácido*. [Há, ademais,] um outro tipo que envolve ar e que é formado pela dissolução com base em carne nova e tenra. E quando isso é insuflado e circundado por um fluido, bem como quando devido a esse processo são formadas bolhas (cada uma invisível por causa de seu minúsculo tamanho, mas visíveis sob a forma de uma massa agregada e que possui uma cor que aparece como branca em função da espuma formada), descrevemos a totalidade dessa desintegração que reage mediante o ar como *catarro branco*.

E a parte aquosa do flegma que é recentemente formada é *suor* e *lágrimas*, bem como quaisquer outras impurezas que são cotidianamente expelidas do corpo. Assim, toda vez que o sangue, em lugar de ser reabastecido naturalmente com base em alimentos e bebidas, recebe a massa de seu suprimento de fontes opostas que contrariam as leis naturais, todas essas coisas se convertem em instrumentos de doença.

Quando a carne em qualquer região está sendo decomposta pela doença, mas suas bases ainda permanecem firmes, o efeito do ataque é reduzido pela metade, pois ainda admite uma fácil recuperação; toda vez, entretanto, que a substância que faz aderir a carne aos ossos torna-se doentia e não mais se dissocia simultaneamente dos ossos e dos nervos, de modo a suprir alimentos aos ossos e atuar como um vínculo entre a carne e o osso, tornando-se, ao contrário, áspera e salina em lugar de lisa e pegajosa, em consequência de sua inanição devido a um mau regime, toda substância de tal natureza, à medida que é submetida a essas experiências, se esvai sob a carne e os nervos e separa-se dos ossos; a carne, a qual se dissolve com ela a partir de suas raízes, deixa os nervos expostos e repletos de matéria salina; e recuando ela própria à corrente sanguínea, a carne concorre para o aumento das doenças anteriormente indicadas.

Mas por mais severas que sejam tais doenças, mais graves ainda são *as que as precedem*,²¹³ quando o osso, em função da densidade da carne, não consegue receber suficiente arejamento, e se tornando aquecido por causa de sua deterioração se decompõe e não admite sua nutrição; pelo contrário, à medida que ele próprio se desagrega, é dissolvido naquele nutrimento que, por seu turno, ingressa na carne; o resultado é que quando a carne atinge o sangue, faz com que todas essas doenças sejam ainda mais virulentas do que as anteriormente descritas. O mais extremo de todos os casos ocorre quando a substância da medula adoece por conta de alguma deficiência ou algum excesso; a consequência disso é a mais grave das doenças e a mais capaz de provocar a morte, porquanto toda a natureza do corpo pelo império da necessidade realiza um fluxo na direção inversa.

Há, ademais, uma terceira classe de doenças que ocorre, como nos cabe conceber, de três formas, devendo-se essa classe em parte ao ar, em parte à flegma e em parte à bile. Sempre que os pulmões, que são os dispensadores de ar ao corpo, não conseguem manter suas passagens limpas por estarem obstruídas por defluxos, o resultado é o ar, estando incapacitado de passar por uma via enquanto ingressa numa outra num volume superior ao que lhe é próprio, causar a putrefação das partes que não respiram, ao mesmo tempo que força e distorce os vasos das veias; e na medida que produz essa dissolução do corpo, é ele mesmo encerrado na região central dele que contém o diafragma; a consequência disso é o surgimento de um número incontável de doenças dolorosas acompanhadas de transpiração copiosa. Com frequência, quando a carne é desintegrada, o ar encerrado no corpo que é incapaz de sair produz as mesmas dores excruciantes que são produzidas pelo ar que ingressa vindo do exterior; e tais dores excruciantes são maximamente intensas quando o ar circunda os nervos e as veias adjacentes, e devido ao seu incha-

---

213. Burnet: ...*as que afetam os tecidos mais básicos*... .

mento estica para trás os tendões e os nervos a eles ligados; daí ser realmente desse processo de intenso esticamento que essas doenças extraíram seus nomes de *tétano e opistótono*.[214] Essas doenças são, inclusive, de difícil cura; aliás, a melhor perspectiva para seu alívio é através de um ataque de febre.

85a A flegma branca também é perigosa quando é obstruída internamente devido ao ar em suas bolhas; quando, contudo, conta com saídas de ar fora do corpo, revela-se mais branda, ainda que seja responsável por produzir no corpo manchas brancas fazendo surgir sarna, doenças da pele e outras doenças aparentadas. Ademais, quando essa flegma é misturada com bile negra e se difunde pelos circuitos da cabeça, os quais são os mais divinos, perturbando-os, sua ação revela-
b -se mais branda durante o sono; entretanto, quando acomete pessoas despertas, é mais difícil de ser eliminada. E porque se trata de uma doença da parte sagrada de nossa natureza, é com plena justiça que é chamada de a doença sagrada.[215] A flegma que é ácida e salina constitui a fonte de todas as doenças que têm natureza de defluxo (catarros), as quais receberam toda uma gama de nomes, uma vez que as regiões em que ocorre o fluxo são bastante diversas.

Todas essas doenças, denominadas *inflamações*[216] no corpo devido ao *queimar e inflamar*[217] que implicam, são causadas pela bile. Quando esta obtém uma saída, ela ferve e faz
c ascender todo tipo de erupção; quando, entretanto, é mantida confinada, gera muitas doenças inflamatórias. Entre estas, a mais grave surge quando a bile, tendo sido mesclada com sangue puro, altera a posição das fibras [do sangue], que, dispersas no sangue, atuam para preservar sua devida proporção de sutileza e densidade, não podendo nem fluir do corpo poroso

---

214. ...τέτανοί τε καὶ ὀπισθότονοι... (*tétanoí te kaì opisthótonoi*): Platão aparenta essas palavras a ἐπιτόνους (*epitónoys* [esticado, teso, tenso, intenso]) e ξυντονίας (*xyntonías* ["intenso" esticamento]).
215. Alusão à epilepsia. Cf. *As Leis*, Livro XI, 916a (...ἱερὰ νόσῳ [*hierà nósoi*]).
216. ...φλεγμαίνειν... (*flegmaínein*), φλέγμα (*flégma* [inflamação, combustão]).
217. ...κάεσθαί τε καὶ φλέγεσθαι... (*káesthai te kaì flégesthai*).

pela ação liquidificadora do calor, nem se mostrar imóvel por ação de sua densidade, circulando com dificuldade nas veias. Devido à natureza de sua composição, as fibras preservam a quantidade apropriada dessas qualidades. Mesmo se alguém reunir e isolar as fibras sanguíneas mortas e em curso de arrefecimento, todo o resto do sangue se liquefaz; entretanto, se as fibras forem mantidas por si sós [no sangue], atuarão em associação com o frio circundante, não tardando a congelar (solidificar) o sangue. Tendo as fibras [sanguíneas] tal propriedade, a bile, cuja composição natural é sangue velho e que é redissolvida no sangue com base na carne, inicialmente se infiltra paulatinamente no sangue, enquanto quente e úmido, passando então a ser congelada por força dessa propriedade dessas fibras; e à medida que se torna congelada (solidificada) e, forçosamente destituída de calor, produz frio e tremor internos. Todavia, quando a bile flui com um volume maior, ela sobrepuja as fibras devido ao seu próprio calor, ferve e lança as fibras em completa confusão; e se é capaz de sobrepujar de maneira contínua as fibras [do sangue], infiltra-se na medula e a queima, com o que solta os cabos da alma, como se fossem os de um navio, e a liberta. Quando, porém, a quantidade da bile é modesta e o corpo resiste à dissolução, então é a bile que será sobrepujada e, nesse caso, ou é expelida por toda a superfície do corpo, ou então é comprimida pelas veias na direção do ventre inferior ou superior, sendo expelida do corpo como são expulsos fugitivos de uma cidade em guerra civil; e provoca diarreia, disenteria e todas as enfermidades desse tipo.

Quando é o fogo em excesso a principal causa da doença de um corpo, este se conserva gerando inflamações e febres; quando se trata de excesso de ar, têm-se febres recorrentes diariamente; quando excesso de água, as febres serão em dias alternados, visto que a água é mais lenta do que o ar ou o fogo; e no caso de excesso de terra, isto é, o quarto elemento e o mais lento dos quatro, a purgação ocorre num ciclo quádruplo de tempo, produzindo febres de quatro em quatro dias e que são curadas com dificuldade.

b   É assim que ocorrem as doenças do corpo; quanto àquelas da alma resultantes da condição do corpo, surgem da maneira que se segue. Temos que concordar que a *falta de senso*[218] é uma doença da alma.[219] Da falta de senso há dois tipos, sendo um deles a loucura,[220] o outro a ignorância.[221] Assim, seja qual for a perturbação a que alguém esteja submetido, se envolve uma ou outra dessas condições, tem que ser chamada de doença; temos, ademais, que afirmar que prazeres e dores em demasia constituem as maiores das doenças da alma, pois quando um ser humano experimenta um excessivo regozijo ou, pelo contrário, padece uma dor excessiva, estando acicatado pela pressa de agarrar o primeiro e esquivar-se à segunda além da medida, acha-se incapaz quer de ver, quer de ouvir corretamente qualquer coisa, encontrando-se em tal ocasião enlouquecido e completamente incapacitado de exercer a razão. E toda vez que a semente de um indivíduo humano desenvolve-se a ponto de atingir um volume copioso em sua medula, como se fosse uma árvore desmedidamente carregada de frutos, esse indivíduo gera para si mesmo ocasionalmente muitas dores pungentes, bem como muitos prazeres por força de seus desejos e a questão que lhes diz respeito; e passa a um estado de loucura no qual permanece a maior parte de sua vida devido a esses prazeres e dores intensos; a ação de seu corpo mantém sua alma enferma e destituída de senso. No entanto, essa pessoa não é tida como doente, mas como voluntariamente má; na verdade, porém, esse desregramento sexual, que se deve principalmente à abundância e fluidez de uma substância por conta da porosidade óssea, constitui uma doença da alma. De fato, quase todas essas condições, classificadas em tom de censura como *descontrole no prazer*, como se os atos maus fossem voluntariamente realizados,

---

218. ...ἄνοιαν... (*ánoian*).
219. Cf. *As Leis*, Livro III, 689a e segs.
220. ...μανίαν... (*manían*).
221. ...ἀμαθίαν... (*amathían*).

constituem erroneamente objeto de censura, pois *ninguém é voluntariamente mau*,²²² o indivíduo mau se tornando tal em razão de alguma condição má do corpo e da criação em que está ausente a educação. E tanto uma coisa quanto a outra são consideradas perniciosas por todos e independem da vontade de quem quer que seja. Por outro lado, igualmente no que diz respeito a dores, é o corpo também o causador de muitos males da alma.

A propósito, sempre que os humores que se originam de flegmas ácidos e salinos, bem como todos os humores amargos e biliosos, perambulam pelo corpo e não encontram saída, sendo mantidos confinados no interior [do corpo], mesclando seu vapor com o movimento da alma e confundindo-se com ele, o resultado é instalarem doenças da alma de todas as espécies, que variam em termos de intensidade e frequência; e à medida que esses humores infiltram-se nas três regiões da alma, dependendo da região que individualmente atacam, produzem todo tipo de mau humor e abatimento, além de toda espécie de temeridade e covardia, para não mencionarmos o esquecimento e a estupidez. Ademais, quando pessoas nessa má condição estão associadas a formas de governo político igualmente más, em que os discursos nessas cidades, privados e públicos, são maus; e quando, somando-se a esse quadro, lições que pudessem curar esses males não são aprendidas em lugar algum desde a infância, resulta que todos nós que somos maus assim nos tornamos em função de duas causas inteiramente involuntárias. E por elas devemos sempre culpar mais os procriadores do que os procriados, e mais as amas de leite do que os lactentes. De qualquer modo, é necessário cada um empreender todos os esforços, o melhor que possa, através da educação aliada às suas próprias investigações e estudos, com o objetivo de fugir ao mal e buscar o bem, o que, entretanto, constitui o tema de um outro discurso.

---

222. Afirmação genérica tipicamente socrática. Cf. *Protágoras* 345e e segs, e *As Leis*, Livro V, 731c. Esses diálogos estão presentes em *Clássicos Edipro*.

c   Por outro lado, é tanto plausível quanto apropriado ocuparmo-nos do assunto que é complementar àquele ao qual acabamos de nos referir, a saber, como tratar corpo e mente e lidar com as causas que determinam a preservação da integridade deles. Aliás, o que é bom merece mais ser objeto de nosso discurso do que o que é mau. Tudo que é bom é belo e não falta a devida proporção ao belo; por conseguinte, também o ser vivo para ser belo tem que ser proporcional. Estamos capacitados a discernir proporções modestas, mas somos incapazes de apreender racionalmente as mais importantes e maiores. De fato, no tocante à saúde e à doença, à virtude e ao vício, não há proporção ou ausência de proporção maior do que aquela existente entre a própria alma e o próprio corpo. Mas no que se refere a uma ou ao outro, falhamos totalmente na tarefa de perceber tal coisa ou refletir sobre ela toda vez que um corpo mais frágil e inferior é o veículo de uma alma vigorosa e grandiosa em todos os aspectos, ou, ao inverso, quando cada um dos dois pertence ao tipo oposto, situação em que falta beleza ao ser vivo como um todo em função de ser ele desproporcional relativamente à mais importante das proporções; enquanto um ser vivo que se acha na condição oposta constitui para aquele que tem olhos para ver, entre todas as visões, a mais bela e a mais admirável. Um corpo, por exemplo, dotado de pernas excessivamente longas, ou que é, de alguma outra forma, desproporcional devido a algum excesso, não é apenas feio, mas constitui também, quando um esforço conjunto é exigido, fonte certa de muita fadiga, uma profusão de torceduras e tombos produzidos em razão do movimento desajeitado desse corpo; pelo que causa a si mesmo um sem-número de males. Assim, é de maneira idêntica que nos cabe conceber o composto de alma e corpo que chamamos de *ser vivo*.[223] Sempre que a alma no interior do corpo é mais forte do que ele e se excita, ela o agita e o enche de dentro para fora de doenças; [por outro lado,] quando a alma devota-se ardentemente a algum estudo ou investigação, ela desgasta

---

223. ...ζῷον... (*zôion*).

o corpo; além disso, quando ela se envolve, pública ou privadamente, em ensinamentos e combates verbais realizados em meio à controvérsia e à altercação, ela inflama o corpo e o abala, induzindo-o a defluxos; o resultado é a alma enganar a maioria dos chamados médicos, fazendo-os atribuir a doença a uma causa errada.

b
Por outro lado, quando um corpo grande [,excessivo para sua alma,] é associado a um intelecto insignificante e débil – considerando que dois desejos atuam naturalmente nos seres humanos, ou seja, aquele pelo alimento mantenedor do corpo e aquele pela sabedoria que favorece a parte mais divina em nós – os movimentos da parte mais forte predominam e promovem o aumento de seu próprio poder, com o que tornam as funções da alma comprometidas com a obtusidade, a estupidez e o esquecimento; a consequência é a produção no seio da alma da maior de todas as doenças, nomeadamente a ignorância.

c
Para esses dois males há tão só uma salvação: não empregar a alma sem o concurso do corpo nem o corpo sem o concurso da alma, de modo a que possam estar de maneira mútua regularmente equilibrados e sadios. Assim, o matemático, ou o aficionado ardente de qualquer outra matéria, que mantém uma atividade árdua com seu intelecto, precisa igualmente submeter seu corpo ao exercício praticando ginástica; por outro lado, aquele que é cioso no que toca a modelar o corpo deve, por sua vez, ativar sua alma se devotando às artes liberais e a todos os ramos da filosofia, se um ou outro quiser ser merecedor de ser classificado com justiça como belo e bom.

d
E as diversas partes [do corpo] necessitam ser tratadas do mesmo modo, imitando a forma do universo. De fato, à medida que o corpo é aquecido ou resfriado no seu interior por ação das partículas que nele ingressam, para depois ser seco ou umedecido pelas partículas externas, e experimenta as alterações decorrentes de ambos esses movimentos, toda vez que alguém entrega o corpo em estado de repouso a esses movimentos, o corpo é dominado e condenado à completa ruína;

pelo contrário, se uma pessoa imita o que chamamos de educadora e nutriz do universo, e jamais, na medida do possível, permite que o corpo fique em repouso, mas o mantém em movimento, e promovendo contínuas vibrações internas o protege naturalmente de movimentos internos e externos, e mediante vibrações moderadas organiza os distúrbios e partículas elementares que perambulam pelo corpo, instaurando-os em sua devida ordem mútua com base em suas afinidades (conforme descrito em nosso anterior discurso sobre o universo), essa pessoa então não topará com um inimigo postado ao lado de outro gerando guerras e enfermidades no corpo; em lugar disso, encontrará um amigo postado ao lado de outro na postura de gerar saúde.

Por outro lado, no que toca aos movimentos, o melhor movimento de um corpo é o produzido por ele próprio no interior dele próprio, por ser esse o movimento mais intimamente aparentado ao movimento da inteligência e àquele do universo. O movimento produzido por ação alheia é menos bom; o pior de todos os movimentos é o transmitido a um corpo em repouso, esse movimento se processando parte por parte e mediante o concurso de outros [corpos]. Daí concluirmos que o movimento que se revela como sendo o melhor para a purificação e restauração do corpo é o promovido pelos exercícios físicos da ginástica; o segundo melhor é o produzido por veículos oscilantes e flutuantes, tais como barcos bem como qualquer tipo de meio de transporte que não produz fadiga; o terceiro tipo de movimento, isto é, a purificação médica obtida mediante medicamentos, ainda que útil eventualmente em casos de suma necessidade, não se mostra de modo algum admissível em outras circunstâncias a um homem de senso. Nenhuma doença que não seja especialmente perigosa deve ser agravada pela administração de medicamentos. Do prisma de sua estrutura, toda doença se assemelha de algum modo à natureza do ser vivo. Na verdade, a constituição desses seres determinou períodos de vida para as espécies no seu conjunto, além do que cada ser vivo individual, da mesma maneira,

c   nasceu com um prazo de vida que lhe é naturalmente predestinado, exceto por acidentes inevitáveis. De fato, já desde o início, os triângulos de cada ser vivo são construídos dotados de uma capacidade para que sobreviva até um certo tempo, que uma vez ultrapassado, não admite a sobrevivência. Essa mesma regra também é válida no que tange à estrutura das doenças, ou seja, quando se tenta violentamente eliminá-las por meio de medicamentos, à revelia do curso de tempo predestinado, as doenças brandas tornam-se suscetíveis de agravarem, ao passo que as ocasionais podem se tornar frequentes. A conclusão é que cada um, conforme o tempo que lhe
d   é disponível e sua medida de liberdade, deve controlar tais doenças através de dieta, de preferência a agravar uma irritação mediante medicamentos.

Que baste isso no que se refere ao tema do ser vivo como um todo e de sua parte corpórea, bem como no que toca a como alguém deveria tanto conduzir quanto ser conduzido por si mesmo visando a viver uma vida maximamente racional. De fato, cabe-nos priorizar e aplicar um cuidado particular, tanto quanto pudermos, no que toca a nos certificarmos de que a parte a ser condutora está apta da maneira mais admirável e excelente
e   possível para sua tarefa de condução. Uma exposição exclusiva e minuciosa desse assunto seria uma tarefa considerável, mas se o tratarmos apenas como uma questão colateral, acompanhando as linhas do que dissemos anteriormente, será possível examinar o assunto e enunciar nossas conclusões adequadamente mediante as considerações que se seguem. Afirmamos amiúde que há três tipos de alma em três regiões, alojados em nosso interior, e que cada um deles possui os seus movimentos característicos. Assim, devemos agora reiterar, com máxima brevidade, que o tipo [de alma] que se conserva ocioso e mantém inativos seus próprios movimentos necessariamente se torna o mais frágil, ao passo que o tipo que se mantém em
90a   exercício se torna o mais forte. Por conseguinte, é preciso estar vigilantes para que experimentem seus movimentos em relação recíproca na devida proporção. No que concerne ao tipo

mais soberano de nossa alma, devemos concebê-lo nos seguintes termos: asseveramos que o deus concedeu a cada um de nós, na qualidade de seu *dáimon*,²²⁴ aquele tipo de alma que reside no topo de nosso corpo; esse tipo nos eleva, considerando que não somos plantas terrestres, mas celestes, em ascensão da Terra rumo ao que nos é afim no céu. E ao asseverá-lo, falamos com máxima correção, pois é do céu, local de origem de nossas almas, que a parte divina suspende nossa cabeça e raiz, mantendo assim todo nosso corpo ereto.

A pessoa, portanto, que cede a apetites ou a disputas e se empenha excessivamente em fomentá-los, necessariamente acumulará opiniões inteiramente mortais; e na medida em que for afinal possível tornar-se mortal, não poderá evitar ter nisso pleno êxito porquanto avolumou sua parte mortal. Ao contrário, a pessoa que se dedicou seriamente ao aprendizado e aos pensamentos verdadeiros, tendo feito disso seu exercício principal, acima de todos os demais, tal pessoa pensa, absoluta e necessariamente, pensamentos imortais e divinos, na hipótese da verdade ser por ela apreendida. E tanto quanto seja possível à natureza humana participar da imortalidade, não deixará, de modo algum, de atingi-la; e na medida em que essa pessoa se conserva cuidando de sua parte divina e ampliando apropriadamente o *dáimon* que reside no seu interior, deverá realmente *ser sumamente feliz*.²²⁵ E o modo de todo ser humano cuidar de suas partes é um único, a saber, suprir cada uma delas do alimento e do movimento que lhe são particularmente adequados. Ora, no que toca à parte divina dentro de nós, os movimentos adequados são os pensamentos e revoluções do universo. São esses que nos cabe ter como orientadores a seguir, pondo-nos a corrigir as revoluções em nossas cabeças distorcidas por ocasião de nosso nascimen-

---

224. ...δαίμονα... (*daímona*), aqui na acepção específica e restrita de divindade protetora e orientadora pessoal, conceito grego correspondente ao de "anjo da guarda", mas também ao de "consciência". Cf. principalmente *Apologia de Sócrates*, 31d, A *República*, Livro X, 617d e 619c, *As Leis*, Livro V, 732c, e Livro IX, 877a.

225. ...εὐδαίμονα εἶναι... (*eudaímona eînai*), literalmente *estar com [um] bom dáimon*.

to, por meio do aprendizado das harmonias e revoluções do universo, com isso instaurando a conformidade entre nossa parte pensante e o objeto pensado, de acordo com o que era sua natureza inicial; e uma vez conquistada essa similitude, teremos finalmente alcançado aquele propósito da vida, que é estabelecida pelos deuses aos seres humanos como a mais excelente, quer para o presente quer para o futuro.

e   Agora, parece-nos que a tarefa que nos coube no início de oferecer uma descrição do universo até a gênese da humanidade está quase completa, já que o modo como ocorreu a gênese do resto dos seres vivos exigirá de nós apenas sumárias considerações, dispensando um longo discurso; de fato, através dessa brevidade sentiremos estar assegurando a medida certa em nossa abordagem dessas matérias. Procedamos, portanto, ao tratamento desse assunto como se segue.

Com base no relato provável, todos os *homens*[226] que viveram uma vida de covardia e injustiça renasceram numa segunda geração, como mulheres. Isso, inclusive, explica porque os deuses naquela época conceberam o desejo da relação sexual, construindo um ser vivo *animado*[227] de um tipo em nós, homens, e um outro nas mulheres. E foi da maneira seguinte que os fizeram. A partir da passagem de saída para os líquidos, no ponto em que esta acolhe o líquido que passou pelos pulmões até alcançar os rins, e ingressar na bexiga (sendo aí comprimido pelo ar), eles executaram um orifício, como uma passagem de conexão, ao interior da medula condensada que procede de modo descendente da cabeça, através do pescoço e ao longo da espinha. Trata-se da medula que, em nossa exposição anterior, chamamos de *semente*.[228] E a medula, por ser animada e haver recebido uma saída, dotou a parte em que está situada sua saída de um desejo sexual de gerar pela implantação ali de um desejo vivificante de emissão. Em con-

---

226. ...ἀνδρῶν... (*andrôn*), seres humanos do sexo masculino.
227. ...ἔμψυχον... (*émpsykhon*), dotado de alma.
228. ...σπέρμα... (*spérma*).

sequência disso, nos *homens* a natureza dos órgãos genitais é desobediente e detentora de vontade própria, tal como um ser vivo que não se sujeita à razão; ademais, ela tenta, em função de seus apetites frenéticos, exercer o domínio de tudo o mais. E nas mulheres, por outro lado, devido a causas idênticas, quando o ventre ou útero, como é denominado (o qual é um ser vivo desejoso de gerar filhos no interior delas), permanece muito tempo sem frutificar depois da época devida, ele fica sumamente frustrado e passa a vagar por todo o corpo [feminino]; e bloqueando os canais de respiração e a impedindo faz mergulhar o corpo no mais completo impasse e produz, além disso, todos os tipos de doenças, até que, finalmente, o desejo e o amor sexual unem [homem e mulher]. Então, como no ato de apanhar seletivamente o fruto de uma árvore, semeiam no útero, como em solo arado, seres vivos que são invisíveis por força de sua pequenez e ausência de forma; são eles na sequência moldados, recebendo forma distinta e nutridos até atingirem grande tamanho dentro do corpo, depois do que os fazem vir à luz, completando assim a geração do ser vivo.

Dessa maneira vieram a ser as mulheres e as fêmeas em geral.

Quanto às aves, são produtos de uma transformação – desenvolvendo penas em lugar de pelos – a partir de *homens* inofensivos, porém ingênuos, homens que sendo estudiosos dos fenômenos celestes, supõem em sua candidez que as provas mais confiáveis relativamente a eles poderiam ser obtidas graças ao concurso do sentido da visão. Quanto às espécies selvagens de animais que caminham sobre pés, originam-se de indivíduos humanos que não prestaram absolutamente nenhuma atenção na filosofia, e que não se dedicaram de modo algum ao estudo da natureza celeste; isso lhes foi causado por suspenderem o uso das revoluções cefálicas internas e acatarem a orientação das partes da alma que se encontram no peito. Em decorrência dessas práticas, eles moveram para baixo seus membros dianteiros e suas cabeças rumo ao solo, os instalando nesse nível, em razão de uma afinidade; suas cabeças se tornaram alongadas, assumindo todo tipo de formas,

92a   em função da distorção sofrida por suas várias revoluções, devido à falta de uso. Isso também explica porque essa raça passou a ser quadrúpede, bem como possuidora de mais do que quatro pés. O deus colocou maior número de suportes sob os seres mais desprovidos de razão, de modo que pudessem se arrastar ainda mais próximos do solo. E visto não haver mais nenhuma necessidade de pés para os mais desprovidos de razão desses animais, que se estiravam com o
b   corpo inteiro sobre o solo, os deuses os geraram sem pés e rastejantes. Quanto ao quarto tipo, aqueles de vida aquática, originou-se dos homens mais estúpidos e ignorantes entre todos, aqueles que seus remodeladores julgaram não mais dignos sequer da respiração [do ar] puro, constatando que eram, em função de sua completa perversidade, possuidores de almas maculadas. Em lugar de lhes permitir que respirassem o ar raro e puro, arrojaram-nos na água para respirarem suas profundezas turvas. Daí o surgimento dos peixes, moluscos e de todos os seres vivos aquáticos, que têm como morada, como justa retribuição por sua extrema estupidez, a região mais extrema. Assim, tanto naquela época quanto atualmente, os seres vivos se mantêm permutando suas formas entre si de todas essas maneiras, à medida que ocorrem suas trans-
c   formações por força da perda ou do ganho de inteligência ou de falta de inteligência.

    E agora, finalmente, estamos autorizados a dizer que nosso discurso que teve o universo como objeto está findo; de fato, nosso universo ordenado recebeu os seres vivos tanto mortais quanto imortais, tendo sido com isso ocupado, sendo ele próprio um *ser vivo* visível que abarca seres vivos visíveis, um deus perceptível criado à imagem do Inteligível, do prisma do seu vir a ser, maximamente grandioso, maximamente bom, maximamente belo e maximamente perfeito, realmente um céu[229] único do seu tipo.

---

229. ...οὐρανός... (*ouranós*), aqui o mesmo que universo.

CRÍTIAS

PERSONAGENS DO DIÁLOGO:
Timeu, Crítias, Sócrates, Hermócrates

106a **Timeu:** Com que contentamento, Sócrates, findo agora a prolongada marcha de meu discurso, tal como um viajante que se dispõe a descansar após uma longa viagem de incerteza. E agora ergo minha prece a esse deus que foi há pouco criado por meu discurso,[1] embora na realidade obra já antiga, para que conceda a preservação de tudo que dissemos acertadamente, e se, sem que fosse nossa intenção, produzimos
b alguma melodia de notas dissonantes, que nos imponha a justa punição. Ora, a justa punição consiste em tornar afinado aquele que está desafinado. E, assim, no propósito de que no futuro façamos corretamente o discurso sobre a origem dos deuses, suplicamos que ele nos confira o remédio que entre todos os remédios é o mais perfeito e o melhor: entendimento. E tendo feito nossa prece, transferimos a Crítias, conforme nosso acordo,[2] a tarefa de prosseguir na sequência com seu discurso.

Crítias: Sim, Timeu, aceito a tarefa. Mas faço agora em meu
c próprio interesse a mesma solicitação que tu mesmo fizeste no início, quando pediste nossa indulgência diante da mag-
107a nitude do objeto do discurso que ias empreender. E até rei-

---

1. No *Timeu*.
2. Ver *Timeu*, 27a-b.

vindico que me seja concedida uma porção maior de indulgência para o discurso que estou na iminência de proferir. Devo admitir que compreendo suficientemente que o que reivindico é positivamente impudente e menos conveniente do que deveria ser, porém, apesar disso, tenho que agir assim. Quanto à exposição que fizeste, como alguém em seu juízo ousaria negar a excelência de teu discurso? Contudo, tenho de alguma forma que me empenhar em mostrar que o discurso que estais para ouvir requer maior indulgência por conta da maior dificuldade de seu objeto. É mais fácil, Timeu, causar a impressão de estar falando satisfatoriamente

b sobre deuses a seres humanos do que sobre mortais dirigindo-se a nós. De fato, quando a audiência carece de experiência e é totalmente ignorante relativamente ao objeto do discurso, essa condição favorece grandemente o indivíduo que irá discorrer sobre esse objeto. Estamos cientes de nossa condição quanto ao conhecimento dos deuses. Para tornar mais claro o que quero dizer, rogo que me acompanheis na imediata sequência. Todos os discursos que fizemos inevitavelmente se enquadram decerto na categoria de imitações e representações. Se observarmos como os pintores retratam corpos divinos e humanos do ponto de vista da facilidade ou di-

c ficuldade envolvida no sucesso obtido na imitação de seus objetos, segundo a opinião dos apreciadores [de sua arte], perceberemos primeiramente que com referência às terras, montanhas, rios, florestas e o céu inteiro com todas as coisas que nele existem e se movem, nos contentaremos com a capacidade de uma pessoa de representá-los apenas com um modesto grau de semelhança; ademais, na medida em que não dispomos de um conhecimento exato dessas coisas, não

d submetemos as pinturas a um exame minucioso ou a uma crítica, nos satisfazendo, num exercício de tolerância, com um esboço inexato e enganoso. Todavia, quando um pintor tenta retratar nossos próprios corpos, prontamente percebemos e localizamos a falha de sua representação devido à nossa constante familiaridade e conhecimento de nossos próprios corpos, nos convertendo em severos críticos daquele que é incapaz de reproduzir plenamente todos os detalhes enquanto pontos de semelhança. Ocorre precisamente o mesmo, cabe-nos observar, no que se refere aos discursos: se o objeto do discurso são as coisas celestiais e divinas, contentamo-nos mesmo com um relato detentor de modestíssimo grau de probabilidade, ao passo que se a abordagem é daquilo que é mortal e humano, nosso exame é criterioso e exigente. Por conseguinte, é necessário ser indulgente relativamente a um discurso dado agora sob o impulso do momento na hipótese de não conseguirmos dele fazer uma representação completa e adequada; é preciso admitir que a representação satisfatória de objetos mortais constitui uma tarefa difícil e não fácil. O motivo de haver feito todas essas observações, Sócrates, é eu desejar vos lembrar disso e pleitear uma maior em lugar de uma menor parcela de indulgência para o discurso que estou na iminência de fazer. Se considerais a reivindicação que fiz por esse benefício justa, dignai-vos a concedê-lo de boa vontade.

Sócrates: E por que, Crítias, titubearíamos em concedê-lo? Não! Que, inclusive, tal benefício seja igualmente concedido a Hermócrates, o terceiro a discursar. De fato, é evidente que mais tarde – e isso não tardará – quando lhe couber falar, ele fará solicitação idêntica a que fizeste. Desse modo, para que lhe seja possibilitado proporcionar um outro preâmbulo, em lugar de ser obrigado a repetir o mesmo, que saiba que quando principiar seu discurso terá de nossa parte essa mesma postura indulgente. Devo, contudo, advertir-te, caro Crítias, que consideres cuidadosamente a inteligência destes teus espectadores e ouvintes. O primeiro dos poetas que aqui competiu arrancou aplausos extraordinários deles, de forma que necessitarás de uma notável parcela de indulgência se te dispões a colocar-te à sua altura.

Hermócrates: Na verdade, Sócrates, essa tua advertência também cabe a mim. De qualquer modo, Crítias, homens sem coragem³ nunca erigiram um monumento à vitória, de modo que tens que avançar bravamente no teu discurso e, invocando o auxílio de Paion⁴ e das musas, mostrar e celebrar a excelência de teus antigos cidadãos.

Crítias: Tu, meu caro Hermócrates, estás posicionado como o último e visto que há alguém postado diante de ti, estás ainda confiante. Mas será a experiência de nossa tarefa que por si só a ti esclarecerá no que tange ao seu caráter. De um modo ou outro, é imperioso que me confie ao teu conforto e encorajamento, invocando além dos deuses mencionados por ti todos os demais e, particularmente, Mnemosine,⁵ já que praticamente tudo que há de sumamente importante em nosso discurso está nas mãos dessa deusa; de fato, estar seguro de ter me apresentado aos olhos desta audiência como tendo cumprido adequada e condignamente minha tarefa dependerá exclusivamente de ser capaz de lembrar-me suficientemente do que uma vez foi narrado pelos sacerdotes e aqui trazido por Sólon. Agora, portanto, o que me cabe é imediatamente empreender a tarefa sem mais delongas.

Devemos começar lembrando que nove mil anos⁶ constitui o número total de anos desde que ocorreu, como está registrado, a guerra entre os povos que habitavam além das colunas de Héracles⁷ e todos os que habitavam dentro de seus limites. Essa guerra deve ser agora relatada pormenorizadamente. Foi afirmado que nossa cidade⁸ liderou um dos lados⁹ e que lutou durante toda a guerra, enquanto no outro lado o comando foi dos reis da ilha de Atlântida que, conforme dissemos,¹⁰ numa

---

3. ...ἀθυμοῦντες ἄνδρες... (*athymoûntes ándres*).
4. ...Παιῶνα... (*Paiôna*), o deus Apolo no seu aspecto de deus ligado à cura e à medicina.
5. ...Μνημοσύνην... (*Mnemosýnen*), a deusa da memória e mãe de todas as nove musas.
6. Cf. *Timeu*, 23e.
7. Estreito de Gibraltar.
8. Atenas.
9. Presume-se que o dos povos que viviam nas regiões banhadas pelo Mar Mediterrâneo.
10. Cf. *Timeu*, 24e-25d.

109a

b

c

época foi maior do que a Líbia[11] e a Ásia, mas atualmente, devido à ação de terremotos, jaz submersa e formou uma barreira constituída por um mar de lama não navegável que impede que sigam avante os navegantes que daqui partem rumo ao oceano. No tocante aos muitos povos bárbaros e todos os povos gregos então existentes, a continuação de nosso relato ao ser, por assim dizer, desenrolada, irá revelar o que surgiu e aconteceu em cada local. Temos, contudo, inicialmente que dar primazia à descrição dos fatos relativos aos atenienses daquela época e aos inimigos que combateram, nos atendo ao poderio militar de cada um e às suas formas de governo. E nesse sentido nosso relato deve priorizar nosso Estado.

Numa certa era, toda a Terra foi dividida em porções pelos deuses com base em suas regiões – tendo isso ocorrido sem disputa. De fato, não seria plausível supor que os deuses ignoravam o que era próprio a cada um, bem como não seria correto afirmar que embora soubessem o que cabia a justo título aos outros, alguns deles procurassem disso se apoderar para si mesmos por meio de discórdia. Assim, cada um recebendo um justo lote de terra, começaram a estabelecer seus países. Uma vez estabelecidos os países, principiaram a nos criar, como pastores criam seus rebanhos, fazendo de nós seus rebanhos e lactentes. Todavia, não constrangiam nossos corpos mediante força física, como pastores que guiam seus rebanhos por meio de golpes de seu bordão; pelo contrário, dirigiam-nos por aquilo pelo que o ser vivo o mais facilmente muda de curso: à medida que executavam seus próprios planos, dirigiam-nos a partir da popa, como se aplicassem à alma o timão da persuasão. E tal como timoneiros que dirigem seus navios, dirigiam tudo que é mortal. Ora, enquanto em outras regiões outros deuses recebiam seus lotes e administravam seus negócios, Hefaístos e Atena, sendo de natureza comum, irmãos por parte de idêntico pai[12] e nutrindo ambos o amor

---

11. África.
12. Zeus.

pela sabedoria e pelas artes, assumiram como sua porção conjunta esta nossa terra, por ser com eles naturalmente compatível e apropriada ao cultivo da virtude e do saber; e nela eles instalaram, como nativos, *homens*[13] bons e transmitiram à sua inteligência a forma de governo. Os nomes desses habitantes foram preservados, porém suas obras desapareceram devido ao contínuo aniquilamento de que foram objeto seus sucessores e [também] à duração dos períodos interpostos. De fato, conforme dito anteriormente,[14] a raça que sobreviveu [a esses sucessivos aniquilamentos] nessas ocasiões foi um resto de montanheses analfabetos, que se limitavam a ter ouvido os nomes dos governantes, mas pouco conheciam de suas obras. O que se conclui é que embora transmitissem com satisfação tais nomes aos seus descendentes, não dispunham de conhecimento acerca das virtudes e leis de seus ancestrais, exceto por umas poucas informações sempre obscuras. E, além disso, como eles e seus filhos, no arco de gerações, viveram em meio a dificuldades e carentes de itens necessários à vida, concentraram sua atenção nas suas próprias necessidades, toda a sua conversação girando em torno de como suprir tais necessidades; assim, não demonstraram interesse pelos acontecimentos de eras passadas. De fato, a mitologia e a investigação da antiguidade só visitam as cidades acompanhadas do lazer depois de constatarem que as pessoas já contam com os elementos necessários à vida – jamais o fazem antes.

O resultado foi a preservação dos nomes dos antigos sem suas obras. E a título de prova do que afirmo chamo em meu apoio a declaração de Sólon de que os sacerdotes egípcios fizeram menção da maioria desses nomes ao descreverem a guerra relativa a esse período, nomes tais como o de Cécrops, Erechteu, Erichtônio, Erisichton, incluindo além desses a maioria dos demais nomes registrados dos diversos heróis que antecederam Teseu; e analogamente também os nomes

---

13. ...ἄνδρας... (*ándras*).
14. Cf. *Timeu* 22d e segs.

das mulheres. Que se observe, ademais, a postura e imagem[15] da deusa[16]. {*Naquele tempo o treinamento bélico de mulheres e homens era comum, razão pela qual as pessoas de então confeccionaram a estátua da deusa armada com o fito de refletir esse costume antigo*},[17] como um indício de que todas as espécies de seres vivos que vivem juntos em reba-

c nho, incluindo fêmeas e machos, são capazes de exercer em comum a excelência peculiar a cada espécie.

Ora, naquele tempo neste país não habitavam somente as outras classes de cidadãos que se ocupavam do artesanato e da produção alimentícia com base na terra; também aqui se achava a classe guerreira, que fora no início separada dessas outras classes por ação de homens de natureza divina, e que vivia à parte.[18] Era suprida de tudo que requeria tanto seu sustento quanto sua educação; não havia

d propriedade privada entre nenhum de seus integrantes, todos encarando o que possuíam como propriedade comum a todos; reclamavam dos demais cidadãos receber tão só o necessário ao seu sustento, ou seja, o suficiente para viverem. Por outro lado, dedicavam-se a todas as atividades mencionadas ontem,[19] quando descrevemos os guardiões[20] por nós propostos. Consideremos, ademais, que o relato sobre nosso país teve o teor do plausível e verdadeiro,[21] a saber, que, para começar, suas fronteiras eram então delimitadas

e pelo Istmo[22] e, em terra firme estendiam-se aos cumes de

---

15. ...ἄγαλμα... (*ágalma*), imagem geralmente sob forma de pintura, escultura ou monumento. Neste caso, uma estátua.
16. Atena.
17. { } Este período entre chaves e em *itálico* aparece entre colchetes no texto estabelecido por Möllendorff. R. G. Bury o omite, enquanto Diskin Clay, traduzindo o texto de John Burnet, o mantém.
18. Cf. *Timeu* 24b.
19. Cf. *Timeu* 18a e *A República*, 376c e segs.
20. ...φυλάκων... (*fylákon*).
21. Alusão ao relato dos sacerdotes egípcios.
22. Ou seja, o istmo de Corinto.

Citaeron e Parnes; e descendo rumo ao leste, as fronteiras se estendiam à região da Orópia à direita, e na direção do mar eram definidas pelo rio Asopo à esquerda;[23] que nossa terra superava a todas as outras em matéria de excelência,[24] o que realmente a capacitava naquela época a sustentar um grande exército que estava dispensado de lavrar a terra. De sua excelência constitui prova expressiva o seguinte: o que agora resta de nosso solo é capaz de rivalizar com qualquer outro quanto à produtividade, qualidade e abundância de suas colheitas, bem como no que toca à pastagem proporcionada a todas as espécies de animais. Naquela época, porém, sua elevada qualidade somava-se à enorme quantidade do que produzia. Ora, seria de se indagar: como pode ser isso digno de crédito e qual resto da terra então existente é suscetível de corroborar tal verdade? A partir de seu interior, toda essa terra se estende por uma longa distância rumo ao mar, como a se destacar como um promontório do resto do continente; e toda a bacia marítima circundante parece possuir grande profundidade. Assim, como ocorreram muitos grandes dilúvios no período de nove mil anos, sendo este o número de anos que separa aquele tempo do presente, o solo, o qual tem sofrido contínua erosão a partir das regiões altas (ao longo dessas eras e dilúvios), não formou consideráveis depósitos, como aconteceu em outras regiões, revelando-se objeto de um deslizamento incessante e desaparecendo nas profundezas. Analogamente ao que sucede em ilhotas, o que resta atualmente, se comparado ao que existia naquela época, é semelhante ao esqueleto de um corpo enfermo, tendo se consumido toda a terra fértil e macia para deixar tão só um despido corpo esquelético. Naqueles dias, contudo, nossa terra estava intacta, possuindo como elevações montanhosas altas colinas aráveis, e em

---

23. *Citaeron*: montanha entre a região da Ática e a Beócia; *Parnes*: a cordilheira entre a região da Ática e a Beócia; *Orópia* ou *Oropos*: cidade situada no litoral leste da Grécia central; *Asopo*: rio da Beócia.

24. ...ἀρετή... (*areté*), ou seja, aqui excelência da terra no sentido de *fertilidade*.

lugar do terreno pedregoso,²⁵ como é chamado hoje, continha planícies de solo fecundo; e como pode ser evidenciado ainda atualmente, possuía muitas florestas nas montanhas. De fato, há no presente algumas montanhas que se limitam a proporcionar alimento para abelhas, mas não faz muito tempo ali cresciam árvores. Podem-se encontrar ainda intactas as vigas cujo corte procede da derrubada dessas árvores, e que foram destinadas à cobertura das maiores construções. Além disso, houve muitas espécies de árvores altaneiras cultivadas e que supriam pastagem ilimitada para os

d   rebanhos. Somemos a isso as chuvas anuais de Zeus,²⁶ as quais não eram perdidas como o são agora que fluem do solo infecundo para o mar; pelo contrário, o solo de então era profundo, absorvia a água da chuva e a armazenava ao formar um reservatório graças a uma cobertura de solo argiloso acima; na sequência, à medida que distribuía nas cavidades a água que absorvera das re-giões elevadas, gerava uma copiosa corrente de água para o suprimento de fontes e rios de todas as regiões, havendo ainda hoje santuários junto a essas fontes antigas que atestam a verdade do que dizemos presentemente acerca desta terra.

e   Tal era a condição natural do campo, o qual era cultivado, como se pode esperar, por autênticos agricultores que faziam da agricultura sua exclusiva ocupação; e que eram, além disso, indivíduos aficionados da beleza e de natureza verdadeiramente nobre, além de possuidores de uma terra de máxima excelência e de água em abundância, somando-se a isso, acima da terra, estações caracterizadas por um clima favoravelmente temperado. No tocante à cidade, sua disposição naquela época é como passo a descrever na sequência. Em primeiro lugar, a acrópole de então era diferente do que é hoje. Uma única noite

112a   de chuva torrencial, subtraindo o seu solo, a desagregou por

---

25. ...φελέως... (felléos). Platão se refere à Φελλεύς (Felleús), região rochosa e árida da Ática.

26. ...Δίος... (Díos): não esqueçamos que Zeus é, entre outras coisas, o senhor dos elementos atmosféricos, como o relâmpago, o raio, o trovão e a chuva.

completo durante a ocorrência concomitante de terremotos por ocasião da terceira inundação desastrosa que foi anterior ao dilúvio destruidor no tempo de Deucalião.[27] Num passado mais remoto, a acrópole estendia-se ao Erídano[28] e ao Hiliso,[29] encerrando em seu interior o Pnix,[30] tendo o Licabetos[31] como sua fronteira dando para o Pnix; o solo era farto nessa região e, salvo por um pequeno trecho, nivelado na sua parte superior. Fora dela,[32] abaixo de seus declives, viviam os artesãos e os agricultores que tinham suas terras nas imediações. No alto vivia isolada a classe dos guerreiros, suas moradas estando situadas em torno do santuário de Atena e Hefaístos; [a região habitada por eles] era circundada por uma única cerca circular, a qual formava, por assim dizer, o recinto cercado de uma só morada. No extremo lado norte haviam instalado suas habitações comuns, os refeitórios de inverno para as refeições comuns e todas as construções necessárias para a sua vida em comunidade e a dos sacerdotes. Entretanto, todos eles não possuíam ouro ou prata, do que absolutamente não se serviam;[33] pelo contrário, visavam a mediania entre a ostentação e a mesquinhez, e construíram moradias bem ordenadas e de bom gosto nas quais tanto eles quanto os filhos de seus filhos envelheceram, transmitindo-as inalteradas aos descendentes que a eles se assemelhavam. Quanto às partes ao sul [da acrópole], quando desocupavam seus jardins, ginásios e refeitórios de refeições comuns, como era natural fazerem no verão, empregavam-nos com esses objetivos. Próximo ao ponto em que se situa hoje a presente acrópole havia uma fonte, da qual tudo que herdamos são alguns gotejamentos nos arredores, já que foi soterrada

---

27. Cf. *Timeu* 22a.
28. ...Ἠριδανόν... (*Eridanón*), regato situado no lado norte de Atenas.
29. ...Ἰλισόν... (*Ilisón*), regato situado no lado sul de Atenas.
30. ...Πνύξ... (*Pnýx*), embora Platão empregue aqui a forma Πύκνα (*Pýkna*), colina a oeste da acrópole.
31. ...Λυκαβηττόν... (*Lykabettón*), grande colina ao nordeste de Atenas.
32. Isto é, da acrópole.
33. Cf. *A República*, Livro III, 416d-e e 417a.

pelos escombros produzidos pelos terremotos. Todavia, para a gente daquele tempo ela oferecia uma corrente abundante, satisfatoriamente temperada, ou seja, que não era nem demasiado fria no inverno, nem demasiado quente no estio.

e Assim viviam eles, portanto, servindo como guardiões de seus próprios cidadãos e líderes do resto dos gregos, que os acatavam voluntariamente; e cuidavam para que sua população – tanto de homens quanto de mulheres que não eram nem jovens demais nem velhos demais para lutar – permanecesse, na medida do possível, estável, a saber, cerca de 20.000 pessoas.

Assim foi que esses indivíduos, detentores do caráter que descrevemos e invariavelmente justos administradores, dessa maneira, quer de sua própria terra, quer da Hélade, foram famosos por toda a Europa e a Ásia, tanto por sua beleza física quanto pela completude de suas qualidades espirituais e mentais, sendo eles os mais prestigiados indivíduos em vida do seu tempo. E agora, se não tivermos perdido a lembrança do que ouvimos quando ainda meninos, iremos abertamente comunicar a todos vós, como amigos, a história daqueles que guerrearam contra eles, de como era seu Estado e a respeito de sua origem.

113a Antes de principiar minha narrativa, porém, é necessário que explique um ponto a fim vos poupar de um certo espanto à medida que ouvirdes amiúde nomes gregos aplicados a homens bárbaros. Conhecereis agora a causa disso. Tendo Sólon planejado compor sua própria versão poética dessa história, ao investigar o significado dos nomes descobriu que os egípcios que primeiramente os haviam registrado os tinham traduzido para sua própria língua. Diante disso, ele próprio, por sua vez, efetuou a tarefa de recuperação do sentido original de cada nome, devolvendo-os à nossa língua, que foi como os

b escreveu. Meu avô estava de posse desses mesmos escritos, os quais estão atualmente comigo. Quando criança, examinei-os com cuidado e os decorei todos. Portanto, se os nomes que ireis ouvir soarem como nomes locais não será mais o caso de vos espantardes de modo algum, pois agora sabeis a causa disso. A narrativa então feita era longa e seu início corresponde aproximadamente ao que se segue.

c Tal como foi afirmado anteriormente no que respeita ao quinhão dos deuses,[34] em algumas regiões eles dividiram a totalidade da Terra em lotes maiores, ao passo que em outras a divisão foi em menores; paralelamente estabeleceram para si próprios santuários e sacrifícios. Coube a Poseidon[35] a ilha da Atlântida, onde ele instalou os filhos que havia gerado com uma mulher mortal numa região da ilha que me disponho a descrever.

Fazendo limite com o mar e estendendo-se pelo centro de toda a ilha havia uma planície da qual se disse ter sido a mais bela de todas as planícies, bem como sumamente fértil; perto dessa planície e [também] no centro da ilha, a uma distância de cerca de cinquenta estádios,[36] havia uma colina plana e uniformemente baixa, onde habitava um dos homens nativos nascidos da terra,[37] de nome Evenor,[38] com sua esposa Leuci-

d pe; e a progênie deles se restringia a uma única filha, Cleito. Ora, quando essa menina tornou-se uma jovem virgem em idade de casar, faleceram tanto sua mãe quanto seu pai. Foi nessa ocasião que Poseidon, inflamado de desejo pela jovem, deitou-se com ela. E almejando tornar a colina em que ela habitava inexpugnável, ele a partiu formando um círculo, criando cinturões circulares alternantes de mar e terra ao seu redor, construindo alguns mais largos, enquanto outros mais estreitos. Compôs dois cinturões de terra e três de mar, por ele esculpidos como se fosse a partir do meio da ilha, e perfeitamente equidistantes em todos os lados, de forma a tornar

e a colina inacessível aos seres humanos; de fato, naquela épo-

---

34. Em 109b.
35. Filho do titã Cronos e de Reia; irmão de Deméter, Héstia, Hera, Hades (Plutão) e Zeus.
36. Um estádio (medida de comprimento) corresponde a por volta de 180 m e, portanto, Platão está falando de cerca de 9 km.
37. Cf. 109d.
38. ...Εὐήνωρ... (*Euénor*).

ca inexistiam tanto embarcações quanto a náutica. E o deus, pessoalmente, com a facilidade que era de se esperar de uma execução divina, ordenou a ilha que ele construíra no centro, fazendo brotar de sob a terra duas fontes de água, uma que fluía quente a partir de sua nascente, a outra fria. E da terra ele produziu fartamente todas as variedades de alimento. Gerou então cinco pares de filhos-homens gêmeos e os criou até alcançarem a virilidade. E uma vez dividida a ilha inteira da Atlântida em dez porções, destinou ao primogênito de seus filhos mais velhos[39] a morada da mãe deste e todo o lote que a circundava, que constituía o maior e melhor de todos; e fez dele o rei dos demais, dos quais, por seu turno, fez governantes, concedendo a cada um o governo sobre muitos seres humanos e uma grande extensão de terra.

114a

E a todos eles deu nomes. Ao filho mais velho e rei atribuiu ele o nome do qual toda a ilha e o mar que a circundava fizeram derivar seus nomes, isso porque se tratou do primeiro rei daquela época; Atlas foi seu nome, a ilha denominada Atlântida e o mar Atlântico em conformidade com Atlas. Quanto ao nome do irmão-gêmeo mais jovem, que recebera como sua porção o promontório da ilha, nas proximidades das *colunas de Héracles*[40] até a região do país agora[41] chamada de Gadeira com base no nome dessa região, era Eumelos[42] em grego, embora na língua nativa Gadeiros, fato que pode ter conferido o título ao país. Os dois irmãos do segundo par ele chamou de Anferes e Evaimon; e no que toca ao terceiro par, o mais velho foi chamado de Mnéseas e o mais novo de Autóctone; quanto ao quarto par, chamou o primeiro filho de Elasipo e o segundo de Mestor; e no que se refere ao quinto par, o nome Azaes foi conferido ao mais velho e a Diaprepês ao segundo. Todos esses indivíduos, bem como seus descendentes,

b

c

---

39. Ou seja, do primeiro grupo de filhos gêmeos.
40. ...Ἡρακλείων στελῶν... (*Herakleion stelōn*), colunas de Hércules, ou seja, os dois pontos em terra cuja ligação forma o atualmente denominado estreito de Gibraltar.
41. *Ou seja*, no tempo de Crítias e Sócrates.
42. ...Εὔμηλον... (*eúmelon*).

habitaram a ilha por muitas gerações, governando [inclusive] muitas outras ilhas ao longo do mar,[43] tendo estendido seu governo, como foi anteriormente afirmado,[44] sobre os povos do Mediterrâneo até o Egito e a Tirrênia.[45]

d   A raça de Atlas cresceu expressivamente e deu origem a filhos ilustres; o mais velho como rei transferia o cetro ao seu primogênito, com o que ao longo de muitas gerações a soberania foi preservada por eles. E a riqueza que possuíam foi de tal proporção que acúmulo semelhante jamais fora visto antes em qualquer casa real, ou dificilmente será visto no futuro; e se muniam de tudo que necessitavam, tanto na cidade quanto no resto do país. De fato, por conta de seu império, era grande o volume do que recebiam do exterior, devendo-se considerar

e   inclusive que a própria ilha os supria da maioria dos itens necessários à vida cotidiana, a começar pelos metais, tanto rígidos quando fundíveis, que constituíam o produto da mineração, inclusive aquele tipo de metal que hoje não passa de um nome, mas que naquela época era mais do que um nome, havendo muitas minas na ilha onde o minério desse metal era extraído. Refiro-me ao oricalco,[46] que, depois do ouro, era naquela época o mais precioso dos metais conhecidos. [A ilha] também produzia fartamente todas as madeiras cujas árvores de uma floresta podem oferecer para o trabalho dos carpinteiros. No que respeita à vida animal, existia em quantidade suficiente, tanto de animais domésticos quanto selvagens. Deve-se mencionar, ademais, que [a ilha] abrigava uma grande população de elefantes, posto haver disponibilidade de larga fonte de pasto não só para todos os demais animais

115a   que frequentavam brejos, lagos, rios, além de montanhas e planícies, como também igualmente para esse animal específico, que é o maior de todos e o que mais consome alimento.

---

43. Ou seja, o Atlântico.
44. Cf. *Timeu*, 25a-b.
45. Isto é, Etrúria.
46. ...ὀρειχάλκου... (*oreikhálkou*), "cobre da montanha", uma espécie de cobre que podemos identificar provavelmente com o latão.

A se somar a tudo isso, [a ilha] produzia e aperfeiçoava todas as essências odoríferas que a terra produz atualmente, com base em raízes, ervas ou árvores, ou gomas derivadas de flores ou frutos. Também o fruto cultivado,[47] bem como o seco[48] de que vivemos, e todos os outros tipos que empregamos como nosso alimento – espécies variadas que chamamos em geral de "legumes", bem como todos os produtos de árvores que nos suprem de alimento líquido e sólido, e azeites, e os frutos de pomares, de difícil armazenagem, cultivados em prol do divertimento e do prazer, e todas as frutas secas por nós servidas como medicamentos para alívio daqueles que se fartaram de alimento – todos esses aquela ilha sagrada, na sua postura de então sob o sol, produzia numa manifestação de inefável beleza e infindável profusão. E recebendo todos esses produtos da terra, proveram seus santuários e palácios, seus portos e estaleiros, e [introduziram melhorias] em todo o resto de seu país, tudo organizando da maneira que se segue.

Primeiramente, construíram pontes ligando os cinturões circulares do mar que circundavam a antiga cidade principal, constituindo com isso uma estrada de ida e volta do palácio. Esse palácio fora edificado logo no começo por ocasião da instalação inicial executada por seu deus[49] e seus ancestrais; e toda vez que um rei o herdava de seu predecessor, ele aprimorava mais ainda sua beleza, fazendo tudo ao seu alcance para superar o rei anterior, até esse palácio ser transformado numa morada deslumbrante ao olhar, por conta da grandeza e beleza da construção. A propósito, começando no mar, eles construíram mediante perfuração um canal através do cinturão circular mais externo, o qual tinha três pletros[50] de largura, cerca de trinta e um metros de profundidade e cinquenta estádios[51]

---

47. Referência à uva.
48. Referência aos cereais.
49. Isto é, Poseidon.
50. Medida de comprimento: um *pletro* corresponde a cerca de 30 m (1/6 do estádio).
51. Cada estádio corresponde a cerca de 180 m, de modo que o autor está falando de cerca de 9 km.

de extensão; dessa forma, construíram para ele a entrada a partir do mar ao interior como se fora a entrada de um porto, produzindo uma abertura suficientemente ampla para permitir a navegação dos maiores navios. A isso cumpre acrescentar que os cinturões de terra que separavam os do mar foram perfurados à altura das pontes, realizando sua união por água e resultando num canal suficientemente largo para a passagem de uma só trirreme; esse canal foi provido de um teto a título de proteção da travessia dos navios, posto que as muralhas do canal através dos cinturões terrestres eram suficientemente altas do mar para a ponte acima para permitir a passagem dos navios por baixo. O maior dos cinturões no qual foi feita uma escavação, criando a passagem do mar, tinha três estádios[52] de largura, enquanto o próximo cinturão de terra era de igual largura. E quanto ao segundo par de cinturões, o de água media dois estádios[53] de largura e o de terra seca o mesmo; e o cinturão de água que fluía em torno da ilha central tinha um estádio de largura. Essa ilha, na qual estava situado o palácio, tinha o diâmetro de cinco estádios.[54] Ora, a ilha, os cinturões e a ponte, esta com um pletro[55] de largura, foram por eles circundados num lado e outro por uma muralha de pedra; construíram, ademais, torres e comportas no ponto de cruzamento das pontes sobre os cinturões circulares de água. No que tange à pedra, foi por eles extraída e lavrada procedente de sob todo o entorno da ilha central e de sob os cinturões circulares externos e internos. Dispunha-se de três cores de pedra: branca, preta e vermelha. Durante o período em que a extraíram e lavraram, construíram dois estaleiros internos na rocha nativa abrigados pela pedra da própria pedreira. No que respeita aos edifícios, alguns foram erigidos de pedras de uma única cor, enquanto outros foram contem-

---

52. Cerca de 540 m.
53. Cerca de 360 m.
54. Cerca de 900 m.
55. Cerca de 30 m.

plados com um padrão multicolorido obtido pela combinação das pedras, concorrendo para a ornamentação, de modo a conferir às edificações um encanto natural. E eles revestiram de bronze, como se fora de um emplastro, todo o circuito da muralha circundante do cinturão circular mais externo; quanto ao circuito da muralha interna, foi por eles revestido de estanho; e o circuito da muralha em torno da própria acrópole foi revestido com oricalco, que emitia centelhas como fogo.

A disposição do palácio real no interior da acrópole ocorreu nos moldes que se seguem. Havia no centro um santuário consagrado a Cleito e Poseidon, ambiente reservado cujo ingresso era interdito a todos e, aliás, circundado por um muro de ouro; fora ali que no princípio eles[56] haviam gerado e trazido à luz a raça dos dez reis. Era a esse santuário que cada um dos dez lotes designados se dirigia para oferecer, num festival anual, os primeiros frutos da estação a esses príncipes iniciais. E o santuário do próprio Poseidon tinha um estádio de extensão, três pletros de largura e uma altura que dava a impressão de ser proporcional à extensão e largura, mas que possuía algo de bárbaro em sua aparência. Eles revestiram todo o exterior do santuário, exceto os pináculos, de prata, empregando o ouro no revestimento desses últimos. No que diz respeito ao interior, apresentava um teto de marfim marchetado com ouro, prata e oricalco; quanto ao resto das paredes, colunas e pisos, o oricalco serviu de revestimento. Instalaram estátuas de ouro no santuário, entre as quais uma do deus em pé, numa biga, conduzindo seis cavalos alados, a figura do deus tão alta a ponto de atingir o cume do teto e ao seu redor uma centena de nereidas[57] cavalgando golfinhos, visto ser esse, segundo a crença dos seres humanos daquela época, o número das nereidas; e o santuário também encerrava muitas outras estátuas, que constituíam oferendas votivas

---

56. Ou seja, Poseidon e Cleito.

57. Divindades menores equivalentes às ninfas, mas associadas ao mar e não aos lagos, rios etc., como suas congêneres.

de pessoas particulares. Externamente, em torno do santuário, estavam erigidas estátuas de ouro de todos os descendentes dos dez reis e suas esposas, juntamente com muitas outras oferendas votivas tanto dos reis quanto de pessoas particulares não só procedentes do próprio Estado,[58] como também de países estrangeiros submetidos [ao governo da Atlântida].

117a O altar equiparava-se em tamanho e no profuso artesanato às suas imediações. Também o palácio era tal de forma a se coadunar com a grandeza do reino e com o esplendor dos santuários ou templos.

As fontes de que se serviam, uma de água fria e a outra de água quente, apresentavam um fluxo copioso e cada uma se prestava maravilhosamente ao seu uso por conta do prazer de beber que proporcionava e a excelência de suas águas. Essas fontes eram rodeadas de prédios e plantações de árvores que se compatibilizavam com as águas. Também
b providenciaram a construção de reservatórios em torno das fontes, alguns a céu aberto, mas outros cobertos destinados a prover banhos quentes no inverno; os reservatórios reservados aos reis eram separados daqueles dos indivíduos particulares, além de haver também reservatórios reservados às mulheres, outros a cavalos e todos os demais animais de carga, cada tipo sendo construído apropriadamente para atender ao seu uso característico. A água transbordante era conduzida ao bosque sagrado de Poseidon, onde havia árvores de todos os tipos, de extraordinária beleza e altura devido à fertilidade do solo do bosque; também providenciaram, mediante a construção de canais que cruzavam ao longo das pontes, para que os cinturões circulares terrestres exteriores também fossem irrigados.

c Nesse ponto foram construídos templos de muitos deuses, além de grande quantidade de jardins e de ginásios em cada um dos cinturões circulares da ilha, alguns para *homens*, mas também algumas áreas de exercícios para cavalos; e destacava-se

---

58. Isto é, da Atlântida.

no centro da *maior das ilhas*[59] uma pista de corrida para cavalos, de um estádio de largura e que se estendia circularmente em torno do cinturão inteiro, reservado para competições hípicas. Os alojamentos da maioria dos membros da guarda palaciana[60] estavam situados a cada lado da pista de corridas central; entretanto, a caserna dos membros mais confiáveis da guarda foi instalada no cinturão menor, o qual ficava mais próximo da acrópole; quanto aos membros de máxima confiança entre todos, foi-lhes concedidas moradias na própria acrópole, em torno das moradias dos próprios reis.

Os estaleiros eram repletos de trirremes e de todos os acessórios pertinentes e necessários [a essas embarcações], permanecendo estas largamente equipadas.

Tal era a situação em torno da moradia dos reis. Após cruzar os três portos exteriores, topava-se com uma muralha que partindo do mar circundava o maior dos cinturões terrestres em todos os lados a uma distância uniforme de cinquenta estádios[61] a partir dele e seu porto, e suas extremidades convergiam na abertura do canal que dava para o mar. Numerosas casas estavam construídas muito próximas entre si sobre toda essa muralha, ao passo que o maior porto para mar aberto mantinha-se apinhado de embarcações e mercadores oriundos de todas as partes do mundo; o efeito do movimento dessa multidão [colossal] era um clamor e um tumulto que podiam ser ouvidos incessantemente dia e noite.

Bem, no que toca à região urbana e às cercanias da antiga morada, quase completamos a descrição, com base no que foi disponibilizado originalmente. Cabe-nos, na sequência, empenharmo-nos na rememoração do resto do país, no como era sua natureza e de que forma foi ordenado com vistas ao melhoramento. Primeiramente, portanto, em conformidade com o relato, todo o lugar se elevava abruptamente a partir

---

59. Ou seja, do maior dos cinturões circulares terrestres.
60. ...δορυφόρων... (*doryfóron*), literalmente *portadores de uma lança*.
61. Cerca de 9 km.

b

do mar alcançando uma grande altura, mas a região ao redor da cidade consistia inteiramente numa planície circundada por uma cadeia de montanhas que se estendia até o mar; essa planície apresentava uma superfície plana e não acidentada, tendo, como um todo, a forma retangular; media três mil estádios de comprimento[62] em cada lado e dois mil estádios de largura[63] no seu centro, medindo-se em sentido ascendente a partir do mar. A inclinação da ilha era para o sul, estando ao abrigo dos ventos do norte. Quanto às montanhas que circundavam a planície, tornaram-se naquela época célebres superando tudo que existe atualmente devido à sua quantidade, tamanho e beleza. Em seus declives e vales havia muitos povoados populosos e ricos de camponeses, e rios, lagos e prados que forneciam grande quantidade de alimento a todos os animais domésticos e selvagens, além de árvores de dimensões e tipos variados, que supriam acima da suficiência as necessidades de madeira determinadas por construções e todo tipo de uso.

c

A consequência da ação da natureza associada àquela de muitos reis ao longo de muitas eras foi a mudança da condição dessa planície nos termos que passamos a indicar. Era ela originalmente um quadrilátero, majoritariamente retilíneo e alongado; ora, o que lhe faltava dessa forma eles retificaram mediante a escavação de um grande canal ao seu redor. No que tange à profundidade, largura e extensão desse canal, as dimensões indicadas pelo relato nos inclinam ao descrédito se considerarmos que ele foi obra de mãos humanas e tão imenso se comparado a outros projetos de construção. Todavia, nossa obrigação é relatar o que ouvimos, ou seja: foi escavado à profundidade de um pletro[64] e a uma largura uniforme de um estádio;[65] ora, considerando-se que foi escavado por

---

62. Cerca de 540 km.
63. Cerca de 360 km.
64. Cerca de 30 m.
65. Cerca de 180 m.

d   toda a planície, sua extensão era, consequentemente, de dez mil estádios.⁶⁶ À medida que recebia as correntes que desciam das montanhas e que essa corrente circulava e atingia a cidade dos dois lados, o canal permitia que a água acabasse por despejar-se no mar. No interior, foram perfurados canais em linha reta a partir da cidade de cerca de trinta e um metros de largura, na longitudinal da planície, e esses canais despejavam seus volumes de água no grande canal dando para o mar, sendo de cem estádios⁶⁷ a distância de um para outro. Era

e   desse modo que transportavam para a cidade a madeira proveniente das montanhas, bem como em barcos os produtos da estação, cortando passagens transversais de um canal para o seguinte, e inclusive para a cidade. Suas colheitas eram duas por ano, recorrendo eles às chuvas de Zeus no inverno e às águas que brotam da terra no verão, conduzindo as correntes provenientes dos canais.

    Quanto ao contingente de homens a servir na guerra, foi determinado que cada lote deveria contribuir com um homem
119a na qualidade de líder de todos os homens da planície aptos a portar armas; por outro lado, o tamanho do lote correspondia a cerca de dez vezes dez estádios, o número completo de lotes sendo sessenta mil; quanto à população das regiões montanhosas e do resto do país, era incalculável por ser grande demais, porém era toda distribuída, de acordo com suas regiões e povoados, nesses lotes, servindo sob o comando de cada um de seus líderes. Estava determinado que cada líder deveria fornecer, em caso de guerra, uma sexta parte do equipamento de uma biga de guerra, contribuindo assim para uma força total de dez mil bigas, ao que tinha que adicionar dois cavalos,
b   dois cavaleiros, um par de cavalos sem biga, e o complemento de um combatente munido de um pequeno escudo, além do que para atuar como auriga (condutor de biga) um cavaleiro capaz

---

66. Isto é, por volta de 1.800 km.
67. Cerca de 18 km.

de saltar de um cavalo para outro, dois *hoplitas*,⁶⁸ dois arqueiros e dois arremessadores de projéteis fazendo uso da funda; [ainda] três guerreiros portando armas leves como a funda para arremesso de pedras e três guerreiros arremessadores de dardos. Também lhe cabia contribuir com quatro marinheiros para a formação da tripulação [total] de mil e duzentos navios. Eram tais, portanto, as disposições militares de caráter bélico da cidade real; quanto às outras nove [cidades], as disposições eram variáveis em muitos aspectos, o que exigiria muito tempo para ser descrito.

c   No que concerne às magistraturas e cargos de honra, desde o início a disposição foi a seguinte: cada um dos dez reis, em sua porção particular e nos domínios de sua própria cidade, governava tanto homens⁶⁹ quanto a maioria das leis,⁷⁰ podendo punir e decretar a pena de morte em relação a qualquer pessoa segundo desejasse. Entretanto, a autoridade que exerciam entre si e seu império comum eram regulados pelas leis de Poseidon, tais como transmitidas pela tradição e de acordo com um registro que os primeiros reis haviam inscrito numa coluna de oricalco instalada no centro da ilha, no interior do santuário de Poseidon; aí eles se reuniam a cada cinco anos, e então alternadamente a cada seis anos, tratando com igualdade o ordinário e o extraordinário;⁷¹ por ocasião dessas reuniões, deliberavam acerca de negócios públicos e instauravam um tribunal para determinar se algum deles violara a lei e, em caso afirmativo, procediam ao julgamento. E quando estavam na iminência de julgar, começavam por oferecer garantias recíprocas do feitio que descrevemos na sequência. No santuário de Poseidon havia touros soltos; e os dez reis, isolando-se e depois de orar ao deus para que pudessem cap-

---

68. ...ὁπλίτας... (*hoplítas*), guerreiros de infantaria munidos com armas pesadas.
69. ...ἀνδρῶν... (*andrôn*), mas leia-se habitantes ou súditos.
70. Isto é, era ele próprio que criava, reformava ou abolia a maioria das leis, segundo seu próprio critério e vontade.
71. τῷ τε ἀρτίῳ καὶ τῷ περιττῷ (*tôi te artíoi kaì tôi perittôi*), literalmente *o bem proporcionado e o desmesurado*.

turar o touro que mais o agradasse, se punham a caçá-los
e   com bastões e laços, mas sem qualquer arma de ferro; e qualquer que fosse o touro capturado, eles o levavam à coluna e cortavam sua garganta no alto dela, fazendo gotejar sangue sobre o registro inscrito. Além das leis inscritas sobre a coluna, também havia nela um juramento que invocava terríveis maldições sobre aqueles que as transgrediam. Após terem realizado o sacrifício em conformidade com as leis do ritual, e
120a   haverem queimado em consagração os membros do animal, misturando o sangue num grande vaso de mistura,[72] vertiam um coágulo do sangue sobre a cabeça de cada um deles, e uma vez tendo limpado, esfregando-a, a coluna, submetiam o restante do sangue, em purificação, ao fogo. Depois disso, com conchas de ouro eles tomavam do grande vaso e, fazendo a libação sobre o fogo, juravam julgar de acordo com as leis inscritas sobre a coluna e punir quem quer que houvesse cometido qualquer violação a elas desde a sua última reunião; e, ademais, que doravante não transgrediriam voluntariamente nenhuma das disposições dessa inscrição, nem governariam
b   ou se submeteriam a qualquer decreto de um governante que emitisse ordens em desarmonia com as leis de seu pai. E quando cada um [dos reis] fazia esse juramento, no qual envolvia tanto a si mesmo quanto seus descendentes, bebia de sua taça e a oferecia como uma dádiva no santuário do deus; e depois de terem ceado e se dedicado a assuntos necessários, no cair da noite e quando o fogo do sacrifício apagara, todos os reis envergavam mantos negros de aparência sumamente esplêndida, e sentavam no solo ao lado das cinzas da vítima sacrificial por toda a noite, extinguindo todo o fogo que ainda tremeluzia em todo o santuário; e então julgavam ou eram
c   julgados no caso de alguém ter sido acusado de alguma trans-

---

72. ...κρατῆρα... (*kratêra*). Como κρατήρ (*kratér*) significa também originalmente grande vaso de mistura *especificamente* para mistura de vinho com água, há helenistas que entendem que o que se mistura nesse contexto é vinho (οἶνος [*oînos*]) e não sangue (αἷμα [*aîma*]). Embora linguisticamente admissível, a tradução que registramos aqui (preferindo o sentido lato de κρατήρ) nos parece mais congruente.

gressão às leis. E tendo procedido a algum julgamento, este era por eles registrado por escrito, na alvorada, numa placa de ouro, a qual era dedicada por eles juntamente com os mantos como memoriais. E havia muitas outras leis especiais relativas às prerrogativas peculiares dos reis, das quais as mais importantes eram as seguintes: estavam proibidos de tomar armas uns contra os outros e, caso alguém tentasse derrubar sua casa real em qualquer cidade, todos deveriam vir em ajuda e deliberar em comum, como seus ancestrais haviam agido, no que se refere à política de guerra e outras matérias, mas concedendo o comando à família real de Atlas; nenhum dos dez reis detinha o poder de mandar executar qualquer de seus reis-irmãos, exceto mediante o consentimento de mais da metade dos dez.

Tais eram, portanto, a grandeza e o caráter do poder existente então naqueles lugares, poder que o deus reuniu e trouxe até estas nossas regiões com o pretexto que corresponde aproximadamente ao seguinte, de acordo com a narrativa. No arco de muitas gerações, enquanto a natureza divina neles sobreviveu, eles se mantiveram obedientes às suas leis e numa disposição compatível com seu parentesco divino; suas intenções eram verdadeiras e inteiramente nobres; agiam com uma combinação de brandura e prudência diante das adversidades e golpes do acaso que sobrevêm à vida e no seu relacionamento recíproco. Em consequência disso, votavam desprezo a tudo salvo à virtude e pouca importância atribuíam às suas avultadas posses, suportando com facilidade o fardo, por assim dizer, do imenso volume de seu ouro e outros bens; o resultado era sua riqueza não levá-los a uma embriaguez de orgulho que os fizesse perder o controle de si mesmos e se arruinarem; pelo contrário, no seu sóbrio discernimento viam com clareza que todas essas boas coisas são aumentadas graças à amizade geral associada à virtude, ao passo que a busca e veneração ansiosas desses bens não só produzem a diminuição dos mesmos, como também levam com eles de roldão a própria virtude. O resultado dessa forma de pensar e da preservação de sua natureza divina foi toda sua riqueza crescer até atingir a grandeza que indicamos anteriormente. Quando, porém, a porção de divindade neles encerrada principiou a se enfraquecer devido à mistura frequente com uma grande medida de mortalidade, ao mesmo tempo que a natureza humana gradualmente ganhava ascendência, então finalmente eles se viram destituídos de sua decência ao se tornarem incapazes de suportar o fardo de suas posses, e, aos olhos daquele que possui o dom da visão, tornaram-se disformes; de fato, haviam perdido a mais bela de suas posses procedente da mais preciosa de suas partes; todavia, aos olhos dos que não possuem o dom da percepção do que é a vida verdadeiramente venturosa, foi quando, sobretudo, pareceram ser supremamente belos e abençoados, repletos como estavam de um desejo ilícito por posses e por poder. Mas Zeus, o deus dos deuses, aquele que reina pela lei, posto que possui o dom de perceber tais situações com clareza, observou essa nobre raça espojando-se nesse estado abjeto e desejou castigá-la com o objetivo de a tornar mais cuidadosa e harmoniosa. Assim, convocou e reuniu todos os deuses em sua morada, aquela a que honram maximamente, pois situada no centro do universo, e contemplou todas as coisas que participam do vir a ser; e os tendo reunido, assim ele falou:...[73]

---

73. O *Crítias* sofre esta interrupção abrupta, permanecendo inacabado. Ver a *Apresentação*, neste volume.

Este livro foi impresso pela Gráfica Rettec
em fonte Times New Roman sobre papel UPM Book Creamy 70 g/m²
para a Edipro no outono de 2022.